新 潮 文 庫

暴　雪　圏

佐々木 譲著

新 潮 社 版

9326

暴雪圏

I

その季節に北日本を襲う嵐《あらし》は、彼岸荒れと呼ばれる。おおむね三月の彼岸ごろに襲来する。年によっては襲来時期が多少後ろにずれる。四月に入ってから発生することもある。

北海道東部では、この嵐は暴風と暴雪との組み合わせとなる。厳寒期とはちがい、湿った重い雪が大地に吹き荒れる。このために、幹線道路の交通が完全に途絶してしまうことも珍しくはない。その結果、たとえば人口一万前後の規模の町でさえ、丸一日、あるいはそれ以上孤立する。

この年、ちょうど彼岸の日に発生した悪天候は、拍子抜けするほどに小規模なものだった。峠道が夜間通行不能となっただけだった。

地元の住人たちは一様に、もうひとつ来る、と予測した。冬がこれで終わるはずがないと。

じっさい、本来の彼岸荒れという名にふさわしい暴風雪は、三月も末近くになってから、その地方を襲ったのだった。すでに市街地からは、ほぼ雪は消えていたという時期だった。

＊

川久保篤《かわくぼあつし》巡査部長は、駐在所の電話に飛びついた。

ちょうど朝の最初の巡回を終えて、北海道警察釧路《くしろ》方面広尾《ひろお》署・志茂別《しもべつ》駐在所に戻ってきたところだった。軽乗用車のミニ・パトカーを降りたときからコール音は聞こえていた。たぶんもう七、八回はコールされていたのだろう。ファクスが一枚入っていたが、それを読むのはあとまわしだ。

受話器を取って志茂別駐在所、と名乗ると、相手は言った。

「安永《やすなが》です、駐在さん」

地元の農家の男だ。この季節には、さまざまなパートタイムの仕事に就いている。冬のあいだは、土建会社で除雪車を運転していたはずだ。

「どうした？」と川久保は訊《き》いた。一一〇番ではなく駐在所への電話だから、緊急事態の発生というわけではないだろうが。

安永は、不安そうな声で言った。

「茶別《ちゃべつ》橋のところだけどさ。ひとみたいなものが見えるんだ。赤っぽい上着が、雪の下から出てる。遠くからなんで、はっきりはわからないんだけど」

「ひと？」

死体ということか。

でもこのところ、管内で捜索願は出ていない。行方不明者の情報も耳にしていなかった。志茂別駐在所管内だけではなく、広尾署管内まで広げて考えても、思い当たるものはなかった。

川久保は確かめた。

「きょう初めて見たのか？」

「そう。きょう気づいた。いつも通ってるところだけどさ。斜面の窪《くぼ》みの下で、雪の下から出てきたんだ」

この二週間ばかり、この地方ではまったく雪は降っていない。さらに先日来の暖気で、市街地や日向《ひなた》の農地では雪はほぼ消えかけていた。おおむね融雪期に入ったと言っていい。

雪解け時期となれば、雪の下からさまざまなものが出てくる。不法投棄のゴミやら、風に飛ばされた農業資材やら、脱落した自動車部品やら。ときに猫や鹿《しか》などの死骸《しがい》さえ。雪が完全に融《と》けたころには、地元住民がゴミ拾いをおこなう。道路管理者もそれぞれ管《かん》轄《かつ》の道路《どうろ》際《ぎわ》のゴミを清掃する。しかしそれもあと二週間以上は先のことになる。つまりいまは、周囲にゴミが目立ってくる時期だった。

川久保はさらに訊いた。

「顔とか、手足とか見えるのか」

「いや。だけど」安永は口ごもった。「服が落ちてるだけじゃない。ひとが着ているように見えるんだ。ちょっと薄気味悪い。もう通報があったことなんだろうか」

「いや。初めて聞いた」

「一応、駐在さんには知らせておこうと思って」

「ありがとう。茶別橋ね」

「町から行って、橋を越えてすぐ左。おれ、小便をしようと思って、車停《と》めて道路《どうろ》脇《わき》に立ったら、橋の方に見えたんだ。車からは見えない」

「行ってみる」

「風が強いよ。橋の上で、車が流されたよ。余計なことかもしれんけど」

「あそこは、ちょっと風が強いと、流されるな」

「午後から、もっと荒れるよ。聞いてるかい」

知っている。ローカル・テレビの天気予報はどこも、午後からの暴風雪に注意をうながしていた。発達した低気圧が、何年かぶりの規模の彼岸荒れをもたらすだろうというのだ。川久保がこの志茂別駐在所に赴任して二度目の冬だが、彼岸荒れについては去年体験ずみだ。

去年の彼岸荒れは、夕方から翌日午前中いっぱいまで続いたのだ。嵐が収まった後も、国道、道道《どうどう》の除雪に時間を要した。国道二三六号線が開通したのは、午後一時過ぎだったろう。たまたま、その日は週末にかかっていた。大半の事業所も実質的に休業だった。商店もほとんど臨時休業となっていた。学校も休み、十勝《とかち》バスも半日運休。自宅を出なければならなかった住民は、ごく少数だった。出勤の義務があったのは、北海道開発局、帯広土木現業所といった職場の公務員ぐらいだったろう。おかげで志茂別町に関しては、一件の遭難も交通事故もなく、嵐明けの月曜の朝を迎えることができたのだった。

でも今年は、ウィークデイだ。学校はちょうど春休みに入ったとはいえ、ほかの多くの事業所や機関が動いている。去年と同じような訳にはいかないだろう。少なくとも、その心構えだけはしておいたほうがいい。

川久保は答えた。

「この土地も二年目だ。知ってる」

「念のために、非常食三日分。ろうそく、灯油も残量を確かめたほうがいいよ」

「Aコープはすぐ近くだ」

「きょうは、何時まで営業してるかわからないよ。おれのまわりじゃ、きょうは早仕舞いだってところが多いよ」

「情報、ありがとう」

電話を切って、ファクスに目を落とした。小口宅配便の軽トラックの盗難情報だった。帯広市内の商店街で、駐車時エンジンをかけっぱなしだった軽トラックが乗り逃げされたという。つい三十分ほど前のことらしい。車種と色、ナンバーが記されていた。

宅配便の軽トラックを盗むとは、と川久保は苦笑した。かなりの物好きにちがいない。転売もできないだろう。それとも、積み荷が目的？　いや、いたずらではないのだろうか？　あるいは運転手が、自分の停めた場所がわからなくなって、あわてて通報したということはないだろうか。帯広署は、この盗難届けを真面目《まじめ》に受理したのだろうか。

ファクス用紙をホルダーに綴《と》じ込んでから、川久保は壁のカレンダーに目をやった。この時期の吹雪の恐ろしさについては、地元の情報通の老人から聞かされている。志茂別町の歴史に残る遭難事件。昭和三十二年のお彼岸のことだったという。

情報通というのは、三十五年もこの土地で郵便配達をしていた老人だった。町の隅々の事情によく通じている。駐在警官として川久保は、これまで何度もその片桐《かたぎり》老人の記憶の世話になってきた。

片桐老人は、その遭難事件について話し始める前に、まず訊いてきたのだった。

あんたは、三本ナラの地蔵を知っているか？

志茂別の市街地から北方向、国道から一本西寄りの町道沿いに、ミズナラの巨木が三本並んで立っている場所がある。そのうち一本の根元には、凝灰岩の小さな地蔵がひとつ置かれていた。ときどき花がたむけられているのを見たこともある。交通事故でもあった場所なのだろうと考えて、川久保はそれまでその地蔵の意味について誰にも訊《たず》ねたことがなかった。

片桐は言った。

あの三本ナラは、遭難事件現場だ。同じ彼岸荒れでも、特別級の彼岸荒れがあった冬の話だ、と。

その日、終業式を数日後に控えた志茂別小学校西町分校では、天候の悪化を見て、お昼前に生徒を集団下校させると決めた。正規の下校時間になるころには、生徒が帰宅できないほどに暴風雪が強まっているだろうという判断だった。全校生徒三十四人が、地区別に四つの班に別れて下校した。

まだ地域の家庭にはろくに電話はなく、自動車を持っている家庭もほとんどなかった。

馬に曳《ひ》かせた馬橇《ばそり》が冬の主な交通手段という時代だった。当然スクールバスもない。しかし、かなりの悪天候でも、親たちは子供を学校まで迎えに行くようなことはなかった。ところが天候の急変ぶりは、学校長たちの想像を超えていた。子供たちが小学校を出発した直後から、暴風雪は猛烈な勢いとなってこの地域全体を覆《おお》った。歩くことも難しくなったと見えた。学校長は、送り出した直後にはもう、集団下校と決めたことを後悔したという。生徒全員を学校か職員の家に泊めるという選択肢もあったのだ。

それでも四つの班のうち三つの班の子供たちは、なんとか全員それぞれ自宅に帰り着いた。

北方向の班の班長は、五年生の女の子だった。地元の農家の子で、高村光子《たかむらみつこ》といった。三月の彼岸時期であるから、六年生は小学校を卒業したばかり、彼女が最年長だったのだ。身長が百四十センチあったというから、当時の小学校五年生としては、大柄なほうであったのかもしれない。活発で、責任感も強い少女だったという。三人姉弟のいちばん上だった。

その高村光子の班の九人のうち、七人の帰宅が遅れた。高村光子の家は学校から約二キロ、もっとも遠い子の家は、学校から三キロの距離にあった。夕方、暗くなっても帰らないので心配したひとりの親が、電話をいくつも経由して学校に問い合わせた。班の子供のうち、学校にもっとも近い家の子供ふたりは帰っていた。なのに、そこから先に家のある四軒の家庭の子供たちが帰宅していないのだ。ただちに教職員や学校周辺に住む父兄たちが、捜索隊を作った。

吹雪は夕方になって、いよいよ激しく猛《たけ》り狂っていた。捜索隊は互いにロープで身体《からだ》を結び合って北方向を目指した。

捜索隊は、学校からやっと八百メートル進んだところで、引き返すことを余儀なくされた。そこはちょうど吹きさらしの平坦地《へいたんち》にかかるところで、地吹雪のために視界は五メートルもなかった。加えて吹き溜《だ》まりが行く手をはばんだ。それ以上は、歩くことも困難だった。

父兄も学校の教師たちも、まんじりともせずにその一夜を明かした。暴風が繰り返し繰り返し一帯の住宅を揺すり、柱や梁《はり》を震わせた。小学校の体育館の屋根のトタンは風に引き剝《は》がされた。夜半には付近の電柱が何本も倒れ、電線が引きちぎられて、一帯は停電となった。

朝、風こそ収まってはいないものの、空は晴れて、雪は止《や》んだ。視界が広がった。朝の七時に、捜索隊はあらためて出発した。

三十分後に捜索隊は、地元のひとたちが三本ナラと呼ぶ場所で、まず六人の子供たちの凍死体を発見した。前夜引き返した地点の先、わずか五十メートルのところだった。

六人の子供たちは、道からそれた風下側、ナラの巨木の根元近くで身を寄せ合って死んでいたという。

高村光子の凍死体は、それから一時間後、三本ナラよりも学校寄りの道の脇で見つかった。ほかの生徒に遅れたというよりは、ひとりだけ近所の農家に助けを求めに歩いて、力尽きたのだろうと想像された。

町でひと晩に七人の住民が死んだのは、あとにも先にもこの遭難事故だけだ。だから彼岸荒れになると、町の年配者たちが思い出すのは、まずこの件だった。

この遭難事故には後日談があった、と片桐はつけ加えて教えてくれた。

集落の合同葬儀のときに、場がいっとき険悪なものになったというのだ。集団下校させた校長の判断の誤りを責める声がいくつも上がった。同じ班ではあったがふたりの子供が助かった農家には、なぜほかの七人を家に入れてやらなかったか、なぜそのまま先を行かせたのかとの非難があった。

また、その農家から遭難地点である三本ナラまでのあいだに、農家はもう二軒あった。子供たちはどうしてその農家に飛び込むなり、助けを求めなかったのだろうと、参列者たちはいぶかった。それができるような天候ではなかったという見方もあった。視界が五メートル以下、自分の居場所さえわからなくなる吹雪の中では、途中にあるはずの農家も見つけることはできなかったのではないかと。

進むことも引き返すこともできず、助けを求めて飛び込むべき民家も見つからずに、子供たちは立ち往生した。やむなく子供たちは、ナラの木の根元で身を寄せ合い、救出を、あるいは吹雪が収まるのを待つことにしたのだろう。最年長の高村光子だけは、おそらくそのあと近所の農家に救出を求めるべく、ひとり三本ナラを離れたのだ。

その何年かあとになってから、志茂別の町では噂《うわさ》されるようになった。彼岸荒れの夜、子供たちが遭難死した地区の家では、決まって玄関の戸が叩《たた》かれるようになったというのだ。女の子の声も聞こえるという。

「開けてください。入れてください」

家の者が玄関の戸を開けても、外には誰もいない。猛吹雪が荒れ狂っているだけ。風の音を聞き違えたかと戸を閉じて布団《ふとん》に入ると、やがてまた戸が叩かれ、子供の声がする。

「開けてください。入れてください」

音と声は、翌朝明るくなるまで、断続的に聞こえるのだと。

この一件を語ってくれたとき、片桐老人は川久保の表情を見て言ったものだ。

「信用していないね」

そんなことはありません、と川久保は否定した。

片桐老人は言った。

ある爺《じい》さんが、若いころのおれに話してくれたことがある。この言い伝えのもとになったのではないか、と想像できる話だ。その爺さんの家は、遭難現場に近い二軒のうちの一軒だった。

遭難の翌年の、やはり彼岸荒れの夜のことだったという。夜中に激しく戸が叩かれた。開けてください、入れてくださいという女の子の声がした。居間にいた全員がこれを聞いて、顔を見合わせた。

爺さんはそのとき少し酔っていたそうだ。玄関口に出て、戸のすぐ内側に立って、聞いた。

「誰だ？　誰かいるのか？」

相手は答えた。

「高村です。高村光子です」

もちろんその名を知らないわけがない。爺さんは戸を思い切って開けた。外から烈風が吹き込んできた。爺さんは玄関の外に出て、吹雪の中で目をこらした。でも誰もいない。吹雪の音を聞き違えてしまったのだろうと思ったという。

翌朝、吹雪がいくらか収まってから、その爺さんは玄関の外に出た。吹雪の後でも、建物の陰とか大きな物の風下側には、さほど雪が積もっていない場合がある。ひとが歩いた跡なども、そのような場所には多少は残っているのだ。

爺さんは、玄関先に靴跡があるのを見た。子供のゴム長靴の足跡だったという。足跡は庭先の吹き溜まりのほうからやってきて、また吹き溜まりの中へと消えていた。前の晩、誰かがこの家までやってきて、玄関の戸を叩いたのだ。高村光子と名乗った女の子は、まちがいなくそこに立った……。

そこまで話し終えると、片桐は川久保をじっと見つめてきた。何か反応しなければならないようだ。

川久保は言った。

町のひとにとって、忘れられない事件、忘れてはならない事件だってことなんでしょうね。住民の連帯意識が問われた事件だと、町のひとが感じたからなのでしょう。

どうかね、と片桐は言った。おれはただ、あの爺さんのうちにほんとに高村光子が現れたっていう話だと思っているけど。

そういう見方もあっていい。川久保は、自分の故郷である札幌のことを思い出した。札幌ほどの大都市でも、数年に一回ぐらいは、遭難者の出る吹雪がある。かつて石狩湾寄りの地区では、地吹雪の夜、立ち往生したドライバーを近所のひとが泊めてやるケースがしばしばあった。ニュースでもよく報道されたものだ。

ひとびとは、とくに子供や若い世代は、年寄りからこのような形式の話を聞かされることで、地域共同体の原則を学ぶのだ。この町ではたまたま、高村光子を含む七人の小学生の遭難事件が、うってつけの素材として存在したということなのだろう。

川久保は確認した。

その後は、町ではそういった遭難はないんでしょうね。

子供の遭難はね、と片桐老人は言った。ほかの遭難事故については、あんたのほうが詳しいだろう。

たしかに志茂別駐在所管内では、毎年一件ぐらいは厳冬期に遭難事故がある。必ずしも彼岸荒れの時期とは限定されないが、吹雪の中で自動車が路外転落、怪我《けが》をしたドライバーがそのまま凍死したというケースがこの十年で三件あった。吹き溜まりで動けなくなったドライバーが、車のヒーターをつけたまま夜を過ごして一酸化炭素中毒死したというケースが二件。地吹雪の中で立ち往生した車に、除雪車が突っ込んでドライバーたちが死んだという事故も一件。ただしこのケース、死者の数は四人だ。

これらは赴任のとき、広尾署の地域課で教えられていた。さすがに子供たちの遭難死だけは、その昭和三十二年のとき以来なくなっているようであるが。

川久保は、駐在所の入り口に近づいて、ガラス越しに外を見た。風は朝から徐々に強くなってきている。いま風速七、八メートルにはなっているだろう。国道をはさんで向かい側左手、Aコープの看板が揺れているのがわかる。いつもの大売出しの幟《のぼり》が見当たらないが、店員によって取り込まれたか、すでに風に吹き飛ばされたか。通行人の姿は皆無だ。

この町に赴任してふた冬目の終わりだった。去年の経験から言って、きょうこれからの暴風は、風速二十メートル近くになるのではないかと思った。二十メートルともなれば、車の運転は危険となる。何かの支えがなければ歩行者も転倒する。風に向かっては目も開けていられないし、呼吸も不可能となる。さらにその暴風に雪が加わる。顔を横殴りしてくる質量のある雪だ。またその風速では、開発局も土木現業所も、除雪作業を止めるはずである。町の除雪センターもだ。道が除雪されない以上、自分も車を運転しての任務は不可能となる。どんな大事故や大事件が起ころうとも、救急車両さえ出動できなくなるのだ。

何も起こってくれるなと願いつつ、川久保は気持ちを切り換えた。

ひとみたいなもの。ひとの死体のようなもの。

直接通報を受けた以上、この風の中でも現場の様子だけは見ておかなければならないだろう。

壁の時計を見た。一時七分前だ。川久保はデスクの日誌を開き、その時刻のあとに、安永からの通報を記した。

ひとの着衣様のものあり。

願わくば、捨てられた赤い防寒着であって欲しい。死んだ人間を確認することには、いまだ慣れていない。目を見るのが怖《おそ》ろしい。警察官として、あまり大きな声で言えることではないが。

川久保は弱気を追い出すようにふっと気張ってから、駐在所の戸を開けた。

川久保篤は、もともと刑事畑の長かった警察官であり、そこそこの実績も積み上げてきた捜査員だった。そのまま現場の捜査員として、職業人生をまっとうすることが川久保の夢だった。しかし三年前、北海道警察本部は、不祥事防止対策として、新たな人事原則を採用した。すなわち、同じ部署には七年以上在籍させない、同じ地域には十年以上勤務させない、というものである。この原則は、道警本部の全警察官に、一律に、機械的に適用された。道警本部は、警察官の経験や専門性を、人事上の二義的問題として退けたのである。結果として、道警の現場にはベテランと呼べるだけの捜査員がいなくなった。

川久保もその人事原則を受けて、土地鑑もない警察署の地域課配属、駐在所への単身赴任となったのだった。この四月で、その駐在所勤務も丸二年になる。

＊

経理の女性事務員が、事務所に戻ってくるなり言った。

「もう、すごい風。きょうは、荒れるわ」

西田康男《にしだやすお》は自分のデスクで顔を上げてその事務員、横井博子《よこいひろこ》を見た。いま彼女は、地元信用金庫の名が入ったナイロンバッグを手にしている。バッグは大きくふくらんでいた。さきほど社長から電話で指示を受けて、信用金庫から現金をおろしてきたようだ。ふくらみ具合から察するに、二千万円ぐらいだろうか。

横井は防寒着をハンガーに掛けると、金庫へと歩いた。西田は横目で女とバッグを追った。

事務所に戻っていた三十代の営業マンが、窓の外に目をやって言った。

「きょうはもう、仕事にならないよ。全員に、もう上がるよう電話したほうがいいんじゃないかな」

横井が、金庫の前にしゃがみこんでから言った。

「社長は、三時まで様子を見ろって」

「社長は、札幌？」

「東京」

「帰って来れるの？　帯広空港も、閉鎖になるでしょう」

「朝の便は飛んでた。まだわからない」

彼女はバッグから札束を取り出して、金庫に収めた。束がふたつだ。想像どおり、二千万円。

横井は金庫を閉じて立ち上がって言った。

「社長は明日、日高に行くんだって」

営業マンが言った。

「日高には、明日東京から直接向かったほうがいいんじゃないかな」

「現金なしじゃ、日高には行けない。だからきょうのうちに、カネをおろしておけってことだったの」

西田の勤める志茂別開発株式会社は、農業資材の販売を中心に、コントラクター、土建、運輸などの事業を手がける地元企業だ。正社員十九人、町では大手企業の部類である。

社長の大塚秀夫は、競馬好きだ。というか、競走馬好きだった。何頭ものサラブレッドを所有して、地方競馬に出走させている。明日も日高の競走馬生産牧場を訪ね、めぼしい馬を牧場での庭先取引で買うつもりなのだろう。庭先取引の場合、セリ市での取引とちがって現金を持っていると有利なのだ。買い叩くことができる。だから社長は、きょうのうちに現金を用意させたというわけだ。

横井は言った。

「あたしも一度、札束で頰《ほ》っぺた叩かれてみたい。それも、あのくらいの束。怪我をするぐらいの束でないと嫌だけど」

西田康男は、湯飲み茶碗《ぢゃわん》を持って事務所の中央の灯油ストーブに歩いた。ストーブの上にはヤカンが載っており、冬のあいだはいつも、温かい番茶を飲めるようになっていた。

西田は、茶碗に番茶を注ぐと、事務所の窓へ近寄った。窓は強風のためにガタガタと揺れている。

ほんのしばらくのあいだ収まっていた胃の痛みが、またぶり返してきていた。苦しいというほどの痛みではない。しかしその程度は、二週間ほど前に痛みを意識したとき以来、緩慢に、着実に大きくなっていた。

先日の医師の言葉が何度も思い出された。

早めの胃カメラをお勧めします。帯広の病院に紹介状を書きましょう。

町内の診療所の若い医師がそう言ったのだ。週に一回だけ帯広から派遣されてくる医師の診断。深刻ではありません、と彼は言った。でも、念のためです。

内視鏡検査の結果どのような診断が下るかは、予想がついた。もう胃潰瘍《いかいよう》というレベルの話ではないはずだ。前回胃潰瘍になったときも、言われたのだ。大事にしてください。これ以上進行すると、治りにくくなります。

あれも遠回しな言いかたではあったが、要するに次は胃ガンだと言われたのだ。その「次」がやってきた。

最初は胃炎から始まった。二十九歳のときだったろう。故郷である釧路の自動車ディーラーで働いていたとき、ノルマの厳しさに耐えきれずに胃炎となったのだ。あのときは、なんとか薬で治した。ただし、退職という代償も払った。やがて以前の取引先の紹介で、この町のこの会社で営業社員として働くようになった。まわりに勧められて結婚したのが二十五年前。妻は性格のよい堅実な女だったが、その兄弟は揃《そろ》って性格破綻者《はたんしゃ》だった。兄は博打《ばくち》狂いであり、弟のほうは次々と新規の事業に手を出しては失敗を繰り返していた。

西田が義兄の借金の連帯保証人となったところ、義兄は一切弁済せずに姿を消した。西田は二百万の借金を四年かけて返した。その時期に最初の胃潰瘍だ。

八年前、義弟がまた事業に失敗、その両親が債務を背負った。このときは妻に泣かれ、三百万を工面してその債務を弁済した。このあとに二度目の胃潰瘍となった。会社で営業から総務係にまわされたのはそのあとのことだ。

妻の道子とのあいだには子供は授からなかった。でも、仲の悪くない夫婦だった。しかし妻は二年前、子宮ガンで先立った。その時期から生活が荒れて、西田は大酒を飲むようになった。このままではまた胃潰瘍だと覚悟していたが、こんどはもうそこに留《とど》まってはいまい。

検査、入院、そして手術か。自分には貯《たくわ》えもないし、民間医療保険にも入っていない。胃ガンで手術となれば、生活は困窮する。手術したところで、その先どれほど生きられるかもわからない。五年後生存率、とかいう言葉を聞いたこともあるが、胃ガンの場合、その数字はどの程度のものだったろう。手術後の十分なケアを望みうる患者ならば、その後も十年二十年という単位で生きられるかもしれない。でも自分は。

そもそも自分には、手術を受けてあと五年なり十年生きる意味があるだろうか。妻はもう亡《な》い。子供もいない。釧路の親族とは疎遠《そえん》だし、妻の家族とは完全に絶縁状態だ。仕事は苦しく、給料は安い。自分は、手術してまでも生きねばならぬ人生を持っているだろうか。

検査なんてしたくはない、と西田は自分の気持ちの正直なところを、意識の表面に出してみた。そうだろう？　カネをかけて手術することに、何の意味がある？　それで自分は幸福になれるか？　自分の人生の継続を、誰が喜んでくれる？

ふと、金庫の中の現金のことを思い出した。

一千万円の札束がふたつ。それがいま、事務所の金庫の中にある。このところ、これだけの現金を見る機会は減っていた。どんな大きな商売でも、事務所に持ち込まれるのはデータだけなのだ。現金は見なくなった。

二千万円。しばらくぶりに見る大金がいま、自分から四メートルの距離の金庫の中にある。

二千万円。

もしいま自分に二千万円のカネがあったとして、自分はそれを何に使うだろう。大都市の病院に入院して名医に執刀してもらうか。病室はもちろん個室。完全回復まで、雑用はすべて他人まかせにして、じっくり過ごすというのはどうだ？

でも、と、そこまで考えてから思う。それだけのカネを使えたとして、回復したあとも、自分はこの田舎町に戻ってくるのか？　このしみったれた会社にふたたび勤めるのか。労働基準法も知らないやくざな社長のもとで、これからもこき使われるのか。年下の女社員の侮蔑《ぶべつ》を含んだ言葉に傷つきながら、ふた世代も昔のＯＳの入ったＰＣで、契約書や見積り書を打ち続けるのか。安月給を恩着せがましく手渡してくる社長夫人のために、私用の運転までする生活に戻るのか。

二千万円。

もし自分に二千万円があったなら、胃ガンからの回復のあとも、こんな暮らしに戻ってはこないだろう。いやそもそも、胃ガンの治療すらしないかもしれない。余命があと半年だと言うなら、そのうちの三カ月を十分に楽しんでから死期を迎えるという生きかただってあるではないか。

西田は金庫に目をやった。

二千万円。もし自分にそのカネがあれば。

何を考えているのだと、西田は首を振った。馬鹿馬鹿《ばかばか》しい。

意識からカネのことを遠ざけようと、西田は外に目を向けた。駐車場ごしに、志茂別の市街地が強風に揺れているのがわかる。電線はうなり、街路樹が倒れんばかりにしなっていた。路面を、油を流すような速さで雪が滑っている。通行人の姿はひとつも見えない。もともと歩行者の姿が少ない田舎町だけれど、きょうは朝から、通行人は事実上ゼロだったろう。学校も休みだし、町内で予定されていたたいがいの行事も、すでに中止となっていたのではないか。文化センターでの春休み親子映画会も、福祉会館での手打ちそば教室も、町内会連合会の年次総会もだ。

今年の彼岸荒れは強そうだ。町が休眠状態となるまで、あと何時間だろう。交通が完全に途絶するまで、あとどのくらいだろう。

西田は壁の時計に目をやった。ちょうど一時になろうとしていた。

＊

携帯電話のインジケーターが点滅していた。

またあいつからのメールだ。

坂口明美《さかぐちあけみ》は、洗濯物をたたむ手を止めて、テーブルの上に置いた携帯電話に手を伸ばした。

窓が震えている。風が強くなっているようだ。明美にとって三度目の冬。この土地では、もう春がきたのだと喜んでいたころに、信じられないような暴風雪がある。まったく油断がならなかった。

携帯電話を開くと、やはりあの男からのものだった。きょう、四通目だ。仕事が休みなのだろう。だから朝から、何度もメールを送ってくる。いや、あの男には、仕事をしている時間などあるのだろうか。知り合ったあの時期は、一日に十通以上もメールが届いたものだった。明美が返事をするタイミングさえ取れずに焦《あせ》るほどにだ。

あれからまだひと月も経《た》っていないことが、信じられない。明美はこの六週間のあいだに、携帯電話の出会い系サイトであの男と知り合い、一週間後に会って、それからさらに一週間後にはホテルに行った。相手がメールからは想像できないほどに卑《いや》しい男だと知ったのはそのときだったが、すでに遅すぎた。彼はまるで明美を支配したとでも思ったかのように、厚かましくなっていった。また会おう、またいいことをしようと、メールで執拗《しつよう》に誘ってきた。会わないことの理由を十も二十も用意して断ったが、相手には通じなかった。

先週にはとうとう、夫が気づいたようだと返事した。だから、しばらく会えない。お願いだから、そっとしておいて欲しいと。

もちろん、夫が気づいたというのは嘘《うそ》だ。夫は何も知らない。もともと、ひとを疑ったり、ものごとの裏の意味を読んだりするのが苦手な男性なのだ。理系の、さっぱりとした男だ。小田原の、明美と同じ食品メーカーの研究所で技術者として働いていた。人間関係に多少不器用なところはあるが、ちゃらちゃらと世渡りしそうもないところは、むしろ明美にとって好ポイントだった。だから一年の交際で、職場結婚と寿《ことぶき》退社を決めたのだ。四年前、明美が二十五歳のときだった。

でも、それから二年後に夫はこの町に転勤となった。この町に、勤務する会社の乳製品工場があったのだ。プラント管理の技術者としての異動だった。

小さな町だとは聞いていた。でも、自然が豊かで、ひとびとは親切だという。夫は、志茂別の三泣きという言葉があるとも教えてくれた。転勤者は最初、とんでもないところに飛ばされたと泣き、やがてこんなによいところかと幸福に感じて泣き、また転勤が決まったときに出るのがいやで泣く。それを志茂別の三泣きというのだという。どこかべつの地方でも聞いたことがあるような話と思った。そんなことをもし地元のひとが本気で言っているのだとしたら、そうとうに滑稽《こっけい》である。しかし明美はもちろん、その異動に反対したりはしなかった。結婚したときから、夫が行くところどこにでもついてゆくつもりでいた。

それに、いよいよ退屈したら、帯広まで遊びに行くという手がある。志茂別工場を知っている同僚から、そうアドバイスを受けた。帯広までは、渋滞のない道を車で四、五十分だという。小都市ではあるが、そこそこ買い物もできる。趣味の店や、洒落《しゃれ》た喫茶店や、ランチを楽しめる質の高いレストランもある。コンサートや観劇に飢えたなら、帯広から列車で札幌まで出てもよい。いずれにせよ、退屈をさほど恐れることはないとのことだった。

でも、町の生活を楽しめたのは、最初の一年だけだった。もの珍しさで田舎の暮らしにひとつひとつ感動していたが、二年目からは猛烈な退屈さを味わい始めた。周囲には、ろくに話の通じる女性がいないのだ。工場の社員の夫人とは多少共通の話題もあったが、夫が同僚同士となれば、つきあいの程度も遠慮がちとなる。かといって、同じ関心事に胸を開いて語り合えるような友人はできなかった。

クリスマスの少し前のころだ。町会婦人部のらちもない派閥争いに関わってしまい、疲れ果てて社宅に帰ったとき、携帯電話から出会い系サイトに入ってみた。初めての体験だった。夫はちょうど、定期の札幌出張で留守だった。冷蔵庫に、飲み残しの赤ワインがあったことも、明美の抑制を少し緩めてくれた。

出会い系サイトの、女性の書き込みばかりを眺めた。どんな女性が出会い系を利用しているのか、興味があった。明らかにビジネスと思える書き込みが多く、そうでないにしても、男を引っかける意図が透けて見えるメッセージが多かった。しかし二十本にひとつくらいは、その境遇を想像して共感できる書き込みがあった。退屈、刺激のない日常、まだ自分は女として生きられるのではないかという煩悶《はんもん》。その日は、残っていた赤ワインを飲みながら、深夜までサイトを眺めてしまったのだった。

また携帯電話が鳴った。こんどは呼び出し音だ。明美は溜《た》め息をついて、携帯電話を広げた。

モニターを確かめると、夫からだった。明美は安堵《あんど》して、電話に出た。

「ゆうくんです」と夫は言った。明美はいつも夫をゆうくんと呼んでいる。本人もときどきそう名乗る。いま札幌の支社に出張中だった。

「荒れるんだってね」と夫は言った。「冷蔵庫が空じゃないか、心配になって」

「大丈夫」明美は、やましさを押し殺して言った。「まだそんなに荒れてない。冷蔵庫にも、三日分の食べ物は入ってる」

「明日、JRが動くか心配だよ」

「運休になりそう？」

「荒れたら、なるんじゃないかな。札幌でもう一泊なんて、したくない」

「でも、仕方がないね。運休になったら、骨休めになると思って」

「ぼくひとりでいても、骨休めになんかならないよ」

「コンサートは？　札幌交響楽団《さっきょう》の定期とか。もしやってたら、儲《もう》けもの」

「そうか。そう考えたらいいか」

「そうよ。今夜は、みなさんと出かけるの？」

「うん。いつものひとたちに誘われてる」

「羽目をはずしすぎないように」

「いつだってはずしてないよ。どうしたんだい？」

明美は、自分がそう口にしたことを後悔した。

羽目をはずす？

夫について、それを心配したこともない。何てことを言ってしまったのだろう。自分の内心の不安を吐露してしまったようなものだ。

「ううん、べつに」と、明美は取り繕った。「言ってみただけ」

「きょうのうちに、お土産を買っておこうと思う。何がいい？」

「なんでもいい」そう答えてから、ひいきのJポップ・グループの名を出した。「新しいCD」

「探しておく。じゃあね。吹雪の中、もし出るときは気をつけて」

「だいじょうぶ」

電話を切ってから、明美は自分の目がうるんでいることに気づいた。電話をしているあいだに、涙が出てきたのだろう。声はどうだったろう。涙声になっていたのだろうか。平静のようにふるまえたと確信することはできなかった。

また携帯電話が鳴った。夫だ。ゆうくんだ。明美はすぐに通話ボタンを押して耳に当てた。

「やっとつながった」と相手は言った。

ゆうくんではなかった。菅原信也《すがわらしんや》だった。

「どうしたの、明美ちゃん。どうしてずっと出てくれなかったの」

とまどっているあいだに、電話を切るタイミングを逃した。

菅原信也は、早口で言った。

「明美ちゃんの気持ちはわかるよ。おれだって、ストーカーじゃない。大人だ。明美ちゃんの気持ちが離れたっていうのに、いつまでも子供っぽいことなんかしないよ。ただ、このままでは、気持ちの整理がつかない。だから、もう一回だけ会って、きちんと話を聞かせてくれ。ね、いいだろう」

甘い声だ。少し高めではあるが、耳障《みみざわ》りではない。夫の声がいくらかくぐもりがちなのに対して、菅原の声は明るかった。軽いというのかもしれない。

明美が黙ったままでいると、さらに菅原は言った。

「別れたいという気持ちはわかった。了解してるよ。苦しいけど、これからは遠くから明美ちゃんを見守るだけにする。おれにしても、これまで生きてきて、こんな想《おも》いを体験したのは初めてなんだ。この思い出は、ずっと大切にしたい。明美ちゃんは、おれの宝物なんだ。だから、最後にもう一回だけ、きちんと会ってくれないか。宝物を、きちんと目に焼き付けたいんだ」

歯の浮くようなことを、といまなら思う。でも最初のうち、メールのやりとりをしていた時期は、この言葉が真実に感じ取れたのだ。純真すぎる男の言葉と受け取れたのだ。農業機械の営業マンと名乗った。その職業にも、堅実さを感じた。

「お願いだ。もう一回だけ。会うだけでいい。気持ちを明美ちゃんの口からきちんと聞かせてもらえたら、おれはそれで納得する。黙って明美ちゃんの前から立ち去る。でも、このままでは無理だ。こんな別れかたはいやだ。ね、明美ちゃん、もう一回だけ、会ってくれ」

夫のプロポーズの言葉をいやでも思い出す。彼は横浜の山下公園で、なんとも焦《じ》れったい言いかたで求婚したのだった。

ぼくを伴侶《はんりょ》にふさわしい適性を持っていると思ってもらえるなら、その方向に一緒に踏み出してみませんか。ぼくたち、そんなに悪くない組み合わせのカップルになれると思います。

そのあとに彼がつけ加えた言葉が、いまにして思えば、彼の緊張をよく表しているのだった。彼は言ったのだ。

ぼくは手取り二十五万だから、社宅を出てもやってゆけると思います。

菅原がなおも言っている。

「お願いだ、明美ちゃん。明美ちゃんの笑い顔やその声を、最後に胸に焼き付けておきたいんだ。たとえどんなに離れていても、明美ちゃんと一緒に生きてゆけるように。だから、もう一回だけ会って」

明美は訊《き》いた。

「ほんとうに最後ですか？」

「最後」と、菅原は間髪入れずに答えた。「これっきりだから」

「ほんとに最後なら」

「最後だ。最後です。誓うよ」

「じゃあ、ほんとうに一回だけ。会うだけ。話をするだけ。それでいいですか」

「十分。それだけでおれは救われる」

「いつがいいんです？」

「きょうは？」

「きょう？」

明美は思わず窓に目をやった。外では風が強くなってきている。雪も混じり始めたようだ。

「きょうは、これから天気が悪くなるのに」

「たいしたことはない。明美ちゃんに会えるなら、嵐《あらし》なんか気にしない」

「帯広まで、運転できない」

これまで二度とも、明美が帯広まで走って、菅原に会ったのだった。一度目は、帯広のショッピング・センターで。二度目は、パチンコ店の駐車場で。二度目のときには、そこからラブホテルに移動したのだが。

菅原は言った。

「明美ちゃんに会えるなら、おれが走るよ。志茂別まで行っていい？」

「いえ。それは困る」

「じゃあ、どこがいい？」

「べつの日、天気がいいときに、わたしが帯広に行くのは？」

「駄目だよ。苦しみをこれ以上延ばしたくない。きょう、会おう」

「運転は無理。吹雪になるらしいし」

菅原は口調を変えた。

「思い出した。志茂別の近くに、いい喫茶店がある。おれがそこまで出かけてゆくよ。

どう？」

「ここの近くに？」

「そう。志茂別から少しだけ北に走ったところ。二三六に面して、グリーンルーフってお店がある。知ってるよね」

グリーンルーフ？　それって、ペンションではなかったろうか。たしか羊を飼っており、ラム料理でも有名なレストランを併設している。志茂別近辺では珍しい、都会的な雰囲気のペンションだった。

明美は言った。

「志茂別まで走るのと一緒ですよ。吹雪になるっていうのに」

「内地の男と一緒にしないでくれよ。雪道の運転には慣れてる。ね、グリーンルーフで、最後のデイトしよう。これが最後だから。ね、ね」

ただほんとうに話がしたいだけだと受け取ってよいだろうか。彼はかなり執拗《しつよう》なタイプだ。会えば、セックスを求めてくるにちがいない。それはあの一度でわかった。だから、自分はすぐに身を引くと決めたのだ。

ただ、弱みがあった。あの日、ラブホテルで、菅原は携帯電話のカメラで自分を撮影した。携帯電話を向けられたときあわてて横を向き、トップシーツを引き上げて胸を覆《おお》ったが、顔は完全には隠しきれなかった。消してください、と求めると、菅原は撮ったばかりの画像を見せてくれた。ほら、このとおり、顔なんてわからないと。しかし、自分の知人であれば、そこに写っている女性が明美であるとはっきりわかる写真だった。菅原は、消しておく、とは言ったが、たぶん実行はされていない。

もし最後だと言う菅原の求めを拒めば、開き直って強請《ゆすり》にかかってくるような気がする。自分たちの密会と、その証拠となる写真を材料に、関係の継続を迫ってくるのではないか。一見純情そうな田舎男の顔をかなぐり捨てて、やくざな女たらしの顔を見せてくるのではないか。その兆《きざ》しは、前回セックスしたときに見て取れたのだ。

「もしもし」と、菅原が言った。「きょう、グリーンルーフで。一時間もあれば、行けるから」

「困ります」

「行ってる。待ってるよ。短い時間でもいいんだ。とにかく別れる前に、顔だけもう一回。ね」

「わかりました」と明美は溜め息まじりに答えた。

「よかった。じゃあ一時間後。二時すぎに」

電話は切れた。

わかりました、と答えたのは、約束をしたという意味ではなかった。ただ、早く電話を切りたかったのだ。ずるずると長電話していたくなかった。菅原の言っていることは耳に入れた、というだけのことだ。自分は何も約束していない。きょうグリーンルーフに出向くつもりはなかった。菅原と会うつもりはなかった。約束しなかった以上、菅原に、グリーンルーフに現れなかったことをとがめられることもないはずだ。

明美は携帯電話をテーブルの上に置くと、洗濯ものの残りをまた畳み始めた。窓の揺れかたが、いましがたよりもまた強くなってきていた。

＊

足立兼男《あだちかねお》は、インターフォンのモニターに目を向けた。

モノクロのモニターの中に、中年の男が映っている。宅配便チェーンの制帽らしきキャップをかぶっていた。黒いセルフレームのメガネをかけた男だ。手には段ボール箱。男のうしろに見えるのは、軽トラックだ。ボディの横に、足立も知っている小口宅配便サービスの会社名を記している。

受話器を取って、はい、と応じると、相手は通用口の門柱につけられたマイクに向かって言った。

「急送便です。徳丸《とくまる》さまにお届けものです」

足立は、兄貴分から教えられているとおりに訊《たず》ねた。

「誰から？」

　急送便と名乗った男は、伝票らしきものを手にして言った。

「ＪＲＡからです」

　ＪＲＡから？　たしかに親分の徳丸徹二《てつじ》は、地方競馬の関連業界と親しい。ＪＲＡとも当然つきあいはあるはずだった。

「開ける」と言って、足立はインターフォンの門扉《もんぴ》ロック解除のボタンを押した。男がカメラの視野からすっと右によけた。カメラには映っていない位置に、鋳鉄製の頑丈な門扉がある。その門扉が自動で開いたのだ。モニターが消える直前、画面にもうひとりの男の姿らしいものが映ったような気がした。しかし、不審者というわけでもないだろう。宅配便のトラックなのだし、いまの男はその宅配便の制帽らしいものをかぶっていた。

　帯広市の帯広競馬場に近い閑静なエリアにある徳丸徹二の屋敷である。

　足立は受話器をフックに戻すと、通用口のたたきに降りて、ドアのロックをはずした。チャイムが鳴った。足立はのぞき穴を見た。さっきの男がひとりで立っている。

　足立は一歩退いて、ドアを内側に開けた。

　次の瞬間、足立はドアにはねとばされた。激しい勢いでドアがぶつかってきたのだ。足立はよろけて尻餅《しりもち》をついた。

ふたりの男がドアから突入してきた。足立は男たちを止めようと手を広げたが、すぐに押さえ込まれた。

若いほうのひとりが、拳銃《けんじゅう》を鼻に突きつけてくる。

その男は、妙に甲高い声で言った。

「撃つぞ。おとなしくしてろ」

かなり高ぶっているようだ。

拳銃は本物だった。ひと目見た瞬間にわかった。モデルガンではない。セミオートマチック。足立は凍りついた。こいつら、素人《しろうと》じゃない。筋者だ。へたな抵抗はできない。

メガネの中年男はドアをロックしてから、ロープを取り出した。

メガネの男は、足立の両手をうしろ手にまわして、ロープで縛った。ずいぶん手慣れた動作に感じた。かなり慣れている。犯罪にも修羅場にも、慣れた男だ。ヤクザとはちがう種類の男のように思える。ちらりと男の手を見たが、薄手の手袋をはめていた。指が五本揃《そろ》っているかどうかはわからなかった。皮下脂肪が薄く、口元は皮肉っぽくて、どこか冷酷そうな顔だちだった。

その中年男が言った。

「金庫に案内しろ」

意地の悪い教師のような声に聞こえた。

足立は首を振った。

「知らない」

いきなり拳銃のグリップが口元に叩《たた》きこまれた。激痛に足立は思わず大きく息を吸い込んだ。歯が何本か欠けた感触がある。血の味が口の中にひろがった。

中年男が言った。

「わかってるんだ。親分は、いま熱海だよな。大事な儀式があるんだろう？　兄貴分たちもほとんど親分についていった。いまこの屋敷に詰めているのは、お前ひとり」

足立は驚いた。よく事情を知っている。たしかに親分である徳丸徹二は、上部団体である稲積《いなつみ》連合の四代目会長襲名披露宴に出るため、昨日上京した。親分自身、こんどは会長補佐となって、北海道の支部を統括するのだ。勢力を誇示するためか、徳丸は組の幹部から下《した》っ端《ぱ》組員まで、十二人を引き連れていった。いま帯広に残っているのは、足立を含めた若い衆が三人だけだ。夜はこの屋敷にふたりの若い衆が泊まりこんでいるが、ひとりは朝のうちに事務所に出た。いまは自分ひとりしかいない。内儀《おかみ》さんの運転手として、朝から待機していたのだ。

「な」と中年男は言った。「金庫のある部屋まで、案内してくれ」

金庫があるのは、この和洋折衷の屋敷の南側、客間に続く親分の私室だ。ふだんはドアは開いているが、夜はドアが閉じられる。電気錠にナンバーを入れなければ、ドアは開かない。その部屋まで案内しろということは、この男たちはそのシステムまで知っているということか？　もしや、組の内部に手引きした者がいる？

若い男が、また足立の鼻先から拳銃を引いた。殴ってくるようだ。

足立はあわてて言った。

「わかった。案内する」

言葉と一緒に、血の混じった唾液《だえき》が口から飛び出した。

足立が立ち上がると、中年男が訊《き》いた。

「内儀さんは、いま二階か」

たぶん、と答えかけたところに、声があった。

「足立、何だったの？」

内儀が、階段を降りてくる。階段は、この通用口の正面の廊下を進んで左手にある。

中年男は足を廊下に滑らせるように進んで、階段の下に隠れた。若い男は、足立の背に拳銃を突きつけて足を止めた。

強い香水の香りが漂ってきて、階段の途中に内儀の浩美《ひろみ》が姿を見せた。外出着だった。

「何か届いたんでしょ？」

かつて札幌のいちばんのキャバレーで売り上げナンバーワンを誇っていた女だという。

徳丸の前妻がひき逃げ事故で死んだあと、正妻に納まったと聞いていた。きつい女で、足立は正直なところ、この内儀に仕えるのが苦痛だった。

足立の姿を見て、浩美の顔が引きつった。

「何よ！」

中年男が陰から飛び出した。浩美は悲鳴を上げて、二階に逃げようとした。中年男は浩美の腕をつかむと、階段の下にひきずり落とした。

倒れた浩美に、中年男は言った。

「金庫を開けてもらう」

浩美は、中年男をにらみ返して言った。

「あんたら、ここが徳丸徹二のうちだとわかって入ったの」

「わかってる。浩美姐《ねえ》さん、あんたが金庫の番号を知ってることも知ってる」

浩美は驚きを見せたが、それでもひるんだようではなかった。

「どうなるか、わかってるんでしょう。簀《す》巻《ま》きで海に沈むのよ。本気なの？」

「ぐちゃぐちゃ言いたくない」中年男は浩美の盛り上げた髪をつかんだ。「うるさい女は嫌いなんだ。舌を切るぞ」

いつのまにか、男の手にはナイフが握られていた。こぶりの、細身の刃のナイフだった。男はそのナイフの峰を浩美の喉《のど》に当てた。浩美の顔がこわばった。

「本気だ」と男はおだやかに言った。「徳丸親分の屋敷に押し入ったんだ。本気だよ」

足立は、自分の立場を思い出した。多少しらじらしいとは思いつつ、叫んだ。
「内儀さんに手を出すな。やるんなら、おれをやれ」
中年男は、足立に微笑を向けてきた。お前の気持ちはよくわかるよ、とでも言ってい
る微笑だった。足立は自分の顔が紅潮したのを感じた。下手すぎる芝居だったろうか。
けっきょく侵入者たちに追い立てられるように廊下を進み、客間に入った。客間は客
をくつろがせるためではなく、威圧して優位に立つための部屋だった。虚仮威《こけおど》しの装飾
品で飾られている。模擬暖炉の上には、徳丸本人の写真と、連合会の紋章。その右手の
壁には、大物演歌歌手との記念写真。さらにサラブレッドに乗る有名騎手と徳丸が並ん
だ写真がある。窓の向かい側の壁には、鹿《しか》と羆《ひぐま》の首の剝製《はくせい》が架けられていた。稲積連合
の名が金箔《きんぱく》押しされた壁時計は、午後一時十五分を指していた。
客間の窓の外は和風庭園である。一応は枯山水の様式だ。雪吊《ゆきづ》りした松が強風に揺れ
ていた。庭の向こう端に竹垣がある。しかし竹と見えるのは表面だけで、じっさいは高
さ二メートル以上もあるコンクリート塀だった。上端には電線が張られている。
左手が徳丸の私室だった。足立はスチールのドアの横に立って、電気錠に数字を四つ
入力した。カチリとロックのはずれる音がして、スチールのドアが開いた。
真正面に巨大なデスクがある。イタリア製の、ほうぼうにレリーフの飾りのついたデ
スクだ。書類仕事をするためというよりは、やはりその前に立つ者を威圧するための道

具だった。デスクの背後には、新聞紙を広げたほどの大きさの書。「誠」とひと文字認《したた》められている。

その私室に入ると、左手、客間からは見えない位置に、グレーの金庫が鎮座していた。小型の冷蔵庫ほどの大きさだ。

中年男が、浩美をその前まで歩かせて言った。

「開けてくれ。ぐずぐず言わずにな」

浩美は首を振った。

「開けかた、知らないってば」

「知らない？」

「知ってるわけないじゃないの」

中年男は、足立に顔を向けてきた。

「じゃあ、徳丸親分に聞くさ。携帯は持ってるな？」

足立がためらいつつうなずくと、若い男が足立のシャツの胸ポケットから携帯電話を取り出した。

「親分にかけてくれ」と中年男は言った。

「つながるといいな」

足立は言った。

「いまごろ、襲名披露だ。親分は出られない」

「じゃあ、兄貴分でもいい。緊急事態だって言って、親分に出てもらえ」

「どうするんだ？」

「金庫の番号を訊くさ」

「教えるわけがない」

中年男はまた微笑した。

「ここに浩美姐さんがいるのに？」

浩美が訊いた。

「どうするつもりよ」

中年男は、浩美に視線を戻して言った。

「徳丸親分に、いろいろ考えてもらう。あんたの身体《からだ》を使わせてもらう」

「ひとでなし！　あたしを強姦《ごうかん》しようっていうの？」

「いや。徳丸親分に条件を出すのさ。素直に教えてくれたら、浩美姐さんの身体はこのままだ。教えてくれないなら、まず姐さんの右の耳を削《そ》ぐよ」

足立は、浩美の右耳に目を向けた。浩美は輝きの強いピアスをしている。たぶんダイヤモンドだ。彼女は宝石好きなのだ。年に数回、東京に宝石を買いに行っている。

浩美は不服そうに口を結んだ。視線は中年男のナイフに向けられている。

中年男は言った。

「それでも駄目なら、鼻を削ぐ」

男はナイフの刃を浩美の小鼻に当てた。

浩美の顔から、血の気が引いた。

「それでも教えてもらえないなら」中年男は若い男を顎《あご》で示した。「この男が姐さんの膝《ひざ》に弾を撃ち込む。右がいいか左にするか、希望は聞いてやるよ」

どこまで本気だろう。足立は息を止めた。こいつは本気で言っているのか？　耳を削ぐとか、鼻を削ぐとか。本気でやるのか？

浩美が押し黙ったままなので、中年男は言った。

「さ、親分に電話してもらおう。教えてもらえないなら、いまの順番で姐さんの身体が傷《いた》む。膝まで撃っても教えてもらえないなら、おれたちはあきらめて帰るよ」

若い男が携帯電話を開いて、足立の目の前に突きつけた。すでにモニターには、徳丸親分の携帯電話の番号が選択されていた。

浩美が切迫した声で言った。

「待って。知ってる。番号は知ってる」

中年男は言った。

「聞き分けがいいな。徳丸親分の人柄についても、たぶんおれたちの見方は一緒だったんだ」

足立は意味がわからなかった。親分の人柄？　どういうことなのだろう？

浩美が金庫に向き直り、しゃがみこんでダイアルを回し始めた。

浩美の指が停まった瞬間、中年男は浩美を突き飛ばした。浩美は背中から壁にぶつかって、へたりこんだ。

中年男がさっと金庫の扉を開けた。足立にも中が見えた。

「油断ならないよな」と、中年男が言った。「スタンガンだよ」

中は三段に分けられており、上段に警棒のようなかたちのものが置いてある。男の言うとおり、スタンガンなのだろう。

中段には現金が重ねられていた。新札の百万円の束が多かったが、古い一万円札も無造作に輪ゴムで束ねられていた。ざっと見ても、四、五千万円はあるだろうか。

足立は、徳丸組がこのご時世でも思いのほか稼いでいることを知った。そもそも徳丸組のしのぎの中心は、競馬のノミ屋と金貸しである。北海道東部では、地方競馬に加え輓曳《ばんえい》競馬のノミを引き受ける数少ない組だった。そのおかげで、客ひとりあたりの売り上げは小さくても、親分の金庫にはこの程度のカネが集まるわけだ。連合会の会長補佐にもなれようというものだ。

中年男は、ジャケットのポケットから丸められたナイロンバッグを取り出し、手早く現金をバッグに詰め始めた。

浩美はぺたりと床に腰をおろし、この様子を見つめていた。目は憎々しげだ。そのカネは自分のものだ、とでも言っているように見えた。

カネを詰め終えると、中年男は若い男に言った。

「その男を、うつぶせにしろ」

若い男が、足立の背を小突いた。足立はしかたなくその場に膝をつき、床の上にうつぶせになった。若い男は、足立の横に移動して、頭に拳銃《けんじゅう》を向けてきた。

中年男が、足立の両足にロープを巻いてきた。足立は抵抗しなかった。こいつらは本物のプロのようだ。ヤクザでもかないそうもない。足立の足はたちまちきつく縛られた。

顔を横に向けると、こんどは男たちが浩美を縛り始めた。中年男が浩美の足を縛っているとき、若い男が浩美の耳に手を伸ばした。つぎの瞬間、浩美が悲鳴を上げた。足立も飛び上がるほどの激しい悲鳴だった。浩美は暴れて中年男の手を振りほどき、若い男の手に嚙《か》みついた。

鋭い破裂音があった。足立の心臓が縮んだ。浩美の背のほうで、小さく赤い飛沫《しぶき》が飛んだように見えた。浩美の上体がふいに前方に倒れた。

「馬鹿《ばか》野郎」と、中年男が怒鳴った。

「だって」と若い男が言った。「ピアス、ダイヤですよ」

「そんなもの」

中年男は立ち上がり、バッグを手にして言った。

「出るぞ」

「あっちの男は？」

「放っておけ」

足立の視界からふたりの男の姿が消えた。やがてドアの開閉音が聞こえ、ついで自動車の発進音。男たちは立ち去ったようだ。

ここまで何分かかったろうと、足立はいまのことを最初から思い起こした。たぶん十分はかかっていない。もしかすると、せいぜい五分の出来事かもしれなかった。

足立はなんとか背を起こして、もう一度浩美を見た。浩美は倒れたままだ。その身体《からだ》の下で、ぬめりある液体が広がっていた。

2

川久保篤は駐在所の警察車から降り立った。

強風に一瞬、上体が煽《あお》られた。あわてて背を丸め、風下に身体を向けた。防寒着のフードが激しく吹雪に叩《たた》かれた。ジャケット本体から千切れて行きそうだった。

体勢を立て直してから、道路側端《そくたん》に立って、安永の言っていた方向に目をやった。この位置から左手、道路下の急斜面の窪《くぼ》みに、それはあるはずだった。

道路のこちら側は風下になっており、なんとか地表も見えた。手で吹雪をさえぎって目をこらした。安永が通報してきたときよりも、吹雪は強まっているのだ。それがまた雪の下に隠れていてもおかしくはなかった。

数歩進んで、もう一度目をこらした。なるほど二十メートルばかり先の斜面の下に、自然の窪みができているようだ。土が露出している部分がある。もうほとんど、川面に近い位置だ。水量の多い時期であれば、その窪みは半分ほど、水の下になるだろうと思える。

行ってみるか。

川久保は、道路の左右に目をやった。この吹雪の中、この場にいるのは、確かめるまでもなく自分ひとりだった。自分は誰の目にも留まらぬ場所で、いやな務めをひとつ片づけねばならないのだ。

川久保篤は、そこにあるものを想像した。赤っぽい防寒着を着た、ひとの死体。雪の下から出てきたと思えるということは、死後三カ月以上はたっているということだ。野生動物の多い土地だから、たぶん死体はやつらのエサとなった。露出部分はカラスに突つかれ、キツネにも噛《か》み千切られていることだろう。つまり川久保が近寄ってその顔を確かめようとすると、腱《けん》や肉が一部だけ残った、黒ずんだ頭蓋骨《ずがいこつ》が自分を見つめ返してくることになる。いや、眼球もとうに動物に食われているか。空虚なふたつの穴が、自分を見つめてくるのだ。

川久保は身震いした。想像に身震いしたのではない、と思おうとした。この吹雪のせいで、身体が冷えたのだ。

川久保は、慎重に道路脇《どうろわき》の斜面を下りだした。枯草の上に雪が積もっており、しかも昨日までの暖気のせいで、表面は凍っている。滑りやすかった。

五メートルほど、斜面を横切るように下ったときだ。雪の上で靴が滑った。雪面に尻《しり》がついて、そのまま真下に滑り落ちた。やっと止まったのは、斜面の下の平坦地《へいたんち》だ。斜面とはちがって、雪はまだたっぷりと積もったままだ。尻餅《しりもち》をついたままの格好で、下半身が雪に埋もれた。オーバーズボンの靴との隙間《すきま》から、雪が入っている。靴下はすでに濡《ぬ》れた感触だった。

溜《た》め息をついて立ち上がり、手袋をはめた手で雪を払ってから、平坦地をさらに進んだ。雪の中を壺足《つぼあし》で歩くために、そこから窪地までの十五メートルが妙に遠く感じられた。

窪地に近づくと、たしかに赤っぽい防寒着が見える。防寒着の下にも、黒っぽい衣類。

ズボンだろう。防寒着とズボンがセットになっているのだ。衣類だけが偶然そこに落ちているとは想像しにくい。

さきほど想像した死体の様子が、ふたたび脳裏を横切った。川久保はもう一度怖気《おぞけ》を感じた。

川久保は、安永が駐在所に通報してきたことを恨んだ。一一〇番通報なら、広尾署の地域課警官が処理してくれたかもしれなかったのに。

窪地周囲の雪の下は、もう川かもしれなかった。川久保は斜面側にまわった。進みながら、さっき想像したとおりのものがそこにあったと知った。

ひとの死体だ。身体はうつむけで、顔を川久保の側にむけている。髪の長さから見て、たぶん女性。顔は白骨化しており、眼球はなかった。

川久保はいったん顔をそむけた。長い時間見ていることはできそうもない。

死体の周辺にも目をやった。バイクや車両はないか。遺留品は見つからないか。とくに何も見当たらなかった。

手袋を脱ぎ、署活《しよかつ》系無線のマイクを取り出して広尾署を呼んだ。しかし、署活系無線の電波は弱い。志茂別《しもべつ》駐在所管轄《かんかつ》区域では、つながらないことのほうが多い。ましてや悪天候のときは。こんどもノイズが聞こえるだけだった。

あきらめて、携帯電話で地域課に電話をかけた。

課長の伊藤克人《いとうかつんど》警部が出たので、川久保は言った。

「変死体です。志茂別駐在所管内で発見しました。雪の中に埋もれていたようです」

伊藤が訊《き》いた。

「事件性はありそうか？」

「わかりません。交通事故のようでもありません」

「男？　女？」

「女でしょう」

「年格好は？」

「もう骸骨《がいこつ》になってますよ。赤い防寒ジャケット。黒っぽいズボンのようなものを穿《は》いてる」

「裸足《はだし》？」

「雪の下で、見えませんね」

「身許《みもと》を特定できそうなものは？」

「見当たりません」

「写真、送ってもらえるか」

「切ったらすぐ」

「応援と鑑識をやる。場所を言ってくれ」

「志茂別東二線」と川久保は答えた。「茶別橋をわたって左側、二十メートルほどのところです。道路脇が高さ五メートルぐらいの斜面になっていて、その斜面の窪みです」

「吹雪、そっちは大丈夫か」

「いまならまだ走れると思いますよ」

「三十分で行けるだろう。道路脇にいてくれ」

「はい」

携帯電話をカメラ・モードにして、写真を三枚撮り、そのうちの一枚を広尾署に送った。

広尾署の生活安全課は、その写真を見て、失踪《しっそう》届けや捜索願いとの照合を始めるだろう。赤い防寒着を着て、いなくなった女性の。

川久保は、ポケットから黄色いテープを取り出した。この吹雪の中、斜面の下まで降りてくる物好きがいるとも思えないが、応援の警官たちへの目印としても、この場にテープを張りめぐらしておくべきだろう。

立ち木の幹にテープの端を結んで、延ばしながら死体のある場所をぐるりとめぐった。窪地の反対側へとまわって、テープを手近の立ち木の幹に結びつけた。あらためて死体に目を向けた。死体の手前が凍っているように見える。やはり川の水量が多いときは、流れの淵《ふち》となっているのだろう。淵で引っかかった死体が、渇水期《かっすいき》となって置き去りにされ、さらに雪が解けたおかげで、このとおり姿を現したのだ。事件性があるにせよ、死体もしくは生体が川に投じられたのは、この場所ではない。もっと上流ということになる。

川久保は、ジャケットの裂けている部分に目を留めた。ポケットの口が、大きく開いているようにも見える。ちらりと茶色っぽいものが見えた。川久保は死体に近づくと、警棒を抜いてそのポケット部分を押し広げてみた。何か固めの感触のあるものが収まっている。

川久保はその場にしゃがみこみ、警棒でポケットの口を広げ、左手を伸ばした。気色悪さがまた意識に広がった。ポケットには、財布らしきものが入っていた。かすかな嘔《は》気《き》をこらえつつ、川久保はその財布を引っ張り出した。

財布を開けてみた。ローマ字ふた文字を組み合わせた模様の、茶色いビニール製の財布だった。長いこと水に浸《つ》かっていたせいか、表面が劣化している。

紙幣はなかったが、カードが何枚か入っていた。一枚は川久保も持っているAコープのポイントカードだった。裏面の汚れをぬぐってみると、名前がわかった。薄れかけたペン字ではあったが、薬《やく》師《し》泰《やす》子《こ》、と読めた。薬師。見覚えがある。珍しい部類の名字だから記憶にあった。地元にも一軒、この名字の家があったはずだ。

これで十分、と川久保は自分に言って、財布とカードを、持参のビニール袋に収めた。

自分の足跡をたどって窪地をまわり、斜面を登った。道路まで上がると、真正面からの吹雪が川久保の頰を叩いてきた。雪がピシッピシッと、鋭く刺さってくる。水気を含んできたのだ。吹雪ではあるが、気温は少し上がってきているようだ。

危険だ、と川久保は荒れた空を見上げて思った。サラサラ雪の吹雪ならばまだましだ。しかしきょうのように日中の気温が上がると、交通量の多い道路の表面では、雪はいったん解ける。そのまま気温が上がり続けるならよいが、日が落ちればどっちみちまた気温は下がる。濡れた表面は凍結するのだ。自動車にとってはもっとも危険なアイスバーンとなる。

交通事故が多発しそうだった。こんな日はいっそみな、外出はいっさい止めて閉じこもってくれたほうがよいのだが。

警察車の運転席に身体を入れるとすぐ、川久保はエアコンの温度設定スイッチに手を伸ばした。いま目盛りは二十五だが、これでは足りない。川久保は数字を二十七に上げた。濡れた靴下のことが、気になりだした。早く取り替えないことには、風邪を引いてしまう。

時計を見ると、一時十五分になっていた。広尾署からの応援は、ほんとうに三十分でやってくるだろうか。それまで自分はほんとうに、ここでじっとしていなければならないか？

こうしているしかないことは、承知していた。

*

笹原史郎《ささはらしろう》は、運転している相棒の佐藤章《さとうあきら》に言った。

「横に停めてくれ」

佐藤は返事をしないままその軽トラックを進め、銀色のセダンの左横に停めた。

帯広市内、国道三十八号線に面したショッピング・センターの駐車場だった。吹雪のせいか、駐車場は空《す》いている。三百台は停められようかというスペースに、ほんの二十台ぐらいの自動車しか停まっていなかった。笹原たちが最初に乗ってきたセダンは、駐車場の端に、捨てられた玩具《がんぐ》のようにぽつりと停まっていた。

佐藤がサイドブレーキのレバーを引き、ヘッドライトのスイッチをオフにした。

笹原は、軽トラックの助手席で時計を見た。地元の暴力団組長の屋敷を襲ってから、十五分たっていた。予想以上に時間がかかったことになる。この駐車場まで、計画では五分できていなければならなかった。

吹雪のせいだ。帯広市内でも視界はせいぜい百五十メートルだったろう。市街地を走っているというのに、ふたつ先の信号が見えなかった。車はみなヘッドライトをつけて、のろのろと走っていた。フォグランプをつけている車も少なくない。おかげで、ここまで十五分もかかったのだ。

佐藤が、笹原に顔を向けて訊いた。

「乗り換えるんじゃないのか？」

笹原も佐藤に顔を向けた。

「いや」笹原は素通しのメガネをはずし、キャップを脱いで答えた。「計画変更だ」

「どうするんだ？」

「別々に逃げる」

佐藤が眉間《みけん》に皺《しわ》を寄せた。意味がわからなかったのか、提案が気に入らないのか。

「どうしてだ？」

「ひとを殺してしまった。別れどきだ」

「おい」と、佐藤はすごむように言った。「ヤクザの組長の屋敷を襲ったんだ。どっちみち、ばれたら命はねえんじゃねえか？」

「殺していなければ、警察は出てこない。恥ずかしくて、徳丸だって警察に被害届けを出したりしないからな。だけど、女房を殺してしまった。警察が出てくる」

「想定内だろうさ」

「いや。まるでちがう話になってしまった。ここで別れる」

「おい」

佐藤は笹原をにらんで、右手を防寒着の下に入れようとした。

笹原は身体を素早く佐藤に向け、両手で佐藤の肩を押さえた。佐藤は動きを止めた。

笹原は、あくまでもおだやかに言った。

「ここで山分けだ。半分持ってけ」

佐藤がとまどいを見せつつ訊いた。

「半分くれるんだな」

「最初からの約束だろう」

「おれはピストルを用意した。目立つことはおれが引き受けたんだぞ」

「お互いにリスクは冒したさ。ここで、細かなことを言い出すのか。約束どおり山分け。ただし、ここで別れる。それで何か困ったことでもあるか？」

佐藤は少しのあいだ、計算し葛藤《かっとう》しているかのような表情を見せてから言った。

「いいさ。山分けだ」

「きれいに別れような。ほとぼりが冷めたら、また組んでもいい。こんなにうまいヤマは、お前の前には絶対に転がってこないんだから」

言いながらも、笹原は思っていた。この佐藤がこれほど単純で粗暴なバカだとは思っていなかった。二度と組むことはできない。二度目などない。佐藤のほうは笹原の頭脳と度胸に敬服し、今後ともうまいヤマには加わりたいと願っているはずだが、自分はもう二度と組むことはない。こいつが一発放つまでは、携帯電話の闇《やみ》サイトながら、そこそこいい相棒を見つけたと思ったものだが。

佐藤が訊いた。

「次の計画があるのか？」

「あるさ」笹原は言った。「たかが五千万の仕事だぞ。これは本番じゃない。小手試しだ。お前をテストしたんだ」

「合格したろう？」

「撃ったのはまちがいだ。だから、次の仕事まで、少し時間を置く。お前の頭が冷えるのを待つ」

「次は、いくらの仕事だ？」

「次がこれ以下だと思うのか？」

「わかった」と佐藤はうなずいた。「手をどけてくれ」

大丈夫だ、と笹原は判断した。佐藤は、ここでおれを撃ってひとりで逃げようとはもう思わない。次回を期待し始めた。

笹原は佐藤から手を離すと、足元からナイロンバッグを取り出した。いましがた、現金を詰めてきたものだ。ふたりのあいだに置いて、バッグの口を開けた。

バッグをすっかり広げて、中の現金を見せた。佐藤の頬がゆるんだ。彼がこれまで見たこともないだけのカネ。やつにとっては、どれほどのぜいたくができるのか、想像もつかないほどの額の現金だ。いま彼は、人生で最高の幸福を感じているはずだ。少なくとも、最高の達成感を味わっているのはまちがいないところだ。この落ちこぼれの、負け組の、間抜け野郎は。

笹原は紙幣の束を適当に取り出して、自分の背とシートのあいだに押し込めた。ほぼ半分をいただいたと思えるところで手を止めると、佐藤が一瞬不服そうな顔をした。

笹原は言った。

「最後の一枚まで数えろって言うのか」

「いや、だいたいでいい」

「半分ある。二千五百万は固いぞ」

佐藤はうなずいた。

笹原はバッグを佐藤に押しつけた。

佐藤はバッグを両手で抱えて、中をのぞきこんだ。小さな目がいっそう細くなった。

「急げ」と笹原はうながした。「あっちの車に乗れ」

車は、昨日札幌のパチンコ屋の駐車場で盗んだものだった。さらに、笹原が千歳《ちとせ》空港近くの長期駐車場で盗んでおいたナンバープレートにつけ替えている。数日間は手配される心配はなかった。

佐藤は、バッグを抱えたまま言った。

「おれは、どう逃げたらいいんだ？」

「三十八号線で西に向かえ。十勝清水から道東自動車道に入って、狩勝《かりかち》トンネルを抜ける。きたときと同じルートだ。札幌まで行ったら、またあの夜行列車に乗るんだ。飛行機は使うな」

「狩勝トンネルだな」

「そう。派手な真似《まね》はするなよ。お大尽遊びなんてやれば、一発で通報される」

「そんなバカじゃない」

「風俗嬢に二万も三万もチップやるなよ」

「わかってるって」

「もうひとつ、ひとを殺してしまったんだ。警察が出てきたら、撃ちまくって逃げろ。逮捕されたら無期懲役以上だ。それよりは、逃げて、太く短く生きたほうがいいぞ」

「最初からそのつもりだ」

見損なうなとでも言うように佐藤は顎《あご》を上げた。

「男だ」と笹原は持ち上げた。「見込んだだけあったよ」

佐藤は得意そうに口の端を上げて、軽トラックから降りた。

ドアが開いたとき、猛烈な風が車内に吹き込んできた。風が強くなってきている。雪プラス強風だ。車の運転が難しくなっている。

笹原も助手席から降り、身を縮めてセダンに近寄った。セダンのトランクルームには、笹原の旅行バッグが入っているのだ。荷物を取り出し、軽トラックに積むと、佐藤は笹原に手を振ってから、セダンを発進させた。

笹原は、セダンが国道三十八号線に出てゆくのを見守った。すぐにセダンは、吹雪の向こうに消えて見えなくなった。

笹原は、カネを自分の旅行バッグの中に収め、防寒着を引っぱり出して羽織ると、ショッピング・センターの建物へと向かった。また一台、車を盗まねばならなかった。さいわいこの吹雪だ。ナンバープレートを取り替えるという手間はかけなくても、しばらく盗難車で逃げられるだろう。

逃げる方向は、佐藤とは逆だ。やつは狩勝トンネルを使って札幌方面に向かう。自分は帯広から南下し、天馬街道か黄金道路を使って日高に入る。

それにしてもと、笹原は思った。徳丸一家のあの若い衆が縛《いまし》めを解き、組長に報告して、組長が警察に通報することを決断するまで、どのくらいの時間の余裕があるだろう。一時間か、二時間か。組の誰かが異変に気づいて屋敷に入るということもあるだろう。長くて、せいぜい半日、きょうの夕方ぐらいまでか。

吹雪がひとしきり強くなった。笹原は風から顔をそむけ、建物に向かって足を早めた。きょうの天気さえふつうであれば、半日で十分に日高までは走れるはずなのだが。

計画はその都度変えてゆかねばならないようだった。

＊

西田康男は、作りかけの運転手シフト表から顔を上げた。

女性事務員の横井博子が呼んだのだ。

「専務から、電話」

専務というのは、社長夫人の大塚利恵《おおつかとしえ》のことだ。事務所にはろくに顔を出さないが、役員である。従業員の給料の決定については、社長の大塚秀夫を超えた絶対の権力を持っていた。残業代をつけるもつけないも彼女の胸ひとつ。たいがいの場合は、つけられない。定時を五時間も過ぎて働いたような場合だけ、一時間程度の残業代が認められる。認めたといっても、彼女の頭に労働基準法が入っているわけではなかった。たぶん条文を読んだことすらないだろう。彼女が残業代と口にするとき、それは法の定義とは無縁なのだ。周辺の慣行に合わせて口にしているに過ぎない。彼女の定義では、それは「お駄賃」のはずである。その大塚利恵がどうかしたか？

西田康男は、デスクの上の電話機に手を伸ばし、内線ボタンを押して受話器を取り上げた。

大塚利恵は、名乗ることもなしに言った。

「西田、ちょっとうちにきて。至急」

西田はできるだけ軽い調子で訊《き》いた。

「どうしました？」

「クルマが、はまっちゃったの。吹き溜《だ》まり。助けにきて」

「ご自宅の前ですか」

社長宅は、この志茂別町国道沿いから二町裏手にある。前の町長が整備した住宅街で、条例では三百坪以下での土地売買は認められていない。建ぺい率は二十パーセント。つまりそこは、屋敷しか建てることができない地区だ。志茂別町でいちばんの高級住宅地ということになる。代々の町長、助役、羽振りのいい自営業者たちが住んでいた。

大塚利恵は言った。

「車庫の前に吹き溜まりができちゃってるのよ」

「お出かけですか？」

「余計なこと訊かないで」

「吹雪、ひどいですから」

「とにかくきて。雪、除《の》けて」

「はい」

受話器を戻すと、西田は立ち上がって横井に言った。

「社長のうちに行ってくる。吹き溜まりができてるらしい」

横井が訊いた。

「除雪ってことですか」

「機械でひと押しするだけなら楽なんだけど」

「うちの前だけは、きちんと手で除雪しろって言われるでしょうね。機械使うと傷《いた》めるからって」

「スコップでやってくるさ」

入り口脇《わき》のコートハンガーに向かった。厚手の防寒着に加えて、ゴム長靴とニットの帽子、温かいミトンが必要だろう。

三十代の営業マンと目が合った。彼はさきほど事務所に戻ってきてから、ずっと腰を落ち着けたままだ。じっさいこの吹雪では仕事になどなるものではないが、専務の用事を代わってくれてもいいのだ。若いお前とちがい、おれは病気持ちの五十代なのだ。腰だって心配だ。

その想《おも》いが顔に出たか、営業マンはすっと視線をそらした。

西田は防寒着を羽織りながら思った。それにしても、社長宅の車庫の前はロードヒーティングされているはずだ。はまるほどの雪が溜まるのだろうか。

防寒着を着込んでから、西田は横井に振り返って言った。

「四駆《よんく》、借りてくぞ」

はい、という返事があったかどうかはわからなかった。事務所の引き戸を開けたとき、風除室まで吹雪の音が聞こえていたのだ。外の引き戸がガタガタと揺れていた。

こんな日に外出することはないのに。

西田は、風除室内側の引き戸を後ろ手に閉じてから、声に出した。

「バッカ野郎だよ、まったく」

ふとまた脳裏に、金庫の中のあの二千万円の現金が浮かんだ。

二千万円。おれの働きの一部がまちがいなくあのカネに含まれている。支払われなかった賃金と、社長夫人の私用のために使われた労働の対価が、あの二千万を構成している。二千万円。

その額を頭の中で繰り返しながら、西田は事務所の風除室を出た。

＊

坂口明美は、居間で立ち上がってから、自分が上の空であったことに気づいた。立ち上がって何をするつもりだったか、思い出せないのだ。

何をしようとしたのだった？

洗濯物は畳み終わった。すべてクローゼットに収めて、リビングルームに戻ってきた。いったん椅子《いす》に腰をおろし、呼吸を整えたのだ。心配ごとが、胸のうちでわだかまっている。というか、むしろもうひとつ心配のレベルが上がりそうな予感があった。

菅原信也のあの言葉が気がかりなのだ。

「別れる前に、顔だけもう一回」

その言葉に自分はこう返してしまった。

「わかりました」

とにかく電話を早く切りたかったのだ。もう一度会いたいという懇願に応諾したわけではなかった。あの返事は、あなたの言っていることは耳に入った、という意味以上のものではない。

冷静になってあのやりとりを思い出せば、やはり会いにくると取られてしまったのだろう。少なくとも、菅原がそう受け取ることは不当ではない。

しかし指定されたペンションまで行けば、菅原は明美にいま一度、性交渉を求めてくるだろう。これまで電話で何度か脅しめいた言葉も口にしていた。

おれたちのあいだの秘密、守り続けようね。

旦那《だんな》さんにはずっと内緒だよ。

明美ちゃんの素顔を知っているのはおれだけだ。

あれらの言葉すべてが、いまは脅迫だと思える。秘密をばらされたくなかったら、またセックスしよう、関係を続けよう、と言っている。

一カ月のあいだ、もう会えないと言い続けてきたが、菅原にとってもそろそろ限度のはずだ。きょうの電話が、おそらくは最後の甘言のはず。あらためて拒絶するなら、彼は豹変《ひょうへん》するだろう。本気で脅迫にかかってくるだろう。

ペンションに行かなければどうなるだろう。菅原は、明美のプライベートな情報をかなりつかんでいた。志茂別町に住んでいること。転勤族であること。ママさんコーラスのサークルに入っていること。夫は志茂別町にある本州資本の会社に勤めていること。子供はいないこと。これらのことから、この自宅の場所も夫の勤務先の名も、特定することは容易だ。脅しにかかろうと思えば、簡単にできる。

脅しを無視する、という方法はありうるだろうか。不倫をばらすよ、と言われて、勝手にしろと応《こた》えることは可能だろうか。菅原の性格であれば、すぐに嫌がらせを始めるだろう。夫や近所のひとに、明美の不倫の証拠をばらまくのではないか。匿名《とくめい》電話、あの写真。チラシを作って近所の電柱に貼《は》ることまでは想像できないにしても。

過《あやま》ちを犯したのは一回だけだ。

そう自分を納得させようとしたこともあった。一回だけだ。深入りしたわけではない。過ちにはちがいないが、溺《おぼ》れたわけではなかった。すぐに過ちと悟って自分を責めた。ばらされる前に、夫に告白したらどうだろう。夫はもちろん激しく衝撃を受けるだろう。明美が震え上がるほどに激昂《げっこう》するかもしれない。それとも、黙って抱きしめて許してくれるだろうか。

いや、夫はあのとおりの技術者気質《かたぎ》、妙なところで硬い男だった。女遊びの過去もない。妻の過ちに、寛大になれるとは思えなかった。苦しみ、うちひしがれ、この自分に怒りをぶつけてくるのではないか。つまり自分が告白した瞬間に、自分たち夫婦のあいだには深い亀裂《きれつ》が入るだろう。離婚まで進むことも考えられる。もし離婚しなかったにせよ、無邪気に屈託なく笑い合える関係は終わるのだ。あの日々は永遠に取り返しのつかないものとなってしまう。

それに、と明美は思った。もし夫が許してくれたとしても、スキャンダルは残る。菅原はたしか、志茂別には知り合いがいる、と言っていた。彼がその知り合いに写真入りのメールでも送ったら、どうなる？　菅原の知り合いなのだから、人柄も推して知るべしだ。たちまちその話は町じゅうに広まるだろう。

社宅の主婦たちは、よく地元のスキャンダルを茶飲み話にする。布団《ふとん》セールスの若い男と不倫した主婦について、隣り町の酒場女に貢《みつ》いで身上《しんしょう》つぶした自営業者のこと、帯広で援助交際をやってる女子高生の件、三人の男を手玉に取った後に逃げた女祈禱師《きとうし》のこと。最近もひとり、家出したという主婦の話を聞いた。なんであれ、とにかくいったん地元の誰かが耳にしたなら、それは一瞬にして公開情報となる。誰もが知っていて笑いの種とする話題となるのだ。

そうなったら、夫が許してくれたとしても、この町では生きてゆけない。恥ずかしくてとても、この町の表通りを歩けない。

そこまで考えてから、明美は自分が何をしたかったかを思い出した。昼ご飯の支度だ。明美は台所に入って、冷蔵庫を開けた。何にしよう。パスタ？　焼きそば？　ピザトースト？　なんであれ、サラダは作らねばならない。

冷蔵庫からトマトを取り出し、まな板の上に置いてから、包丁を取り出した。

一回だけの過ち。一回だけの裏切り。

たった一回だけのことなのに、そして十分に後悔し、苦悩しているというのに、なおこれ以上苦しまなければならないのは、理不尽だ。わたしの過ちは、それほどのものだったか？　家庭を失わねばならないほどに。陽光の下も歩けなくなるほどに。

包丁を握って、ふと思った。

菅原を逆に脅すのはどうだろう？　もしあなたがこれできっぱりと別れてくれないなら、わたしはあなたを殺すと。あなたを殺してわたしも死ぬと。

この脅しは効くだろうか。本気に取ってもらえるだろうか。現実味のある言葉だと、菅原を怯《おび》えさせることはできるだろうか。

それとも誰かに仲介を頼むのがよいだろうか。もちろん夫には内緒で。カネはかかるだろうが、スキャンダルとなるよりはよい。

この場合、暴力団員のような人物に頼むのがよいか。警察は論外だ。まだ菅原からは、具体的に脅迫があったわけでもない。相談することもできない。

殺すと脅す。別れてくれないなら、これっきりにしてくれないなら、わたしはあなたを殺す。殺して自分も死ぬ。

明美は包丁に力を加えた。研いだばかりの包丁は、すっとトマトに食い込んでふたつに分けた。

＊

足立兼男は、両手足を縛られたまま、なんとか身体《からだ》を転がして、デスクの下まで持っていった。

壁から、電話のケーブルが伸びている。電話機自体はデスクの上にある。自分はいま、操作することはできない。しかし、徳丸徹二は固定電話を使った緊急通報サービスに加入していた。ボタンを押すだけで、電話回線を通じて先方につながる。ボタンを押さなくても、機器に不自然な操作がおこなわれた場合は、緊急事態の発生とみて即応してくれる。一般にはすぐにその警備会社の社員がその契約家庭なり事業所まで駆けつけることになっているらしい。徳丸の場合は、緊急通報時、組員にまず連絡がゆくようになっていた。

無理な姿勢のままで、ケーブルに足をひっかけることができた。足立は身体をひねり、そのケーブルを引っ張った。何度か試しているうちに、ようやくデスクの上の電話機と、緊急サービスの付属機器をたぐり寄せることができた。さらに身体をひねって、ケーブルを引っ張った。大きな音がした。電話機と付属品が、デスクから滑り落ちたようだ。

自分の位置からは、床に落ちた電話を見ることはできなかった。姿勢を変えることも難しい。しかし、受話器がはずれたのは間違いないだろう。十分に異常事態だ。

猿ぐつわをされてはいたが、足立は喉《のど》の奥で叫んだ。

「助けてくれ！　連絡してくれ。徳丸だ。徳丸のうちだ。非常事態だ」

相手に声が聞こえるわけではない。しかし、叫ばずにはいられなかった。恐怖があるし、焦《あせ》りもある。たとえ声も出せない状態であろうと、叫びたかった。

「助けてくれ、徳丸だ」

喉が苦しくなった。猿ぐつわをされた状態では、深呼吸すら責め苦だ。気もいくらか落ち着いた。足立は空《むな》しい絶叫はやめた。

そのうち、屋敷の中のどこかで、自分の携帯電話が鳴り出した。電話機を床に落としてから一分以上たっていた。どうやら警備会社が、組の誰かに緊急通報を入れたようだ。さらに通報を受けた誰かが、足立に問い合わせてきたのだろう。自分の携帯電話は、あのメガネの中年男が取り上げていった。裏口あたりに捨てていったのだろう。着信音は、裏口か廊下のほうから聞こえてくる。このまま足立が電話に出なければ、組の誰かが異変を察して、この屋敷に駆けつける。事務所で留守番をしている若い衆の誰かがだ。

もう安心だ。あと十分も待てばいい。

足立は浩美に目を向けた。浩美はもう動いていない。身体の下には、たっぷりと赤いぬめり。死んでしまったのだろう。

親分はこれを知って、どう反応するだろう。おれがヤキを入れられるのは確実だった。半殺しにされるかもしれない。屋敷の留守を預かっていながら強盗に侵入され、カネを奪われて、姐《あね》さんまで殺された。親分が怒り狂ってもしかたがない。もし指一本で済むなら、それは安いと言うものだろう。

それにしても、と足立は思った。暴力団の組長の屋敷が、強盗に襲われて大金を奪われた。何年か前、長万部《おしゃまんべ》のほうでも同じような事件があったが、あのときはその組長の面目は丸潰《まるつぶ》れとなった。事件を知った警察が、組長を説得して被害届けを出させたのだ。

暴力団組長が強盗の被害届けを出した。

この話はいまでも暴力団員同士の格好の酒のサカナだ。いくら落ちぶれたからって、警察に被害届けを出すようになったら、ヤクザもおしまいだ。それが北海道の暴力団員たちの常識だった。徳丸組長自身もそう思っていることだろう。

組長は、被害届けを出すだろうか。それとも、姐さんが殺されたことも隠し通して、自力であのふたり組を追うことになるだろうか。あのふたり組は、徳丸組長が稲積連合四代目会長襲名披露宴に出ていることを知っていたのだ。とくに中年男のほうは、まちがいなくこの稼業《かぎょう》に何らかの関わりがある者だ。それが誰かを突き止めることは、さほど難しくはないだろう。

組長が自力で追って始末する、そう決めたときは、おれがやりますと立候補しなければならない。

かまわん。やるさ。やるしかない。

自棄《やけ》になって自分にそう言い聞かせつつ、足立は願った。早くきてくれ。十分と言わず、三十秒でも一分でも早くここに来てくれ。自分は姐さんの死体のそばで、このまま長時間過ごしたくはない。

＊

いったん冷えた身体が、いくらか暖まってきた。いや、おぞましいものを見た記憶が、少し生々しさを減じたのか。いずれにせよ、警察車の運転席で、川久保には気持ちの余裕が出てきた。

川久保はもう一度肩から署活系無線のマイクを取り出した。さっきはノイズだけだったが、もう一度試してみておくべきだろう。

やはりつながらなかった。志茂別町市街地を北にはずれた場所なので、そもそも電波は弱い。加えてこの悪天候だ。無理はない。

携帯電話を取り出して、あらためて地域課に電話をかけた。

「写真、受け取った」と、課長の伊藤が言った。「近隣の捜索願い、失踪《しっそう》届けを洗ってるが、いまのところ該当者なしだ」

川久保は言った。

「財布を見つけました。スーパーのポイントカードが入っていて、薬師泰子って名前が書いてあったんです。捜索願い、出ていますかね」

「どんな字だ？」

川久保はカードに書かれていた文字を教えた。

伊藤は言った。

「ない。その名前で捜索願いは出ていない」

「被害届けはどうでしょう？　盗まれた財布かもしれない」

「すぐ調べさせる」

「発見現場の様子から、去年根雪になる前あたりの事件か事故です。仏さんは、川の上流から流れてきたんじゃないかって思える」

「上流だって、うちの管内だ」

「少し範囲を広げても、該当者なしですか」

「去年の八月に、中札内《なかさつない》で女子高校生がひとり。家出だろうな。十月には帯広で七十八のばあさん。これはキノコ採りの最中の遭難だろう。その仏さんは、高校生か婆《ばあ》さんに見えるか」

「服装から見ると、二十代から五十代の範囲」

「広すぎる」

「これ以上は、わたしには絞れない」

「ま、応援が着けば、もう少し手がかりが出てくるだろうが」

「あと二十五分で着かなければ、わたしはいったん駐在所に戻ろうと思いますが。この吹雪なんで、わたし自身が町まで帰れるか心配になってきた」

「こっちもひどいことになってる。町にはもうほとんど車は走ってない」

「あと二十五分待ちます」

「そうしてくれ」

川久保は、フロント・ウィンドウごしに、町道東二線の先を見た。吹雪はまた少し強くなってきている。まだ数センチの深さとはいえ、吹き溜《だ》まりも出来てきていた。

背後を振り返った。うしろには、長さ三十メートルばかりの茶別橋がある。しかし、いまは欄干すら見えなかった。川久保はリア・ウィンドウのワイパーを動かした。ワイパーはガラスに凍り付いた雪を少しかき落としたけれども、うしろが見えないという点では同じだった。見えないけれども、茶別橋の上を、猛烈な風が吹き抜けているはずである。さきほど川久保自身、車を流されてひやりとした思いを味わったのだった。

川久保は不安になった。町の除雪車は果たしてきてくれるだろうか。

この東二線は、町の基準では、除雪の優先度は低かったはずだ。幹線道ではないため、交通量も少ないのだ。だからこそ、あの死体もずいぶん長いこと発見されなかった。

すぐに、ここを離れたほうがいいかもしれない。へたをすると、ここでこのまま吹雪に閉じ込められることになる。この警察車は、一応は四輪駆動とはいえ、深さ二十センチにもなるような吹き溜まりを越えては走れないのだ。

三分ほどそのままでいたが、鑑識の到着を待ちきれなくなった。川久保は携帯電話を取り出して、町の施設のひとつに電話をかけた。

福祉会館、と中年女性の声が返った。

駐在の川久保、と名乗ってから訊《き》いた。

「片桐さんはいるかな？」

片桐老人は、誰よりも町の事情に通じている。配達しながら、町の隅々の噂《うわさ》を、ひたすら脳細胞の奥にため込んできたせいだ。川久保は片桐のことをひそかに町いちばんのデータベースと呼んでいる。いや、いまふうに呼ぶなら、彼は町のグーグルかも知れなかった。簡単なキーワードを伝えるだけで、たちどころに基本情報を教えてくれるのだ。

片桐が電話口に出て言った。

「言われなくても、もうそろそろ帰る」

片桐は福祉会館でひとり碁盤に向かい合うのが日課だ。でもきょうの吹雪だ。早めに自宅に帰ったほうがいい。いつものように夕方まで福祉会館にいれば、自宅まで帰れなくなる。へたをすると、福祉会館で毛布をかぶって夜明けを待つことになるかもしれなかった。

川久保は言った。

「そうですね。それがいいと思います」

「そういう話じゃないのか？」

「またひとつ教えてもらいたくて。この町に、薬師って名前の住人がいましたよね。薬に、師範とか、恩師というときの師という字ですが」

「薬師。薬師宏和《ひろかず》のことかな。志茂別畜産の運転手だ」

「奥さんがいましたか？」

「ああ、いるよ」片桐の声がふとくぐもった。「いることはいるが」

「どうしました？」

「実家に帰ってるって話は聞いてる」

「いまいないんですか？」

「最近のことは知らないが、正月はいなかった」

実家に帰っている？　正月のころには自宅にはいなかった？

「奥さんの名前、なんて言いました？」

「泰子、じゃなかったかな。たしか、天下泰平のタイの字だよ」

「薬師の家ってのは、どの辺です？」

「町はずれだ。西町に折れる交差点の少し北に、五軒ばかり民家が並んでるだろう？　あのうちの一軒」

「亭主ってのは、どんな男です？」

「トラックを運転してる割には、おとなしい男だよ。もともとは、大樹町《たいき》の出じゃなかったかな。だからおれも、あまりよく知ってるわけじゃない」

「奥さんの実家ってのは？」

「内地だって聞いたな。青森だったか、三沢だったか。どうかしたか？」

「ええと、ちょっと奥さんと連絡を取りたいことができて」

「亭主に聞いてみるのがいいな」

「夫婦仲はどうだったんでしょうね？」

「亭主は、たぶん尻《しり》に敷かれてたよ」

「そういう話があるんですね？」

「いや、なんとなくそう思うだけだ」

「そうですか」

川久保は礼を言って電話を切った。

薬師泰子の姿が見えない……。

川久保は、湧《わ》いてきた疑念を整理した。

あの死体の防寒着からは、薬師泰子のカードの入った財布が出てきた。盗まれた財布だったという可能性はないではないが、その場合は盗犯はポイントカードを持ち歩いたりはしない。また、紛失したものを拾ってそのままポケットに入れていた、という可能性になると、ほとんどゼロに近くなるだろう。

いま川久保が決めつけるべきことではないが、とりあえず駐在警官としては、あの死体は薬師泰子だとみなしてもよいはずだ。

では、片桐の情報をどう判断する？ 薬師宏和の女房の姿が見当たらない。近所の住人は、実家に帰ったと噂しているらしい。だから片桐の耳にも入った。それは、近在の住人たちが勝手に想像したことか？ それとも亭主の口から伝わった話か？

その亭主は、女房が実家に帰っていないことを知っているはずだ。正月をはさんで、何カ月も女房に電話をかけなかったとは考えにくい。なのに、とくに心配した様子もない。女房の所在不明を気にすることもなく、捜索願いを出しているわけでもないのだ。つまり亭主は、女房が不在の理由を知っている？

川久保は、警察車の狭い車内でぶるりと震えた。

＊

そのセダンは、荒っぽい運転でそのショッピング・センターのエントランスに向かってきた。

笹原史郎は、その古びた白い大衆車に目を留めた。

さきほど佐藤を先に逃亡させて以来十分間以上、ずっとこのエントランスで、使える車を待っていたのだ。

しかしこの吹雪だ。なかなか駐車場に入ってくる車がなかった。近隣の市民も、天候が荒れているあいだは、買い物になど出るつもりはないのだろう。何台か入ってきた車はあるが、みなドライバーは常識のある連中だった。エンジンかけっぱなしで建物に入ってゆくドライバーは皆無だったのだ。

ケーブルを直接つなぐしかないか。その手で盗むか。

笹原史郎は、エンジンのかかった車はあきらめかけていた。あと一分待って適当な車がこなければ、荒っぽいやりかたで車を盗む。一刻も早く事件現場から遠ざかるには、条件が整うのを待ってはいられないのだ。現場からとりあえず離れた後に、あらためて適当な車を探してもいい。

そこにそのセダンだった。ふたり乗っていた。

セダンはショッピング・センターのエントランスのすぐ前に停まった。本来なら停めてはならないスペースだ。

運転席から降りてきたのは、太り肉《じし》の中年男だった。ニットの帽子をかぶり、フードのついた防寒着を着ていた。くわえタバコだ。

女のほうは、いかにもその男の古女房と見える中年女だった。体型は男の縮小版のようで、雰囲気もよく似ている。黒いパンツに黒いハーフコート。不釣り合いなブランドもののバッグを提げていた。

男がセダンの前を回ってエントランスに向かってきたが、排気管からは白っぽい煙が出たままだ。エンジンを切っていない。ドアロックをかける様子も見せなかった。この場所に停めるのは、ほんのごく短時間だというアピールなのかもしれない。

表情を見るに、このふたりは駐車マナー違反をし慣れているのだろう。盗難の心配もしていないようだ。車が古すぎるせいか。

ふたりがエントランスに入ってきたので、笹原史郎は身体《からだ》をひねって彼らの視線から顔を隠した。

ふたりがショッピング・センターの奥に入っていったのを確認してから、笹原史郎はエントランスを出た。吹雪に顔をしかめながらそのセダンの運転席側にまわり、キーを確かめた。まちがいなくついたままだ。

素早く左右を見渡してから、笹原史郎はセダンの運転席に乗り込んだ。オートマチック車で、カーナビゲーションはついていなかった。シートにはタバコの匂《にお》いがしみこんでいる。げんなりしたが、車を変えている余裕はない。カネを詰めたバッグを助手席に置くと、ギアをすぐドライブに入れて、セダンを発進させた。

アクセル・ペダルを強く踏み込み過ぎた。セダンは尻を振った。

ひやりとして、笹原史郎はアクセルペダルから右足を離した。気をつけよう。自分は雪道には慣れていない。ましてやこんな吹雪の中での運転には。急発進、急制動、急ハンドルは禁物だ。焦《あせ》らずに走ることが、いちばんなのだ。

あらためて慎重にセダンを発進させると、駐車場出口を右折して国道三十八号線に出た。佐藤とは逆方向だ。やつと別れた以上、逃走ルートも違えるのだ。捕まるのはひとりだけでいい。もっと言うなら、佐藤だけでいい。狩勝トンネルを目指した愚か者だけでいい。

＊

菅原信也は、志茂別まで行くと約束したことを後悔した。

吹雪が強くなってきているのだ。視界はせいぜい百五十メートル。あるいはそれ以下だろう。ワイパーの速さを最大にしても、フロントグラスの雪をすっかりは掻《か》き落とせない。冬季用ワイパーのゴムも少し劣化しているため、フロントグラスに開いた穴がたちまち埋まってしまう。前方を見るのがひと苦労だった。

車は、買ったばかりの四輪駆動車だ。ただしジープ・タイプではない。スポーツ・セダン型だ。銀色で、最新のデザイン。自動車に興味のない女であっても、それが高級車であることは理解できる車だった。いまの菅原の生活には、この手の車は絶対の必需品だった。

しかし、セダン型の弱点は車高だ。吹き溜《だ》まりや雪を越えてゆくには、車高が低すぎる。乗り越えてゆくのが難しいのだ。なんとか十五センチぐらいまでの積雪なら、走ってゆけると思うが。

中止にするか。

すぐに考え直した。自分は帯広から二三六を南に走るのだ。南に行くに連れて、吹雪も収まってくるだろう。ひどい吹雪と思えるのも、このあとせいぜい十キロか二十キロという距離のはずだ。その向こうは、たぶん晴れて道も乾いている。経験的にも、この季節、十勝平野の南部が大雪となることは滅多になかった。たとえ彼岸荒れであったとしてもだ。

それに、と菅原は坂口明美の容姿を思い起こして自分に言い聞かせた。あの人妻は、悪くなかった。顔や身体はもちろんだが、亭主が小さな町で堅い仕事に就いているところもいい。べつの言いかたをするなら、あいつは世間体を気にする女だ。押せばカネが出てくる。菅原にとって、なかなか得難いカモだった。きょう、せっかくその女に、最後の密会を約束させたのだ。この機会を、悪天候という理由で逃したくはなかった。この手のことでは、タイミングが肝心なのだ。きょう会うと言わせた女に、キャンセルを言い出すことは愚かだった。明日になれば、女は殻に閉じ籠《こ》もってしまうかもしれないのに。

菅原はそこまで思い出しながら、パネルのデジタル時計を見た。

午後一時四十分だ。この吹雪だと、志茂別のペンション・グリーンルーフに着くのは、午後二時二十分すぎになるかもしれない。

それから部屋を取り、窓の外に吹雪のうなりを聞きながら、あらためてあの人妻を攻めるのだ。前回はあの女はつつまし過ぎた。あまり激しいものとはならなかった。彼女はオーラル・セックスさえ拒んだのだ。

今回は、と菅原は心に決めていた。あの上品ぶった女を、メロメロにさせてやる。自分にはそれができるだけのテクニックがあるのだ。あと四十分だ、と菅原は時計を見ながら思った。志茂別の国道沿いのそのペンションまで四十分。

志茂別、という部分だけは、じつは気になるのだった。坂口明美とはべつのあの女も、志茂別に住んでいた。やはり携帯電話の出会い系サイトで引っかけて落とした女だったが。

ワイパーが、大きな音を立ててフロントグラスの雪をこそぎ落としている。菅原は、カー・ステレオの音量を上げた。女のためのJポップ。特別好きなわけではないが、女の警戒を解くためにCDを入れてある。カラオケに誘うときのために、このCDで歌も練習していた。

菅原が出会い系を使うようになったのは、さほど昔のことではない。最初は二年ほど前だった。悪友から地域別のサイトがあると教えられたのだ。アクセスして、帯広を含めたこの道東地方にも、寂しい女がかなりの数存在することを知った。商売やサクラと思える女をはずして、食いつき具合を試した。狙《ねら》ったのは、もっぱら人妻、あるいは二十代後半以上の独身女たちだった。

反応は悪くなかった。もともと人口希薄な地方だから、登録している女たちの多くは、切実なまでに男との出会いに飢えていたのだ。

「癒《いや》し癒される関係が希望です」

「ときめきを感じたい」

「温かく包容してくれるひとなら」

最初に引っかけたのは、足寄《あしよろ》の女だった。三十四歳の人妻。地方公務員の女房だった。その女を出会った即日に抱いたときから、やみつきになった。次々に会う約束をしては、ホテルに入った。ほとんど入れ食い状態だった。

当時は農業機械のセールスという仕事だったので、毎日十勝平野全域を走っていた。途中、さぼることも可能な仕事だ。おかげで戦果がよかったのかもしれない。主婦たちに、夕方六時に会いたいと言ったところで、よい返事は返らない。人妻と会うなら日中だ。

最初の一年は、セックス以外に目的はなかった。新しい女と知り合い、セックスする仲となって、その関係を飽きるところまで維持する。それだけで満足できた。

出会い系を使い始めて一年ほどたったとき、十勝清水町の自営業者の女房と知り合った。四十歳で、自由になるカネを持っていた。もっぱら帯広のシティホテルで密会したのだが、あるとき菅原の車に不満をもらした。

「安セールスマンみたいな車に乗せないで」

「だから、その安セールスマンなんだよ」と応《こた》えると、女は言った。

「頭金出して上げるから、もっといい車に乗って」

じっさいに女は菅原に百万円をくれた。女からはカネも引き出せるのだとわかった。このとき以来、出会い系サイトを使う目的がふたつになった。セックスとカネだ。優先順位はそのときによって変わるけれども。

やがて勤務成績は下がり、しばしばさぼっていることも知れて、会社を解雇された。しかし菅原は落胆しなかった。自分にはどうやら、女たらしの天分があるようではないか。一年で、ものにした女の数は十八人。貢《みつ》がせたカネは三百万だ。本気になれば、収入はもっと上がるはずだ。会社勤めには未練はなかった。

以来九カ月、セックスとカネを狙って、菅原は出会い系サイトでの女漁《おんなあさ》りを続けていた。

帯広のスナックのマスターに、戦果を自慢していた夜だ。店に生意気な客がいた。その客が、からかうように言った。

「こんな田舎でチョロチョロしてないで、札幌か東京に行ったらどうだ？　いい女はもっといるだろうに」

それは考えたこともある。しかし大都会では、競争相手も多いのだ。若くて、もっとイケメンで、たらしのテクニックに長《た》けた男が大勢いる。道東であればこそ、三十二歳、さほどの容姿でもなく、やや固太り気味の自分でも、ハンターでいることができるのだ。

この点については、菅原にうぬ惚れはなかった。自分を冷静に見ることができた。大都会に行けば、自分は負け組でしかない。

志茂別町のその女は、去年の七月に知り合ったのだ。

「なんでも話し合えるひとがいい。最初はメールから」

そんなメッセージで登録していた。最初はメールのやりとりで十分だった。二十通ぐらいのメールをやりとりしたあとに、ようやく帯広で会った。垢《あか》抜《ぬ》けないファッションの、三十歳だという女だ。あとで知ったが、ほんとうの年齢は三十五だった。

初対面のその日、さんざんに彼女のセンスや人柄をほめて車に乗せ、十勝川温泉のホテルに行った。女は最初こちこちに緊張していたが、二時間後には完全に蕩《とろ》けていた。

情交しながら、彼女が志茂別町に住んでいること、亭主がトラック運転手であることを知った。さほどカネにはならない女だったわけだ。その点は期待はずれだった。

しかし、小遣い程度のカネは引き出せるはずだった。二度目に会ったとき、菅原はカネの話を持ち出した。交通事故を起こして、月々弁済している。これさえなくなれば、もっとひんぱんに会えるのだが、と。女がいくら必要なのかと聞き、菅原は女にも出せそうな額を口にした。女はなんとかすると言い、次に会うときに渡してくれた。貸すのだ、と女は念を押した。

女は、消費者金融でそのカネを工面してくれたらしい。菅原は少しずつ返すと約束し、ありがたくそのカネを受け取った。もとより返済する意志などあるわけがなかった。

その志茂別の女は、やがて返済のために、パチンコにカネを注ぎ込むようになった。借りてはパチンコ、すってはまた借りる、ということの繰り返しだ。あっという間に彼女の借金はふくらんだ。

返済が苦しくなったと、打ち明けられたとき、菅原は冷酷に別れを告げた。じつはもう帯広を離れるつもりなのだと。

女は半狂乱となって、カネの返済を迫ってきた。もちろん取り合わなかった。

最後の電話があったのは、去年の十二月だ。

「もう一回だけ会ってくれない?」と女は言った。「もう一回だけ会ってくれたら、自分も遠いところに行く。もうあなたには会わないから」

菅原は、行くよ、と約束して、すっぽかした。帯広で、新しい女と会っていたのだ。

その日以来、女からは電話はこない。「最後にもう一度だけ会って」とメールはきたが、それっきりだ。ほんとうに、どこか遠くに行ってしまったのだろう。あとを引かずに消えてくれたことを菅原は喜んでいた。感謝しているといってもよいくらいだ。

あの女も、志茂別に住んでいた。ニックネームしか教えてくれなかったけれど、女の運転免許証は盗み見ていた。

ちょっと珍しい名字だった。

薬師。下の名は確か、泰子だった。

3

増田直哉《ますだなおや》は、あきらめてボイラーの前から立ち上がった。

自分の手には負えない。この故障は、専門業者に見てもらうしかない。

軍手を脱いでボイラー室を出ると、渡り廊下を歩いて本館に入った。このペンションは、客室部分とレストラン・住宅部分とが分かれている。固定電話は、エントランスを入って正面の、カウンターの後ろにあった。

固定電話から、町内の設備業者に電話を入れた。女性の事務員が出た。「社長を」と言うと、すぐ折り返しの電話を入れるという。きょうは、社長まで出払っているということだろう。

直哉はデスクの前の椅子《いす》に腰を下ろして、壁の予約表を眺めた。三月末のウィークデイ。観光シーズンではないから、予約客はふた組、合わせて三人だけだ。ひと組は函館の年配夫婦。道東ドライブ旅行をしている最中と聞いていた。もうひとりは、東京の会社員。撮影旅行で来るのだとか。このペンション兼レストラン、グリーンルーフのホームページから予約してきた。

ふた組とも、こんな吹雪の日にたどりつけるかどうか心配になる。とくに東京の会社員のほうだ。レンタカーを借りるらしいが、雪道の運転には慣れてはいないだろう。キャンセルの電話がきてもおかしくはなかった。

それにしても、暖房がまったく効いていないというのはまずい。さっき別館二階の客室をひとつひとつ確かめてきたが、ボイラーが故障したせいで、部屋は冷えきっていた。非常用に小型の灯油ストーブが一台あることはあるが、それでは客が許してくれないだろう。また、もうひと組の客の部屋は完全に暖房なしということになってしまう。本館のほうは、レストランの薪《まき》ストーブと集合煙突のおかげでまだ多少は暖かいが、だからといって、まさか本館の自分たちの住宅スペースに泊まってもらうわけにもゆくまい。

舌打ちしたところで、電話が鳴った。

設備業者の社長からだった。

「ボイラーが故障だ」と直哉は言った。「昼から、火がつかない。一回着火しても、すぐに消えてしまうんだ」

相手が言った。

「安全装置が入ったままってことはないかい？」

「確かめた」

「重油は、空じゃないよな？」

「タンクの目盛りは、半分以上だ」

「バルブは？」

「全部見た。問題ない」

「給油トラブルかな、電気系統か」

「とにかくうちにきて、診てくれないか。お客が入ってる。凍えさせるわけにはいかない」

「きょうはボイラーのトラブルが重なってるんだ。そうだな、三時ごろになるけど」

「遅れてほしくない」

「この吹雪だからね。多少遅れることもあると覚悟してくれ。それとも、晴れてからにするか？」

「吹雪だから、緊急にきて欲しいんだって」

「じゃあ、三時すぎに」

電話が切れた。増田は頭をかきながら立ち上がった。

事務室を出ると、厨房《ちゅうぼう》から妻の紀子《のりこ》が声をかけてきた。

「いま、斉藤さんから携帯に電話があったんだけど」

斉藤というのは、このペンションで雇っている厨房のお手伝いさんだ。六十を越えている女性で、大衆食堂で長いこと働いていた。都会客向けの料理が作れるわけではないが、重宝する働き手だった。

紀子が言った。

「この吹雪なんで、きょうはうちまで来れそうもないって言ってる。あたしが迎えに行く？」

「そんなにひどくなったか？」

増田はロビーの窓に顔を近づけた。

前庭の向こう側に国道二三六が走っているが、その道が流れる白い幕に覆《おお》われて見える。道の手前側に立つ門柱が、半分埋まりかけていた。

たしかにこの吹雪だと、斉藤のおばちゃんでは運転が難しいかもしれない。

増田は紀子を振り返って言った。

「迎えに行くことはない。きみが危ない。きょうは、ふたりでやろう」

「そうね」紀子はうなずいた。「お客さん三人なら、なんとかなる」

「ひとりもこなくなるかもしれない」

「飛び込みがあるかもしれない。一昨年《おととし》の彼岸荒れのときもあったし」

「その前の年もあったな」

「ボイラー、どうだった？」

「直せなかった。業者さんを呼んだ」

直哉はロビーのコートハンガーから、ダウンジャケットを取った。

「行くの？」と紀子が聞いた。

「除雪だ。いまのうちに、庭をもう一回やっておく」

「お昼ご飯は？」

「除雪を終わらせてから」

このペンションには、優に車二十台を収容できる広い駐車場があった。冬のあいだ、何度か業者に隅々まで除雪してもらっているが、大雪の日はあとまわしになる。いま、その業者は、市街地の契約者の駐車場を除雪しているはずだ。待っていても来ない。だから直哉は、こんな日のために、小型の除雪車を用意していた。ブロアで雪を吹き飛ばすタイプのミニ・ローダーだ。除雪能力は貧弱だから、きょうの雪ではたとえ一時間かけても、十分な広さは除雪できない。予約客が二組なので、なんとか間に合うだろうが。

ニット帽をかぶろうとしたとき、紀子が厨房から出てきた。湯気の立つ厚手のカップを持っている。

「ココア、飲んでからにしたら」

「そうだな」

直哉が受け取ると、紀子が言った。

「じつはもうひとつ電話があったの」

何だ？　と首を傾《かし》げると、紀子は視線をそらして言った。

「姉さんから。お母さんのことで」

「何だって？」

「きついって。もう限界って話だった」

その件か。

直哉は、口に含んだココアがふいに苦くなったように感じられた。

妻の紀子は、埼玉の出身だった。母親と姉のひとりが熊谷《くまがや》に住んでいる。母親は軽い老人性の認知症が出ているという。この二年のあいだに四回、紀子は実家に戻って、母親を介護していた。その日数は、あわせて五十日以上になるだろう。

直哉は、東京のレストランでウェイターとして働いているころに、紀子と知り合った。紀子は取引先の食品卸会社の営業担当だった。知り合ってから二年間の交際のあとに結婚した。

直哉自身は、この町の出身だ。生家は酪農家である。このペンションのある土地は、生家の一部なのだ。六百メートル離れたところに、両親の暮らす家がある。

札幌郊外の酪農学園大学を出たあと、丸一年、海外を放浪した。そのとき、ニュージーランドやオーストラリアで、ペンション経営も悪くない仕事だと思うようになった。自分の故郷の町は、洋風の民宿が似合いそうな土地だ。なのにいまのところ、そう思いついた住民はひとりもいない。同業者がいないのだ。であれば、そこそこの客をつかむことができるだろう。

さいわい、酪農業は兄が継ぐ。自分は牛の糞《ふん》を相手にせずに生きてゆける。ペンション建設の費用も、父を保証人にして借りることができる。

旅行から帰って東京でレストラン・チェーンに勤めた。独立のため、接客業を学ぶつもりだった。紀子と知り合い、彼女を連れて何度かこの町に里帰りしているうちに、ペンション経営の計画も具体化していった。

東京で結婚したあと、紀子は会社を辞め、調理学校に通っている。これもペンション経営を見据えての準備だった。

新婚旅行では、丸一カ月ヨーロッパを回った。ペンションやB&Bばかりを泊まり歩く旅だった。成田空港に戻ったとき、ふたりのあいだにはいずれ自分たちが持つペンションの具体的なイメージが出来上がっていた。外観から、内装の細部に至るまでだ。

そして四年前、直哉が三十一歳、紀子が三十歳になったときに、念願のペンション建設を果たした。一年後に、娘の由紀が生まれた。

いまのところ、経営は順調だった。建物はイギリスの田園地帯の民家の様式を模したものだ。鉄筋コンクリート造りだが、石造りふうの外観である。屋根はトタン葺《ぶ》きで、緑色をしている。メルヘン調というわけではないが、若い女性ならその外観写真を見ただけで予約したくなるだろう。それを期待しての様式の選択だった。

建物は、ふたつに分かれている。レストランと住居部分のある母屋《おもや》と、客室部分のある別館とが、渡り廊下でつながっているのだ。食事だけ、飲み物だけの客にもきてもらうためだ。閑散期の建物維持のランニング・コストを下げるという意味もある。閑散期、つまり晩秋と厳冬期、あわせて約三カ月間は、宿泊部門は休業なのだ。しかし繁忙期は十分に忙しい。この方式で、採算はとれている。

ただ、紀子の母親のことが、気がかりと言えば気がかりだった。紀子は三人姉妹の末っ子で、母親はいまちょうど七十歳。独身の次姉が一緒に住んで面倒を見ているが、次姉も看護師という仕事だ。夜勤もある。老いた母親とのふたり暮らしが、難しくなっているという。

去年十一月に姉の応援に帰ったあとで、紀子が直哉に訴えてきた。母親を、この町に引き取ることはできないかと。それは事実上、このペンションに住まわせるという意味だった。

直哉はノーと言った。客商売だし、住宅と仕事場はくっついている。そこに認知症の家族を迎えいれれば、ペンションの雰囲気が変わる。義母は客に迷惑なことをしでかすかもしれない。かといって、二階に閉じ込めてしまったら、それは老人虐待《ぎゃくたい》だろう。仕送り額を増やしてもいいから、引き取ることはあきらめてくれ。

その話題はそれっきりとなった。蒸し返されたことはない。以降きょうまで、直哉は紀子とのあいだに、かすかな隙間風《すきまかぜ》を感じている。

最初は落胆か失望と見える表情を、紀子の顔に感じていた。そのうちそれは、侮蔑《ぶべつ》に変わったように思う。いまは、妻は自分に対して、どこか冷やかである。ふたりのあいだにはまちがいなく溝ができていた。紀子本人は意識していないかもしれないが、直哉には感じ取れている。

直哉はカップの中のココアを半分だけ飲むと、紀子に言った。

「来月、また帰ってくるといい。きみの顔を見れば、少し安心もするだろう」

「そうね」紀子は、歓迎とは受け取れぬ口調で言った。「そうする」

「由紀は？　幼稚園も春休みだろ」

「さっきお義母《かあ》さんから電話があった。きょうは、お義母さんのうちに泊まるって」

「それがいいな」

直哉はカップをそばのテーブルの上に置くと、ニット帽をかぶりなおした。壁の時計は、午後一時四十分を指している。とりあえず三十分やったところで、お茶とするか。

風除室を出ようとしたとき、直哉の身体《からだ》は一瞬押し返された。真正面、西方向からの強風だった。まるで機銃掃射を受けたようだ、と直哉は思った。もちろん実体験はないけれども、この風圧と、猛烈な密度の雪が突き刺さってくる感覚は、たぶんそれほどいまの想像とはちがっていまい。

＊

足立兼男は、入ってきた男たちが、わっ、とうめいたのを聞いた。おぞましいものを見たときに、思わず出しかねない声だ。

男たちが、不快そうに言っている。

「死んでるのか？」

「じゃねえのか」

事務所番をしている若い衆の声だ。自分よりも年下のチンピラたちだった。花崎と、藪田《やぶた》のふたりだ。

足立は、縛られた足でデスクを蹴飛《けと》ばした。

ここだ。机のうしろだ！

ふたりがデスクのうしろに回ってきた。

藪田のほうが、また、あっとうめいた。

花崎が足立の脇《わき》にしゃがみこんで、足立の口の粘着テープをはがした。悲鳴を上げたくなるほどに乱暴なはがしかただった。

「どうしたんです？」と、花崎が訊《き》いた。「何があったんです？」

「いいから、足も早くほどけ」

「はい」

縄をほどいてもらい、足立はようやくその場に立ち上がることができた。

花崎は、金髪の下の顔を蒼白《そうはく》にしている。まだ二十歳の藪田は、いまにも泣きだしそうだ。

「襲われたんだ」と足立は言った。「ふたり組が、ここを襲って、金庫のカネをかっさらっていきやがった」

「姐《あね》さんは？」

「撃たれた」

「チャカ持ってたんですか」

「素人《しろうと》じゃねえ。オヤジたちが熱海に行ってることも知ってた」

花崎は、ちらりと浩美の死体を振り返って言った。

「救急車呼びますか？」

「待て。先にオヤジに電話だ。おれの携帯、見なかったか？」

返事を待たずに、客間に入った。ソファの脇のカーペットの上に落ちていた。足立は携帯電話を取り上げた。壊れてはいない。あのふたり組は、こんなにも早く救援が駆けつけるとは、夢にも思っていなかったろう。足立は若頭に発信した。

二回の呼び出し音で、若頭の赤井が出た。

「何だ？」赤井は不機嫌そうだ。「大事な日だぞ」

足立は言った。

「すいません。いま、まわりにひといますか？」

「何だ？　かまわんから言え」

「屋敷が襲われました。現金を取られて、姐さんが撃たれました。死んだみたいです」

「何い？」

足立はあらためて詳しく事情を報告した。すぐには赤井が信じられないのも、無理はないのだ。

聞き終えると、赤井が怒鳴った。

「てめえがいながら、何やってたんだ！」

「すいません。ほんとにすいません。おれどうしたらいいですか」

「どうしたらって、何をしてやがんだ。その野郎を追いかけて、半殺しにして連れてこい」

「もう逃げました。二十分以上前です。いま、花崎と藪田に助けられたところなんです」

「姐さんが死んだっていうのは、ほんとうか？」

「確かめてませんけど。救急車呼びますか」

「待て。警察《サツ》には、電話したのか？」

「いえ」

「警備会社にも、してないのか？」

「来ることにはなってません」

「カネは全部？」

「たぶん。金庫は空になりました」

「手前《てめえ》、帰ったら締めてやるぞ」

「すいません。すいません。どうしたらいいすか？」

「ちょっと待て。オヤジに話す」

電話は切れた。

花崎と藪田が、足立を見つめてくる。自分たちはどうしたらよいのか、彼らもまた指示を待っていた。

足立はふたりに言った。

「オヤジから、指示がある」

花崎が言った。

「救急車呼んだほうが」

「もう死んでる。それに、救急車がくれば、警察沙汰《ざた》になる。撃たれたんだからな。そしたらここに警察が入るんだぞ。カネが取られたことを、言わなくちゃならない。関係者のヤサ全部にガサ入れされる。チャカも見つかる。オヤジの了解をもらわなきゃならない」

「姐さんが死んでるのに、隠すんですか？」

「おれたちが殺したわけじゃない」

携帯電話が震えた。組長からだった。

足立は受信スイッチを入れるなり、叱《しか》る間も与えぬ勢いで謝った。謝ってから、赤井に二度話したことを繰り返した。

「わかった」と徳丸徹二が言った。怒りをなんとか抑えているといった口調に聞こえた。

「浩美は死んだって、たしかか？」

「脈を診たわけじゃないですけど。亡くなってると思います。動いてません」

「お前、屋敷になにかまずいもの置いてないか」

「え、どんなものです？」

「チャカ、ヤッパ、シャブ。警察が放っておかないもののことだ」

「まったく何も」

「まず一一九。それから警察に電話しろ」

「ヤバくないんですか？」

「ひと死にが出てる以上、うちうちで始末するのは無理だ。ただし、警察は一一〇番通報じゃねえぞ。帯広署のマル暴の甲谷《かぶとや》に直接電話するんだ。甲谷は知ってるな？」

「はい」組長とは悪い仲ではない刑事だ。買収まではできていないと思うが。「甲谷さんに電話します」

「事情聴取では、襲った連中のことは詳しく言うな。こっちの予定を知ってたこともな。流しのやったことだと思わせろ」

「はい」

「盗まれた金額も言うな。金庫にいくら入っていたかも知らねえで通せ」

「はい」

「余計なことは言うなよ」

「はい」

足立は花崎たちに徳丸の指示を伝えてから、客間の電話機に近寄った。

これで、暴力団組長宅が強盗に襲われたと新聞テレビに派手に報道されることになる。同業者からしばらく笑い者になることは覚悟しなければならない。しかし組長はそのことまで考えて計算したはずだ。警察に捜査させるのがよいか、身内で処理するべきかを。

じっさい、浩美姐《ねえ》さんの死をこの先ずっと隠し通すことは不可能だ。姐さんにも親兄弟はいたし、友達づきあいもある。いなくなれば、誰かが不審に思う。あとになって姐さんの死がわかると、こいつは厄介なことになる。死体遺棄。ふつう死体遺棄は殺人とセットの犯罪だ。へたをすれば、自分が殺人犯と決めつけられてしまう。組長にもなにか罪状がつく。そうなれば、組は機能不全となる。しのぎができなくなって、じり貧解体ということになりかねないのだ。

組長の腹は、だったら実質を取る、ということだろう、姐さんの死と組とは関係がないことを警察に証明させて、自分たちは裏の業界ルートで男たちを追うのだ。カネを取り返すのだ。

足立は受話器を持ち上げると、一一九の数字を順に押した。

＊

笹原史郎は、フロントグラスの前方を見て舌打ちした。帯広市内を走る国道三十八号線は、目の前の交差点で渋滞となっている。交差点の真ん中で、交通事故があったようだ。何人か、路上に降り立っている人間の影が見える。多重衝突のようだ。ろくに視界のきかない交差点で、しかも滑りやすい道。きょうならこの帯広周辺で、交通事故がいくら起きてもおかしくはない。

交差点では、事故車を避けようとする車がひしめき合っている。そのため、信号はまったく意味をなしていなかった。

三分待って、やっと二メートルだけ前進した。二台前にいた車は、しゃにむに反対車線に入り、この三十八号線を逆方向に走り出した。

あの手が正解か？

笹原史郎は、十勝地方の地図を思い起こした。自分はこの三十八号線から二三六号線に折れるつもりだ。しかし、いったん帯広中心部に入って、そこから二三六に抜けるという手もある。このまま三十八を二三六との分岐まで進まなくてもよいのだ。

パトカーのサイレンが聞こえたような気がした。笹原は右のウィンドウを二センチばかりおろした。吹雪が吹き込んできて、ヒュウヒュウ鳴る音が強くなった。やむなくあと十センチ、ウィンドウをおろした。吹雪の吹き込みはひどくなったが、音は小さくなった。遠くでたしかにパトカーのサイレンの音。いくつも重なっている。三台、いや四台以上のサイレンと聞こえた。

交通事故の処理にしては、おおげさではないか？　こちらに向かっているようには聞こえないサイレンもある。

もう事件が発覚したか？　通報されたか？　あの若い衆は、こんなに早く縄を切ってどこかに連絡したのか。縄の扱いには慣れているつもりだったが。

電話線は切らなかった。きょうび、そんな手間ひまをかける強盗はいない。とくに相手が暴力団やら闇金《やみきん》業者であれば、携帯電話をいくつも持つのが普通だ。通報されないように小細工することは無意味だ。それをやってる暇があるなら、犯行自体を短時間で切り上げることに集中した方がいい。もっと言えば、警察には通報できない、あるいはしにくい相手のところに押し込むのが、いちばんの通報対策なのだ。今回もそれを狙《ねら》った。

カネだけであれば、あの徳丸一家の組長は、絶対に内部処理の方法を採っただろう。

五千万円程度のカネで被害届けを出せば、あの業界では笑いものになる。堅気に対して、脅しもきかなくなるのだ。確実に警察への通報はないはずだった。あの殺人までは。

しかし佐藤章が女を撃ったために、事情は一変した。たとえ暴力団組長の屋敷の中での事件とはいえ、隠し通すことのほうが不利益だ。

徳丸は事情を聞いて、警察への通報を選んだか？　パトカーのサイレンは、その事態を示しているのではないのか？

笹原はウィンドウを閉じ、背後を振り返ってから、ステアリングをいっぱいに切って、車を反対車線に入れた。クラクションが鳴った。強引にそのまま反対車線に入った。自分はまた、三十八号線を西方向に向かって走り出したことになる。

このままでは、非常線が張られてしまう。幹線道では、片っ端から車が停められて、免許証と車検証があらためられることになる。宅配便の軽トラックも手配される。ほどなくあのショッピング・センターの駐車場で発見されるのだ。軽トラックの横に停まっていたセダンについても、目撃者が現れるかもしれない。

そしてこの古い乗用車。同じ駐車場で盗まれているのだから、もはやただの自動車窃盗事件とはみなしてもらえない。殺人事件との関連が疑われる。手配の緊急度、優先度が変わってくる。

非常線はどの範囲に張られるだろう。帯広市内の要所で、検問がおこなわれるのは確実だ。ほかに帯広空港の手前とか、大きな橋、自動車専用道の入り口でも、実施されるだろう。

まずい。警察の関心を、どこかに誘導しなくてはならない。

のろのろと一ブロック走って、交差点を左に曲がった。帯広市の中心市街地へ向かう道のはずだ。周囲に建物が多くなった。そのせいか、吹雪の勢いがいくらか弱まっている。さほどの積雪でもなかった。

左手に、コンビニエンス・ストアが見えてきた。

駐車場には二台の乗用車が停まっているだけだ。出入り口の脇《わき》に、緑の公衆電話があった。

笹原は車をその駐車場に入れた。公衆電話から、警察に電話してやるのだ。

念のために、帯広署の代表電話番号は携帯電話に登録しておいた。笹原はその番号を見ながら、プッシュボタンを押した。

「帯広警察署です」と女性の声。

笹原は、焦《あせ》って電話している男を装《よそお》って言った。

「いま、当て逃げした車を見ました。宅配便のトラックから降りてきた二人の男がいたんですがね。こいつらが銀色の乗用車に乗って、まわりの車にぼこぼこ当てて、三十八号線を走っていった」

「お待ちください」と相手は呑気《のんき》な調子で言ってくる。「いま担当部署につなぎます」

笹原は無視して言った。

「芽室《めむろ》方向に走っていったよ。銀色の」笹原は、昨日自分が札幌で盗んだ乗用車の車種を言った。続けて、あのショッピング・センターのあった場所。「そこで、当て逃げ。男が二人。なにかすごいあわててた。芽室の方向にすっ飛んでいったよ」

「お待ちください。担当のものに代わりますから」

「おれも急いでるんだ。じゃあ」

電話を切った。

一一〇番通報の場合は、受話器を戻してもすぐには回線は切れない。でもいまは代表電話への通報。ふつうの固定電話にかけたのと同じだ。帯広署では、すぐにはこの公衆電話の番号と位置を特定できない。

そしてたぶん交換手も、担当部署の誰かさんも、通報の内容のほうに注意を向ける。男ふたりが、車を乗り換えて、当て逃げしながら逃走。何らかの事件だと考えてくれるだろう。自分たちが宅配便の軽トラックを乗り捨てたのは、徳丸の屋敷から見て西側だ。笹原は不審な乗用車が三十八号線を、芽室方向、つまり西に走り去ったと告げた。徳丸の屋敷の事件を帯広署が把握したとき、いまの通報が想起される。宅配便の軽トラックが発見されたところで、事件との関連がわかる。非常線が帯広市外、三十八号線の西方向に張られることになるのだ。

ほどなく佐藤章の乗る乗用車が検問に引っかかる。盗難車であることが判明して、佐藤章はその場で現行犯逮捕だ。拳銃《けんじゅう》も見つかる。帯広署は色めきたつ。自分はそのころ、二三六を南に遠ざかっている。

問題は、非常線が果たして帯広の西方向だけで済むか、という点だ。広く網をかけられた場合、南に向かう幹線道路でも検問がおこなわれるかもしれない。この古い乗用車についてもとうぜん被害届けが出たろうから、停められたら一巻の終わりだ。まっさらのピン札のようにきれいな車に乗り換えねばならない。

とりあえず、市街地を南に向かおう。笹原は公衆電話を離れて、盗んだ乗用車に戻った。

駐車場の出入り口で、一台の小型の乗用車が立ち往生していた。除雪車が車道の雪を歩道側に除《よ》けていったようで、歩道側が雪で埋まっている。駐車場を出ようとしたその小型車は、雪に乗り上げて進めずにいるのだ。後輪が空回りしている。車内の影を見ると、女性らしい。

笹原は、左右に目を走らせた。人気《ひとけ》はほとんどない。いまその小型車の苦境に気づいている者も皆無のようだ。

小型車はまだ空《むな》しくタイヤを空回りさせていた。車輪の下の雪が削られたために、完全に雪の山の上に乗っかってしまった状態だ。後輪はもう地面を嚙《か》んではいないことになる。

笹原はバッグを手に車外に出ると、その小型車に近寄った。

脇に立って、運転席を見た。メガネをかけた、年配の女性だ。乗っているのは彼女だけ。オートマチック車だった。

笹原は運転席の窓ガラスをコツコツと叩《たた》いた。その年配女性が笹原に顔を向けて、ウインドウを下げた。

「雪に乗り上げてしまってるんですよ」と笹原は言った。「ふかしても、脱出できませんよ」

女は言った。

「すいません。雪道苦手なんですよ」

陰険そうな目の女だった。笹原は、その一瞬の印象で、次にやることを決めた。

「スコップ用意してますか」

「助けてもらえる？」

「お手伝いしますよ」

「スコップはトランクにあるわ」

トランクのロックがはずされたので、笹原はスコップを取り出し、小型車のボディの下の雪をよけにかかった。

女は運転席から降りてこない。笹原は雪をよけながら思った。吹雪の中に降り立つのが嫌なのだろうが、ひとに助けてもらうときは、自分だけ暖かい場所にいてはならない。その根性を、世の中は許さない。少なくともおれは許さない。

笹原は、横顔に叩きつけてくる吹雪に耐えながら、ボディの下の雪を必要十分なだけかきだした。

運転席をのぞきこむと、女はまたウィンドウを少し下ろした。

笹原は女に言った。

「わたしが出してあげます。運転、代わってください」

「いいんですか？」

「ふかしすぎなんですよ。二速で出さないとならない」

「二速？　これ、オートマなんだけど」

「オートマにも、二速はありますよ。さ、助手席に移ってください」

笹原は、使い慣れた微笑を女性に向けた。さっき徳丸の屋敷に侵入するときも、自分のこの微笑は効いたのだ。

女は小型車を降りてきて言った。

「なかなか慣れなくて」

車のうしろをまわって女性が助手席に乗った。笹原はバッグを後部席に放ると、運転席に乗ってドアを閉じた。

女は、ふしぎそうな顔をした。笹原がなぜバッグを入れたのか理解できなかったのだろう。

その疑念を無視して、笹原は言った。

「雪が深いときの発進は、ドライブじゃなくて、セカンドがいい。お近くですか」

「あの」

「気にしないでください」

笹原は二速で小型車を車道に出した。車道にはいまろくに車が走っていなかった。少なくとも前後百五十メートル、視界の範囲では、車は三、四台あるだけだ。

ゆっくりと加速してゆくと、その年配女性は言った。

「もう、運転できますから」

「気にしないでください」

笹原はもう一度微笑を女性に向けた。なにも気にしないでいい。このおれに運転をまかせておいてくれたらいい。あんたの当面の目的地には着かないかもしれないが、最終目的地に近いところまでは送ってゆく。おれの運転のおかげで、あんたはそこに着くのが少し早まることになる。でも、感謝はいらない。ただ黙って、おとなしく乗っていてくれればいい。その場所に着くまでは。

女性の顔に、少し不安が表れてきた。

*

川久保篤巡査部長の携帯電話が鳴った。

川久保は、携帯電話を開いた。地域課の巡査長からだった。山野《やまの》という男だ。

山野が言った。

「茶別橋に着きました。見えないんですが」

川久保はミニ・パトカーの運転席で振り返った。リア・ウィンドウの向こう側は真っ白だった。さきほどまでは、まだ茶別橋の手前の欄干が見えていたのだが。地吹雪は密度を増している。

「南側かい？　おれは、渡ってすぐ左側に停めてる」

「橋の上を、地吹雪が通り過ぎてますよ。向こう側が見えない」

「この川が、風の通り道になってる。いちばん風が強いんだ。流されるぞ。慎重にきてくれ」

「はい」

電話を切ってから、時計を見た。一時五十五分になっていた。応援は、広尾警察署から四十分かかってここに到着したことになる。

リア・ウィンドウに目をこらしていると、ふいに吹雪の中から黒い影が出現した。捜査用のワゴン車だった。二十メートルほど後ろだった。

ワゴン車はのろのろと進んできて、ミニ・パトカーの真後ろに停まった。川久保はドアを開けて、路上に降り立った。強風に、防寒着の裾《すそ》が煽《あお》られた。川久保自身、ふっと風にもってゆかれそうになった。身体《からだ》が一瞬浮いたのだ。

四人の警官が降りてきた。四人とも、ぶくぶくにふくらんだ防寒着を着用していた。三人は、捜索用のアルミ製のパイプを持っている。あとのひとりは、北海道警察のロゴタイプのついた大型のバッグを肩から提げていた。彼が鑑識係なのだろう。

山野が近づいてきて言った。

「ここですか？」

怒鳴るような大声を出したようだったが、風の音のせいでさほど大きくは聞こえなかった。

川久保も、さきほど死体を発見した場所のほうを指さして、大声で言った。

「あっちだ。川岸に近いところ」

「この雪で、見つかりますか」

「テープを張ってきた」

川久保は、財布とカードを収めたビニール袋を山野に渡した。

「ポケットから」

山野は袋を受け取って言った。

「案内してもらえますか」

川久保は答えに詰まった。降りてゆけばわかる、と言いたいところだった。しかし、そうもゆくまい。

「ついてきてくれ」

吹雪の中を、川久保たちは何度も滑ったり転んだりを繰り返して、ようやく黄色いテープのところまでたどりついた。着いたときは、五人とも、全身雪まみれで真っ白になっていた。

「そこだ」と川久保は死体の位置を指で示したが、死体は見えない。先ほど来《らい》の雪が、完全に死体を隠してしまったのだ。

山野はテープをまたいで川久保が示した位置へと歩き、アルミ製のパイプを雪にまっすぐに差し込んだ。

何回か刺してから、山野がうなずいた。口の動きから、これか、と言ったように見えた。

山野が防寒ブーツでそのあたりの雪を左右によけた。赤っぽいジャケットが見えた。

山野が振り返り、川久保のもとにもどってきた。

「あとは、わたしらがやります。川久保さんは、ここでけっこうです」

川久保は聞いた。

「あんたらだけで、収容から鑑識から、できるのか？」

「きついですね」と山野は言った。「ここから担架で引き上げるとなると、人手もいる。この吹雪じゃ、難しい。一応、指示を仰ぎますが」

「放っておいても、死体は動かない。野次馬がくるような場所でもない」

「上には、そう言います」

「じゃあ、わたしはこれで」

敬礼すると、山野が言った。

「広尾からこっち、道路はひどいものです。地吹雪の中で路外に落ちた車も見てきた。運転にはくれぐれも」

「あんたたちこそ、早く帰ったほうがいいぞ。署まで戻れなくなる」

「はい」

川久保は四人に会釈《えしゃく》して、その場を離れた。また道路まで、急斜面を登るかと思うと、目眩《めまい》がしそうだった。この風の中だ。こんど登るときは、這《は》いつくばって、四つ足で登らねばならないだろう。

なんとかミニ・パトカーまでたどりつくと、川久保は全身から雪を払い落として、運転席に身体を入れた。

ぶるりと身体を震わせてから、パトカーを発進させた。ここまで通ってきた町道東二線を通るよりも、国道二三六に出よう。市街地の外の町道の除雪はあとまわしにされている。軽自動車での走行はきつい。その点、国道であれば、大型除雪車がひっきりなしに除雪作業にかかっているはず。少し遠回りになるが、あちらの道を使って市街地に戻ったほうがいい。

ゆっくりと加速しながら、川久保は先ほど確認した名前を思い出した。

薬師泰子。

住居は西町との分岐のすぐ北側とのことだった。二三六を使うと、ちょうどその家の前を通ることになる。

町道には、すでに五センチから十センチの雪が積もっている。雪の上には、轍《わだち》はついていなかった。応援を待っていた四十分間、一台の車も通ってはいなかった。この先では、吹き溜《だ》まりができているかもしれない。ミニ・パトカーの四輪駆動機構は、その吹き溜まりを越えてゆけるだけの性能であるかどうか。

川久保は、ギアをドライブには入れずに、二速で積雪の町道を進んだ。

やがて町道は大きく左手にカーブする。九十度向きを変えたところで、道は二三六に合流するのだった。

合流点で左右を見た。視界は二百メートルほどだろうか。左右ともに接近車はなかった。川久保はミニ・パトカーを左折させて、国道二三六に入った。国道の積雪は、手前側の車線では二、三センチと見えた。除雪車が通ってから、まださほど時間はたっていないのだろう。ただし向こう側の車線には十センチ近い積雪。つまり一車線だけ通行可能という状態だった。

国道は、ここから志茂別町の市街地までほぼ直線で続いている。およそ四キロの距離だった。途中、川を渡る。茂知《もち》川だ。雄来《ゆうらい》橋という名の橋が架かっている。この下流にあるのが、あの死体のあった茶別橋だ。

茂知川の浅い谷に沿って、風の通り道がある。吹雪のときは、日高山脈から吹き降りてきた風が、この通り道で勢いを増す。細い管に圧搾《あっさく》空気を送り込んだような状態となる。小学生七人が遭難した三本ナラも、この雄来橋の真西、およそ三キロの地点にある。あの遭難地点は、ちょうど風の通り道にあたるのだ。

川久保は、時速四十キロ以下で雄来橋を渡った。渡り切ったところで、除雪車とすれちがった。排雪板を装着した大型トラックだった。そのうしろを、一台のトラックと、乗用車が追いかけていた。こんな日は、除雪車のすぐうしろについて走るのが正解だ。

雄来橋を渡って三百メートルほど走ったところで、左手に木立が見えてきた。カラマツの防風・防雪林だ。その向こう側に、レストランを兼ねた民宿がある。ペンション・グリーンルーフだ。このあたりではいちばんお洒落《しやれ》だという評判の宿であり、レストランだ。そのせいか、逆に地元の住人は敬遠しているとか。たしか三十代の若いオーナーは、イギリス製の四輪駆動車に乗っていた。このセンス自体が、たしかにこの町では異色と言えた。

木立を通りすぎたところで、建物が見えた。イギリスの田舎家のような建物で、道から三十メートルばかり引っ込めて建てられていた。エントランスには明かりが入っているし、看板の照明もついている。きょうも営業しているようだ。駐車場で小型の除雪車を動かしている男がいた。主人の増田だろう。

こんな日には休業してもよいだろうに。

そう思ってから気づいた。宿泊の予約があるということか。客のほうがたどりつけなくてキャンセルになるにしても、迎える準備だけはしておかなくてはならないのだろう。

グリーンルーフの前を通過した。ここから先は民家がまたなくなる。西町に通じる交差点まで二キロばかり、国道の左右は吹きさらしの畑地となるのだ。

やがて西町への分岐を示す標識が見えてきた。この分岐手前で、私道が一本、左側に引き込まれている。その両側に住宅が五戸固まって建っていた。片桐の話では、そのうちの一軒が薬師宏和という運転手の住居とのことだった。

引き込み道に入ってミニ・パトカーを降り、薬師の家を探した。目の前の平屋の建物がそれだった。薬師と表札が出ている。建物の横に乗用車が停まっていた。赤い軽自動車で、ルーフにもボンネットにも新雪が積もっていた。たぶんこの軽自動車は、薬師の妻、泰子のものだろう。

玄関の前に立ってチャイムを鳴らしたが、反応はなかった。この時刻だ。トラックの運転手だという亭主は、仕事中か。

川久保は振り返って、向かい側の住宅の玄関チャイムを押した。

インターフォンで、はい、という女の声が返った。

その家の表札を見ながら言った。

「どうも、松田さん。駐在です。ちょっとだけいいですか」

「はあい」

すぐにドアが開いた。川久保は雪を払い落としながら、風除室に入った。

五十代の主婦が、まばたきしながら出てきた。

川久保はもう一度あいさつしてから言った。

「じつは、落とし物が届いていまして、薬師さんの奥さんのものじゃないかと思うんで、ちょっと訪ねてみたんですよ。薬師さんは、昼間はどこかで働いているんでしたか？」

その主婦は首を振った。

「いや、いま実家に帰ってるって聞いた。旦那《だんな》さんひとりだよ」

「ご実家ですか。どちらでしたっけ？」

「青森って聞いたけど。お母さんの具合が悪いとかで、面倒見に行ってるって」

「そうですか。いつごろ帰るって聞いています？」

「さあ。わたしも奥さんから直接聞いたわけじゃない。旦那さんの話だけどね」

「帰られたのは、去年ですか？」

「去年の秋。いや、冬になったころかね」

「それ以来ずっと実家？」

「帰ってきていないと思うよ」主婦は逆に訊《き》いてきた。「何かあったのかい？」

川久保はとぼけた。

「どうしてです？」

「いや、余計なことだけどもね、サラ金の取り立てがやってきたときがあったの。奥さんが旦那さんに内緒で借りたみたい」

「奥さんが実家に帰るころですか？」

「その直前だったと思う。だから、奥さんが実家に帰ったのは、夫婦喧嘩《げんか》のせいかなと思ったこともあったから」

「そうでしたか」やはり薬師夫婦の周囲には、不自然なことが起こっていたようだ。

「じゃあ、落とし物のことは、帰ってきてからあらためて連絡することにします」

川久保は頭を下げて、その家の風除室を出た。

ミニ・パトカーに向かって歩きながら、いまの話を整理した。

泰子が実家に帰っているというのは、亭主の説明に過ぎないこと。泰子がサラ金に追われていたらしいということ。夫婦喧嘩の可能性。

しかし近隣住人は、泰子の不在について、事件性があるとは感じていない。片桐の話でも、亭主はおとなしくて女房の尻《しり》に敷かれていたということだった。薬師は暴力をふるうような種類の男ではないのだろう。もし泰子の不在に近隣住人が事件性を感じ取っていれば、警察か駐在所に匿名《とくめい》情報がよせられていてもおかしくなかったのだ。

川久保はミニ・パトカーに乗ると、再び二三六を走らせた。西町との分岐のここからは、市街地に向かって民家も少しずつ増えてくる。駐在所まで、あと二キロだった。

＊

菅原信也は、あわてて減速した。

そのペンションの前を通りすぎるところだったのだ。駐車場入り口の看板が、吹雪のせいでよく見えなかった。吹き溜まりと路外転落を心配しながらの運転だったため、意識はずっと路上にあった。道の脇《わき》を注意していなかった。そのために看板が、雪の幕の向こうからふいに現れたように見えたのだ。

減速し、取り付き道路を確かめたうえで、菅原は駐車場へと乗り入れた。

駐車場は、除雪したばかりのように見えた。建物の前に二台の車が停まっている。一台はイギリス製のブリティッシュ・グリーンの四輪駆動車。もう一台は、赤い軽自動車だった。坂口明美が乗っているはずの白いステーション・ワゴン・タイプの乗用車はなかった。まだ着いていないのだ。

菅原は腕時計を見た。午後二時十分になろうとしていた。のろのろと運転してきたために、ずいぶん時間がかかってしまったことになる。約束よりも遅れていた。なのに、あの女はまだきていない。

菅原は、助手席から防寒着を取り上げて、車から降りた。降りたとたんに、風に煽《あお》られた。風が防寒着をもぎとってゆきそうだった。菅原は背を丸め、エントランスに駆け込んだ。ドアに取り付けられたカウベルが鳴った。

風除室からロビーに入ると、カウンターのうしろで男が顔を上げた。このペンションのオーナーだ。菅原は半年以上前に一度、このペンションに泊まったことがある。顔は覚えられているかもしれない。

三十代のオーナーは、顔にかすかにとまどいを浮かべている。営業していない？そう考えてから、看板には照明がついていたこと、営業中の文字が照らされていたことを思い出した。

菅原は訊いた。

「やってますよね？」

オーナーは言った。

「お食事ですか？」

「部屋も取れないかな。この吹雪なんで、もう走るのは無理だ」

部屋が必要な理由は、吹雪ではなかった。しかし、せっかくの悪天候なのだ。それを理由にしても悪くない。

オーナーが言った。

「ええ。ご用意できます。ただ」

「まだチェックインには早い？」

「じつは、暖房のボイラーが壊れてまして、直るのが三時過ぎなんです。それまでレストランのほうでお休みいただけますか？」

「飯は食えるの？」

「はい」

「いいよ。とりあえず、コーヒー頼みたい」

「このカードに、サインを願います」

菅原は、カウンターの上に差し出されてきた宿泊カードに手早く名と住所を書いた。

オーナーは、カードを手にすると訊いてきた。

「帯広からですか。道はどうでした？」

菅原は答えた。

「吹雪がだんだんひどくなってきた。途中、地吹雪のところが何カ所もあった」

「通行止めじゃないですよね？」

「いちおうこのとおり、走ってこれた。このあとは、厳しくなりそうだ」

菅原は防寒着を抱えて、レストランに入った。レストランは、全体に木とレンガを多用した、小洒落た造りだ。建築の様式はわからないけれど、たぶんイギリスあたりの田舎のレストランとかペンションがモデルなのだろう。木のテーブルが十数卓並んでおり、部屋の中央の壁に寄せて、大型の鋳鉄製薪《まき》ストーブが置かれていた。中では薪が勢いよく炎を上げている。明美を安心させ、リラックスさせるには、このレストランはうってつけだった。

菅原はいったん薪ストーブの前に立って尻を温めてから、もっとも奥まった位置にあるテーブル席に着いた。

すぐにウェイトレスがやってきた。いや、オーナー夫人と言うべきか。三十代前半の、いくらか垢抜《あかぬ》けた印象の人妻だ。髪を引っ詰めにしていた。健康そうな顔だちと身体《からだ》つきで、坂口明美とは正反対の印象がある。薄手のスウェーターに、ぴったりとしたジーンズ姿だ。スウェーターのせいで、胸のふくらみが強調されている。

「いらっしゃいませ。ご注文は？」

微笑も口調も、接客業に慣れた女のものだった。

コーヒーを注文してから、菅原は携帯電話を取り出した。着信音を聞き逃したかと思ったが、電話も入っていなかったし、Eメールも届いていなかった。

菅原はさっそくメールの文面を入力した。

「明美ちゃん、いまグリーンルーフに着いた。ストーブのそばで、明美ちゃんの温《ぬく》もりを思い出しながら待っているよ。きょうが最後になるなんて、悲しい。こんなに早く終わるなんて、信じられないよ。明美ちゃんと一緒にいるためなら、おれはどんなことでもやる気でいるのに。

追伸。天気が悪いから、気をつけて運転してきてね」

送信したところで、オーナー夫人がコーヒーを運んできた。

菅原は、コーヒーカップを口元に近づけながら、厨房《ちゅうぼう》のほうに立ち去る夫人のうしろ姿を見つめた。

前にきたときにも思った。彼女ともいつか手合わせしたいと。でも、彼女が出会い系に登録している可能性は少ないだろう。経験から、見るからに健全そうなこの手の女は、出会い系にははまらないことを承知していた。出会い系に登録する女は、どこか歪《ゆが》んでいるか、病んでいるか、何かに餓《う》えているか、いずれかだ。たとえば坂口明美は餓えていた。ときめきに。スリルに。非日常に。でも、あの奥さんはそれらのどれにも当てはまらないように見える。こいつを抱きたい、という願いは、おそらく将来にわたって夢のままで終わることだろう。

＊

佐藤章は、カーラジオのボリューム・スイッチに手を延ばした。いま交通情報で、気になることが耳に入ったのだ。

地元の民放ラジオで、アナウンサーが言っていた。

「繰り返します。この発達した低気圧のため、道東自動車道は、午後一時に全線通行止めとなりました。道東自動車道の狩勝《かりかち》トンネル、国道二百七十四号線の日勝峠《につしようとうげ》も、午前十一時から引き続いて通行止めです」

狩勝トンネルというのは、自分が通る予定だった峠道のはずだ。それが通行止め？

日勝峠は、狩勝トンネルが使えない場合の代替路だったが、それも通行止めということは。

佐藤章は、車の前方に目をこらした。

視界は相変わらず二百メートル以下だ。ときおりすっと先が五、六百メートル開けるときもあるが、長くは続かない。いま自分は、帯広を出て芽室町という町に入っているらしい。帯広市街地を抜けてから交通量は減ったが、とくに走りやすくなったわけでもなかった。路面の積雪は五センチ以上ある。時速は四十キロ以下だった。

降雪の量も、三十分前よりは確実に多くなってきている。天気予報では、道東地方は明日の朝までは猛吹雪が続くというから、きょうは峠越えがそもそも無理なのかもしれない。

どうしよう。

峠越えが駄目となれば、きょうは絶対に十勝平野からは出られないということではないのか。峠の下で宿が見つかればそこで沈没だ。でも、宿は簡単に見つかるのだろうか。大きな温泉地でも近くにあればべつだが、このあたり、多くのドライバーをそっくり収容できるような土地ではないはずだ。

引き返すか。この低気圧が通り過ぎるまで、帯広市内に潜伏した方がいいか。帯広なら、ホテルも多いだろう。ひと部屋取ることは難しくないはずだ。

かすかにパトカーのサイレンが聞こえてきた。後方からだ。佐藤はルームミラーでうしろを注視したが、赤い回転灯は見えなかった。もっともこの視界だ。かなり近いところまで接近しているはずだ。

笹原の言葉が思い出された。

検問に捕まったら撃って逃げろ、と。ひとを殺してしまった以上、無期懲役以上となるからということだった。となると、せっかく手に入れた二千五百万は、無駄になる。まだタバコひとつ買わないうちに、警察に押収されることになる。

警官を撃てば、逃げきれなくなることは確実だ。だからこそ笹原の言うとおり、思いっきり太く短く、カネを使い切って死ぬほうがよい。最高級のホテルに泊まり、デリヘル嬢を取っかえ引っかえ呼んで、合間に美味《うま》い酒を飲む。それでいい。警察の追跡を振り切ることだって、わずかの可能性にせよ考えられる。

佐藤は防寒着の上から内ポケットの拳銃《けんじゅう》の感触を確かめた。

パトカーが視界に入ってきた。佐藤は乗用車を減速し、道の左端に寄った。するとパトカーは中央車線側に出て、そのまま佐藤の車を追い抜いていった。

佐藤はふっと安堵《あんど》の息をもらした。

しかし、前方でなにかが起こったことは確実だ。交通事故かもしれないが、何かの事件のせいで検問が指示されて、パトカーがいまその検問地点に急行しているところだとも考えられる。いくらなんでも、あの屋敷の事件がもう発覚したとは思いにくいが。いずれにせよ、前方に何かある。

どっちみち峠は越えられないのだ。引き返すか。

また笹原の言葉が思い出された。別々に逃げる。西へ走り、峠を抜けて札幌へ行け。あいつは狡猾《こうかつ》な男だ。別れると言い出したこと自体、何かの企《たくら》みかもしれない。たとえば警察の注意をすべて西に向けておけば、やつの逃走は容易になるのだ。やつはもしかして、このおれのことをちくったか？　三十八号線を、事件に関係のある車が西に逃げていった、とでも。

やつならそうしても不思議はない。闇《やみ》の職安サイトで犯罪仲間を募るような男だ。まわりには、やつを信用している仲間なんていないのだ。いつだって相棒を売れる男のはずだ。

佐藤は車を左に寄せてブレーキを踏んだ。

笹原が西には向かわないというなら、おれもそうしたほうがいい。やつの裏をかくべきだ。捕まりたくないなら。

佐藤は前後を確認してから、三十八号線の反対車線に車を入れた。

午後の二時十分になっていた。

4

北海道警察帯広署組織犯罪対策班の甲谷雄二《かぶとやゆうじ》警部補は、屋敷の客間で振り返った。

救急隊員がふたり、畳んだ担架を持って客間に入ってきたところだった。甲谷は、奥の徳丸の私室を示した。そちらの部屋にはいま、四人の鑑識係がいて、写真を撮ったり、指紋を採取したりしている。

自分たちは、署に通報があってから十二分で到着した。吹雪のせいで、通常ならば五分で来られるところを、それだけかかってしまったのだ。なのに救急車は、自分たちからさらに五分も遅れている。甲谷は、脇《わき》を通り過ぎようとする年配の救急隊員に訊《き》いた。

「なんでこんなに時間がかかってるんだ？」

救急隊員は、申し訳なさそうに言った。

「この吹雪で、交通事故が続いてるんです」

救急隊員は、甲谷に黙礼して奥の部屋に入っていった。

倒れているあの女は、素人目《しろうとめ》で見ても死んでいた。血の量と顔色とで、そうとわかる。

しかし、甲谷自身が脈を取ったわけではない。口元に鏡を当てて、呼吸しているかどうか確かめたわけでもなかった。心肺停止、死亡、の確認は、医師にまかせなければならない。徳丸組のチンピラ連中が、甲谷に電話する一方で、救急車を呼んだのは正解だ。

この場はもう、部下たちにまかせておこう。遺留品探しや近所の目撃証言集めにまで、自分が口を出すことはない。いま自分がやるべきは、まず足立兼男から被害状況、犯行の一部始終を詳細に聞き出すことだった。

部下の新村和樹《しんむらかずき》巡査が、客間に入ってきた。

「防犯カメラ、映ってました」

甲谷は訊いた。

「見られるのか？」

「画面は小さいですけど。ＤＶテープなんで、署で見れば大画面に映りますが」

「足立に確認させよう」

新村は、カウチに座っていた足立に目を向けた。足立は困惑顔でのっそりと立ち上がった。

防犯カメラの本体機器は、通用口の横手の壁に設置してあった。ひとの目の高さに、白いボックスが取り付けてある。観音開きの扉が開いており、中に十センチ四方ほどのモニターがふたつ並んでいた。

脇に立っていた鑑識係が、指示を求めるように甲谷を見つめてきた。甲谷はうなずいた。

鑑識係が言った。

「こっちがインターフォンと連動です。外の呼び鈴を押すと、録画が始まります」

鑑識係がスイッチを押した。一瞬ノイズが入った後に、ひとの顔が現れた。メガネをかけ、制帽ふうの帽子をかぶった中年男だった。何か言っているが、声はよく聞き取れなかった。男のうしろに、軽トラックが停まっている。メガネの男のうしろを、すっと人影がよぎった。

ふたことみことのやりとりのあと、中年男の姿は右手に消えた。通用口の門扉《もんぴ》が開いたようだ。

またノイズ。鑑識係員がスイッチを押して再生を終了した。

甲谷は足立に顔を向けた。

「どういうやりとりだったんだ？」

足立は、上目づかいに言った。

「荷物だって言うから、どこからだって訊いたら、ＪＲＡからだって。組長は、ＪＲＡとはつきあいがありますから、ほんとだろうと思った」

「ふたり映ってたけど、気づいたのか？」

「何か映ったようには思ったんだけど、一瞬だったし」

「ほんとに知らない顔なんだな？」

「初めてです」

「訛《なま》りは？」

「特にないです」

新村が言った。

「監視カメラは、通用口にもう一台ついていました。ちがうアングルです。こっちは二十四時間録画なんで、同じ時刻のところを再生します」

甲谷は鑑識係に合図した。

鑑識係は、あらためて右手のモニターの下のスイッチを押した。

画面は、通用口を斜め上から見下ろしたものだった。建物のドアが左端に映っている。

軽トラックが門扉の外に停まった。運転席から降りてきたのは、メガネの中年男だ。箱を手にしている。メガネの男が門扉の前に立ったとき、助手席からもうひとりの男が降りた。長髪の男だ。体格がいい。

長髪の男はメガネの男のうしろを抜けて、カメラのすぐ手前までやってきた。男の顔が大写しになった。視線は左右に動いたが、カメラには気づいていないようだ。眉《まゆ》が薄く、目に険のある青年だ。歳《とし》は二十代後半だろうか。

やがてその男は後ろ向きになった。画面の奥のほうで、門扉が開いた。メガネの男が門を抜けて、ドアの前に立った。若い男も、素早く門の内側に入り、メガネの男の横で壁にぴったりと背をつけた。ドアが内側に開いた。次の瞬間、若い男がそのドアから建物の中に飛び込んだ。続いてメガネの男。若い男は、右手に何か黒っぽいものを持っていたようだ。


甲谷は自分に記憶させた。

拳銃《けんじゅう》を持っていたのは、若いほう。

鑑識係が言った。

「出るときも映っていましたが、顔は判別できません」

甲谷は言った。

「若いのが大きく映っていたな。あれなら、手配に使える」甲谷はまた足立に訊いた。

「いまの若いのが、チャカを持ってたんだな？」

「ええ」と、足立はうなずいた。

「姐《あね》さんを撃ったのも、やつだな」

「そうです」

「知らない男か？」

「全然っす」

「ようし」甲谷は新村に言った。「そのテープ、持ち帰るぞ」

新村は、テープをイジェクトさせて抜き出し、バッグに収めた。

甲谷は足立に言った。

「こい」

足立が、不安そうに訊いた。

「任意ですよね？」

「何をびびってる？　事情聴取だ」

「おれも被害者です」

「わかってる。被疑者扱いしたか？」

「帰してもらえるんですよね」

「事情だけわかればな」

足立は情けない顔でうなずいた。

足立が甲谷に直接通報してきた理由については、見当がついている。組長の徳丸が、そう指示したのだ。徳丸は、浩美殺しが身内の犯行ではないことを、警察に証明させたかった。しかし一方で、犯人についての情報は警察にはすべて伝えたくなかった。自分たちで処理するから、杓子定規《しゃくしじょうぎ》に取調べないで欲しい、という含みがある。

これがほかの犯罪であれば、徳丸の心情を察してやらないでもない。しかし、殺人となると話はべつだ。一介の刑事が事情を斟酌《しんしゃく》してやれることでもなかった。だいいち、ここで恩を売って後々の地元暴力団がらみの犯罪について情報提供を約束されるより、いま強盗殺人犯検挙の手柄を上げたほうが得だ。強盗殺人犯ふたりを刑務所送りにできたなら、人事考課で最高点がつけられるのだ。本部内のもっとよいポストに移ることが可能だ。あてにならない見返りより、いま確実に取れるポイントのほうが大事だった。

甲谷は署活《しょかつ》系無線を取り出し、刑事課長を呼び出して言った。

「管内に緊急手配が必要です」

到着時に続いて、二度目の電話だった。

管内に、と限定的に言ったのは、本部内手配とするには、手続きが必要になるからだ。まずは帯広署で即応すべきだった。

課長が訊いた。

「抗争の可能性はないのか？」

「防犯ビデオを見ました。抗争じゃありません。流しの強盗です」

「どんな連中だって？」

「男がふたりです。筋者には見えません」

「人相風体を言ってくれ」

「ひとりは中年で、黒っぽいフレームのメガネ。メガネは変装用の可能性もあります。もうひとりは、長髪の若い男。防犯カメラに、顔は映ってます。テープを持ち帰りますので、すぐに手配写真はできます」

「素人にしては、大胆すぎないか。外国人じゃないか？」

「ここのチンピラたちは、そうは言っていません」

「で、手配はどうするって？」

「市街地を出る不審車、片っ端から停められませんか？」

「署長に相談する」

甲谷はつけ加えた。

「帯広空港と、JRの帯広駅も」

「それも、おれから進言するって」

電話を切ってから、甲谷は考え直した。

この吹雪だ。車で逃げることはリスクが大きい。たしか道東自動車道も閉鎖されたのではなかったろうか。道路状況を知った犯人たちは、きょう帯広を脱出することをあきらめたかもしれない。市内で吹雪をやりすごすと決めた、と読むほうが自然だろう。検問は無意味に終わるかもしれない。

客間から廊下に出ると、階段の脇に徳丸組のチンピラがあと二人いた。藪田と花崎だ。足立の話では、警備会社からの通報で、まずあのふたりが駆けつけたとか。ふたりが足立の縄を解いたところで、足立は甲谷の携帯電話に電話してきたのだ。

足立の言い分をその通りに信じるなら、藪田と花崎が、事件の第一発見者ということになる。彼らにも事情聴取しなければならなかった。

甲谷は新村に言った。

「こいつらも、車に乗せろ」

藪田が甲谷に言った。

「ひとりは、ここに残っててもいいすよね。屋敷を空けておくわけにはゆかないすから」

そうか。徳丸組の大半はいま熱海に行っている。この三人以外に、捜索の立ち合いができる者はいないのだ。ひとりは、残しておいてもよかった。

「藪田、お前が来い」

そのとき、胸の携帯電話がふるえた。

取り出してモニターを見ると、署の刑事課の若い刑事からだ。

「主任、ちょっといまいいですか」

「なんだ？」

「さっき、当て逃げの通報があったんです。もしかして、こんどの事件と関係あるかと思って」

「どういう電話だった？」

「交換手の話だと、中年の男の声です。署の代表電話に電話があって」

相手は言った。その中年っぽい声の男が、西帯広のショッピング・センターで当て逃げして走り去った車があった、と通報してきたと。

「車に乗っていたのは、男ふたり。宅配便の軽トラから降りて、シルバーのセダンに乗り換えたんだそうです。セダンは三十八号を芽室《めむろ》方向に走っていったそうです」

「男の連絡先は？」

「それが、一方的にそれだけ言って、切ってしまったそうです」

甲谷は、腕時計を見ながら言った。

「電話はいつだ」

「十五分くらい前です」

「当て逃げされたっていう通報はあるのか？」

「署には入っていません」

としても、方面本部の通信司令室には一一〇番で通報が入っているのかもしれない。所轄《しょかつ》に情報が伝わるまで、多少のタイムラグはある。

「いい情報だった」

甲谷は携帯電話を切ると、状況を素早く整理した。

きょう昼過ぎに、宅配便の軽トラックが帯広市内で乗り逃げされた。くだんの二人組もそのようなトラックで乗り付けている。西帯広のそのショッピング・センターにあるという宅配便の軽トラックが、犯行に使われたものである可能性は濃厚だ。男ふたりは宅配便の軽トラックからシルバーのセダンに乗り換えて、ショッピング・センターの駐車場を出た。表の通りは、三十八号線である。芽室方面に向かったということは、西方向ということである。

通報者は、身許《みもと》を明かさずに電話を切ったという。この部分が、引っかからないでもない。男はその目撃情報をわざわざ警察署に電話してきたのだ。遵法《じゅんぽう》意識、あるいは市民的な倫理観が一般よりも強い男ということだろうが、であれば匿名《とくめい》ではなく、身許を明かしてもよかったはずだ。

いまの刑事は、男が言ったという言葉をこう伝えてきた。

「三十八号線を芽室方向」

帯広市民や近隣の住人なら、帯広市内の三十八号線を、十勝国道と呼ぶ。ふつうの会話の中では、三十八号とは呼ばない。つまり通報してきたのは、帯広の住人ではない、と見ることができそうだった。しかしいっぽうでその男は、芽室方向に逃げた、とも言っているという。その言いかたには、地元民らしき地理感覚も感じる。あの道路を三十八号という市民なら、もう少し広い範囲の地図を思い描いて、西方向とか、十勝清水方向、狩勝峠方向と言いそうに思える。

その通報者は帯広の住人なのか、土地鑑がない内地の者か、甲谷にはどちらとも判断しかねた。

携帯電話を取り出して、もう一度刑事課長に電話した。

「いま、当て逃げの通報の件、聞きました」と、甲谷は言った。「その通報、こっちの事件と関係がありそうです。検問は、どうなりそうです？」

刑事課長は言った。

「この吹雪なんで、署内の人手のやりくりがたいへんなことになってる。あっちこっちで交通事故。信号の故障も出た。検問に割ける人数がいない。帯広空港だけは、警備から応援が出たんだがな」

「検問を西に集中させたらどうでしょう？　当て逃げの通報はつい十五分ぐらい前だそうですから、芽室なら間に合う」

「署からひとを送るんだ。後手になる」

「とりあえず、芽室交番を動かして」

「そこだけでいいのか？」

「とりあえず。逃走経路がもっとはっきりしたら、また場所を移します」

「よし。西は、芽室の美生《びせい》橋手前でやるよう、地域課に頼む。ただし、応援が着くまで、全車停めての検問は無理かもしれない」

「トラックと営業車ははずして、乗用車だけ」

「吹雪でなけりゃあな」

「時間を区切ってもいいと思います。一時間検問して引っかからなかった場合は、帯広市内です。外に逃げるのは難しい。市内で、天気になるのを待つでしょう」

「低気圧は、明日の昼までには抜ける。そのころには、方面本部が捜査本部を作ると決めてしまう。なんとか捜査本部ができる前に、うちで逮捕とゆきたい。タイムリミットは、明日の昼までだぞ」

「承知してます」

甲谷は携帯電話を切った。

足立や藪田を署に連れてゆくのは、部下の若手たちにまかせよう。自分は新村と一緒に、不審車の目撃証言の出たショッピング・センターに向かおう。

甲谷は防寒着のファスナーを首もとまで引き上げると、指示を待っている新村に目を向けた。

＊

坂口明美は、居間の隅の自分のノートパソコンの前に膝《ひざ》をついた。電話台の横のキャスターつきのワゴンの上に置いてあるのだ。北海道に転勤が決まったとき、父親が贈ってくれたものだった。メールを寄越せ、ときどきは写真も送れと。

明美は会社でも仕事でふつうにパソコンを使っていたから、扱いには慣れている。引っ越してきたときも、夫の手をわずらわせることなく、インターネット接続もすませた。夫の祐介《ゆうすけ》は、寝室に自分専用のデスクトップ・パソコンを置いている。ふたりは完全にパソコンを分けており、お互いが相手のPCに手を触れることはない。

画面は、自分で設定したスクリーンセーバーだった。去年、ハワイ旅行したときの写真。祐介とふたり、ワイキキの海岸で写っている。ふたりともTシャツ姿だ。祐介が片手でカメラを自分たちに向けて撮った写真だった。距離を取ることができなかったから、ふたりはぴったりと身体《からだ》を寄せ、頬をつけている。ふたりとも、はしゃぎ過ぎていると見えるほどの笑顔。昼間から飲んだトロピカル・カクテルのせいで、祐介の顔は赤かった。いや、この赤さは、無防備に陽にあたってしまったせいだったかもしれない。いずれにせよ夫は、こんなスクリーンセーバーを使ったPCで、妻が出会い系サイトにアクセスしているなんて、夢にも思っていない。

明美は画面の夫の顔を少しのあいだ見つめてから、マウスに手を触れた。デスクトップ画面が現れた。風紋の砂丘と夜空。明美はアイコンをクリックして、ネットに接続した。

お気に入りから、自分がよくのぞいている掲示板サイトを呼び出した。既婚女性たちがさまざまな話題で盛り上がる板だ。昨日も明美はいくつかの掲示板に書き込んでいた。

昨日書き込んだひとつは、不倫中の既婚女性のスレッドだった。出会い系サイトで知り合った美大生と不倫しているという主婦が、夫にばれたかもしれないという悩みを書き込んでいた。子供のいない主婦で、夫の平凡さがたまらず、つい出会い系で不倫に走ってしまったとその主婦は書いていた。学生は才能豊かな繊細な青年で、自分の美点をいくつも気づかせてくれた。彼の繊細さやいたわりに癒《いや》されるのだと。

しかし、食事代やホテル代を自分で払ってきたために、貯金が消えた。夫も、その主婦の金遣いの荒さに疑念を感じ始めているようだという。

平凡な生活に帰るか、それともこの関係を心の拠りどころとして維持すべきか、悩んでいるとのことだった。

例のとおり、その主婦を非難する書き込みは少数派だった。その主婦を応援し、夫を欺《あざむ》く手口のアドバイスが大半だった。

しかし明美は昨日、こう書いたのだ。

「夫の平凡さがいやなら、家を出るべきでしょう。

安定は失いたくない、だけど冒険も欲しいというのは、わがままです。

あなたが自分の稼ぎを学生に貢《みつ》いでいるならともかく、あなたが侮蔑《ぶべつ》する夫の給料で若い男と関係を続けているのは醜い」

そのスレッドを画面に呼び出した。昨日、自分が書いたときから、さらに二十件以上の書き込みがあったようだ。

自分の書き込みまでスクロールしてみた。予想どおり、その下にはずらりと、明美を非難する書き込みが並んでいる。

「ここで良識を持ち出さないで。自分に正直な生きかたがいやなら、このスレなんて読まなければいい」

「おやおやここにも、お上品な仮面の奥さまが」

「暇な主婦が何様のつもり？　女として真剣に生きてごらんよ」

「そんなに簡単に割り切れると思ってるなんて、なんてシンプルな頭なの？　このひとの悩みの深さがわからないの？」

最後までスクロールして読んでから、明美は少し考えた。同じハンドルネームで、きょうは何を書こう。非難にはなんと応《こた》えよう。

少し考えてから、明美はキーボードに指を伸ばした。

「それがなぜ悩みなのかわからない。

正直に生きたいなら、その学生と一緒に暮らせば？

いいとこ取りしたいって言う生きかたのどこが正直なの？

しょせん、身勝手というだけでしょ」

こう書いてから、署名をつけた。明美は、このスレッドではハンドルネームはこうしていた。

「うるさい小姑《こじゅうと》」

書き込みを送信してから、アップされたかどうか確かめた。ほんの十秒か十五秒のタイムラグかと思うが、新しい書き込みが加えられていた。

「わかってあげなよ。

こういうこと書いてるひとは、じつはいま自分が泥沼なの。

自分に言い聞かせているんだよ」

そのあとに、自分の書き込みだった。

明美は、恥辱でいたたまれない気持ちになった。

この状況が泥沼。自分に言い聞かせている……。

まわりのひとには、すべて見透かされているの？　ネットの中の発言からさえ、本音が透けて見えるのだとしたら、現実の自分の振る舞いや態度からは、もっとはっきり隠し事が見えているのではないか。

明美はそのスレッドから、掲示板の新着ニュース一覧に戻った。

最初に目に入ったのは、このタイトルだった。

「不倫相手にH写真ばらまかれて、主婦自殺」

ほとんど意識することもなく、明美はこのタイトルをクリックしていた。すぐに、スレッドの内容が表示された。スポーツ新聞の記事のコピーらしい。

「ネットを騒がせていた通称泣き黒子《ぼくろ》の夢子さん自殺。

H写真が流出して、身許特定される。のどかな町は大騒ぎに」

素早くそのコピー記事を読んだ。インターネット上でこの数カ月、三十代の主婦の裸の画像や性行為中の写真が評判となっていたという。その女性のセックス・フレンドが流出させている写真、と目されていた。女性は目元に黒子があることから、ネット上では「泣き黒子の夢子さん」として知られるようになっていた。最近になって、その写真の女性の身許が特定された。茨城県に住む人妻だった。出会い系サイトで知り合った男と性的関係を持つようになり、男に撮られた写真を画像掲示板に投稿されてしまったのだ。

地元でその写真のことが話題になり、離婚騒動となった。そして二日前、女性は自宅で首を吊《つ》って死んだ。夫に不倫を謝罪する遺書が残されていたという。

こちらのほうでは、主婦の自殺を当然視するか、自業自得《じごうじとく》と見る書き込みが大半だった。そのほとんどは、男性からのもののようだ。

不倫相手には絶対に写真を撮らせるべきではないのだという、身も蓋《ふた》もないコメントもついていた。一度ネット上に流出した写真は、回収も不可能だ。自分の痴態が未来永《えい》劫《ごう》、インターネットの海に漂流し続ける。写真を撮らせることは主婦にとって致命傷になる、ということだ。男がもし写真を撮りたい、と言い出したなら、その時点でその男とは別れろという書き込みもあった。

自分の痴態は未来永劫さらされる。

明美は菅原が撮った写真のことを思い出した。携帯電話のレンズを向けたので、あわてて顔をそむけた。撮られたのは、ほんとうにあれだけだろうか。自分が忘我の状態にあるとき、あるいはまどろんでいたとき、シャワーを浴びていたとき、菅原がこっそり撮っていたということはないか？

その画像データは携帯電話に留まったままだろうか。いまどき珍しいことに、彼はパソコンをふだん使っていないという話だった。使っていた出会い系サイトも、携帯電話でアクセスできるところだ。彼が自分のパソコンを持っていないとすれば、アダルト画像の携帯サイトに投稿されていない限り、画像はすべて彼の携帯電話の中にある。べつの言いかたをすれば、携帯電話の中にしかない。

投稿の可能性……。

居間のテーブルの上で、携帯電話が鳴った。

明美はわれにかえり、テーブルのそばまで歩いて携帯電話を取り上げた。菅原からメールが入っていた。

「明美ちゃん、いまグリーンルーフに着いた。ストーブのそばで、明美ちゃんの温《ぬく》もりを思い出しながら待っているよ。きょうが最後になるなんて、悲しい。こんなに早く終わるなんて、信じられないよ。明美ちゃんと一緒にいるためなら、おれはどんなことでもやる気でいるのに。

追伸。天気が悪いから、気をつけて運転してきてね」

着いたのか。

明美は携帯電話を持ったまま、窓に目を向けた。窓ガラスには、細かく雪が叩《たた》きつけられている。換気扇のかすかな隙間《すきま》から、風の音が漏れてきていた。さっき菅原から電話があったときよりも、確実に吹雪は強くなってきている。菅原が帯広からの遠出をあきらめて、きょうはキャンセルすると決めてくれることも期待していたのだが。

もうグリーンルーフに着いてしまった。自分が行かなければ、菅原はどう反応するだろう。彼は、自分の努力が空回りしたことに、寛容になれるたちではないだろう。吹雪の中をわざわざ出てきたのに、約束が破られたとなれば、その仕返しに出るような男のはずだ。女をものにするときはいくらでも卑屈になるくせに、やたらと面子《メンツ》にはこだわること。それはあの高級車やブランド物の腕時計やダンヒルのライターからも容易に想像がつく。彼には彼なりの、自己イメージがある。そんな自分にふさわしい処遇のされかたの基準がある。たぶん。

だから、すっぽかすことは危険だった。

いましがた読んだばかりの記事を思い出した。

「H写真流出」

「主婦自殺」

自分は自殺まではしないと思う。たとえ親族じゅうが自分を非難しても、夫が許してくれるならば自殺せずに生きて見せる。どんな恥辱にも耐えようと思う。

でも、夫が妻の不倫の事実に耐えられなかったら。妻の恥ずかしい写真がネット上に広まったことで、職場の冗談の種にされたりしたら。夫自身が激しく落ち込んで鬱《うつ》になるかもしれないか。夫が死を選ぶということだって考えられる。

いや、もしその破滅的な事態を乗り越えたとしても——やがて自分たちも子供を持つだろう。そんなに遠くない将来、と夫とは話し合ってきた。その子供が物心ついてから、母親の愚かさをネット上で見ることになったりしないか。いずれ明美の写真も、無限とも言えるネット上の画像データの中に埋もれてしまうはずだ、というのは、甘い期待に過ぎないのではないか。まだ見たことはないが、愚かな女たちの画像のデータベースだってあるはずだ。何かの偶然から子供がそれを見たとき、どれほどのショックを受けるだろうか。

やはり終わりにしなければならない。菅原が言うのとはべつの意味で。

明美は、キッチンに目を向けた。キッチンには、角材を斜めに切った形の包丁ホルダーがあって、四本の包丁が刺さっている。三本はステンレス製だが、一本だけはこの町に移ってきてから買った鋼《はがね》の出刃包丁だ。鮭《さけ》やニジマスを丸ごともらったりすることが多くなったせいだ。あの出刃包丁と較《くら》べると、ステンレス製の包丁はふにゃふにゃに感じられる。大きな魚をさばくには、あのような出刃包丁が必要だったのだ。

終わらせる……。

前向きな結論が出た、と明美は意識した。一時間前に考えたことは、相手を殺して自分も死ぬということだった。いまは、自分が死ぬことはない、と考えられるようになっている。この件で誰かが死なねばならないとしても、それは自分ではない。ましてや夫であるわけがなかった。

＊

川久保篤が駐在所に戻ったのは、午後二時十五分だった。

駐車スペースには十センチほどの積雪があった。すぐにも除雪したほうがよいだろう。これ以上積ると、ミニ・パトカーを停めることも、また発進させることもできなくなる。

業者がやってきて駐車スペース全面を除雪してくれるまで、苦労しなければならない。

川久保は、いったん駐在所の中に入って、無線連絡かファクスでも来てないかを確かめた。

警察電話が、着信を示すランプを点滅させていた。

川久保は手袋を脱ぐと、指をこすって温めてから、受話器を取り上げた。

交換手に名乗って地域課の庶務係を出してもらうと、相手は言った。

「課長に代わります」

すぐに課長の伊藤が出た。

「無線が通じないな」

ただでさえ署活系の無線は使えないのだ。ましてやこんな吹雪の日に、署のアンテナからはるばる四十キロ以上も距離のあるところまで出向いていたのだから。

川久保は言った。

「きょうは、電波状態が悪くて」

「仏さんの収容はどうなった？」

「いまやってるところだと思います。この吹雪の中なんで、苦労しているのかもしれません」

「ひとつ交通事故だ。道道《どうどう》二一〇で路外転落。ドライバー本人から連絡があった。ひっくり返って、脱出できないようだ」

「ドライバーに怪我《けが》は？」

「重傷じゃない。だけど、身動きが取れない」

「男性ですね？」

「帯広のセールスマン。大宮と名乗っていた」

「交通課は、向かってるんですよね？」

「いや。町役場に確かめた。二一〇は、もう除雪が入っていない。ふつうの車はもう通行不能だそうだ。お前のところから、なんとか救援出せないか」

車がひっくり返っているとなれば、ワイヤーで引っ張って起こす作業も想定される。ミニ・パトカーの仕事ではない。民間の重機とか除雪車を頼むことになる。

川久保は訊《き》いた。

「臨場の必要はありますか」

「いや。自損事故だ。本人さえ助かるなら、あとは晴れてからでいい」

「近所で誰か、重機を出せるか、あたってみます。現場は？」

「二一〇と、志茂別町の町道西八線の交差点の近く。浄水場五キロという看板がある交差点だ。二一〇をその交差点から北へ二、三百メートルほど行ったところのようだ」

川久保は受話器を持ったまま、壁の地図に近寄ってその位置を確かめた。この駐在所から近い。せいぜい五キロほどの距離。しかし、いまなら除雪車で向かっても十五分ぐらいはかかりそうだ。

「ご本人の携帯の番号を、教えてください」

「一回切ってくれ。教える」

「はい」

受話器を置くと、手のひらで頬を叩いた。いまこの駐車場に入ってくるとき、ほんの五メートルの距離を歩いただけで、雪が顔に貼りついたのだ。室内の温みのせいで、その雪がいま溶け出している。川久保はぱたぱたと頬を叩いて、溶けかかったその雪を払い落とした。

もう一度壁の地図に近寄って、どんな農家があるかを確かめた。このあたりの農家はどこも、大型のトラクターを持っている。トラクターにそのつどオプションの機械をつけて、耕作から除雪まで、さまざまな用途に使うのだ。大きなサイズのタイヤを装着しているから、かなりの積雪の道路でも走ることができるし、トルクがあるから力仕事も可能だ。

しかし、いくら緊急事態とはいえ、多少なりとも顔見知りの農家のほうが頼みやすい。できれば、健康な成人男子がふたり以上いる農家がいい。いくら現場に近くとも、年寄りひとりの農家には頼めない。

すぐに電話が鳴った。伊藤からだ。番号をメモしろという。川久保はそのまま携帯電話に入力した。

伊藤からの電話が切れたところで、川久保は事故を起こしたドライバーに電話した。

「はい？」と、苦しそうな声が出た。こんな非常時に、といらついているようにも聞こえた。

「警察です」と川久保は名乗った。「大宮さん？　志茂別駐在所の川久保と言います。いま話はできますか」

「助けてくれ」と大宮は言った。「もう十五分、ひっくり返ったままなんだ」

「すぐに向かいます。怪我はどうです。出血はしてますか？」

「血は出てないと思うけど、腰が痛くなってきた。身動きできないんで、無茶苦茶に苦しい」

「もう少しだけ、待ってください。エンジンは切れてるんですか？」

「切った。寒くなってきた」

「すぐに助けが行きます。単独事故ですよね」

「もう言ったよ。前が見えなくて、道路から飛び出したんだ」

「わかりました。もう少し待っていてください。何か変わったことがあったら、この電話に」

「頼む。大至急」

元気そうだ。しかし、この吹雪だ。次第に寒さがこたえてくるはずだ。車を運転中だったのだから、防寒着は脱いでいる可能性大だ。このあと急速に、寒気に体力を奪われる。救出までの余裕はせいぜい二時間というところではないだろうか。

携帯電話を切ってから、川久保は電話帳を取り出し、現場の交差点に近い農家の番号を確認した。父子《おやこ》で蔬菜《そさい》を作っている農家がある。父親のほうが町内会の世話役だ。林《はやし》田《だ》、という農家だ。川久保も何度か話したことがある。

電話すると、女性の声が出た。林田の女房のようだ。

あいさつして林田を電話口に頼むと、彼女は言った。

「それが、この風なんで、D型ハウスの屋根がはがれたの。息子と一緒に外に出てる。ちょっと手が離せないの。あとでかけ直すでいい？」

そういう事情であれば、手を休めて救助に行ってくれとは言えない。川久保は、それならばけっこうと電話を切った。

ほかに、近所の農家となると、どこもその交差点から一キロ近くありそうだった。

こうなると、町内から重機を調達して、出向いたほうがよいか。

川久保は、窓に目を向けた。吹雪は相変わらずの強さだ。町内の業者はどこも、町からの委託を受けて、除雪車をフル稼働《かどう》させているところだろう。

どこの業者に頼むか。どこに問い合わせようか。

ふっと荒く息をつき、気合を入れ直してから外に出た。

まず向かったのは、駐在所から二百メートルの距離にある会社だった。志茂別開発。飼料や農業用資材の販売を主な事業としているが、そのほかにも運送や、重機を使った各種の請負業務などを幅広く手がけている。社長が競走馬を持っていることでも有名だった。

吹雪の中を慎重に車を進めて、その事業所の横手の駐車場に入った。ちょうど同じ駐車場に、裏手から黄色いホイールローダーが入ってきたところだった。近所の除雪作業をしていたところのようだ。

ホイールローダーから降りてきたのは、年配の従業員だ。見るからに胃弱だろうと思えるやせた男だ。ニットのキャップをかぶり、フードつきの厚手の防寒着を着込んでいた。たしか西田と言ったはずだ。何度かAコープ・ストアで買い物している姿を見たことがある。ひとり暮らしなのだろう。

立ち話をしようかと思ったが、風が強すぎた。川久保は西田に黙礼だけして、とりあえずその事務所の風除室に飛び込んだ。

すぐに西田が身を屈《かが》めて追いかけてきて、風除室に入った。

「どうしたんです？」と西田が訊いた。「うちで何か？」

顔がどこか緊張していた。

「いや」川久保は首を振って言った。「事故があったんだ。二一〇。西八線との交差点近く」

「交通事故ってことですか？」

「視界不良で、路外転落らしい。身動きできないって一一〇番に電話が入った。あっちはいま、除雪は入っていないだろう？」

「八線は、いちばん後回しになるね」

「トラクターか、除雪車で助けに行きたいんだけど、出してもらえないだろうか」

「できると思いますよ」西田は風除室内側のドアを開けて、事務所に身体《からだ》を入れた。

「誰かやれないかな」

川久保も中に入った。事務所にはいま、歳《とし》の頃四十ぐらいの女性事務員がいるだけだ。顔を上げて会釈《えしゃく》してきた。

西田が、その女性事務員に声をかけた。

「交通事故で、助けに行かなきゃならない。若いの、誰か出せないかな」

事務所には、ほかに誰かいる様子もなかった。部屋の中央に大きな灯油ストーブがあって、その上のヤカンからは湯気が出ている。女性事務員のデスクのうしろには、いまどき珍しいタイプの金庫があった。黒くて、独身者向けの冷蔵庫ほどのサイズだ。

女性事務員が言った。

「みんな契約してるところの除雪に行った。しばらく帰ってこないよ」

その口調に、川久保は少しだけふしぎな想《おも》いを感じた。西田のほうが、ずっと年配なのだ。なのにいまの口調は、まるで西田が彼女の部下であるか、ずっと年下であるかのように聞こえた。入社の後先がちがうのだろうか。いずれにせよ、西田はこの年齢なのに、下《した》っ端《ぱ》社員扱いだ。

「いないのか」西田はくやしそうに顔をしかめた。「除雪車はあるのに」

川久保は、西田に言った。

「あんたに頼むわけにゆかないか？」

「わたしですか？」

女性事務員が言った。

「西田さん、行ってあげたら。ついでじゃない」

「おれは、社長のうちのまわりを二度除雪してきたんだよ」

「仕事は、休みを入れないほうがはかどるのよ」

西田が川久保に顔を向けた。というよりは、女性事務員に背を向けたような格好となった。一瞬、西田の顔には、怒りか憎悪《ぞうお》と見える表情が浮かんだ。

西田が言った。

「二、三分だけ、休ませてください。わたしが行きますよ。二一〇？」

「西八線との交差点近く」

「車は路外転落ですか」

「ロープが必要になると思う」

「わかります。駐在さんは、わたしの運転するうしろからついてきてください」

「悪いな。こんな日に」

「お互いさまです」西田は女性事務員に振り返って言った。「こういう事情で、駐在さんを手伝ってくるから」

「はいはい」と、事務員は言った。

川久保は、西田に言った。

「こんな日だ。念のために、あんたの携帯電話、教えてくれ」

西田は十一桁《けた》の番号を口にした。川久保はその番号を入力して、西田・志茂別開発、と名を登録した。

西田は言った。

「こういう日は、むかしはほんとうに遭難死が出た。携帯ができてよかった。三本ナラの遭難事件って、知ってます？」

「聞いたことがある」

川久保はその番号に発信して、西田が自分の携帯電話を取り出したことを確認した。

「それじゃ、先にトイレに」

西田が事務所の奥へと歩いていった。

そのとき、川久保の携帯電話が鳴った。山野からだった。遺体の収容が終わったのだろうか。川久保は携帯電話を耳に当てた。

「終わりか」

「ふう」と山野は溜《た》め息をついて言った。「やっと収容しました。この吹雪じゃ、きょうはもうこれ以上は無理です。これから、帯広市立病院に向かうことになりました」

検案のためだろう。この地方では変死体が見つかった場合、帯広の市立病院に運び込むのが通例だ。

「北のほうは、雪も多い。気をつけてくれ」

「今晩はたぶん、帯広に沈没です。ところで」山野の口調が変わった。「川久保さんが渡してくれた財布なんだけど、中身をきちんと見ました？」

「いや。身許《みもと》を証明するものがないか開いただけだ。カードが見つかったので、それ以上は」

「中から、ふやけた名刺が出てきました。一枚だけ。名前だけ読めるんですけど、地元で心あたりありますか」

「なんて名前だ？」

山野は言った。

「アダチカネオ」

「どんな字？」

足立兼男だという。川久保は記憶を探ってみたが心当たりはなかった。

「勤め先とか住所とかは、読めないか？」

「会社の名前なのか、十勝市民共済、と読めます」

「十勝市民共済？」

どこかで聞いたような名前だ。コープのことだったか？

思い出した。前に一度、十勝地方の闇金《やみきん》のことを同僚と話題にしたとき、そのような協同組合とまぎらわしい名がでてきた。

「それは、たぶん闇金だ。帯広の業者」

「闇金ですか」

「徳丸組の企業舎弟じゃなかったか」

「ああ。なるほどね」

山野は、それじゃあ、と言って電話を切った。

死体で発見された女性の財布から、闇金業者の男の名刺が出てきた……。

女は闇金から金を借りていた。自宅まで取り立てがきたこともある。亭主は、妻は実家に帰っていると周囲に説明しているらしい。捜索願いは出されていない。

そしてきょう、死体が見つかった。本人かどうかは特定されていないが、遺体の防寒着のポケットから、財布が見つかった。薬師泰子名義のAコープのポイントカードが出てきている。まずまちがいないだろう。

女がどのような死にかたをしたのかは、まだわからない。殺害されたと決めつけるのは早すぎる。失踪《しっそう》をめぐっては不自然な状況があった、と言えるに留まる。

亭主は女の死を知っているのか？　その死と何らかの関係があるのか？　捜索願いを出していない理由は何か？

亭主は重大な事実を隠していないか？

疑念が、抑えようもないほどにふくらんできた。

落ち着け、と川久保は自分に言い聞かせた。

ろくに情報がないうちから、妄想をもてあそんではならない。想像力の暴走は止めなければならないのだ。だいいち自分は、一介の駐在警官にすぎないのだから。

西田が事務所の奥から近づいてきて言った。

「じゃあ、あとから来てください」

また川久保の携帯電話が鳴った。

携帯電話を取り出しているうちに、西田が川久保の脇《わき》を通って外に出ていった。

相手は、先ほど電話で話そうとした林田だった。

「どうかしたかい？」と林田が訊《き》いた。「この風で、D型の屋根が飛ばされたんだ」

川久保は言った。

「ああ、あんたのところの近所で、車が路外転落したんだ。ひとは無事だけど、車がひっくり返って、ドライバーが閉じ込められてる。トラクター出してもらえないかと思って」

林田は笑った。

「こんな日だもの、それひとつで終わらないぞ。どこだって？」

「二一〇。西八線と、二一〇の交差点のそば。交差点から二、三百メートル北方向らしい」

「ひとは、怪我《けが》していないんだね」

「電話で話した。無事だ」

「行ってみるよ。駐在さんはこなくていいよ」

「大丈夫か」

「あのミニ・パトじゃ、いま、うちのほうは厳しいぞ」

「そうじゃないかと心配していた」

「いまから出る。手に負えないようなら、近所にも応援を出してもらう。そのときは駐在さんに電話するよ」

「助かる」

電話を切ると、川久保は背を丸めて事務所の外の駐車場に飛び出した。

西田が、ホイールローダーの運転席に乗り込むところだった。大声を上げたが、声は吹雪の音にかき消された。西田は聞こえなかったようだ。

川久保は、ホイールローダーの横まで走り、振り向いた西田に言った。

「必要なくなった。近所の農家が助けに行ってくれるって。行かなくていい」

西田は少しのあいだ川久保を見つめた。何かべつのことでも考えているような表情だった。川久保の顔に、自分の考えていることの答でも書かれているかのような。ほんの少しナーバスになっているようにも見える。

川久保はもう一度言った。

「行かなくていいことになった。サンキュー」

西田はようやくうなずいて、ホイールローダーから降りてきた。

川久保はもう一度西田に礼を言ってから、ミニ・パトカーに向かった。つぎに行くべきところができた。

*

佐野美幸《さのみゆき》は、料理の下ごしらえの手をとめた。携帯電話が鳴っている。ちらりと時計を見てから、カウンターの内側に置いた携帯電話に手を伸ばした。

「美幸」と、母親の声だ。

この電話を待っていた。明日、母は予定どおり退院できるのだろうか。

しかし母の口調は、沈んでいた。申し訳ないという調子があった。

「さっきまた先生に診てもらったんだけどね、最低あと一週間は、入院のまま様子見なんだって」

母はひと月前に、腎臓《じんぞう》疾患で入院した。帯広の市立病院だ。投薬を受けつつ、何度か精密検査を受けた。きょうが最後の検査結果が出る日だった。結果次第で、明日には退院できると。退院すると電話が入れば、美幸は明日、病院まで迎えにゆくつもりだった。いや、義父《ちち》の車で、一緒に行くことになったろう。

でも、あと一週間も入院？　入院はまた延びたの？　それって、やはりそうとうに悪いということではないのだろうか。つぎの一週間でよくなるという可能性はあるのだろうか。

黙っていると、母親は続けた。

「志茂別も、吹雪ひどいっしょ。こういうことになったし、明日、無理してこなくていいよ」

母親の幸枝《ゆきえ》は、この町で小さな居酒屋を開いていた。六人座れるカウンターと、ボックス席がひとつだけの店。町には食堂は十軒ばかりあるが、酒場と呼べる店は、この「ゆきちゃん」のほかに、スナックが二軒、おでん屋が一軒あるだけだ。

美幸は、高校一年になったころから、ときおり母の仕事を手伝うようになった。店に出ることはできるだけ避けてきたが、どうしても人手が必要なときは店に出て、調理や片づけを手伝った。この三年間ずっと。

店にくるのは、母親の幸枝目当てと思える男たちが多かった。とはいえ、ボトルキープしている客の数は、たったの四十人。そのうち半分は、もう半年以上顔を見せていない。二年前、幸枝が再婚してから、がたりと客は減ったのだ。

それでも、少数ではあるが、幸枝の食事目当てにくる客もいた。この町に単身赴任している男たちが、この店で定食を食べ、少し飲んで、幸枝としゃべって帰ってゆく。幸枝に下心を持たない男たちで、美幸もその客たちを相手にすることは、嫌ではなかった。

しかし。

母親は電話で続けた。

「先生は、心配することないって言うんだ。だから、あと一週間だけ、辛抱してね。とりあえず、検査の結果ね。また電話する」

母親が電話を切ろうとしたので、あわてて美幸は訊いた。

「父さんには、もう電話したの？」

母の再婚相手のことだ。母よりも五歳年上の四十四歳。この町の農業機械センターで働いている。笠井《かさい》伸二《しんじ》という名だ。きょうは朝から、除雪作業に動員されているはずだ。

「伸ちゃんも」と、母親は義父の名をそう口にした。「こんな日は夕方で帰ってくるっしょ。除雪できるような吹雪じゃないもの。仕事は、明日、吹雪が収まってからでしょ」

ということは。

電話を切ると、美幸は思わずおぞましさに身をよじった。

今夜で終わるかと堪えてきたことが、さらに一週間続くことになるのだ。

母の入院から一週間目、義父の伸二に襲われた。寝室に入ってきて、布団《ふとん》にもぐりこんできたのだ。美幸が恐怖と衝撃に凍りついていると、やがて義父は美幸のパジャマをはぎとって犯した。美幸には、それが最初の性体験だった。

翌日は、ショックで起き上がることができなかった。寝たままで学校を休んだ。

義父はその後、この十日のあいだに、何度も繰り返し襲ってきた。

お母さんには内緒にしておこう、と義父はそのたびに言うのだった。お母さんを苦しませちゃいけない。おれと美幸ちゃんのふたりだけの秘密にしておこう。美幸も大人だからわかるだろう。

義父は、同居してきてすぐから、美幸を性の対象と見てきた。その目から、振る舞いから、美幸にはそれがわかった。何度か、偶然を装《よそお》って触ってきたし、風呂《ふろ》場《ば》をのぞいてきたこともあった。短い時間ふたりきりになるときは、濃厚にその気配を感じた。母もそのことには薄々気づいていたのではないか。男とはけっこうすったもんだを繰り返してきた女なのだ。母が義父のよこしまな欲望に気づいていなかったはずはない。娘が義父の前でどれほど緊張しているか、勘づいていなかったはずはなかった。だけども、それを認めたくないのだ。認めてとがめれば、伸二が家を出てゆきかねなかったから。幸枝を棄《す》てかねなかったから。

母は、自分の留守中にあの男が義理の娘を犯す可能性について、まったく心配していないのか？　だとしたら、その根拠はどこにあるの？

母の退院が一週間延びた。きょうで終わるのだからと自分に言い聞かせてきた地獄は、さらに繰り返される。自分はもうこれ以上、あの男に好きなようにされるのはまっぴらだった。

先日来、ぼんやりと考えてきたことをいま一度思い起こした。

家を出る。

このままこの家で暮らし続けるのは無理だ。店の部分を除くと、二階に二間だけの家。この家に、母がなじみの客をひきずりこんで同居させ、入籍に至ったのだ。その経緯自体も、美幸には汚いものに感じられる。高校の同級生からも言われたのだ。お母さん、男つかまえられてよかったねと。店やっててよかったね、とも言われた。大人たちのあいだで母の再婚がどんなふうに噂《うわさ》されているか、想像がつくというものだ。

母には、引き続き店を手伝えと言われてきた。美幸が高校を卒業すれば、おおっぴらに接客させることができる。美幸目当ての客も増えるだろうと目論《もくろ》んでいる。美幸も、母と一緒に働くこと自体は、やむをえないかと思う。母娘《おやこ》で店を切り盛りすること自体は、義父が現れるまではごく自然な将来として想像していたのだ。

だけど。

美幸は、ポークを並べたバットにあらためてラップをかけると、冷蔵庫に押し込んだ。あと一週間、こんなことが続く。へたをすればずっと。もう無理だ。こんな汚い場所は、家庭とは言えない。自分がいるべき場所ではない。

ちょうどいい機会だ。とにかく家を出よう。あの汚らわしい手から逃れよう。義父から遠ざかろう。

時計を見た。午後二時十五分。

外は吹雪。今夜はいっそう荒れるという予報だった。バスは動いているのだろうか。動いているなら、飛び乗ろう。とにかく帯広まで行き、そこからはJR。札幌まで出るというのはどうだろう。札幌には、父方の叔母がいる。父の一周忌には、困りごとがあったらなんでも相談してくれと、叔母は言っていた。ただのリップサービスではなかったろう。ほんとうに姪《めい》の未来を案じてくれての言葉と聞こえた。優しい叔母に、義父に犯されたからと正直に言うわけにはゆかないが、自活できるようになるまで、援助をお願いすることはできるだろう。

美幸はカウンターの背後に貼《は》った時刻表を見た。十勝バスをはじめ、この地方の公共交通機関の運行予定が詳しく書かれている。

つぎの志茂別ターミナル発の帯広行きバスは、二十五分後だった。

急ごう。そのバスに乗ろう。とにかく身の回りの品だけまとめて、この家を出よう。

店のドアが、がたがたと揺れている。吹雪がひどくなってきたようだ。もしバスが運休するほどの吹雪だったら？

なんでもいい。動いている車を体当たりしてでも停めて、乗せてもらう。とにかくわたしは、きょうのうちに、たとえ一キロでもこの家から離れる。遠くに逃げる。母親には、事後承諾。その理由を告げるかどうかは別としても。

美幸はサンダルを脱いで、店から居室に上がった。

＊

信号のある交差点の手前まできて、その化粧のへたな中年女が言った。

「そこで停まってくれたら、十分なんだけど」

いまのコンビニエンス・ストアからほんの一町きたところだ。

女の声には、緊張が感じ取れた。ようやく事態が奇妙なことになっていると気づいたようだ。単にひとのいい中年男が、雪にはまった女性ドライバーに親切心を見せてくれたというわけではないと、この厚かましい女もついに察したのだ。

笹原史郎は、女に微笑を向けた。

「いいんです。ご自宅までお送りしますよ。近いんでしょう？」

助手席の女を見ると、不安と当惑とがないまぜになったような表情だった。視線が合った瞬間に、相手は目をそらした。女の視線の先には、吹雪の帯広市街地がある。交通量がほとんどないせいか、街路は奇妙なまでに広々と見えた。

笹原はもう一度言った。

「お送りします。せっかくひと助けしたついでです。最後までやらせてください」

「だって」女の声は乾いていた。「そんなことまでしてもらうなんて」

「親切って、そういうものじゃないですか。するときはとことんするのが親切です。たとえ相手が、ひとの好意を当たり前みたいに思っていようと」

女は反応を見せなかった。笹原の言葉の意味を必死で探ろうとしているようだ。そのあいだに、小型車は交差点を通過した。

「ね」女が言った。「ほんとにどこでもいいから、降ろしてくれない？」

「どこでも？　目的地はどこなんです？」

「いえ、こういう天気だし、予定も変わったから」

「降ろして、ってどういうことなんです？　自分の車をどうするんです？　そこまで送りますよ」

「いや、いいんです。ほんとうに」

「こんな吹雪の日に、せっかく助けて上げた女性を、そのへんに放り出してゆくわけにはゆきませんよ。凍死しろと言うようなものじゃないですか」

笹原はもう一度女に顔を向けた。物ごころついたころから洗練させてきた微笑。まじりけのない善意を伝えるためではなくて、むしろ表情の下にはどんな種類の感情もないことを伝えるための微笑だ。敏感な人間が最初に一、二度、笹原の微笑を見れば、それが仮面に描かれた線と同様の表情にすぎないとわかる。つまり微笑という記号。ただし、その微笑の意味を最後まで勘違いする相手にも、少なくない比率で出会ってきた。その女は、高慢ではあったが、鈍いわけではなかった。いま笹原の微笑を見て、彼女はそれが示しているものはただの空虚である、と思い至ったようだ。

女は言った。

「何をするつもりなの？」

「親切をしようとしてるだけです」

「親切はもう十分だから、降ろしてください」

口調がていねいなものに変わった。笹原を暴発させてはならないと気をつかいだしたようだ。この男の神経を逆撫《さかな》でした場合、結果が恐ろしいものになりそうだと意識しだしている。しかし、それに気づいたことを悟られてもまずいと、彼女は計算し始めている。

笹原はなおも、布団《ふとん》のセールスマンのような調子で言った。

「ほんとにお宅までお送りしますから、場所を教えてください。ご近所なんでしょう？」

「いいんです。ほんとうにいいんです」

「そうはゆきませんよ」

また交差点にかかった。帯広市の中心部にさらに一ブロック近づいたことになる。

笹原は、いましがたよりもいっそう馴《な》れ馴れしげな調子で言った。

「ここまできたんだ。気が済むまでやらせていただけませんか。いいでしょう？」

厚化粧を通しても、女が青ざめているのがわかった。パニックを起こしかけている。

「いいわ」女は言った。「気が済むまでやっていいから、ここで降ろしてくれない」

「どうして降りる必要があるんです？　お宅の車だ。このまま乗っていればいいじゃないですか」

「だって、あんたも気が済むまで乗っていたいんでしょう？」

「親切にしたいだけです。お宅はどこです？」

「いいから、お願い。降ろしてください」

「話が嚙《か》み合いませんね」

「そんなことないと思うけど」

「そうかな。これも何かのご縁ですよ。なんなら、ぼくとドライブするというのはどうです？」

「ドライブ？」

「もしお宅さえよければ」

女がちらりと笹原を見た。目に一瞬、光が走ったかもしれない。笹原の真意をやっと理解したとでも思ったか。それともその土俵でなら互角に闘えるとほくそえんだのか。

「ええ、ええ。いいわ。それもいい」

「よかった。どこに行くかは、ぼくが決めてかまいませんかね」

「いいですよ」と女は言った。「場所はまかせます」

笹原はもう一度女に微笑を向け、うなずいてから言った。

「せっかくのご縁、つまらない話にすることはありませんものね。ほんとうによかった」

「ええ、ほんとに」

狭い車内に、かすかに脂粉の匂《にお》いが立ち上ってきたように感じられた。この中年女の身体《からだ》が火照《ほて》り出したのだろうか。

笹原は視線を街路の前方に戻した。風が一瞬だけ収まったようだ。視界がすっと延びた。三つ先の信号まで視認することができた。

5

川久保篤は、いったん志茂別駐在所に戻ってから、志茂別畜産の所在地を地図で確かめた。記憶していたとおり、かつてのＪＲ駅の裏手、倉庫が並んでいるエリアにあった。

電話番号を確かめてから、その事務所に電話をかけた。

「駐在の川久保です」と名乗ってから、落とし物が届いたのだがとつけ加え、薬師宏和という従業員がいるかと訊《たず》ねた。

電話に出たのは、中年の女性のようだった。その女性は言った。

「ちょうどいま帰ってきたところです。出しましょうか」

「いや、けっこう」と川久保は言った。「近所まで来ているんで、寄りますよ。薬師さんは、これからもまだ仕事?」

「いえ、こんな天気になってしまったし、みんなに早く上がるように言ってる。へたをすると、立ち往生だから」

「そうだよね。もうあっちこっちで、そういうことになってるようだ」

川久保は電話を切ると、またミニ・パトカーに乗りこんだ。こうやって町内を行き来できるのも、あとほんの数時間ではないだろうか。北海道開発局は国道を、帯広土木現業所は北海道道を懸命に除雪しているが、もともと積雪の少ない十勝地方では、除雪体制が十分ではない。いましがた通って確認したように、すでに国道の除雪は後手後手に回りつつある。道道の場合は管轄《かんかつ》路線が多いから、除雪優先度の高い区間に除雪機械を集中させなければならない。すでにあとまわしにされた線も多いはずだ。町道についても、郡部では一部、すでに除雪が入っていない線が出ているはずだ。吹雪のためにすぐに通行不能となる路線、区間については、天候回復まで除雪をあきらめるしかないのだ。

市街地部分の町道に関しては、町と契約している業者が総動員されているはずである。しかし、吹雪のこの勢いだ。いったん除雪車を入れてもほんの十五分ほどでまた吹き溜《だ》まりができたり、積雪が基準値を超えてしまう。となれば、町役場も優先度の高い線に除雪機械を集中的に振り向ける。それでも、あとせいぜい二時間で、除雪作業それ自体が危険となるだろう。その場合は、悪天候の収まるまで作業の中止がすべての業者に指示される。町は孤立し、一戸一戸の家庭もまた、朝までは原野の一軒家と同然になる。

荒天が収まったあと、道路の開く順番は、必ずしも国道、道道、町道とは並ばない。どういう差なのか、これまで国道二三六号が閉鎖されているときでも、東寄りの道道が通行可能ということはよくあった。さらに言えば、国道よりも道道よりも先に、バイパスとして使える町道が通行可能となることも多いのだった。

今回はどうなるのだろうか。案外、国道の開通が最後になるのかもしれないが。

川久保は、横殴りの吹雪の中、ミニ・パトカーを国道二三六に出した。駐在所前を、ちょうど一台の白い小型車が、帯広方向に向かって通過してゆくところだった。ドライバーは女性だ。

町内の行き来であればよいがと、川久保は願った。いまから帯広方向への遠出というのは、女性ドライバーには条件が厳しすぎる。もし吹き溜まりの中でスタックした場合、脱出もかなわないのではないか。女性ドライバーの場合、雪道脱出用のスチール板やらタイヤ・チェーン、スコップやら牽《けん》引《いん》用ロープを車に用意しているとは思えない。いや、そもそも軍手やゴム長靴などの備えがあるかどうかもあやしい。要するに、こんな日の女性のドライブは、危険きわまりないということだ。

旧JR駅の前を通過して、町道南三丁目で左折、東一条をさらに右折した。

右手に、広い駐車場を持つ事業所が見えた。志茂別畜産だ。大型トラックや家畜運搬車など、十台以上の車両を持つ業者だ。いま駐車場には、六台のトラックが停まっている。奥のほうには、従業員たちの乗用車が七、八台。

川久保はミニ・パトカーを事務所のすぐ前まで進めて停めてから、事務所の中に飛び込んだ。

事務所は古い木造の平屋建てだ。二十坪ほどの空間の中に、何本かの柱が立っている。民家を改装した事務所なのかもしれない。大きな灯油ストーブが鎮座しているところは、先ほど訪ねた志茂別開発の事務所に似ている。四人の従業員がいた。

手前のスチール机の前に女性事務員がいて顔を上げた。さっき電話を受けてくれた女性なのだろう。窮屈そうな青い事務服姿で、赤いセルフレームのメガネをかけている。

「ご苦労さま、駐在さん」とその女性事務員は言った。「薬師なら、いま倉庫のほうです。すぐ来ます」

彼女の表情は、駐在警官と薬師との結びつきに、とくになにか意味を見いだしたようではなかった。薬師の住む地区の近隣住人がそうであったように、女房の不在にとくに異常さを感じてはいないということなのだろう。女房が不在という事実そのものを知らないのかもしれない。

川久保は、薬師への関心を気取られぬように、天候のことを話題にした。

「この季節に、こんな吹雪になるとはね」

「そうですね」その事務員は、窓に目をやりながら言った。「何年かぶりですけど」

「早く上がれと指示することなんて、滅多にないんでしょう？」

「二年に一回ぐらいはないでもないですけど。だけど、こんな日に運転手に無理はさせられませんから」

奥のドアが開いて、三十代なかばと見える男が顔を出した。気弱そうな印象の、やせた男だ。トラックドライバーには少ないタイプかもしれない。どちらかと言えば、理容師とか学校の事務職員っぽく見える。

事務員が言った。

「薬師さん、駐在さんがあんたに」

薬師は、一瞬顔に戸惑いを見せた。二、三度、瞬《まばた》きしたようだ。落とし物という用件は聞いていなかったのだろう。

薬師は川久保のほうに歩いてきて訊《き》いた。

「なにか？」

川久保は言った。

「落とし物が届いているんだ。薬師名義のカードが入っていたんで、あんたの落とし物かと思って」

薬師はいっそう明瞭《めいりよう》に当惑を見せた。胸中を隠したり、取り繕ったりしたという表情には見えない。その意味では正直な表情だった。

視界の隅で、女性事務員が川久保たちに目を向けたのがわかった。

川久保は薬師に笑顔を向けて言った。

「仕事が終わったら、駐在所に寄ってみてくれ。それだけなんだ」

薬師はかすかに安堵《あんど》を見せてうなずいた。

そのとき、川久保の携帯電話に着信があった。モニターを確かめると、バス・ターミナルの売店の女性店員からだった。前にも一度、その店員から、ターミナルでカツアゲが行われていると急報を受けたことがあった。それ以来、川久保はそのバス・ターミナルを重点的な立ち寄り場所としている。

「はい。ちょっと待って」と答えながら、川久保は女性事務員に会釈《えしやく》して、志茂別畜産の事務所を出た。

建物の風除室の中で、どうぞと言うと、相手は言った。

「ターミナルに、乗客が残ってるんです。どうしたらいいかと思って」

「と言うと？」

「十勝バスは、こっちの路線、運休になったんです。もう待っててもバスは来ないんですけど、待合室にひとり客が残っていて」

「完全に閉めてしまうのかい？　きょうは、これから、泊めてくれってドライバーなんか出てきそうだけど」

「そういうひとには、向かいの志茂別旅館を勧めてるんです」

志茂別旅館の前身は、かつての志茂別駅逓所《えきていしょ》である。鉄道のなかった当時、この駅逓所が旅人の足としての馬を用立て、宿泊もさせた。レンタカー営業所とモーテルとを兼ねた施設のようなものだ。志茂別駅逓所は昭和十五年まで営業していた。周辺の駅逓路線が廃止された後、駅逓所は民間の旅館となったのだ。現在はビジネス・ホテルである。旅館の商慣習としてあまり飛び込み客は歓迎しないだろうが、きょうのような日は別だろう。和室に相部屋で吹雪をやりすごしてもらう、という使い方がされると聞いていた。

川久保は訊いた。

「その客は、志茂別旅館はいやだって言ってるということですか？」

「というか」女性店員は口ごもった。「若い女の子なんです。雰囲気から、何か訳でもありそうに見えて」

「この町の子？」

「ええ。直接知ってたわけじゃないけど、名前は耳にしたことがある」

「家出だと言ってるのかな？」

「そんな雰囲気。家出は絶対駄目だって思ってるわけじゃないけど、家出するにも日和《ひより》ってものがあるでしょ」

「なんていう子？」

「佐野美幸、って子だと思った。母親がたしか飲み屋さんやってるのよ」

「様子を見にゆく。まだ待合室にいるんですね？」

「ええ。じっとベンチに腰掛けて動かない。こっちも、ストーブ消して帰らなきゃあと思ってるんだけど」

彼女自身も帰るに帰れないというわけだ。

携帯電話を畳んで、川久保はその事務所の風除室を出た。

ターミナル前のロータリーは、もう十五センチ以上の積雪だった。轍《わだち》がいくつか残っていたが、それも三十分以上前のものだろう。

川久保がロータリーの脇《わき》にミニ・パトカーを停めてターミナルに入ると、すぐに目に入ったのは十七、八歳と見える少女だった。白いダウンのパーカーに赤いニットの帽子、やはり赤のニットのマフラー姿だ。ジーンズをはいており、身体《からだ》の脇には大きく膨らんだスポーツバッグがひとつ。肩にポシェットをさげている。女の子は、川久保の姿を見て、表情を固くした。

売店のほうに目をやると、すでにその小さなブースのシャッターは下りていた。ブースの脇で、パイプ椅子《いす》に腰掛けた店員が立ち上がった。四十代の女性で、たしか亭主はこの町の農協の職員だった。柳沼《やぎぬま》、という名字だった。

柳沼が立ち上がり、目で「あの子」と訴えてきた。

川久保はうなずいて、その少女のそばへと歩いた。化粧っ気はないが、大きな目で、わりあい派手な顔だちの女の子だった。男によっては、気になるタイプかもしれない。

川久保は、女の子の正面のベンチに腰をおろし、声をかけた。

「佐野美幸くんかな？」

少女は答えた。

「ええ。はい」

「バスを待ってるの？」

「ええ」と、佐野美幸が答えた。「帯広に行くんです」

「この吹雪で、十勝バスは運休になったらしい。知ってるかい？」

「はい。だけど、お母さんが帯広の病院に入院していて、お見舞いに行かなきゃならないんです」

「入院？　容態がよくないのかな」

「ええ。検査して、退院が延びてしまったんです」

「だけど、きょうは帯広までは無理だよ。バスが休みなんだから」

佐野美幸は川久保から目をそらし、待合室の中に視線を泳がせた。何か適切な言葉でも、壁のどこかに記されていないかと探したような表情だった。

「でも、行かなきゃ」

「この吹雪だ。明日まで待ったら？　バスが運休したんで、ターミナルも閉めるらしい」

「はい、わかります」

「うちへいったん帰るかい？」

美幸の答が少し遅れた。

「ええ、そうします」

「美幸くんは、高校生なのかな？」

「今年卒業しました」

「そうか。うちには、誰かいるね？」

　また少しの間があった。

「はい。お父さんが」

「送って行こうか。うちは本町かな？」

「ええ。でも、帰れます。近くですから」

　美幸は脇のスポーツバッグに手を伸ばして立ち上がった。さほど背は高くなかった。百五十センチ前後だろうか。川久保に一礼すると、彼女は出入り口に向かった。

　美幸の態度に腑《ふ》に落ちないものを感じた。従順に駐在警官の心配に応《こた》えたように見えたが、彼女は会話自体を拒んでいた。一応筋の通った受け答えをしたが、いま川久保が感じたものは、コミュニケーションの完全な不成立だ。

　なぜ？

　川久保は佐野美幸の背を見つめながら思った。

　非行少年には大人とのコミュニケーションをかたくなに拒む者がいないではない。大人への深い不信か嫌悪《けんお》から、意味のある会話自体を避けるのだ。

　少年係の捜査員から聞いた話がある。最近の非行少年たちは、警察官が危険行為や非行をとがめると、こう答えるというのだ。

　あ、ぼくはいいですから。

　権威への反発なら、警察官も言葉の接《つ》ぎ穂を探すことができる。次に取るべき対応を用意している。しかしこの手の答には、会話を絶対に成立させまいという意志しか感じ取ることができないという。少年係の捜査員たちは、このような言葉を吐く少年にこそ、性根を叩《たた》き直してやりたいという衝動を強く感じるのだとか。

あ、わたしはいいですから。

いま佐野美幸は、自分にそう言ったも同然だったのではないか？　高校を卒業したばかり、まだ子供っぽさも残す顔だちの少女なのに。

美幸が、待合室の出入り口の扉を開けた。一瞬風が外から吹き込んできた。美幸は、待合室を出て立ち止まり、ニット帽をかぶり直した。振り返ることはなかった。彼女の姿はすぐにロータリーの向こう、吹雪の中に消えていった。

柳沼が立ち上がって言った。

「お巡りさん、あのまま帰していいの？」

川久保は、柳沼の質問に戸惑った。彼女は、美幸という少女が待合室にいるので閉めることができない、と苦情を言ってきたのではなかったか？

川久保は訊いた。

「自分のうちに帰るんだよ。そうさせたかったんじゃないんですか？」

「あの子、様子を見たら、家出でしょう？　家を出た女の子なんだよ？」

「家出にも日を選べと言ってませんでしたか？」

「バスが来ない日に、バス・ターミナルに来たって、どうしようもない。そういう意味さ」

「家出をさせてやるべきだったと言ってるんですか？」

「いまのやりとりを聞いていてわかった。母親は入院ってことだったね」

「帯広の病院と言ってましたね。退院が延びたって」

「母親が入院中なら、話は別だったよ」

「どうしてです？」

「お父さんって、母親の再婚相手だ。義理の父親だ。あの子、いま義理の父親と二人でうちにいるってことになる」

川久保は、美幸の容貌《ようぼう》をいま一度思い出した。まだ幼さを残しているけれども、化粧をするようになれば、あるいは社会に出たら、彼女はすぐに男たちの目を惹《ひ》くようになるだろう。

いやなことを想像してしまった。そんなことをまず想像する自分の職業が、少しばかり哀《かな》しいものに感じられた。

「もしかして」と川久保はつぶやいた。

柳沼は、窓のほうに目を向けて言った。

「母親がいまいないんなら、うちに帰すべきじゃなかった」

何か理由でも、と問うたつもりで、川久保は柳沼を見た。

柳沼が、もう一度川久保に視線を向けて言った。

「母親の再婚相手の噂《うわさ》を耳にしてる。あの子を、そいつとふたりきりにしちゃならないね」

みなまで聞かぬうちに、川久保はバス・ターミナルを飛び出していた。

横殴りの吹雪の中で、すでに佐野美幸の姿は見えない。川久保は積雪の中に足跡を探した。ロータリーの外側の歩道上に、いま通ったばかりの足跡がついている。自分のものではない。ターミナルに面した国道二三六、市街地では中央通りと呼ばれている幹線道に続いているようだ。

川久保はその足跡を追った。

交差点まで出たところで、足跡を見失った。もう歩道上にはない。車道に出たのかもしれない。

左右を見渡した。やはり佐野美幸の姿は見当たらなかった。

ひとの姿が、こんなに早く消えるか？　いくらこの吹雪の中だとしても。

車道を渡って轍を確認した。車道上、帯広方向に向かう側の車線に、いましがた通っていったばかりと見える轍があった。大型の乗用車か、小型のトラックのものと見えた。

真新しい足跡が、その轍にクロスして消えている。轍は、車道の向かい側で、車道左端に寄っていた。そこでいったん停止したような痕跡だ。

川久保は、そこからさらに左右の雪の上を確かめてみた。足跡はもう見当たらない。風がたちまち足跡を崩して消した可能性もあるが、もしかすると佐野美幸はその大型乗用車かトラックに乗りこんだのかもしれなかった。知り合いのドライバーが、たまたまそこに通りかかったのだろうか。小さな町だから、ありえないことではないが。

帯広方向の車線の先へと目をこらしてみたが、むなしかった。濃密な吹雪のせいで、視界はせいぜい二百メートル。赤い尾灯など見えるはずもなかった。いや、視界内だけのことではないはずだ。いまたぶんこの国道二三六には、たぶん前後一、二キロの範囲で、ほとんど車両の通行はないのではないか。

川久保は、ミスをしたと自分を責めた。その結果、家出よりも悪いことにならなければよいが。佐野美幸が、母親の入院しているという病院に辿《たど》り着けるとよいのだが。

川久保の想《おも》いは、否応《いやおう》なく自分の二人の娘に飛んだ。来週には札幌の自宅に帰る。妻と娘たちに会える。二月の妻の誕生日以来だから、六週間ぶりの帰宅ということになる。娘たちにとくに変わりないと思うが、今夜電話しよう。

＊

佐野美幸は、あらためてドライバーの横顔を見つめた。

そのクレーン付きトラックを運転しているのは、二十代半ばと見える青年だった。長髪ではあるが、染めてはいない。鼻が大きく、顎《あご》が張って見える。ハンサムとは言えない顔だちだが、逆に頼もしさは感じられた。このサイズのトラックを運転している青年なのだ。世間知らずのはずはないし、そこそこの生活力もあるのだろう。頼もしく見えるのは当然かもしれなかった。

「どうした？」と、青年が横目で美幸を見て訊《き》いた。「おれの顔になんかついているか？」

声は好みだ、と美幸は思った。義理の父親の、低能と好色さがないまぜになったような声とはちがう。若いのに、十分に大人っぽく、同時に温みと誠実さを感じさせる声。

「なんでもないです」と美幸は言った。

トラックの汚れた助手席から見る道路の先は、わずかに二百メートルほどの視界しかない。道路側端の視線誘導標がなければ、車はそのうち路外転落してしまうのではないかと思えた。

青年は言った。

「帯広までは乗っけてやるけど、その前にひとつ、寄るところがあるよ。届けものがあるんだ。いいよね」

「ええ」と美幸は答えた。「もちろんです。かまいません」

やっとヒーターが効いてきたようだ。じんわりと温みが美幸の身体に染《し》み通ってきた。

青年は言った。

「この季節に、十勝のこっちのほうで吹雪なんて、何年ぶりかな。除雪がきちんとされてるか、心配だよ」

「バスが運休したぐらいですから」

「三年前かな、弟子屈《てしかが》に仕事で行ったとき、閉じ込められて、弟子屈から四日間出られなかったことがあった。それも四月末。ゴールデン・ウィークにかかってたとき」

「あ、そんなことがありましたね」

「きょうの吹雪は、それに近いんじゃないのかな。さっき会社からも電話があったんだ。無理するなって」

美幸は、青年の言葉の裏の意味を探ろうとした。これは何かをほのめかした言葉だろうか。帯広まで送ってやれないと言い出したということか。

美幸の沈黙に、逆に青年があわてた。

「あ、心配するな。絶対に帯広までは送るから」

「すいません」

「それにしても、びっくりしたぞ。いきなり車の前に飛び出てくるんだから」

「どうしても行かなくちゃならなかったから」

「視界不良だったから、飛び出してくるのが見えなかった。ブレーキを踏むタイミングがもうちょっと遅かったら、おれは交通刑務所行きだったよ」

「ほんとにすいません」

「歳《とし》、いくつなの？」

美幸は、正直に答えた。

「十八です」

「高校卒業ってこと？」

「このあいだ、卒業式」

「帯広で、お母さんは何してるの？」

「入院。病気なんです」

「たいへんなんだ」

「容態が急に変わってしまったんで、どうしても行かなきゃならないから」

「こんな天気なんで、おれ、あまり話をしないかもしれない。集中できなくなるからね。おれが黙ったままでも、気にしないでくれ」

「わかりました」

「素直な返事するね」

「そうですか？」

「暗くなるまでに着けるといいんだけど」

「めっちゃ急いでるわけでもないですから、無理しないでください」

「わかった」

青年はカーラジオに手を伸ばして、電源を入れた。すぐに地元の中波放送が入ってきた。男性アナウンサーと女性アナウンサーの掛け合いの長寿番組。交通情報をよく流していたはずだ。

スピーカーから流れてきたのは、気象情報だった。

十勝地方全域に爆弾低気圧、と男性アナウンサーが言っていた。記録的な猛吹雪となりつつありますと。

美幸はちらりとまた青年の横顔を見た。

彼は顔を曇らせていた。

＊

坂口明美は、頭を思い切りフロントグラスに近づけて、前方を見つめていた。吹雪の勢いが強すぎて、ワイパーがガラスについた雪をかき落としきれないのだ。ワイパーのゴムが劣化して、雪をこそぎ落とす能力が低くなってしまったのかもしれない。だから市街地からここまで走ってくるあいだに、ワイパーが広げてくれる面積はどんどん縮まってしまった。いまはわずかに十センチ四方ほどの隙間《すきま》から、前方を見ることができるだけだ。これ以上走り続けるのは無理だと感じ始めていた。

道路右手に、目指すペンション兼レストランの看板が見えた。畳三分の二ほどのサイズの、小洒落《こじゃれ》た看板だった。グリーンルーフのロゴタイプは、カタカナとアルファベットの二種類。看板の中央に、上下並べて記してある。看板全体は、破風《はふ》のある建物の形をしていた。

しかしいまは、その看板全体に雪が貼《は》りついている。カタカナのロゴタイプは、「リーン」と「ーフ」しか読むことができない。なのにその看板が本来どんなものであったか思い出すことができたのは、これまで何度も見てきたせいだった。

ともあれ、どうにかグリーンルーフに着いた。

看板を通り過ぎて五十メートルほどのところに、こんどは門柱があった。明美はそこで自分の小型車を右折させて、グリーンルーフの駐車場に入った。正面に石造りふうの、シンメトリックな外観の二階家がある。

駐車スペースの右側には、三台の乗用車が停まっていた。全体にかなり雪が積もっていたが、車を中に進めることはできそうだった。明美は自分の車を、並んだ乗用車の列の右端に停めた。

左隣にある乗用車を見て、それが菅原のものだと気づいた。国産の、高級スポーツ・セダンだった。菅原の自慢の車。最新のテレビ付きナビと、最高級のカー・オーディオを搭載したという。シートは本革。交通安全のお守りは、どうやって手に入れたのか、成田山のものだった。

明美は、建物の正面エントランスに目をやって、呼吸を整えた。

菅原は、この車が到着したことに気づいたろうか。レストランの窓辺に立って国道側を見ていれば気づいたと思うが、いまとくに窓辺に人影があったようでもなかった。

明美は助手席に置いた大きめのバッグを手に取り、膝《ひざ》の上に置き直してから、携帯電話を取り出した。菅原に到着を告げるべきだろう。でもこのペンションに入ってゆくつもりはないのだ。

菅原の携帯電話に発信すると、コール一回ですぐに菅原が出た。

「どこだい、明美ちゃん」と、菅原が訊いた。少し声をひそめている。そばにひとがいるのかもしれない。「着いたのかな？」

「ええ」と明美はぶっきらぼうに言った。「いま着いた。駐車場です」

「遅いんで、遭難したんじゃないかと心配してたんだ。入っておいでよ」

「菅原さんが出てきません？」と、明美は提案した。「ここは地元だから」

「ぼくが出ていってどうするの？ この吹雪なんだよ？ 中で温かいものでも飲もうよ。ここには、薪《まき》ストーブがあるんだ。薪が燃えてるよ。すごく暖かい」

「わたしも、大事なお話があるんで」

「話ならついたじゃない。きょうが最後だ。だからもう一度だけ会おうってことになったじゃない」

「もう一回、菅原さんの車で遠出するのもいいかなって思うようになったんです」

「きょうはドライブなんてもう無理。まじで死ぬよ。運転なんてできない。入っておいでよ」

たしかに、と明美は思った。この吹雪の中を走ってくるのは、明美にとって命懸けと言えるほどに恐ろしいものだった。ほんの十分ほどのあいだに、何度視界を失なって軽いパニックに陥ったことか。これほどの吹雪となれば、地元の男性にとっても恐怖を感じるだけのものなのかもしれない。あの決意がなければ、自分はきょうここまで運転してくることはなかった。

しかし、まさか地元のペンション兼レストランで、あの計画を実行するわけには行かない。どうしても菅原を、人目のないところまで引っ張り出す必要があるのだ。原野の真《ま》っ只中《ただなか》とは言わない。せめて地元から離れたラブホテルの一室まで。

「ここは嫌です」と、明美はもう一度言った。「菅原さんに、べつのどこかに連れていってほしいんです。最後なんですから」

「最後はわかるけど」

そのとき、風の音が耳をつんざくばかりに大きくなった。明美の車の周囲で激しく雪が舞い上げられた。四面の窓がすべて白く覆《おお》われた。ペンションの駐車場全体が、完全にホワイトアウト状態となったようだ。車が風に浮いた感覚さえあった。

たしかに、この吹雪では菅原に運転させることも難しいかもしれない。道路の積雪具合を見るなら、この地域の道路はすぐにほとんどが通行止めとなるのではないだろうか。

菅原が言った。

「いまの風を見たでしょ。とにかく中で吹雪をやり過ごそう。二時間も待っていれば、吹雪は収まるさ」

そうなのかもしれない。地元の男ならば、こういう季節の悪天候がどの程度のものになるのか、どのくらい続くのか、どう対処したらよいのか、わかっているはずだ。ほかのことはともかく、この天気についてだけは、菅原の言葉を信用すべきかもしれない。たとえどんなことがあっても、自分は彼の車の中で一緒に遭難死するわけには行かないのだし。

「わかりました」と言って、明美は携帯電話を切った。

計画を、少し微調整しなければならないだろう。

＊

甲谷雄二警部補は、そのショッピング・センターの駐車場で、警察車から降り立った。

駐車場はゆうに三百台は停められそうなだけの広さがあったが、いまここに停まっている車は二十台もない。それもみな建物のエントランスのそばに固まっている。客の立場から言えば、きょうのような吹雪の中では、たとえ一メートルでも出入り口に近い場所に停めたい。わざわざ出入り口から離れて停めようとは思わない。

だからその宅配便の軽トラックはよく目立った。ほかの車から離れて、ぽつりと停まっていたのだ。フロントグラスに雪が貼りついていた。中にひとがいるようには見えない。

甲谷は首を縮め、ニットのキャップを深く引き下ろした。部下の新村巡査が隣に立って、視線を甲谷同様にその軽トラックに向けた。手帳を開いている。

新村が何か言ったが、風のせいで聞こえなかった。

甲谷は首を傾けて新村の顔に近づけた。

新村は、こんどは大声で言った。

「番号も間違いありません。盗難車です」

甲谷は言った。

「犯行に使われたものだろう」

甲谷は、風に逆らうように歩き、その軽トラックから二メートルほどの位置で立ち止まった。

軽トラックの周辺の雪の上に、足跡がある。

いまこの駐車場の積雪は五センチくらいか。その上に、足跡が残っているのだ。風のためにかなりエッジは崩れ、その足跡の上にもまた雪が積もっているが、少なくともほんの十分ほど前まで、この軽トラックの周囲にひとがいたことだけはわかる。ただし、靴底のパターンを採取することは難しいだろう。

足跡はふたつあって、軽トラックから五メートルほど離れた位置にまで続いていた。そこに乗用車が停まっていたようだ。そこだけ積雪がほとんどない。轍《わだち》がその場から生まれて延びていた。駐車場から表の三十八号線へと続いている。犯人はここで車を乗り換えたようだ。

甲谷は、もうひとつの足跡が、ショッピング・センターの建物のほうに続いていることに気づいた。その人物は軽トラックから乗用車に近寄り、そのあと乗用車には乗らずに、駐車場を横切ってショッピング・センターの出入り口に入っていったように推測できる。

ふたりの犯人はべつべつに逃走したのか？

甲谷は、いぶかしい想《おも》いで足跡を見つめた。乗用車が停まっていたと思える位置を注意して見てみたが、やはりその乗用車に乗り込んだのはひとりと見える。ショッピング・センターに向かった足跡は戻ってきていない。

もうひとりは、ショッピング・センターの中にいるのか？　それとも、駐車場のどこかにもう一台の車が用意されていたのか？

犯人が別々に逃走したとして、その理由は何だろう？　警察の目をくらますためか？　ふたりは地元と流しという組み合わせだったのか？　さほど強固なチームではなかったのか？

甲谷は、当て逃げの通報を思い出した。この駐車場で、宅配便のトラックから降りたふたりが、シルバーのセダンに乗って芽室《めむろ》方向に逃げたのではなかったか？　軽トラックから降りたのはふたり。シルバーのセダンに乗っていたのもふたり。しかし、足跡のひとつはショッピング・センターの建物へと向かっている。犯行グループは三人だったか？　ひとりが最初からセダンに乗っていた、という可能性もあるのか。

甲谷は吹雪の中で駐車場をぐるりと見渡した。そもそも当て逃げされたという車自体はどれだ？　オーナーは傷には気づかないままに、駐車場から出てしまったのか？

新村が、何か？　とでも訊《き》いたような目を向けてきた。

甲谷は言った。

「セダンには男がふたり乗っていた、という通報だと聞いた」

新村がうなずいた。

「たしかにそうでしたね。ふたり乗っていたということでした」

「軽トラから降りたひとりは、ショッピング・センターに向かっている」

新村もふしぎそうな顔となった。

「軽トラのひとりは、セダンには乗らなかった？」

「それともこっちのセダンで待機していた運転手がいたかだな」

「ということは、犯行グループは三人ということになりますか？」

甲谷は新村の問いには答えずに、軽トラックの運転席の脇《わき》に立った。雪の隙間《すきま》から、中をのぞいてみると、キーはついていない。手袋をはめた手をドアハンドルに伸ばし、開けようとしてみた。ドアはなんなく開いた。

素早く内部を確かめた。ダッシュボードの上に、伝票の束がいくつか重なっている。助手席の足元には、菓子箱のようなものが押し込められていた。帽子とか制服などは見当たらない。

犯人たちは、まだ着替えていないのか？　宅配便の制服のままか？

甲谷は、徳丸徹二の屋敷で見たモニターの画像を思い起こした。メガネをかけた中年男は、制帽のような帽子をかぶり、いかにも制服めいた防寒着を着ていた。それがその宅配便の制帽と制服そのままであったかどうかは、画像からは確認できなかった。足立たちの聴取でも、その点ははっきりしていなかった。単にそれらしい格好だったというだけかもしれない。また、通常ドライバーが着替えを軽トラックに用意しておくとは思えなかった。この軽トラックは、ドライバーが配達中に盗まれたのだ。あの中年男の帽子と上着は、あらかじめ用意されていたものなのだろう。

もうひとりの若い男のほうは、とくに帽子もかぶらず、制服っぽい格好もしていなかった。

ひとりがショッピング・センターに向かったのは、もしかして着替えるためか？　このショッピング・センターの中には、衣料品のコーナーもあったはずだ。

新村が言った。

「全部で三人いたんだとしたら、ひとりは、現場には行けない理由があったんでしょうか。身内とか」

「犯行二人組のうちのひとりも、セダンには乗らなかった」

「乗る必要がなかった。つまり、地元の人間ってことでしょうかね」

「意図が読めんな。どうであれ、ひとりはまだショッピング・センターの中かもしれない」

「応援を呼びますか？」

「まだいい」

甲谷は新村をうながして、ショッピング・センターの入り口へ向かって歩いた。風が強く、その三十メートルほどの距離を歩くのに、背を屈《かが》め、顔を風下に向けっぱなしでなければならなかった。

エントランスの自動ドアの前に達して、甲谷はようやく身体《からだ》を起こすことができた。風がそこでは勢いを失っていたのだ。目の前で自動ドアが開いて、ひと組の中年男女が出てきた。女は白いビニール袋を手にしていた。ふたりは、目の前に甲谷たちがいるにも拘《かか》わらず、まっすぐ外に歩み出てきた。甲谷はやむなく脇へとよけた。

男が立ち止まってまばたきした。

「おい、車、ここに停めなかったか？」

女も立ち止まって言った。

「ここだよ。ここに停めたじゃない」

「ねえぞ」

男は口を開けて、首をめぐらした。

甲谷と視線が合った。男は不審気な目で甲谷を見つめてくる。

女が言った。

「ないね。鍵《かぎ》はつけっぱなし？」

男が女に言った。

「こんな日に、いちいちエンジン切ってられるかよ」

女は、自信なげに言った。

「盗まれたの？」

甲谷は新村と目を見交わしてから、男に言った。

「帯広警察署の者です。車が盗まれました？」

新村が脇で、警察手帳を取り出して男に示した。

男が言った。

「警察？　手回しがいいな」

「盗まれたのは確実ですか？」

「見当たらねえよ。ここに停めたんだ」

駐車してよいスペースではなかったが、あえてそれを指摘しなかった。

「車を停めたのは、いつです？」

「十五分かそのくらい前だよ。すぐに出てくるつもりだったから」

甲谷は、エントランスの内側を指さして言った。

「ちょっとそこでお話をきかせてください」

男と女は、何か厄介なことに巻き込まれたのか、という表情で見つめ合った。

6

川久保篤は、バス・ターミナルから二百メートルの距離をミニ・パトカーで戻って、駐在所に飛び込んだ。

防寒着から雪を払い落として、着信とファクスを確かめ、それからテレビをつけた。

地元放送局に合わせると、ちょうど気象情報だった。爆弾低気圧のせいで道東を中心に猛吹雪となっているとか。根釧《こんせん》地方ではすでに、阿寒《あかん》横断道路、美幌《びほろ》峠、清里《きよさと》峠、釧北《せんぼく》峠が通行止めとなっており、国道も各所で寸断されているという。午後一時以降ＪＲ根室本線の各列車は全面運休となった。帯広、釧路、中標津《なかしべつ》、女満別《めまんべつ》の各空港も閉鎖された。十勝地方は、道東道と帯広広尾自動車道がとうとう全面閉鎖、狩勝峠、日勝峠が通行止めとなっていた。

いつのまにかこの猛吹雪をもたらした低気圧は、「爆弾低気圧」と表現されている。まだまだこのあと威力は増してくると心構えしておいたほうがよさそうだ。

電気と電話は大丈夫だろうか。

川久保は、窓ガラスのわずかな隙間《すきま》から外を眺めながら思った。猛吹雪は交通を停めてしまうばかりではない。電線を切ることもある。この地方、主暖房は灯油ストーブという家庭がほとんどだが、そのファンを動かすためには電気が必要なのだ。停電となれば、すなわち暖房も停まるのだ。この吹雪が収まるまで、ひとは暗い中で寒気に震えて過ごさなければならない。幼児や老人にはこたえる。無理に古いポータブルの灯油ストーブなどを引っ張り出すにしても、換気が不十分となり、一酸化炭素中毒の事故が起こることも想定できる。火の扱いを間違えて火事を出す事態も起こりうる。しかしこの吹雪では、少し郡部であれば消防車が駆けつけることも無理だ。

電話に関しては、いまは携帯電話があるから、完全に連絡途絶ということは考えられない。しかしそれでも吹雪の日というのは、電波状態も悪くなるのではなかったろうか。

警察無線についても、署活系《しょかつ》はこんな日はまったく当てにならないのだ。

身体《からだ》が少し暖まったところで上着を脱ぎ、帯広署に電話をかけた。

交換手に志茂別駐在所の川久保巡査部長と名乗ってから、組織犯罪対策班を呼び出してもらった。

すぐに中年の男の声が出た。吉村《よしむら》と名乗った。

川久保はもう一度名乗ってから、きょう、女性の変死体が志茂別駐在所管内で発見されたこと、その変死体の所持品の中から、足立兼男という男の名刺が出てきたことを伝えた。

川久保は言った。

「名刺には、十勝市民共済と書かれていたんです。これってたしか、帯広に事務所のある闇金《やみきん》の名前ではありませんでしたかね」

吉村と名乗った相手は、その企業名をオウム返しに繰り返してから言った。

「そうだ。徳丸組がやってる闇金だ」

なぜか相手の声はそこでいきなり途切れた。回線が切れたかと一瞬思った。

二秒以上の沈黙があったので、川久保は呼びかけた。

「もしもし？」

「ああ」吉村は言った。声にかすかに動揺がある。

「どうしました？」

吉村は言った。

「いや、きょう徳丸組の組長宅に強盗《タタキ》があったんだ。そこにこの電話なんで驚いた。強盗に関係する話か？」

川久保も驚いた。

「強盗？」

「ああ。組のほとんどが留守ってときを狙《ねら》って、組長の屋敷が襲われた。拳銃《チャカ》を持った二人組。組長の女房が殺されたよ」

「いつです？」

「ついさっき。二時間もたってないんじゃないか？　刑事課全員が出払った。うちのチーフの甲谷って刑事も。いま刑事部屋はおれひとりだ。留守番やってるんだ」

強盗殺人となれば、帯広署の規模の所轄《しょかつ》でも大事件だ。しかし、よりによってこんな吹雪の日に。

川久保は訊《き》いた。

「殺された女房というのは、撃たれて？」

「ああ。組員のひとりが怪我《けが》をしてるが、軽いものだ」

「現金をやられたんですか？」

「金庫から、金目のものを全部奪っていった。ただし、カネがいくらあったのか、ほかに何があったのか、よくわからない。徳丸とはまだ連絡がついていない」

「その足立兼男は現場にいたんですか？」

「留守番をしていた。押し入られて、縛られて転がされたそうだ。通報は足立からあったんだ。足立がどうしたって？」

「いえ、足立って男が、その闇金でどんなことをやっているのか、知りたかったんです」

「パシリだ。徳丸組は、携帯電話一本で競馬場やパチンコ屋に出向いてカネを貸してる。

足立は、使いっ走りでカネを届けたり、取り立てたりしてる」

「組員？」

「ああ、構成員だ。足立の名刺が出てきたって？」

「ええ。死因にどう関係するのかはわからないんですが、死体が持ってた財布の中に入ってた」

「あんた、これは殺しだって言ってるのか？」

「いいえ。いま仏さんは帯広に向かってます。帯広市立病院で検案ってことになるはずです。まだ死因はわかってないんですが」

「あんたは仏さん見たのか？」

「ええ。ただ、時間がたってたようです。半分白骨化してましたから、死因の想像もつきません」

「身許《みもと》は？」

「うちの管内の主婦のようです」

「確認はできてないのか？」

「まだですが、これから亭主に話を聞くことになってます」

「事件性がありそうか？」

川久保は慎重に答えた。

「どこか不自然という感じはしますが、わかりません。ただ、仏さんが暴力団員の名刺を持っていたとなれば、一応は想定はしておいたほうがいいでしょう」

「ふつう、殺した相手の財布の中に、自分の名刺を残してゆく男はいないぞ。暴力団員でなくても」

「わかります。お忙しいところすみません」

「検案の結果はいつわかるって？」

「そちらの病院に着き次第、検案が始まるでしょう。夕方までには、おおよそのところがわかるんじゃないでしょうか。事件性があるとなれば、うちの刑事課が足立の事情聴取に行きます」

「わかってる。いまうちでも、同時にそっちをやってる暇はないさ」

川久保はひとつだけ確認した。

「強盗の件、まだ何も手配が来ていませんが」

「刑事課がすっ飛んでいったばっかりだ。まだ何もわかってないんだろう」

電話を切って受話器を電話機に戻したとたん、その電話機がコール音を鳴らした。

川久保が受話器を耳に当てると、相手は広尾署地域課の伊藤課長だった。

「署活系無線はほんとに使えないな」

川久保は訊いた。

「何度かコールがあったんですか」

「ああ。緊急配備だ。方面本部からだ。帯広署管内で強盗殺人発生。犯人は車二台で逃走した」

いま聞いたばかりの件だ。受話器を左手に持ったまま、川久保はデスクの前の椅子《いす》に腰を下ろし、ボールペンを手に取った。

伊藤は、最初に言ったことを繰り返してから、つけ加えた。

「強盗殺人。チャカで女をひとり殺して逃走。犯人は二人組。ほかにもうひとりいたようだ。車二台で逃走」

「車種はわかってるんですね」

「車の一台は銀色のセダン。男ふたりが乗って、三十八号線を西に逃げた。車種、ナンバーは不明。新しい傷をつけている可能性がある。もう一台は、白いカローラ・セダン。盗難車だ。平成十年車。ナンバーは」

川久保がナンバーを書き留めると、さらに伊藤は言った。

「犯人の人相風体は、ひとりはメガネをかけた中年男。犯行時、宅配便の制服にも似た格好をしていた。もうひとりは、二十代の若い男。グレーのヤッケというか、薄手のジャケットふうのものを着ていた」

「外国人ですか？」

「その線は薄い」

「もうひとりは？」

「わからない。男というだけ」

「いま、駐在所前の二三六は、除雪も遅れ気味でろくに通行もありません」

「こっちもだ。道路はどんどん通行不能になってる。方面本部も、犯人連中はまだ帯広市内かその周辺にいると読んでるようだ。ただ、不審車発見のときは油断するな。拳銃《チヤカ》を持っていて、ひとり殺してるんだ。相手が警官でも簡単に撃ってくるぞ」

ふいに腰に拳銃の重みを感じた。これまでの警察官生活で、川久保はじっさいに発砲した経験はなかった。警察学校での年に一回の訓練以外に、撃った経験はない。成績はさほどひどいものではなかったが、それでもきょう発砲するような事態にならないとよいが。

「そういうことだ。気をつけてな」

伊藤からの有線電話はそこで切れた。

駐在所の窓が、また激しく音を立てて揺れた。

＊

佐藤章は、その信号で停まったところで、カーナビを確かめた。

ナビを見ると、自分は帯広市の市街地南のはずれまできたことはわかった。三十八号線を東に引き返し、帯広の中心部に入る手前で右折、市街地の外側を南方向に走ってきたのだ。つい五分ほど前には、おびひろ動物園と書かれた看板の脇《わき》を通りすぎた。刑務所の案内標識も見た。

ナビで確かめると、この交差点の先には、もうほとんど民家はない。農地の合間合間に、多少の施設が散らばる程度のようだ。交差点を直進すると、右手に帯広農業高校があるはずである。

左手に曲がると、二キロ少々で二三六に入るようだ。

雪が路面に十センチ以上積もっている。轍《わだち》ができていた。雪が降り出してからもうけっこうな時間、除雪車が入っていないのだろう。

後ろからクラクションを鳴らされた。信号が青に変わっていた。佐藤章は左ウィンカーを出し、ブレーキペダルから足を離した。後ろの車は、佐藤の運転するセダンの右側に出てきた。中央線に寄って追い越すつもりのようだ。

いらついてやがる。

佐藤は、アクセルペダルを踏み込みながら、ハンドルを左に切った。後輪が轍にはまったままで空回りした感触があった。佐藤はアクセルペダルをさらに強く踏み込んだ。

後輪がずるりと滑った。直後に車の後部に衝撃があった。ゴツンという硬い音がした。

やばい。佐藤はブレーキを踏んで、振り返った。ケツを振ってしまったか。

真横に、追い越しをかけた車がある。自分の車とその車とがやはり接触していた。横の車はシャンパン・ゴールドの高級セダンだ。その車も停まっている。

ミラーを確かめた。後方、視界の範囲には、ほかの車はなかった。横の車から、運転者が飛び下りてきた。ジャケットを着た中年男だ。口髭《くちひげ》を生やしている。メガネには薄く色が入っていた。堅気とは言いにくい雰囲気の男だ。水商売関係かもしれない。

コンコンとウィンドウを叩《たた》くので、佐藤はガラスを下げた。吹雪がいきなり運転席に吹き込んできた。

相手は佐藤の顔を確かめてから、ダミ声で言った。

「ぶつかったの、わかってんのかい？」

「わかってます」佐藤は言った。「話し合いましょう」

「あんたがぶつけたんだよ。わかるよな」

「わかってますって」

「どうしてくれる？　新車だぞ。まだ三千しか走っていない」

「話しましょう」

佐藤は振り返って後方を見た。まだうしろに車は見えない。いや、この交差点の周辺、まったくほかには車はなかった。しかし、交差点の中でいつまでも車を停めっぱなしというわけにはいかない。いま、ひとの注意を引いてはならないのだ。

佐藤はもう一度男に言った。

「左に曲がって、寄せて話しましょう」

男は聞かなかった。

「下りてこいよ」

「ぶつけたのはわかります。曲がって、交差点出たところで話せませんかね」

「だったら、免許証出してくれ」

「責任は取りますから」

「早く免許証出せって。話はそれからだ」

「逃げるとでも思ってるんですか？」

「こっちは当てられたんだよ。早く」

「弁償しますから。百パーセント、こっちのせいだってことでいい」

「なあ、下りてこないなら、ちょっと免許証貸せって」

さらに数回、押し問答となった。自分はとにかくこの場から素早く立ち去りたいのに、この男は何を面倒臭いことを言い出している？　免許証を見せろだと？　阿呆《あほう》か。

佐藤は辛抱強く言った。

「急いでいるんです。弁償、いくらお支払いしたらいいですか？」

「自分で見てみろ」

「急いでるんですって。いくらです？」

「二十万はかかるぞ」

「二十万ですか。わかりました」

佐藤は、助手席に置いたショルダーバッグに目をやった。あの中から、一万円札を二十枚取り出して、とにかくこの場から離れなければ。

バッグに左手を入れて、手さぐりでこれで二十枚以上だろうという札を引っ張り出した。

男に目を向けると、不審そうな顔になっている。気前がよすぎるとか、裏があるとでも思い始めたのかもしれない。

札を数えることなく、すべてを男に突き出した。

「これで足りますね？」

男は瞬《まばた》きし、少しだけ顔を窓から離した。顔が不安げになっている。

「脅したわけじゃ、ないんだ」

「わかってます」

「ちょっと下りて傷を見てくれ。それから、免許証借りて、あとは保険会社同士の話でもいい」

「いや、いまけりをつけてしまいましょうよ」

「いいって」男は背を起こし、さらに一歩退いた。「誤解だよ。恐喝じゃない。保険会社にまかせないか。おれはそれでいい。あんたの車の番号を控える。免許証だけ貸してくれ」

男はいったんウィンドウのそばから離れると、佐藤のセダンの右手前に立って携帯電話を取り出した。その格好から、男が携帯電話のカメラでこのセダンのナンバープレートを撮影したのだとわかった。たぶん運転席全体も、つまり自分の顔も撮られてしまったということだ。

佐藤は腰の後ろに置いた拳銃を取り出して背中にまわし、運転席から降りて男に言った。

「カネを受け取ってくださいって」

「いや、もういい」

男は背を向けた。どうやら厄介な男を相手にしてしまったと、本能がやつに告げたのだ。しかし、それならば携帯電話のカメラでこの車を写すなんていう、ふざけた真似《まね》をするべきではなかったのだ。

佐藤は男の背中に向けて発砲した。吹雪の中で、銃声はさほど大きなものには聞こえなかった。男はひざを折り、自分の車のボンネットに倒れかかった。

拳銃をジャケットのポケットに収めると、すぐに男に駆け寄った。交差点には相変わらずほかの車はない。近づいて来る車もなかった。少なくとも、百メートルほどの視界内には何もない。もちろんひとの姿も。

佐藤は携帯電話を奪ってから、男を抱き抱えた。かなりの重さだった。雪の上を引っ張って、男のセダンの助手席のドアを開け、なんとかその男を助手席に押し込んだ。左右に注意を払いながら、自分は運転席側に回った。いまのところ、誰にも目撃されてはいない。

エンジンは切られていなかった。前方の信号はまた赤になっているが、構ってはいられない。佐藤は男のセダンを発進させると、交差点を突っ切った。交差点のその先には民家はなかった。佐藤は車をそのまま進め、交差点から十メートルばかりきたところで、車を歩道に乗り上げさせた。

この吹雪だ。車が一台放置されていても目立ちはしまい。吹雪がさらにひどくなれば、車の窓にも雪が貼《は》りつき、車自体も半分は雪に埋もれて、しばらくは死体が発見されることはないだろう。

エンジンを切ると、佐藤はまた吹雪の中に降り立って、男のセダンのキーを道路脇の雪原に放った。寒気はすでに耐え難いまでになっている。あの男は佐藤に、防寒着を着る暇さえ与えてはくれなかったのだ。耳元で風が唸《うな》っていた。轟々《ごうごう》という音だ。うっかりすれば風に身体《からだ》が浮き上がりそうだった。

背を屈《かが》めて交差点を渡り、自分のセダンに戻った。右後方、テールランプの上のあたりに傷がついている。しかし目立つほどのものではなかった。

自分の手と上着に少し血がついていることに気がついた。佐藤は雪で手と上着の血をぬぐった。しかし、すっかり落とすことはできなかった。しかたがない。乾いたところで、もう一度こすり落とすしかないだろう。佐藤は運転席に身体を入れ、一度ぶるりと身体を震わせた。

自分は二三六を南に向かうのだから、次第にこの吹雪も収まってくるだろう。風は強いままであるにしても、雪は収まってくるのではないだろうか。北海道に土地鑑のない佐藤には、そう期待する以外になかった。

セダンをあらためて発進させ、こんどは慎重に交差点を左折した。

＊

増田直哉は、エントランス脇の窓に近寄ってガラスに額をつけた。

いましがた、駐車場に一台の乗用車が入ってきたように見えたが、誰もまだ建物の中まで入ってこないのだ。

どうかしたか？　乗用車が入ってきた、と見えたのは錯覚だった？

妻の紀子がトレイを持って厨房《ちゅうぼう》から出てきて、直哉のうしろで立ち止まった。

「どうしたの？」

直哉は振り返らずに言った。

「客がきたように思ったものだから」

「いま？」

「少し前」

「きょうは、意外とお客さんが多いかも」

紀子はレストランのほうへと歩いて行った。

紀子と入れ代わるように、レストランから男の客がやってきた。さっき、宿泊したいと飛び込んできた男。カードには菅原と記していたろうか。三十代の、どことなく軟派そうなタイプの客だ。耳に携帯電話を当てている。

「早く入っておいでよ」と、菅原は言っていた。

エントランスから外に出て行こうとする。ということはやはり、いましがた駐車場に一台、乗用車が入ってきたのだ。この駐車場で待ち合わせということなのだろうか。菅原はこのまま出てゆくのか？

男は駐車場に出て行った。吹雪がロビーまで吹き込んできた。

直哉は、ボイラーの故障がきょう直るかどうか心配になってきた。業者は午後の三時には行くと約束していたが、道路がそれまで開いているかどうか。道路が閉じられてしまえば、業者は来られない。来られなければ、客室は使えない。泊めるわけにはゆかなくなるのだ。

小型の灯油ストーブが一台、あることはある。ひと部屋だけなら、あのストーブを使ってもらってもよいのだが。でも、ほかの部屋はどうする？　客に毛布にくるまって朝まで過ごしてもらうか？　さいわいこの吹雪でも、気温はさほど下がらないはずだ。せいぜいマイナス三度くらいだろう。となれば、客室棟はブロック造りの内断熱構造ということもあり、室内は零度からプラス二、三度というあたりで収まる。寒いにはちがいないが、毛布さえあるなら凍死はさせずにすむ。もっとも、それで宿泊料を請求するわけにはゆかないだろうが。

ほどなく、菅原がまたエントランスに戻ってきた。菅原のうしろに女がいる。フードのついた防寒着を着ていた。フードをかぶり、フードの口元を手でしっかりと抑えている。

ロビーに入ってきて、菅原が直哉に言った。

「部屋は、もうそろそろいいんじゃない」

女はフードをかぶったままだ。合わせたフードから手を離さない。直哉に視線を向けてもこなかった。顔を隠しているようにも見えた。

直哉は菅原に言った。

「暖房がまだ直ってないんです。申し訳ございません。もうじき業者さんがきてくれることになっているんですが」

「部屋に入れないと、落ち着けないんだ。鍵《かぎ》だけ渡してもらえない？」

直哉は困惑した。部屋に入れてしまえば、やはり寒すぎる、なんとかしろと、文句を言ってきそうに見える。まだ日中なのだし、いまはレストランにいて、ストーブの火で暖まってもらっていたほうがいいはずだが。

けっきょく直哉は、こう言った。

「はい、お部屋にご案内だけはさせていただきます。ただ、ほんとうに寒いです。シャワーも使えません」

だからセックスも無理だよと言ったつもりだった。シャワー抜きでする、終えるという趣味なら別だが。

菅原は、正直な男だった。

「シャワーも駄目なのか」

直哉はロビーからカウンターの後ろに回って、キーホルダーから「スズラン」と名のついた部屋のキーを取った。このペンションは、部屋を番号で呼んではいない。北海道の花か木の名前をつけているのだ。「スズラン」は、客室棟一階のもっとも奥の部屋である。

「では、こちらへ」

もう一度、女を見た。女はまだフードをかぶったままだ。

恋人ではない、と直哉は判断した。ましてや菅原の配偶者ではない。顔を隠しているのだから、人妻だ。菅原とは、要するにひと目を忍ぶ関係だということだ。

正直なところ、このペンションをラブホテルのように使われることは嫌だった。しかし、一泊してくれるというなら、仕方がない。断るわけにもゆかないのだ。

直哉はふたりの先へ立って歩き出した。ロビーの奥にドアがあって、その先に渡り廊下がある。廊下の突き当たりにもうひとつドアがあり、そこが客室棟だった。二階建てで、各階にツインルームが四室ずつあるのだ。

渡り廊下のドアを開けると、すぐに冷気に身体を包まれた。やはり建物内の気温はかなり奪われてしまっている。しかもこの低気圧だ。換気口から、いつもより何十倍もの圧力で、外気が吹き込んできていた。ひょっとすると、客室棟全体は零度近い気温になっているかもしれない。

四間の長さの渡り廊下を抜け、客室棟に入った。やはりこちらの建物は冷えている。長時間ここにいるのは無理だろう。ベッドの上で毛布をかぶったところで、はたして性的な気分になるかどうかあやしかった。

直哉は客室棟の廊下を進み、いちばん奥のドアの前に立って、ドアを開けた。正面に縦長の木製サッシの窓。部屋の左手にベッドがふたつ並び、右側の壁にはドレッサーだ。部屋の奥へと進んで振り返ると、菅原も女も続いて入ってきた。菅原は、はっきりと落胆したという顔をしている。これほど部屋が冷えているとは予想外だったようだ。女のほうは、まだ顔を出していない。フードの前をかき合わせたままだ。

もしかして地元の人妻なのか、と直哉は疑った。不倫中の人妻ならば、むしろ堂々としていたほうが注意を引かないのだ。顔を隠すから不倫なのだとわかるし、顔も覚えられてしまうではないか。

直哉は言った。

「ほんとうはスイッチで室温を調整できるんですが、きょうはこのとおりです。夕方にはなんとかなると思うんですが」

「夕方まではね」と、菅原が室内を見渡しながら言った。

「ええ。こちらがバスルーム。やっぱりお湯は出ない状態です」

「ひえっ。聞くだけで寒そうだ」

「ボイラーが直るまでは、レストランをお勧めします」

「うん、とりあえずちょっと休むよ」

いいだろう。直哉は菅原にキーを渡して、部屋を出た。

渡り廊下を戻ってロビーに入ったときだ。エントランスの扉が開いて、ひと組の男女が入ってきた。ふたりとも六十年配と見えた。

男が言った。

「予約してます。平田《ひらた》です」

函館の客だ。二日前、予約を受けたときの電話では、道東をドライブ旅行中だということだった。

「いらっしゃいませ」直哉は愛想よく言った。「とんだ日になってしまいましたね」

男はうなずいた。

「たどりつけるか心配でしたよ。国道には、もうろくに車も走ってないし」

「きょうはどちらから？」

「阿寒から。恐怖のドライブでした」

直哉はカウンターの内側に入って、平田に言った。

「こちらにお名前をお願いします」

平田夫妻は、ふたりともカジュアルなジャケット姿だった。亭主のほうは、ツイード地の帽子に、キャメルのカシミアのマフラー。かなりお洒落《しやれ》に見える。大きめのショルダーバッグを肩から提げていた。夫人のほうは、ニットの帽子をかぶり、ジャケットの上にショールを引っかけていた。右手には小旅行用のスーツケース。

平田がカードに記入しているあいだに、直哉は言った。

「たいへん申し訳ないんですが、じつはボイラーが故障しておりまして、まだ部屋が暖まっておりません。夕方までには直るはずなんですが、それまでレストランのほうでお待ちいただけますか」

平田は少しだけ失望を見せた。

「暖房がないんですか」

「修理を手配中です」

「荷物だけは、部屋に入れてもいいですか」

「どうぞ」

カードを見ると、夫妻の名は平田邦幸《くにゆき》と久美子《くみこ》だった。

直哉は、一階の客室のキーを取った。「シラカバ」と名づけた部屋だ。十分に健康そうに見える夫婦とはいえ、この年配では、階段の昇り降りはやはり避けたいところだろう。一階がいいはずだ。

直哉はふたりの先に立って、渡り廊下のドアへと向かった。

後ろで平田の声が聞こえた。

「久美子さん、荷物を持つよ」

これに応《こた》える夫人の声も。

「ありがとう」

客室棟に入って、ふたりを部屋に案内した。階段のすぐ脇《わき》、四つ並んだ客室のうちのもっとも手前側の部屋だった。部屋に入って、いましがた菅原に言ったと同じことを繰り返した。

平田が言った。

「薪《まき》ストーブがあるっていうのがうれしいな。ボイラーも早く直って欲しいけど」

「夕方までには」

「もうお酒は飲めます?」

「ええ」

久美子と呼ばれた夫人が言った。

「もう飲むの?」

平田が苦笑したような声で言った。

「あれだけのドライブをしてきたんだ。自分にご褒美《ほうび》」

「飲み過ぎないでね。まだ三時前なんだから」

「承知してます」

直哉はふたりに会釈《えしやく》して廊下に出た。

問題はあっちのカップルだ。

廊下で直哉はいちばん奥の部屋のほうに目を向けた。あの部屋で、菅原はほんとうにこれから、熱い時間を過ごすつもりなのだろうか。せっかく泊まるのだ。がっつくことはない。ボイラーが直るまでは、レストランのほうにいたほうがくつろげるだろうに。

それとも、と直哉は思った。ふたりはお愉《たの》しみのためにやってきたのではないのか。

少なくとも女のほうには、浮かれた調子は見られなかった。何かトラブルを抱えたふたりなのかもしれない。女のほうが人妻で不倫、ということであれば、女があの程度にいわくありげなのはふつうなのかもしれないが。

＊

笹原史郎は、ルームミラーの中に赤い警告灯を認めた。

吹雪を通して近づいてくる。車体は見えない。ただ、赤い灯の接近がわかるだけだ。

素早く助手席に目をやった。ほんの五分ほど前まで、そこには化粧の下手な中年女がいた。不安げで、しかし好奇心もいくらかという表情で、ときおり笹原の横顔を見つめていたのだ。いまも化粧の匂《にお》いが、この小型乗用車の狭い室内に残っている。ほんとうなら窓を全開にして匂いを吹き飛ばしたいところだったが、吹雪の中の走行では我慢したほうがよさそうだ。匂いが消えても、鼻風邪を引いてしまえば意味がない。だから窓は閉じたままだ。

いま助手席のシートの上には、自分の黒いショルダーバッグがある。着替えと、現金の束の入った、ごくありふれたナイロン・タフタのバッグだ。

笹原はそのバッグを、助手席の足元に落とした。どうでもよい中身のバッグと見えるように。

そのとき、シートの座面に、少し血の染《し》みがついていることに気づいた。こすってできたような形だった。さっきまではなかった。バッグの底のほうにでも、血がついていたのだろうか。ひと目でその血はまだ新しいものだとわかる。

笹原はもう一度ルームミラーを見た。吹雪の中から姿を見せたのは、赤い灯から予測したとおり警察車両だ。

自分を追っている？

そんなはずはない、と笹原は自分に言い聞かせた。この車が盗難車として届けられているはずはないのだ。届けを出せる人間は、もう地上には存在しない。となればあの警察車は自分を追っているのではない。道の先で何か事故でもあったのではないか。それとも、検問地点へ急いでいるところか。

笹原はもう一度助手席の足元に手を伸ばしてバッグを持ち上げ、シートの上に置き直した。これで血の染みは隠れた。

サイレンの音が大きく聞こえてくる。警察車はもう五十メートル以内にまで接近していた。

国道二三六号線上だった。笹原はこの乗用車で帯広の市街地中心部を抜け、JRの高架下をくぐり、巨大なショッピング・センターの手前で左折して、二三六に入ったのだった。

そのあたりで、とうとうまた女はうるさく降ろせと言い出した。市街地を通りすぎたせいで、笹原の意図が読めなくなったのだろう。

そのころには、笹原には女をうまく説得する気力もなくなっていた。相方の佐藤章はひとをひとり撃ち殺している。自分も共犯として指名手配されるのだ。もし逮捕されたなら、同じように殺人罪で裁かれる。ここでもうひとり死人が増えたところで、状況に変化があるわけではない。どっちみち捕まったならそこで試合終了なのだ。彼女をなだめすかして、知らないうちに協力者とさせねばならぬ理由は、すでに薄い。

笹原は信号待ちのあいだに、ぐずる女を少し荒っぽい手段で気絶させた。それから二三六からそれた道に入って、道の際《きわ》の防風林の中に女を捨てたのだ。ありがたいことに、前後にはまったくほかに車はなく、視界も悪かった。その様子を目撃した者はいなかったろう。

投げ捨てたときは、まだ女は生きていた。しかし怪我《けが》をした状態で捨てられ、吹雪の中にそのまま放置されたのだ。そんなに長いこと生命は持たないだろう。そしてうまくゆけば、女の死体はこの吹雪が収まったあと、雪が完全に融《と》けてしまうまで発見されることはない。もし死体が発見されて警察が事件性を疑っても、自分との関わりまでたどりつくことは困難だ。自分がこの車に乗った状態で逮捕されないかぎりは。

それにしても、シートに血の染みがついていたとは、うっかりしていた。

警察車は、笹原の運転する小型車のすぐうしろにきていた。中央線寄りを走っている。笹原の車を止めようという意図はないようだ。それでも笹原はアクセルペダルを踏む足から力を抜いて、車を徐行させた。警察車は速度を緩めることなく、そのまま追い越していった。

ほら、大丈夫だったろう。笹原はほくそ笑んだ。この車はまだ手配されていない。あの警察車だって、非常線を張るべく走っていたのではないようだ。前方でまた交通事故でも起こっているのではないか？　たぶん交通課の車だ。

その読みのとおりだった。前方で乗用車が数台、道路をふさぐように停まっている。ひとがふたり、警察車のほうに向かって手を振っていた。

やがて、一台の車が道路から落ちているのが見えた。国道脇の法面《のりめん》に、斜めに引っかかっている。吹雪の中で、正面衝突でもあったのだろう。衝突のはずみで、一台が道路からはじき飛ばされたということか。

さっき帯広市内で見た交通事故は、視界不良による多重追突のように見えた。こちらは対向車との衝突のようだ。事故の規模が大きい。怪我人も出ていることだろう。

警察車は、手を振る男たちの前で停車した。

助手席から降りてきた警察官が、すぐに誘導灯を取り出し、後続の車に停車するよう指示を出してきた。

笹原はその警官のすぐ前で車を停めた。後方で、こんどは救急車のサイレンの音が聞こえてくる。ルームミラーを見ると、吹雪の奥にまた赤い警告灯が見えた。

警官が笹原の車に近づいてきたので、笹原はウィンドウを下ろした。自分は事故現場に通りかかっただけだ。免許証提示の指示はあるまい。

吹雪が猛烈な勢いで車内に吹き込んだ。笹原は思わず顔をしかめた。

中年の警官は笹原に大声で言った。

「反対車線、視界が悪いからちょっと待って」

たしかにいま、視界は五十メートルぐらいか。反対車線に入るには、慎重にならざるをえない。

警官は、後方を振り返ってからまた笹原に言った。

「どこまで？　きょうは交通事故続発だよ」

笹原の顔をあらためた、という目ではなかった。視線すら合わせてこない。

笹原は、覚えておいた地名を口にした。

「広尾まで。道は開いてますよね」

「どうかな。南のほうでも、地吹雪になってるようだ。あちこちに吹き溜《だ》まりだそうだよ。視界も悪いし、気をつけてね」

「ええ。わかりました」

警官は笹原の車から離れ、道の中央に寄って誘導灯を振り始めた。笹原はその指示にしたがって車を発進させ、反対車線に入ってその事故現場を抜けた。横目で確かめると、もう一台の事故車は大型の四輪駆動車だった。ボンネットの左側が少しつぶれていたが、大破とは言えない程度の損傷だ。

事故現場をあとに加速しながら、笹原は思った。いくら南に向かうためとはいえ、この吹雪では、小型の乗用車を選んだのは間違いだったかもしれない。大型の四輪駆動車が適切だったか。

しかし、と笹原は自分に言い訳した。自分は北海道の東部に土地鑑はないし、ましていまは三月末、東京ではサクラの便りが聞けるという季節にこんな猛吹雪があるとは、夢にも思わなかった。自分がミスしたわけではない。ただ、想定外の事態が起こったというだけだ。自分はこれまでもそのつど臨機応変に危機を切り抜けてきた。今回も何が起ころうと、百二十パーセントの力でやりきるだけだ。いまのところ、あの馬鹿がひとをひとり撃ち殺したこと以外には、大きな失敗はやっていないのだし。

道路横に標識が見えた。

いま自分は、帯広市を抜けて、中札内村というところにいるらしい。広尾まではあと四十キロぐらいのようだ。吹雪のせいで、その四十キロを走破するのにたぶん二時間はたっぷりかかるだろう。

途中で、天馬街道という日高山脈の南を横断する道路につながる。当初の予定では、そこから日高に抜けるつもりだった。しかしこの天候では、峠は通行止めかもしれない。その場合は、広尾という町の市街地を通過して、襟裳《えりも》岬から日高に抜けよう。いずれにせよ、自分の通報のせいで、警察は帯広の西に非常線を張ったはず。どちらの道を選ぶにせよ、道は広々として、明日に通じているはずだった。

＊

坂口明美は、その客室の窓の前に立って菅原を見つめた。

彼はいま、トイレから出てきたばかりだ。排尿の音がしていた。その音を聞きながら、明美はあらためて意識していた。この男とは、そもそも生理的に絶対合わないのだ。菅原は、自分がセックスを愉《たの》しめる相手ではなかった。

あのときは、この生理的な嫌悪感《けんおかん》は、自分の性的な抑圧の現れかと思った。話に聞く露出プレイとか、ＳＭとか、肛門《こうもん》を使っての性交渉とか、要するに変態的に感じられて近づかなかった行為も、ただ頭で拒否しているだけのことではないか、という想《おも》いがあった。自分はほんとうにそれが嫌いなのではなく、むしろ身体《からだ》の深い部分ではそれを求めているのではないかと。だから、菅原に会って最初に感じた嫌悪感すら、過剰な自意識のせいに過ぎないと抑えこんだ。嫌悪はやがて夫のセックスでは絶対に味わえないような、快楽に変わるのではないかと。

考えすぎだった。いまはもうそれがよくわかっている。嫌悪はどうやっても快楽には変わらない。身体のどんな奥までのぞきこんでみても、変態的なセックスに溺《おぼ》れたいと願う自分はいない。ましてやこの男とのセックスには、どんな種類の幸福も感じられない。

「どうしたの」と、菅原はズボンのファスナーを上げながら言った。「具合悪いの？」

明美は視線をそらして首を振った。

「寒いだけです」

「寒いね、まったく」

菅原は両腕を抱えて、ぶるりと大きく震えた。

「まったくこんな日には、明美ちゃんの肌で暖めてもらいたいよ」

言いながら近づいて手を肩に伸ばしてきた。明美はすっと脇《わき》によけて、椅子《いす》に腰かけた。

怒らせないようにと、明美は言った。

「ほんとに寒い。これだけ着込んでいるのに」

菅原も、いくらかしらけた表情を見せながら言った。

「やっぱり、ボイラーが直るまで、我慢するか」

何を我慢すると言っているのか。明美は黙ったままでいた。

菅原は窓の下のスチームヒーターのそばによって、手をかざし、さらにてのひらをその上にべったりと押しつけた。

「まったく冷えきってる。くそ」

彼は、オーバーコートを着ていない。黒っぽいホストふうのスーツ姿だ。タイは緩めている。明美よりもずっと寒く感じているはずである。オーバーは車に置いてあるのか、それともレストランのほうにあるのか。

菅原はいまいましげに言った。

「やっぱ、レストランに行ってようか。ここは薪《まき》ストーブがあるんだ。ストーブの前だとけっこう暖かい」

「そうなんですか？」

「あっちでコーヒー飲みながら、ボイラーが直るのを待ってようよ」

「ほかにお客さんはいるんですか？」

「いや、おれだけだったよ」

「わたし、ここ、地元なんです」

「何か心配してる？　やましいことしてるわけじゃないでしょ」

明美は胸のうちで菅原に悪態をついた。主婦にとって、亭主の留守にべつの男とホテルにきた、ということほどやましいことが、ほかにあるだろうか？　この男は、主婦がどれほどのリスクを背負って不倫するのか、毛ほども気にもしていないということか。

明美は菅原を見上げて言った。

「コーヒーだけ飲んで、きちんとお別れしたら、わたし帰りますから。そういう約束でしたよね」

「いや、だから、最後を思い出深いものにしようって」

「思い出は、きれいに消してしまったほうがよくないですか。いつまでも引きずるより」

「どういうこと？」

菅原は首を傾《かし》げて、明美を見つめてきた。それなりに整った顔立ちの田舎ジゴロ。ただし、眉《まゆ》も髭《ひげ》も濃いし、長髪はうっとうしい。この寒い部屋の中にいても、彼の顔立ち自体は暑苦しく感じられた。でも彼自身は、たぶん自分の顔立ちに自信を持っている。女が喜ぶ種類の顔だと確信している。鏡をよくのぞきこむ男なのだ。

明美は言った。

「わたしの写真、全部削除してくれませんか？」

「明美ちゃんの？　何も持ってないよ」

「見せてくれたじゃないですか」

「顔なんて写ってなかったろう」

「写ってなくても、わたしの写真です。パソコンにも、入ってるんじゃないですか？」

「パソコンなんか、おれ持ってないよ」

「じゃあ、全部携帯に？」

「そうだよ」

引っかかった。やはり写真はあの一枚だけではなかったのだ。あれは、表紙のようなもの。もっときわどい写真が、ほかに何枚もあるのだろう。顔がはっきり特定できるものとか、完全に裸のものが。

明美は確認した。

「たくさんあるんですね？」

「ないよ。あの一枚だけだって」

「いま、全部って言ったじゃないですか」

菅原が苦笑した。少し卑猥《ひわい》にも見える苦笑。どんな写真がフォルダに残っているか思い出して、ニヤついているのだろう。

「たいした写真じゃないよ」

「削除してください」

「後でしとくよ」

「いまここでしてください」

「何を面倒くさいこと言ってるのさ」菅原の声に、かすかにいらだちがこもったように聞こえた。「とにかくあっちで、コーヒー飲もうよ。部屋が暖かくなるまで」

データは、全部携帯電話の中にある。それを確かめられたのだ。あとは迷うことはない。

菅原は身体を縮めるようにして、ドアのほうへと歩き出した。明美はバッグから、タオルに巻いた出刃包丁を取り出した。

逆手に持つ？　それとも順手でいい？　どちらのほうが、力が入るだろう？

瞬時ためらってからタオルをはずし、出刃包丁を順手に持った。

立ち上がったときだ。菅原が振り返った。その目が大きく見開かれた。

「何だよ⁉」

明美は左手を柄に添え、柄尻《えじり》を腹に当てて菅原に突進した。

菅原は横っ飛びに逃げた。さっとスーツに触れた感触があった。しかし、肉には触れなかった。

菅原は、ドアの横のクローゼットにぶつかり、身体をひねって明美に向き直った。こんどは出刃包丁を持ち上げ、振り下ろした。菅原は身を屈《かが》めた。出刃包丁はクローゼットの扉の表面にぶつかって、跳ね上がった。菅原は明美の腹の部分に、頭突きしてきた。

明美はうしろの壁まで飛ばされ、尻から床に崩れ落ちた。

包丁を握り直そうとした。しかし菅原が明美の身体に組みついたまま、明美の右腕を押さえてねじった。

もう小柄な明美は菅原にかなわなかった。腕先だけ振りまわして菅原に切りつけようとした。でも、切っ先も届かない。とうとうねじられた痛みに負けた。明美は出刃包丁を取り落とした。菅原は即座に包丁を拾い上げ、ベッドのほうへと放った。

駄目だった、と意識した瞬間に、力が抜けた。菅原は明美の腹に馬乗りになり、明美の両手を自分の両手で抑えた。鏡合わせに万歳をしているような格好となった。一瞬、菅原との情交のときの姿勢を想い出した。

　菅原が、明美に顔を近づけて言った。

「びっくりしたよ」

　意外にも、さほど怒ってはいないようだ。戸惑っているようにも見える。もしかすると、明美の別れたいという言葉を、本気だと取ってはいなかったのかもしれない。

　明美は、荒くなった呼吸を整えながら言った。

「終わりに、して、くれるんでしょ？」

　菅原はうなずいた。

「そう言ったじゃない。なんで刃物なんて持ち出してきたの？」

「別れてくれないと思ったから」

「そんなに野暮じゃないって」

「写真を削除して」

「何も写ってないよ」

「見せてくれたじゃない」

「顔もわからない写真なのに」

「投稿したでしょ」

「まさか。そんな趣味ないって」

信じてよいだろうか。この男は写真を脅しの材料にも使うつもりで撮ったのではないか。単なるコレクションとしてではなく。ということは、まだ投稿されていないと考えられるわけだ。一度世間に広まってしまった写真は脅迫には使えないのだから。でもこの男の言葉を、額面通りに受け取ってよいか。

明美は訊《き》いた。

「じゃあ、何のために撮ったの？」

「ふたりの思い出のため。ね、もしかして、ぼくを殺したかったの？」

少しためらってから答えた。

「まさか。そんな趣味ない」

「そうだよね。人殺しってことになったら、明美ちゃんも破滅だ。それって割に合わないよね」

そうだろうか？　厄介の種が消え、この先も悩むことはなくなると期待していたのだけど、割に合わないことだったろうか。こんな男、殺してその場から逃げ出せば、警察に捕まることもないような気がしていた。世の中の多くの愚かな殺人者たちよりもずっと上手に、自分はその先を生き延びられると思い込んでいた。勾留《こうりゅう》されて厳しい取り調べを受けたって、切り抜けてみせる。それだけの知恵も精神力もあると思い込んでいたのだけど。

甘かった、とやっと明美は認めた。さっきは、なぜそれが現実的な解決策だと考えてしまったのだろう。それ以外には解決の道はないとまで思い詰めてしまったのだろう。たしかに、自分が殺人犯として裁かれるぐらいなら、それ以前の段階で解決の道はまだ考えられた。夫から裏切りを責められることも、不倫が周囲に知られることも、ひとを殺して刑務所に行くことに較《くら》べるなら、十分耐えてゆける範囲のことではないのか？ 自分は過《あやま》ちを犯した。それは事実だ。しかし、その過ちは、ひと殺しに見合うほどに取り返しのつかないものだろうか？ 後ろ指を指されること、離婚することだって、受け入れることは可能な罰ではないのか？ 少なくともこのうえ、殺人という最悪の過ちを重ねる必要はないのでは？

明美は息を吐き、身体《からだ》を弛緩《しかん》させた。もうどうなってもよいという気持ちだった。ここに至っては、意志などもうまったくないのだ。関係を強要されている被害者にすぎない。自分が被害者だと認識するなら、いずれ次の手も何か思いつくだろう。

菅原の顔からも、緊張が抜けている。

「ほんとにびっくりした。もうやめようね、明美ちゃん。気持ちはわかっているから。だからあっちで、部屋が暖まるまで、お茶していよう。少しお酒を入れるのがいいかもしれない。おれが思うに、明美ちゃんはいま、ナーバスになりすぎてるんだ。リラックスしようよ。力抜いて、自然体になろうよ」

ほんとに馬鹿《ばか》だ、と明美は思った。意味不明のことをだらだら並べて、慰めてくれているつもりなのだろうか。それとも説得を試みているのか。

「ね。もう危ないことはやめてくれよ。約束してくれ。そしてあっちにいって、お茶飲もうよ。最後の日を、仲良く過ごそうよ。こんな吹雪だ。熱燗《あっかん》やってもいいな」

明美は菅原の身体の下で、顔を逸《そ》らして言った。

「いいわ。わかった」

「よかった」

菅原は、明美の身体から立ち上がると、すぐに振り返った。包丁を探したのだろう。包丁はベッドの上のはずだ。

菅原はベッドに近寄って包丁を取り上げると、振り返った。明美がその視線を追うと、いましがた明美が包丁からはずしたタオルに目を向けた。部屋のカーペットの上に落ちている。菅原はタオルを拾い上げると、明美がそうしていたように包丁をタオルで巻いた。かなりきつく、ゆるみなく巻いたように見えた。結び目が切っ先のすぐ下にくるようにだ。

菅原は、ひとりごとのように言った。

「明美ちゃん、素人《しろうと》が刃物持つと危ないんだよ。へたすると、怪我《けが》しちゃうよ」

明美は床からゆっくりと背を起こした。いまの一瞬で、自分のエネルギーを使いきってしまったような気分だった。

菅原は、出刃包丁を手にしたまま室内を見渡した。明美のバッグにも目を留めたが、さすがにそこに包丁をもどそうとはしなかった。

迷った様子を見せてから、けっきょく自分のポーチをテーブルの上から持ち上げた。そのポーチは、ゲイが持つと似合いそうなブランドものだった。菅原はそのポーチを開けて、出刃包丁を収めた。ポーチは包丁を対角線に入れてようやく収まるだけのサイズだった。菅原がファスナーを閉じると、不自然にふくらんで見えた。

そのポーチを小脇に抱えてから、あれ、と菅原が言った。

スーツの袖《そで》が裂けていたのだ。

「切れてたんだ。きわどかったな」

菅原が自分の身をかばったとき、包丁の切っ先がそこを引っかいていたのだろう。しかし怪我はしていないようだった。

菅原は、わざとらしい微笑を明美に見せて言った。

「明美ちゃんを、傷害犯にしなくてよかった。おれ、こういうことを信じるほうなんだ。おれたちは、悪くはなれない仲なのさ。運命で決まってるんだよ」

明美は鼻から息を吐いた。勝手にそう思っていればいい。

「さ、あっちで温かいもの飲もうよ」

明美は壁に手をついて立ち上がった。

たしかにこの部屋は寒すぎる。憎悪《ぞうお》も殺意も、凍りついてしまうほどに。身体を暖めて、もう一度、なんとかこの事態から脱するための気力に火をつけなければならない。

＊

西田康男が事務所に入ると、ストーブのまわりには五人のドライバーが集まっていた。いつもならば六時過ぎにならないと、これだけの従業員は事務所に帰ってこない。でもきょうは、社長から無理をするなと指示が出ていた。遠方の得意先には明日の配達を了解してもらい、それぞれ道が開通しているうちに事務所に帰ってきたというわけだ。

西田自身は、契約している近所の事業所の駐車場を除雪して戻ってきたのだ。

西田は総務係ではあるが、こんな悪天候の日には、ホイールローダーのオペレーターをさせられることもある。十勝管内のどこの零細企業でも、似たりよったりだろう。きょうはそのことについて、文句を言うつもりはなかった。どっちみち、こんな人生はきょう限りで終わりにするのだ。

西田は自分のデスクに歩いて、防寒着を脱いだ。慣れないホイールローダーの操縦で、少し汗をかいていた。早めに着替えたほうがよいだろう。

ホワイトボード脇《わき》の地図が気になった。新聞紙を広げたほどのサイズの、町内の住宅地図が壁に貼《は》られているのだ。その地図のあちこちに、赤い押しピンが刺さっている。こういう日には、事務所は道路の状態をドライバーからの連絡で把握し、べつのドライバーたちからの問い合わせに答えることになっている。赤い押しピンが示すのは、通行不能箇所だ。

西田は地図の前まで歩いて、その場所を確認した。

会社一のベテラン・ドライバーが横に立って、西田に言った。

「北西側の道路は、もうすっかり駄目だ。町の除雪が追いついていない」

そのドライバーは、押しピンを示しながら言った。その町道の西七線から西側は完全に通行不能となっている。西町市街地も、西と北がふさがれた。本町と二三六方向だけ、道が開いている。道道《どうどう》も、町の西寄りを南北に貫く五十五号は、上札内から北が全面閉鎖、四二二も途中に吹き溜《だ》まりができて通行不能だ。七一六、二三八も、町の北西から先は除雪が入っていない。国道だけは通行可能とのことだが、西町との分岐の北には、かなり吹き溜まっているとのことだった。

ドライバーは言った。

「帯広の土木現業所も、開発局も、雪が少ないことを前提にしてるからな。何年かに一度こういう彼岸荒れがきてしまうと、除雪車の数がまるで足りない。それにどうしても、帯広寄りの道路の除雪を優先するし、そのうち町の南方向も動けなくなる」

もっとも西田は、この町に移り住んでからの経験で、東側の町道はわりあい雪の被害が少ないことを知っていた。地形のせいか吹き溜まりができにくいし、いざというときに町役場が出動契約している業者の数も多い。国道が開通しないうちから、東側の町道のほうは通行可能となるケースも多い。

西田は言った。

「これだけ通行不能なら、きょうはもう仕事にならないだろ」

ドライバーがうなずいた。

「へたをすると事故る。社員全員にもう引き揚げ指示が出てもいいよな」

女性事務員の横井博子のデスクで電話が鳴った。事務所にいたドライバーたちはいっせいにそのデスクを見た。

横井が受話器を取り上げ、うなずいている。

社長からの電話なら、きょうはもう仕事自体が危険だと強く訴えて欲しいものだが。

横井は三十秒ほど話を聞いていたが、受話器を戻してからドライバーたちに言った。

「社長から。きょうはもう閉めていいって」

ドライバーたちが、ほっとしたような表情でうなずき合った。

西田は自分のデスクに向かいながら、壁の時計を見た。二時四十分になろうとしていた。昼前の社長の指示では、三時までは様子を見ろとのことだった。しかしこの爆弾低気圧だ。その指示は妥当なものだった。

西田の脇で、初老のドライバーが横井に言った。

「まだ走ってる連中にも連絡してやってくれ。直帰でもいいし、帯広にいるやつはあっちで沈没でもいいんだろ？」

「社長もそう言ってた」と、横井はもう一度受話器に手を伸ばした。

まだ事務所に戻ってきていないドライバーは、三人いる。ひとりは帯広方面、もうひとりは池田方向。このふたりは、事務所に戻ろうとすること自体が危険だ。もうひとりは、町内を走っているはず。連絡さえつけば、すぐに戻ってくるだろう。

西田は、視線がつい金庫のほうに向きそうになるのをこらえて、ほかの従業員たちに言った。

「おれは、最後にもう一回、社長のうちの前を除雪してくる」

横井が、視線を西田に向けることもなく言った。

「あんまり遅くならないでね。あたしも、うちに帰れなくなるんだから」

勝手に帰っちまえばいいさ、と思ったが、西田はそれを口にはしなかった。

問題はこのあと、つまり事務所が閉じられたあと、自分はどっち方向に向かうかだ。

吹雪は明日の午前中いっぱいぐらい続くらしい。南方向であれば雪の量は少ないはずだが、いま同僚の初老ドライバーが言っていたように、開発局は除雪を帯広近辺に集中させるはず。むしろこの町の南側は、これから明日の昼過ぎまで閉ざされてしまう可能性のほうが高い。つまり、国道を使うなら、北方向に向かったほうが確実に、この事務所から遠ざかることができる。

　帯広から先はどうだ？　日勝峠はたぶん明日の昼すぎまでは通行不能だろう。狩勝トンネルも似たようなものか。足寄《あしよろ》から阿寒横断道路を使うのは論外。明日いっぱい走れないのではないか。釧路方面に向かうにも、あちらへ行ってからどうする？　北へ向かっても、国道や鉄道が開通するまでは、帯広市内で足止めされる。

　自由になる時間は、明日の朝八時半までと考えるべきだろう。横井が出勤してくるまでだ。いや、彼女が金庫の扉を開けるまでだ。そのときはじめて、現金がなくなっているとわかる。すぐに、無断欠勤の自分に疑いがかかるだろう。社長の判断を仰ぎ、警察に被害届けを出すまで三十分。警察が到着し、事情聴取とか現場検証とかが済むには、早く見て一時間か。それから指名手配という手順となるはずだ。

　つまり午前十時には警察の緊急配備の外に出ていなければならない。

　無理か。

　西田は一瞬自分が弱気になったことを意識した。ここに二千万の現金があって、自分はそれを持ち出すことができるのに、この地方から外に出る手段がない。

いいや、と考え直した。きょうのうちにとりあえず帯広まで行けるなら、カネの使い道はあるではないか。このまま何もしないでいるより、今夜羽目をはずすことのほうが、自分にはずっと有意義とは言えないか？

決めた、と西田はひとりうなずいた。

自分は国道二三六を帯広に向かおう。

＊

川久保篤巡査部長が電話を取り上げると、相手は地元信用金庫の支店長だった。勝又《かつまた》という男だ。

どこか切迫した声と感じられた。まさか銀行強盗？　川久保は一瞬身構えた。

「たぶん例の詐欺《さぎ》です」と、何度か話したことのある勝又支店長は言った。「振り込め詐欺。うちの行員たちの説得には耳を貸さないんです」

川久保は訊《き》いた。

「金を下ろしたいということなんですか？」

「いいえ」五十歳ちょうどの勝又は、いかにも金融機関の管理職向きの、融通のきかない雰囲気がある。「うちの長年のお客なんですが、大金をある口座に振り込みたいということなんです。でも、様子がちょっとおかしいので」

「というと？」

「振り込み先が、どうも正体不明というか。お客さんのプライバシーに関わるんで、あまりしつこくも訊けないんですけど。駐在さんなら、もう少しわたしたちよりも詳しく話が訊けるんじゃないかと思いまして」

「お客の歳《とし》は？」

「七十。お婆《ばあ》さんです」

「相手のことを、なんと言ってるんです？」

「孫の関係だってことなんですが。はっきりとは」

「すぐに行きます」

振り込め詐欺の実態と手口については、二年前にも一度、釧路方面本部で研修を受けた。しかし、この小さな町で被害者が出るとは、想像していなかった。おそらく詐欺グループは、手あたり次第に電話をかけまくって、たまたまこの町に住むカモに当たったということなのだろう。

川久保が地元信用金庫の来客用駐車場に着いたとき、そこには一台の白い軽自動車しか停まっていなかった。これが問題の老婆《ろうば》の自動車だろうか。だとしたら、けっこう達者なお婆さんかもしれない。この吹雪の中を運転してくるのだから。それとも、よっぽど切羽詰まったストーリーに居ても立ってもいられなくなってしまったか。

駐車場を歩いて、エントランスに向かった。信用金庫の自動ドアが開いた。

ロビーにはひとりの客の姿もなかった。吹雪がひどくなっているせいだろうか。

川久保の姿を見て、すぐに若い女性職員が近寄ってきた。

「応接室で、支店長が応対してます」と、濃紺のベストをつけたその女性職員が言った。

「山下ミツさん。息子さん夫婦は札幌にいて、ひとり暮らしなんです」

「ご主人は？」

「去年なくなって」

「お金持ち？」

「不動産を少しお持ちです」

「どういう事情だって？」

「お孫さんがトラブルに巻き込まれて、とにかく至急送金しなければならないっておっしゃるんです」

「トラブルの中身は？」

「おっしゃいません。頑として」

「振込先は、お孫さんの口座？」

「それが、ちがうんです。それでおかしいと思って、支店長が駐在さんに電話しました」

「どんなところなんです？」

「ヤマザキタケオ。個人名です。都市銀行の、王子支店」

「お孫さんは、いまどこにいるの？」

「東京で働いているそうです」

「振り込みたいって金額は？」

「二百十五万円」

微妙な金額だ。大金すぎない。大きなトラブルから孫を救出するためなら、このぐらいは無理をしてもよいかと思える程度の額。それに端数《はすう》をつけるのは、振り込め詐欺の手口のひとつだ。金額に説得力を持たせるためだという。どんな理由を使うにせよ、連中は極端な大金は要求しないし、切りのよい数字も出さない。

「話してみましょう」

川久保は案内された応接室に入った。

応接セットで、勝又支店長と山下ミツが向かい合っていた。山下ミツは防寒着を着たままで、ショールを首に巻いている。ゴム長靴姿だ。あわてて家から飛び出してきたという様子がありありだった。

山下ミツは、警官の制服姿を見て顔を強張《こわば》らせた。

川久保は愛想よく言った。

「駐在の川久保です。山下さん、何かお孫さんのことで、トラブルが起こっていると
か」

「いや」山下ミツは、おおげさに首を振った。「トラブルなんかじゃないよ。まだ何も
起こってないよ」

「ちがうんですか？　急に大金が必要になったっていうのは？」

「ちがう。ちがう。ただ、孫がね」

「東京にお住まいでしたね」

「ま、いろいろとあってね。それで、相手さんもあることだし、おカネで済むことなら
と思って」

「相手があるって、交通事故ですか？」

「いや。駐在さんにも、ちょっと言いにくいことで」

「警察は、お役に立ちますよ。どんな場合でも、市民の味方になります。どんなことで
す？」

山下ミツは視線をそらして、口をつぐんだ。

川久保は勝又の隣に腰を降ろして、山下ミツに訊いた。

「お孫さんから、電話があったんですね」

「そう」

「どういう話だったんです？」

「言えないって。ちょっとほら、よくありがちなことだけど」

「お孫さんは、そのありがちなことを詳しく話してくれたんですか？」

「いや、気が動転してたみたいで、詳しくは」

「じゃあ、だれが話したんです？」

「電話代わってくれたひと。弁護士さんってことだった」

山下ミツは、しまったという表情になった。弁護士、という部分は隠しておきたかったことなのかもしれない。

「きっと、お孫さんが困った事件を起こしてしまったと言ったんですね。でも示談にできると。事件にはしなくてすむと」

山下ミツは答えなかったが、その表情から、川久保の推測がほぼ当たっているとわかった。

川久保は山下ミツのほうに身を乗り出し、穏やかな調子で言った。

「最初の電話は、たしかにお孫さんの声でしたか？」

山下ミツは頬をふくらませた。

「あたしがぼけてるって言ってるのかい」

「ちがいます。たぶん慌《あわ》てた声だったと思うし、長話もしなかった。ほんとにお孫さんでした？　自分の名前を名乗りましたか？」

山下ミツは、不安そうになった。

「そういえば、自分のことは、おれとしか言わなかったね」

「山下さんをなんと呼びました？」

「ばあちゃん」

「お孫さんは、いつもばあちゃんと呼んでいました？」

「いや、そういえば、あの子はいつも、おばあちゃんか、おばばだね。ふつうは」

「お孫さんに、もう一回電話してみたらどうです？　さっきの電話の件、もう少し詳しく話してくれって」

山下ミツは壁の時計を見た。つられて川久保も目をやった。午後二時四十五分をまわっていた。

「きょうじゅうに、銀行におカネが入ってないと」

「どうなるって言ってました？」

「その、孫が困ることになるって」

「警察に捕まるとか、会社を首になるとか、ってことですね」

山下ミツは返事をしない。しかし、当たっているのだ。否定もしていない。

川久保は、部屋の隅にある固定電話を指して言った。

「お孫さんに、電話してみましょうよ。三分で済みますよ」

山下ミツは、居心地悪そうに言った。

「孫の携帯の番号、知らないんだ」

「ご自宅の電話にかかってきたんですか？」

「そう」

「ご両親に連絡を取ってもらったらいかがです？　ご両親なら、知っているでしょう」

「親に聞かせられるようなことじゃないんだよ」

「ふつうは、困ったことが起こったときは、まず親に助けを求めますよ。どうしておばあちゃんだったんだろう？」

「あの子は」言いかけてから、山下ミツはふと思い当たったという顔になった。「あの子、たしかに何かあったとき、一番にあたしには電話してこないね。そんなにあたしになついてる孫じゃなかった。あたしには七人孫がいるけどもさ」

「そうでしょう？　親御さんに、わたしがお孫さんの電話番号訊いてみましょう。それで山下さんが、あらためて電話してみるというのはどうです？」

「電話に出られない状態かもしれない」

「もし電話に出られないとしたら、ほんとうにもう警察に捕まってしまったか、救急車で運ばれているか、眠っているかです。何か起こって連絡がつかないなら、もうおカネでは解決のしようもない。おカネを振り込んでも無駄です。眠っているなら、何もないということです。ね、電話してみましょう」

山下ミツは、合成皮革のバッグを手元に引き寄せ、中から使いこんだ手帳を取り出した。

支店長の勝又が言った。

「その電話を使ってください。一番のボタンを押してから」

「駐在さんたち、部屋を出ていてくれるかい?」

「かまいませんよ」川久保は、勝又支店長をうながして、その応接室を出た。

部屋の外に出ると、勝又が小声で申し訳なさそうに言った。

「お呼びたてして、ご迷惑おかけしました」

川久保は首を振った。

「いい判断でしたよ」

「立ち入り過ぎているかもしれないとは思ったんですが」

「いや、必要なことでした。通報、いいタイミングでした」

川久保は、手近のカウンターに肘《ひじ》をついてもたれかかった。

カウンターには新しい客がついて、職員と話していた。五十代の、派手なハーフコートを着た女性だ。

「いや、帰ってこれないって電話があった」と女は言っていた。「帯広空港閉鎖。飛行機が飛んでないんだって」

　職員が言った。

「たいへんな吹雪になってしまいましたものね。東京で足止めで、いまごろ頭抱えてますね」

「まさか。おおっぴらに東京で遊ぶ理由ができて、大喜びだと思うよ。大金を持ち歩いてなくてよかった」

「事務員さんが、午前中にきてました」

「明日、日高に行って、直接牧場で馬を買うつもりだったのさ。これがもしきょう、大金持ってたら、あのひと、今夜のうちに東京で全部使い切ってる」

「二千万も？　それこそ、まさか、ですよ」

「大塚がときどきどんな馬鹿《ばか》やるか、信金のひとなら知ってるでしょ。確実に倍になるって、天皇賞に三百万つっこんだひとよ」

「あのときの三百万って、そういうおカネだったんですか」

「ほんとに馬鹿。志茂別の三馬鹿大将って、みんなに言われるわけだよね」

　職員は口調を変え、カウンターの上に書類を差し出した。

「はい、これで終わりです。どうぞ」

「ありがと」

女はロビーを出ていった。川久保は横目でその中年女の後ろ姿を追った。亭主が大塚ということは、いまの女は志茂別開発社長の大塚秀夫の女房か。聞くとはなしに耳に入れてしまったが、大塚というのはずいぶん派手なカネの使い方をする人物らしい。二千万の現金で、明日、馬を買う？　豪気なものだ。

志茂別の三馬鹿大将、という呼び名はいま初めて聞いた。ほんとうにそう呼ばれている男たちがいるのだろうが。だとしたら、あとのふたりは誰と誰なのだろう。

応接室のドアが開いて、山下ミツが姿を見せた。きまりが悪そうだ。

川久保が近づいてゆくと、山下ミツは言った。

「嫁に電話してもらった。携帯電話にふつうに出たって。何も起こってないって」

勝又がうれしそうに言った。

「やっぱり何か誤解があったんですね」

山下ミツのほうが、はっきりとその言葉を口にした。

「おれおれ詐欺《さぎ》。自分は引っかからないと思ってたのに」

川久保は言った。

「最近は、振り込め詐欺って言うんです。確かめてみてほんとによかった」

「ひどいやつらがいるんだね、まったく罰《ばち》当たりな連中が」

「連中の口座番号、教えていただけます？」

「捕まえてくれるのかい？」

「山下さんの件については、さいわい未遂でした。でも、ほかにも被害が出てるかもしれない。懲《こ》らしめてやります」

「駐在さん」と山下ミツが真顔で川久保を見つめてきた。「あんたは男の子、いるの？」

「いえ。娘がふたりです」

「息子が痴漢やって捕まった、なんて聞かされたら、恥ずかしくて、ひとには言えないでしょう？」

川久保は言葉を選んで言った。

「というか、それをカネでもみ消そうとしたら、そっちのほうが恥ずかしいことですけど」

山下ミツは、勝又にも頭を下げた。カウンターの内側の職員たちもみな、安堵《あんど》の笑みを浮かべてミツを見つめていた。

この件は落着。

川久保は勝又に黙礼して、信用金庫のエントランスに向かった。

それにしても、志茂別の三馬鹿大将のあとふたりとは、誰と誰なのだろう。こんど片桐老人に聞いてみよう。

7

川久保篤巡査部長がマグカップを手に駐在所の執務室に入ったとき、正面のガラス戸が開いた。吹雪をともなって入ってきたのは、薬師宏和だった。

薬師泰子という女の亭主。小一時間前に、彼の勤め先で会っていた。そのとき約束したとおり、彼はこうして駐在所にやってきた。

川久保は少し安堵《あんど》して言った。

「ひどい吹雪になったな。ストーブにあたってくれ。コーヒー飲むか」

「いや、いいです」

薬師はそう言って帽子を脱ぎ、ジャケットの肩から雪を払った。

あまり積極的、攻撃的という印象のない顔だち。かすかに不審そうではあるが、何かに怯《おび》えたりしている様子ではなかった。駐在所を訪ねたことに、さほど緊張を感じているようではない。

薬師は、指で駐在所の前の国道方向を示して言った。

「もう二三六は動けませんね」

川久保もガラス戸に目を向けた。

「除雪車が通ったのは、三十分以上前だ」

「あちこちで、吹き溜《だ》まりもできてますよ」

「遭難があったらたいへんだな。救出にも行けない」

薬師が口調を変えて言った。

「カードでも届いていたんですか？」

「ああ。広尾署のほうで見つけた。財布に入っていたそうだ。最近、財布なんて落とした？」

「おれの、ですか？」

「カードは、薬師泰子、っていう名義だったそうだ。奥さんだね？」

薬師は川久保から視線をそらさずにうなずいた。かすかに表情が変わった。やはりその質問をされたか、とでも思ったような。

「ええ。天下泰平の泰子なら、嫁さんです。財布、どこかに落ちてたんですか？」

川久保は自分のデスクの椅子《いす》に腰をおろし、薬師にも向かい側のスツールを勧めた。

こんどは薬師も勧められるままにスツールに腰掛けて、身体《からだ》を川久保に向けた。

自分で淹《い》れたコーヒーをひとくちすすってから、薬師に言った。

「おれもよくわからない。落としたかい？　それとも盗まれたのかな」

「嫁さんに訊《き》かないと」

「奥さんに直接訊いてみたいんだけど、どうしてる？　近所のひとの話じゃ、しばらく見ないそうだけど」

「ええ」薬師は視線をそらして、天井に目をやった。「いま、実家に帰ってることになってるんです」

「なってる？」

「そうでも言わないと、格好つかないんですよ」

薬師はまた視線を戻してきた。

いまの言いぐさだと、事実は別だということだ。何でも質問してくれという意味だろうか。

「ほんとうは、どうしてるんだ？」

「泰子が言い出したことなんですけど」

「だから、どうしてる？　どこにいる？」

薬師は下を向き、自嘲《じちょう》的な笑みを見せてから答えた。

「札幌のソープランドですよ、たぶん」

「たぶん、って、連絡はないのか？」

「ないんです。半年で帰って来るってことだった。その間、連絡はしないって。だけど、一回だけはメールがあった。出ていってすぐのときですけど」

「奥さんがソープランドで働くって、何かわけでもあるのか？」

「ひとつしか理由はないでしょう」

「何だ？」

「借金」

「奥さんの？」

「そうです。最初はパチンコにはまったらしい。そのあとは、パチンコ代のために、サラ金、闇金《やみきん》。うちにも取り立てがきて、ようやくわかった」

川久保は、あの死体が持っていた財布から、帯広の闇金融会社の名刺が出てきたことを思い出した。一見、消費者運動に関わりのある団体のような名称の闇金。帯広署の捜査員の話では、徳丸組の関連会社だという。薬師泰子は、その闇金業者からも借金をしたのだろう。

「いくら借りたんだ？」

「借りた金額は、せいぜい百万とか百五十万とかだと思いますけど、金利がついた。一本にまとめたら、四百万ぐらいのカネになった。おれには、工面できる額じゃなかった。

あの会社で運転手なんですからね」

「そうだろうな。大金だ」

「おれが問い詰めたら、泰子は自分の責任で返すって。闇金の業者から、ソープで働けって言われたんだそうです」

「奥さん、いくつだった？」

「三十五」また薬師は鼻で笑った。「おれが言うのもなんですけど、けっこう若く見える女なんですよ。二十五でも通用する。闇金も、これならソープで稼げると思ったんでしょう」

「奥さんは、納得してソープに行くことにしたのか？」

「おれにはすまないことをしたって。だから自分で稼いで返すってね。ある日、そう言って出て行ったんです」

「何年かかっても、ふたりで返してゆけばよかったんじゃないのか？」

「借金を作ったって知って、一度はおれも切れましたからね。そんならソープでもどこでも行って、自分で返せって気だったんです」

そこまで言ってから、薬師はふしぎそうな顔になった。二度まばたきして、首をかしげた。川久保の質問の意味を、自分は勘違いしてるのか、と確認するかのような表情となった。

薬師が訊いた。

「ふたりで返せばよかったって、どういう意味なんです？」

川久保は、ひと呼吸置いてから言った。

「きょう、女性の変死体が見つかった。まだ身元確認はできていない。じつを言うと、その所持品から、泰子さん名義のカードが出てきたんだ」

薬師の神経質そうな小さな目が見開かれた。ぽかりと口が開いた。その事態は想像していなかったようだ。演技とは見えない驚愕《きょうがく》ぶりだった。

「どこでです？」

「茂知《もち》川。茶別《ちゃべつ》橋の下のところだ」

「すぐ近所だ」

「赤いジャケット。黒いズボン」

「……ああ、泰子が出て行ったときの格好だ」

「財布もあった。ロゴ入りの茶色のブランドものだ」

「泰子も持ってた。じゃあ」

「じゃあ、何だ？」

「札幌には行ってなかったんですかね」

川久保は肩をすぼめた。自分にはその事情はわからない。

薬師がさらに訊いた。

「殺人なんですよね？」

「どうしてそう思う？」

「だって、連れにきたのは」

「ん？　奥さんは、ひとりで出て行ったんじゃないのか？」

「ちがいます。その闇金の社員が連れにきた。泰子とのあいだで、もう話がついていたみたいでした。その日おれがうちに帰ったら、泰子は荷物用意していて、すぐに男ふたりがやってきた」

「十勝市民共済」

「ええ、そんなような名前の業者ですよ。きたのは、一目でわかるようなヤクザ。兄貴分と、チンピラのふたりです」

「足立兼男ってのが、そのひとりだろう？　名刺が一緒に入ってた」

「アダチ？　そう言えば、若いのがそう呼ばれてましたね。泰子は殺されてたんでしょうか？」

「まだわからない。死体はいま帯広の病院に運ばれた。あんたには、身元確認をしてもらうことになる。明日」川久保はガラス窓に目をやった。吹雪は勢いを増している。空が暗く見える。「この吹雪が収まったら」

薬師は、途方に暮れたような顔で立ち上がった。

「あいつら、殺すことはないのに。殺したって、カネにはならないんだから」

「奥さんが出ていったのはいつだ？」

「去年の暮れ」薬師は首をめぐらして駐在所執務室の中を見渡した。カレンダーを探したのだろう。「十二月二十日だったと思います。まだ給料前で、おれの財布にもろくに現金が入ってないってときだったから」

「メールがきたのはいつだ？　札幌から？」

「札幌に行ってすぐですよ」

薬師は自分のジャケットのポケットから携帯電話を取り出した。

薬師の携帯電話に一度Eメールがあったというなら、あの死体は薬師泰子ではないのか？　それとも、薬師泰子は札幌からこの志茂別《しもべつ》町に戻っていた？　亭主の知らないあいだに。

薬師は、携帯電話のモニターを見ながら言った。

「十二月二十二日。札幌からです」

「見せてもらっていいか？」

薬師はデスクの上に携帯電話を持った手を差し出してきた。川久保はそのモニターを見た。

文面はこうだった。

「昨日から札幌で働き始めました。心配しないでください。しばらくメールもしません。やすこ」

たしかに去年の十二月二十二日の発信だ。発信時刻は午後四時七分。

「メールはこれだけか？」

「ええ。それ一回だけ」

「本人からのメールに間違いない？」

「泰子の携帯からですよ」

「直接話はしなかったのか？」

「かけましたよ、何回か。だけど、まったくつながらない。それでいて、いまも基本料金だけは引かれてるんですけど」

「基本料金だけ？」

ということは、電話はすでに捨てられたか、どこかに放置されているということではないのか？　彼女は自分から身を売ったのだから、亭主とはあまり話したくないという心理はわからないでもない。だけど、それでも親や友人と話したいときはあるだろう。なのにその携帯電話はまったく使われている様子がない。携帯電話は薬師泰子の手元にはない、ということを意味していないか。

いや、その逆だとも想像できる。つまり、持ち主がこの世からいなくなったか、携帯電話を使える状態にはないということだ。

川久保は確かめた。

「メールのこの文章、たしかに奥さんのものか？」

「いや、じつは、ちょっと引っかかってたんです」

「たとえば？」

「泰子は、メールでは、自分のことをやこりんと書いてたんです。やすこ、と書いてきたことはない。全体に、よそよそしいって感じもします。申し訳なく思ってるのかなと、そのときは思ったけど」

薬師は大きく首を振った。彼の顔には、混乱と当惑とが表れている。事態の深刻さにようやく思い至ったのだろうか。

川久保は、マグカップを脇《わき》によけると、メモ用紙を取り出して言った。

「最初から、事情を詳しく話してくれないか。かなり背景のあることのように思えてきたぞ」

薬師宏和は話し出した。こういうことだった。

妻が隠し事をしている、と最初に感じたのは昨年の夏、七月ころだったという。薬師自身が忙しい時期で、毎日仕事を終えて帰宅するのが午後十時過ぎになっていた。しかし、その時刻に帰っても泰子が不在ということが数回続いたのだ。初めて十二時近くに帰って来たとき、泰子に訊《き》くと、買い物に行った帯広で友人に会い、そのまま話し込んでしまったという。そのときは、妻の言葉を疑わなかった。

遅い帰宅が三回目となったころ、薬師は家の公共料金がろくに支払われていないことを知った。督促状がいくつもたまっていたのを見つけたのだ。問いただすと、じつは軽自動車で軽い接触事故を起こした、という返事だった。心配させたくなかったのでこっそり生活費から支払ったのだと。そのころから、薬師は妻に男がいるのではないかと疑うようになった。

そもそも泰子とは、携帯の出会い系サイトで知り合った。軽いのりの女だったのだ。泰子はそのころ旭川《あさひかわ》に住んでおり、この町で働いていた薬師とは、いわば遠距離恋愛のかたちで交際が始まった。

一年後、子供ができたらしいと言われて、薬師は結婚を決意、すぐに親に紹介して入籍、この町で一緒に暮らし始めた。結婚直後に泰子は流産、その後、子供はできなかった。六年前、泰子が二十九歳のときだ。

結婚後、一時泰子は町のコンビニエンス・ストアでパートタイムの仕事をするようになった。半年ほどで辞めたが、あとになってから薬師は、泰子と店長とが噂《うわさ》になっていたと知った。そのことについては、薬師は泰子を問い詰めたりしてはいない。

九月になると、遅い帰宅こそなくなったけれど、泰子はパチンコに狂いだしたようだった。町のパチンコ屋に入り浸っているという話を、知人から聞かされるようになった。公共料金の滞納は繰り返された。

十月には、泰子とはほとんど会話が通じなくなった。薬師が仕事に出ているあいだ、帯広かあるいはもっと遠くまで出かけているようであるし、家事を怠けだし、寝坊する日も増えた。薬師とまともに顔を合わせることを避けるようになった。何か隠し事があるのではないかと訊いても、まともな返事をしない。質問されること自体にヒステリックに反発するようになったのだ。泰子が声を荒らげれば、薬師はそれ以上問い続けることはできなかった。

町の農協の収穫祭の前日、薬師の勤め先、志茂別畜産に金融業者から電話が入った。奥さんにカネを貸しているが返済が滞っているとのことだった。代わりに返済して欲しいと。知らないと返事すると、その日一日、薬師が外を回っているあいだに、事務所には何度も電話が入った。奥さんにカネを貸したが返してもらっていない、というメモが机上に置かれていた。家に帰ってから問い詰めると、泰子はふいに家を軽自動車で出て行って、次の日の夜まで帰ってこなかった。帰ってきてからも、その二日間どこに行っていたかは言おうとしなかった。

十二月になって、自宅まで二度、金融業者の取り立てがきた。一度目の返済額は六十万円だった。薬師は勤め先から借りて、翌日その金額を指定の口座に振り込んだ。

それから二週間後に、また別の業者が取り立てにやってきた。今度は完全に裏稼業《うらかぎよう》の連中と見える男たちだった。十勝市民共済と名乗ったはずだ。彼らに要求されたのは四百万円である。

自宅に上がり込んだ男たちは、返済できないなら泰子に働き口を紹介するという。ソープランドで身体《からだ》を売れということだった。あらたに四百万円の借用書を作ったうえで、男たちが指定する店で働いて返済せよと言うのだ。泰子は、男たちに、一日考える時間をくれと頼み、男たちもその日はそれだけで帰っていった。

この日も泰子とはまったく会話が成立しなかった。事情次第では、薬師は両親に頼み込み、自宅を担保にカネを借りてもらってでも、その四百万円を返すつもりでいた。しかし泰子は、その夏のあいだ何があったのか、カネを何に使ったのか、どうして借金がふくらんだのか、その事情を明かすことはなかった。泰子への怒りは募った。この夜、薬師の頭には何度も、離婚という言葉が浮かんでは消えた。

翌日、仕事から帰ると、泰子は思い詰めた顔で薬師に言った。男たちの言うとおりにすると。札幌のソープランドで半年働けば返せるらしいから、自分は男たちと札幌に行く。近所のひとには、実家に帰ったとでも言っておいて欲しい、とのことだった。薬師は承諾するしかなかった。

午後の八時ぐらいに、前日の男たちふたりがやってきた。泰子は旅行鞄《りょこうかばん》をふたつ手に下げて自宅を出た。薬師は泰子の両腕をつかんで言った。もう事情はどうでもいい。両親からカネを借りる。行くなと。

しかし泰子は首を振った。あたしが悪かったんだから、あたしが解決する。心配しないで。そうして男たちの車に乗り込み、去って行ったのだ。昨年十二月の二十日のことだ。出て行ってから、薬師は自分が少し安堵していることに気づいた。借金返済のメドはつき、泰子とも事実上の一時別居となるのだ。受け容《い》れてよいだけの事態に思えた。ついいましがたまでは。

話し終えてから、薬師は川久保に言った。

「あの日、連中は泰子を殺したんですよ。川に投げ込んだんだ」

そうだろうか。川久保は、その見方には賛同しかねた。金融業者の側に、そうしなければならない合理的な理由がないからだ。執拗《しつよう》な取り立てが債務者を自殺に追い込んでしまうことはあろうし、交渉のもつれから、返済能力のある相手を殺してしまうケースもあろう。しかしこの場合、泰子を殺すことには何の意味も見出《みいだ》せない。ほかの債務者へのみせしめにするなら、死体は早く発見されて背景が広く報道されるほうがよいが、それは金融業者側からも逮捕者を出すということだ。相当な大手ならともかく、地方都市の闇金《やみきん》業者が手がけて割りの合う犯罪ではないはずだった。

川久保は訊いた。

「その闇金連中からは、その後連絡はないのか？」

「全然。泰子を殺した連中、逮捕ですよね」

「まだ、あんたの奥さんと決まったものでもない。殺人かどうかもわからない。だけど、もし奥さんが殺されたんだとしたら、犯人は当然手錠だ」

「若いのがアダチ。そうだ、兄貴分は、イガラシとか呼ばれてました」

「イガラシね」

川久保はデスクのメモ用紙にその名も記した。

薬師の手の中で、携帯電話が着信音を鳴らした。

薬師は携帯電話を持ち上げながら言った。

「会社からです。すいません」

薬師は携帯電話を耳に当てて話し始めた。

「役場から？　明日？　ええ、そのほうがいい。泊まり？　そうしますよ。ええ」

電話を切ると、薬師は言った。

「この吹雪なんで、町役場から除雪の応援の要請があったそうです」

「これから？」

「これから、町なか少しと、明日の朝と」

「あんたのところには、除雪車もあるのか？」

「重機が二台。冬は除雪も受けてる」

「泊まりとか言ってたな」

「この吹雪だと、おれのうちまで帰れるかどうかです。明日も朝早くから除雪するとして、おれが事務所まで出て行けなかったら、話にならない。会社に泊まることにしますよ」

「明日、帯広に行くことは予定してくれ。見つかった死体が奥さんかどうか、確認してもらう」

「会社には、駐在さんからも事情を話してもらえますか」

「するさ。警察車で送り迎えする」

「会社に戻っていいですか？」

「頭の中が真っ白って顔だぞ。仕事、できるのか？」

「仕事はしますよ。しているあいだは、何も考えなくていい」

「あんたの携帯の番号、教えてくれるか」

「駐在さんの番号は？」

川久保は自分の番号をゆっくりと言った。薬師はそのまま番号を入力した。すぐに川久保の携帯電話が鳴った。

「それです」

「ありがとう」

川久保も立ち上がって、デスクの後ろから出入り口へと向かった。

薬師が壁の町内地図に目を留めた。川久保がマーカーで、これまでの通行不能箇所を示したものだ。

薬師は、地図を示して言った。

「きょうは絶対、国道のここでも吹き溜《だ》まりができますよ」

川久保は地図の前に立って、薬師が示す先を見つめた。茂知川にかかる雄来橋のあたりだった。あの小学生たちの遭難事件のあった三本ナラのまっすぐ東にあたる。日高山脈から吹き下ろす風の通り道になっている場所である。グリーンルーフというペンションも、ちょうど薬師が示したエリアの中にある。

川久保は訊いた。

「この区間、全部ってことか？」

「いや、防雪柵《ぼうせつさく》の隙間《すきま》のところに。隙間があるから、そこに風が吹き込んで、とんでもない吹き溜まりができるんです」

「長さで言うと？」

「雄来橋の北あたりから、一キロぐらいの幅ですかね」薬師が訊いた。「駐在さんは、志茂別には何年いるんです？」

「今年が二回目の冬だ」

「じゃあ、彼岸荒れの小さなやつしか知りませんね。今年のは半端《はんぱ》じゃないですよ。たぶん十年ぶりぐらいの猛吹雪。国道は閉鎖になります」

「吹雪は明日の午前中いっぱい続くそうだな。教えてくれ。こういうときは、何もかも止まるのか？」

薬師の顔から少し混乱も当惑も失せたように見えた。

「止まっちゃならないものもある。それで役場が、応援を頼んできたんです」

「たとえば？」

薬師は答えた。

「集乳ルートの確保」

「シュウニュウ？」

薬師は、地図の下のほうを示した。南志茂別のあたりだ。指先は、国道二三六から一本東側に入ったところにある乳業会社の工場を指している。

「朝の八時には、工場のミルク・ローリーが全車出て行きます。そのためには、まずこのあたりの酪農家を回って、九時の操業開始に間に合わせる。ミルク・ローリーの運転手たちは、朝八時に出発できるよう、自分のうちを出ます。だから町役場は、たとえ国道や道道の除雪が遅れても、なんとか早めに町道の除雪だけは終わらせる。道道の除雪よりも二時間ぐらい早く除雪しておけば、町の酪農家の五割ぐらいのところには、時間までに行けますからね」

川久保は興味を持って訊いた。

「どういうルートになるんだ?」

「おれがいま言われたのは、こうです」

薬師は指で地図上の町道をざっとなぞった。まず市街地を東に出る。東に進んで町道東五線に折れると、こんどは北に進む。町道北十二号にぶつかったところで西に曲がり、国道二三六にぶつかるところまで。ペンション・グリーンルーフのすぐ南側だ。そこはT字路なので、いったん北十二号を東三線まで戻り、こんどはこれを南下、町道南八線の乳業会社工場前まで除雪する。

ほかの会社の受け持ち分と合わせると、これでなんとか運転手の通勤路と、ミルク・ローリーの巡回路の大半は除雪可能なのだという。午前八時までに。

ふしぎなもので、と薬師はつけ加えた。国道から二本東にくると、もうどんな吹雪のときでも、吹き溜まりはできなくなる。また、南北に走る道には吹き溜まっても、東西に延びる道には吹き溜まりはほとんどできない。

薬師は川久保に目を向けて言った。

「明日の天気がどうなってるかわからないけど、もし雄来橋のあたりが吹き溜まっていたら、東側の町道を使うと、かなりのところまで行き来できますよ」

「地元住人ならではの情報だな」

「こんな吹雪、滅多にないんですけどね」

「明日の朝七時で、吹雪がこんな状態でも除雪か？」

「いや。これほどひどければ、市外での作業は無理ですね。きょうのお昼ぐらいまでの」

吹雪になってたら、出動でしょう」

薬師はニットの帽子をかぶると、駐在所を出ていった。

川久保は風除室のガラスドアのすぐ内側に立ち、薬師のワゴン車が駐車場を出て南方向に走り去るまで見送った。

＊

西田康男は、午後三時を十五分回ってから、ようやく事務所に戻ることができた。すでに社員のドライバーたちはみな、駐車場から自分の車で出て行ってしまっている。吹雪のために帰宅途中に立ち往生することが、現実の心配となってきているのだ。社長が帰っていいと指示してきた以上、長居は無用なのだ。いま駐車場に残っているのは、西田の古いセダンと、女性事務員の横井の軽自動車だけだ。

総務係の西田は、この会社ではいわば間接部門にいる従業員だった。ドライバーとちがって、直接売り上げに貢献するわけではない。だから、これだけの年配であるにもかかわらず、雑用はすべて引き受けることになる。いまも駐車場をずっと除雪したうえで、ホイールローダーを車庫に収めてきたところだった。きょう三度目の除雪作業だった。

事務所に入ると、すでに事務員の横井はジャケットを着て、帰り支度をすませている。

西田に不服そうな目を向けてきた。

「ぐずぐずしてると」と横井が西田に言った。「帰れなくなっちゃう。もう終わったの？」

「終わった。帰っていいよ」

「そうもいかなくて」

「どうした？」

「最後に鍵《かぎ》かけてゆかなきゃ。それと」

横井は自分のデスクの上から、青い携帯電話を持ち上げた。

「畑山《はたけやま》さんたら、携帯電話忘れてったのよ」

「あいつは真っ先に帰った」

「町はずれだからね。だけど、放っておいていいかな。たぶん今日は、取りには戻らないだろうけど」

「事務所に置いておけばいいだろさ」

「だって、こういう日に電話ないと、いろいろ不都合じゃない？」

「そう言うんなら、あんたが届けてやったら」

「反対方向じゃん」

「おれに、届けてやれと言ってるのか？」

「あ、それもいいね」

西田は胸のうちで、糞女《くそあま》、と悪態をついた。どこまでおれを虚仮《こけ》にする気なんだ？　お前より二十歳も年上なのに、どうしておれを派遣の若造みたいに扱うんだ？

口に出しかけたが、横井のうしろにある金庫が目に入った。金庫の中にあるもののこともまたありありと思い出した。

冷静な口調を保って、西田は言った。

「わかったよ。おれが届けておく。鍵もかけとくよ。火の始末も」最後の退社を命じられたのは、何もきょうが初めてというわけではないのだ。「あんたはもう帰ったらどうだ」

横井は、やっとその言葉を聞けた、とでも言うように頬をゆるめた。

「あ、頼めるの？　悪いな」

「こんな吹雪だ。女が残ってることはない。あとはやっておく」

「じゃあ、携帯とロックと火の始末、まかせていいね」

「ああ」と西田は自分のデスクに向かった。いかにもいやいやながらという表情を作ってみた。横井はたぶん、西田のその表情に深く満足を味わうはずである。自分が西田に対して権力を行使できることを、うれしく感じるはずである。いいだろう。あと数分間だけは、自分はお前さんにこき使われる、格下の従業員でいい。

横井が近寄ってきて、畑山の携帯電話を押しつけてきた。西田はそれを受け取って、ジャケットのポケットに入れた。

「じゃ、お先で」

横井は顔の横で手を軽く振って出ていった。

ふだんより三時間以上早く退《ひ》けることができるので、いくらかは心弾むものもあるのだろう。たとえこれほどの悪天候であったとしてもだ。家に帰って、彼女は何か時間をかけてすることでもあるのかもしれない。たまったテレビ・ドラマの録画を観《み》るとか。

心弾むのはおれも同じだ、と西田は思った。やっとひとりきりとなったのだ。

窓から横井の軽自動車が発進してゆくのを見届けると、西田は玄関口を内側から施錠した。

ひと呼吸整えてから、西田は金庫に向かった。

現金が二千万。社長が馬を買うために用意したカネ。名目上は社長の口座から出たカネだろうが、この規模の運送業で、社長にそれほどの収入があるということ自体がおかしいのだ。本来なら従業員に給料として還元されていなければならないカネだった。つまりは、社長の個人資産などではない。これは会社のカネ、従業員のカネだ。そして自分は、この会社で最年長、勤続年数のもっとも長い社員だった。このカネの一部は、とうの昔に自分のものになっていてよかったものだ。全額を自分のものと主張することには無理があるとしてもだ。

西田は金庫の前に膝《ひざ》をつき、覚えている手順どおりにダイアルを回していった。慎重に番号を合わせながら、右に一回、左に一回、さらにもう一度右。

金庫の内部でかすかにカチリとロックのはずれる音がした。西田はごくりと息を飲んでから、扉の把手《とって》を押し下げた。扉はゆっくりと手前に開いた。

＊

佐野美幸は、助手席からその青年が荷台の大きな木箱を下ろす作業を見つめていた。

青年は、西町のはずれにある工務店にトラックを停めたのだった。この工務店に、きょう最後の配達品があるのだという。ボイラー、と青年は言っていた。

工務店の倉庫の前には、フォークリフトが停まっていて、中年の男が運転席に座っている。フォークリフトには屋根しかないから、運転席の男の顔にはいま猛烈な吹雪が直接あたっていた。男は顔をしかめたままだ。

青年がフォークリフト前部のパレットの上に、巧みにその木箱を載せた。フォークリフトを運転する男が、片手でメガホンを作って青年に何か言った。青年はクレーンの操作スイッチから離れてフォークリフトに近づき、手早くワイヤーを木箱からはずした。フォークリフトは後退していった。青年はケーブルにつながった操作スイッチを、トラックの脇《わき》の箱に収めた。

その作業のあいだ、青年はほんの少しも、その仕事にうんざりしているという表情を見せなかった。こんな吹雪の日の仕事なのだ。顔に多少の不平や不満が現れてもふしぎはないのに、むしろ淡々とした表情でその作業をこなしていた。動作はしごく滑らかで、手慣れていることが明らかだった。

フォークリフトは、倉庫の半開きの入り口から中に入っていった。完全に中に入ったところで中年男が降りてきて、入り口のシャッターを閉じた。

青年は、ジャケットのポケットから伝票のようなものを取り出した。中年男が青年に近づいてきてその紙片を受け取り、ボールペンでさっと何か書いたようだった。書きながら、青年に話しかけている。青年は微笑して、助手席の美幸に顔を向けてきた。

美幸に声をかけた、と見えた。でも、声は聞こえない。美幸は少しだけ助手席の窓のガラスを下ろした。

青年は助手席のすぐ外まで戻ってきて、美幸に言った。

「何か温かいものでも飲んでいけってよ。呼ばれるか?」

中年男も、興味深げに美幸に顔を向けてきた。ありがたいことに、店の常連ではなかったし、顔見知りでさえなかった。

美幸は首を振った。

「いい。早く帯広に行きたい」

吹雪の中で立ち往生したくなかった。一刻も早くこの町から離れたかった。でも、この立場でそんな勝手を言ってよいものか、すぐに言いなおした。

「だけど、兄さんが呼ばれたいなら」

「おれもいいや。トイレ、借りなくていいか」

美幸はまた首を振った。

青年が中年男に言った。

「こういう天気だし、すぐ出ます」

中年男が言った。

「気をつけてな。国道、通行不能になるぞ」

「その前になんとか突破します」

「雄来橋の前後が危ない。吹き溜《だ》まり、できるからな」

「はい」

青年は中年男に手を振ってから、運転席に乗り込んできた。

シートベルトをつけながら、彼が言った。

「可愛い助手、見つけたなって言われたよ」

美幸は青年の顔を見た。

「あたしのこと？」

「あんただよ。助手じゃねえ、彼女だって言ってやった」

美幸はくすりと笑った。まだお互いに名前だって知らないのに。

青年は、トラックを発進させてから、また言った。

「おれは、山口だ。山口誠《やまぐちまこと》。あんたの名前も聞いていいか」

「美幸」

「姉貴と同じだ。どんな字だ？」

「美しい幸せ」

「姉貴は、美しいにスノーの雪だ」

「お姉さん、いくつ？」

「二十八。いや、もう九かな」

「結婚してる？」

「してるよ。どうしてだ？」

「べつに」と美幸は言った。「同じ名前のひと、結婚してたらいいなと思ったから」

「子供ふたり。両方とも男の子だ。札幌に住んでるんだ」

札幌。叔母がいる都会。いまの自分のひそかな目的地。

美幸は訊《き》いた。

「山口さんは、札幌まで行くの？」

「そうだよ。札幌まで帰る。帯広の市内なら、好きなとこで落っことしてやるから」

「だって、狩勝トンネルも日勝峠も、通れないみたいだよ」

「おれも、帯広で沈没するか」

山口と名乗った青年は、話題を変えた。

「それにしても、ひどい吹雪になってきたな。帯広まで行き着くのがたいへんだ」

たしかに、視界はもう百メートル以下。窓の向こう側全体が真っ白で、美幸にも遠近の感覚がわからなくなっている。山口は慣れたドライバーのようだから、道を見失うということはないだろうが、それでも少し心配だ。

きょう中に帯広に行き着けないかもしれない。その場合はどうなるのだろう？

ちらりと横目で山口を見た。彼と一緒に、道の駅とかコンビニなどに飛び込むことになるのか。それとも路上で立ち往生して、このトラックの中で一夜を明かすことになるのか。

それも悪くない、と思った。なぜそう思ったのか、美幸自身にも理由はわからなかったけれど。

＊

笹原史郎は、小型車を運転しながら、自分が完全にこの地方のきょうの天気を読み違えたと悟った。

国道を南に向かっているというのに、シベリアの真冬も同然の視界なのだ。右手方向からの吹雪が、前方をただの白いスクリーンにしてしまっている。五十メートル先も見通すことができなかった。しかも、前後にまったくほかの自動車が見当たらない。さきほどいったん車を停めたときからここまで、何台の車とすれ違ったか。わずか五台程度だ。

ふだんこれほど交通量の少ない道路のはずはないから、よっぽど切羽詰まった事情でもない限り、ドライバーたちはきょうの運転は切り上げてしまったのだ。

この十分ばかり、民家や施設の数も少なくなった。道沿いの農家と農家との距離は、ひょっとしたら五百メートル以上はあるかもしれない。いや、吹雪のせいで、道に近い建物しか目に入らないせいか。ほんとうは見た目よりももう少し人口密度は高いのかもしれないが。

路面には、いま十センチ程度の積雪があるだろうか。轍《わだち》ができており、笹原はできるだけその轍をトレースするように運転した。しかし、いま運転しているのは小型車だ。できている轍は、大型車以上の車のものに見える。幅がちがう。右か左、どちらかの車輪を轍に載せると、反対側の車輪は積雪の上を回ることになる。しばしばハンドルが取られて、車は尻《しり》を振った。

ときおり積雪の量が多い部分に出くわす。地形のせいで、そこだけ雪が吹き溜まるのだろう。そんな吹き溜まりにはまってしまっては厄介だった。吹き溜まりにぶつかる都度、笹原はアクセルペダルを少し踏み込んで乗り切ってきた。

風がそれまでよりもさらに勢いを増した。左手に見えた標識から、橋にかかったのだとわかった。雄来橋、という名が読めた。欄干上に、吹き流しが連なっている。風の強さを教えてくれているのだろう。その吹き流しはどれも、千切れるかと思えるほどに激しくはためいていた。笹原は、速度を落として、ステアリングを握り直した。

橋の上は、意外なことに積雪量が少なかった。吹き飛ばされてしまうのかもしれない。

それでも笹原は慎重な運転でその橋を渡った。橋から川に転落などという事態は、絶対に願い下げだ。

橋を渡り切ると、走行感覚が少し変わったような気がした。わずかだが、車が重くなったように感じられたのだ。轍が固くなっているとも感じる。雪が湿りけを帯びているのかもしれない。

ひとつ大きな吹き溜まりにぶつかった。雪の山が、道路の右手から左側の車線にまで大きくはみだしている。そこでは反対方向からの車も左側車線に入り、側端まで寄って、吹き溜まりの程度が少ない部分を乗り越えていた。笹原は轍に従って、その吹き溜まり部分を通過した。

左手に看板が見えた。

緑色の板に、文字が記されている。日本語と欧文だ。板には雪が貼《は》りついていて、文字をすべて読むことはできなかった。ペンションか喫茶店があるらしい。

門の前を通りすぎるとき、その庭の奥に目をやった。吹雪の向こうに、ぼんやりと建物が見えた。灰色の二階家だ。駐車場に、数台の車が停まっている。

笹原は一瞬だけ考えた。

ここに避難するか？

いや、とすぐに打ち消した。この悪天候ならばこそ、警察も動けないのだ。そのあいだに、できるだけ現場から遠ざかったほうがよい。自分は南に向かっているのだ。この吹雪が吹雪らしく吹いているのも、あとせいぜい二十キロかそこいらではないのか？　それさえ乗り切れるなら。

笹原はペンションの前を通り過ぎた。

防雪柵《ぼうせっさく》の隙間《すきま》ごとに、吹き溜まりができている。その規模が、次第に大きくなってきた。ペンション前を通過して三百メートルほど行ったところでは、完全に腹をこすりながらの走行となった。そのままスタックかと、笹原は焦《あせ》った。

そこからまた百メートルも走ったところに、新しい吹き溜まりが現れた。通過した車の轍さえ、半分埋もれていると見える。

笹原は吹き溜まりにかかる五メートルほど手前からアクセルペダルを踏み込んだ。勢いをつけて、一気に通過するつもりだった。

小型車が吹き溜まりにかかった次の瞬間だ。車の尻が大きく右に振れた。轍に車輪を取られた？　笹原はペダルをなお踏み込みながら、ステアリングを左手に切った。タイヤから、ふいに抵抗が消えた。道路端に向かって、車が滑った。

飛び出す！

笹原はアクセルペダルから足を離して、ステアリングを右に切った。遅すぎた。車の左側面に衝撃があった。半分埋まったガードレールにでもぶつかったようだ。車は傾きながら宙に浮いた。完全に逆さまになって屋根にまた衝撃。ついで車は道路側面を転がり落ちた。

車が静止したとき、笹原は車の姿勢を想像することができなかった。大地に四輪を踏ん張っているわけではないことだけはわかった。傾いている。

首をめぐらしてみて、車は運転席側を下にして止まったことがわかった。重力の方向は、自分の身体《からだ》の右手前方だ。つまり笹原は、いくらか前につんのめったような格好である。シートベルトのおかげで、座席から離れずにいる。

車自体は、斜面に沿って三十度か四十度傾いた状態なのだろう。助手席は自分の上方にある。助手席のドアは大きく内側にへこみ、窓ガラスが割れていた。雪が吹き込んでくる。

笹原はシートベルトをはずそうとしたが、脚に違和感があることに気づいた。右足の脛《すね》か足首のあたりに、鈍痛がある。何かべとりとした感触もしてきた。

右脚を少しだけ持ち上げてみた。いきなり激痛が走った。

骨折か。

もう一度そっと脚を動かそうとして、笹原は自分の脚が、車のボディに完全に抑えつけられていることを知った。エンジンルーム部分がひしゃげ、モノコック・ボディのスチールが、丸めたアルミ箔《はく》のようにぐしゃりと内側にめりこんでいるのだ。脚はそのひしゃげたスチールにからめ取られている。痛みが次第に強く感じられてきた。骨折は確実。しかも出血しているに違いない。

自力で脱出できるだろうか。誰か、自分のいまの路外転落を目撃していた者はいないだろうか。

どちらも望み薄だった。

笹原は助手席に目をやった。カネを詰めたバッグが、自分の脇腹《わきばら》にあたっている。せっかくこれがあるのに、事故をやってしまうとは。

笹原は、溜め息をついて、次の手を考えた。とにかくこの状態から救出されないことには、話は始まらない。携帯電話で、救急車を呼ぶか。

左手でポケットを探って携帯電話を探した。見つからなかった。思い出した。防寒着のポケットだ。その防寒着は、さっき女を投げ捨てたとき、後部席に放り込んだのだった。この姿勢では、防寒着に手を伸ばすことはできそうもない。

発煙筒がどこかにあるはず、と思いついた。しかし、外は吹雪だ。いま発煙筒を焚《た》いても、誰の目にも留まるまい。

風がまた激しく車内に吹き込んできた。

死ぬのか。

笹原は、これまで味わったことのない恐怖を味わった。事故が起こったことを誰にも

「ほかに、身元を示すようなものは出ていないかな」

「運転免許証がありました。薬師泰子の名前です」

「じゃあ、身元はほぼ確定したと思っていいな。明日、身元確認に亭主をそっちにやるよ。吹雪が収まってから」

「亭主とはもう会ったんですか？」

「ああ。亭主の話じゃ、女房は闇金《やみきん》からカネを借りて、札幌のソープで働くと話を決めていたらしい。去年十二月の二十日に、帯広の闇金の社員が、女を連れていった」

「見つかったのは、志茂別町内ですよ。札幌じゃない」

「いったん戻ってきたのか、札幌に行く前にそういうことになったのか」

「そういうことって？」

「途中で殺されたとか」

「その連中、亭主と顔を合わせてるんでしょう？　そんな危ない真似《まね》をやりますか？」

「検案では、刃物傷とか、扼殺《やくさつ》の痕《あと》とか、見つかっていないのか」

「始まったばかりですって。ただし、無茶苦茶いたぶられたという仏さんには見えません。顔はカラスにでも食いちぎられてるけど」

川久保は釈然としない想《おも》いで言った。

「さっき、帯広署にもその闇金のことで電話した。吉村って刑事と話したんだけど、その闇金を仕切ってる徳丸組で、きょう強盗殺人があったとか」

「強盗殺人？」

「きょうの昼間。足立ってチンピラがその現場にいたらしい」

「足立兼男。名刺の男ですか？」

「ああ。どういうつながりかわからないけど」

「こういう偶然も、あんまりないですよね」

「レアケースだ」

「その足立ってチンピラの身柄を確保しておいてくれたら、こっちも事情を聞きやすいですね。帯広署に連絡を入れてみます。だけど、その亭主って線はありませんか？」

「なんとも言えない。足立と亭主と、両方から事情聴取すべきだろうな」

「いまから帯広署に電話します」

　携帯電話は切れた。

　亭主の薬師宏和が妻の死に関わった可能性。どうだろう？　話の内容に辻褄《つじつま》が合わない部分はなかった。嘘《うそ》を言っているようにも感じられなかった。妻の消息について、関心が冷淡に感じられる部分はあったが、それは仲が冷えきっていたせいなのかもしれない。しかし、その程度の印象で何かを判断してしまうことの危険も、自分はよく承知してきた。いま、軽々に思い込んでしまってはならない。それに、闇金が薬師泰子を連れていった、という事実さえ確認できるなら、あとは広尾署の刑事課の仕事になる。駐在警官としては出る幕もないのだ。

川久保は壁の時計に目をやった。

午後三時三十分になっていた。

＊

まったく前方が見えなかった。ホワイトアウトだ。白い壁だった。

佐藤章は、すばやく事態を分析した。いま自分が運転するセダンは、国道二三六にかかる雄来橋という橋に達したところだ。ナビがそう示している。

前方はまったく見えないけれども、この橋さえ渡ってしまえば、多少は見通しもよくなるのではないか。せめて前方五十メートルぐらいは見通せる程度に。

さいわい、橋の上の路面には積雪は少なかった。烈風が吹き飛ばしてしまっているのだろう。なんとかここは突破できるのではないか。目の前がホワイトアウトでも、ハンドルを取られぬようにしっかりと握って前進すればだ。風のせいで、車体が左手に押されるかもしれない。そういう感触があれば、ハンドルを微調整する。いずれにせよ、視界がきかないのはここが橋の上だからだ。ここさえ突破するなら。

問題は、と佐藤章はいま一度慎重になった。この橋の長さだ。ホワイトアウトが橋の上だけだとして、そもそも橋はどのくらいの長さなのか。ナビで見ると二十メートルか、いや、へたをしたら三十メートルはあるかもしれない。三十メートル、自分はブラインド状態で車をまっすぐ進めることができるかどうか。

引き返すか？

ちらりとルームミラーを見て、すぐその考えは捨てた。せっかくここまで南下してきたのだ。引き返すのは愚劣だ。わざわざ犯行現場に近づくことになる。警察が総動員されている街に飛び込んでゆくことになる。進むしかない。

佐藤章は、景気づけのために腹から声を絞り出した。

「行くぞ」

それから慎重にアクセルペダルを踏み込んだ。

すぐに視界は完全に失われた。真横から激しい風圧を感じた。セダンがすっと左に滑ったのがわかった。心臓が収縮した。浮き上がる。横転する。橋から落ちる。

セダンはぎりぎりのところで路面に踏み留まった。佐藤はハンドルを右に切った。こうなったら、橋の真ん中とおぼしき部分を通るまでだ。対向車はいまい。轍《わだち》も消えている。もし感覚が誤っていてハンドルを切りすぎたとしても、欄干にこする程度だ。こすっても大事故にならない程度の速度で進めば、とにかくこの橋は渡り切れるはずだ。この橋の上に限っては、吹き溜《だ》まりはないはずなのだから。

抜けた。ホワイトアウトは終わりだ。いま目の前にあるのは、ただの猛吹雪だ。道の端も、路面も見える。少なくとも三十メートルほど先までは。

自分のセダンは、いつのまにか道の右寄りを進んでいた。積雪が多くなってきている。佐藤章はハンドルを少し左に切った。道はゆるい上り勾配《こうばい》になっている。

速度を三十キロぐらいまで上げてセダンを進めた。出現する吹き溜まりは次第に深くなってきていた。道の右側に防雪柵《ぼうせつさく》があるところはよい。しかし柵はところどころで切れているのだ。農地への取り付け道路でもあるのかもしれない。その柵の切れ目のところに、スライムでも流れ出したかのような吹き溜まりができている。さっきから、そういった吹き溜まりの上にはまったく轍を見ることもなくなった。ここしばらく、もう自動車の通行はないのだろう。

橋を渡って百メートルほどきたところに、また吹き溜まりがあった。こんどの吹き溜まりは巨大だ。道路の右手から左手まで、土石流にでも襲われたかのように、完全にふさいでいる。右手、もっとも高いところでは、路面から三十センチ以上はありそうだった。

乗り越えられるか。

減速して進んだが、すぐにセダンは停まった。加速してみたが、雪を押しつけているだけだ。後輪が空回りしている。

どのくらいの幅なんだ？　どのくらいの深さだ？

佐藤章は助手席のジャケットを取り上げて着込み、ファスナーを首まで上げてからフードをかぶった。

人力でなんとかなる程度のものだろうか。チェーンを使えば、脱出可能か？

ドアを開けて、道路に降り立った。風圧で、思わずよろめいた。まっすぐ立っていられないほどの風だ。

風下方向に顔を向けて、吹き溜まりの上を数歩歩いた。足元は短靴のままだ。足はたちまち雪に埋もれて、靴と足とのあいだから雪が入ってきた。

深さは二十センチ以上だ。

佐藤章はセダンを振り返った。このセダンの車高はせいぜい十五センチ。この吹き溜まりを乗り越えるのは無理だ。乗り上げたら最後、四輪は宙に浮く。

しかも、幅は十メートル以上ありそうだった。スコップのような道具を使うにしても、ここを抜けるだけで何時間かかるか。もう除雪車がまったく通っていないようであるし、ここで車を放棄ということになるか。それとも車の中で吹雪が収まるのを待つか？

北海道では吹雪に閉じ込められた車で、よく死者が出るという話を聞く。寒さに耐えかねてエンジンを入れ、ヒーターをオンにするのがまずいとか。雪のために排気管はふさがれているから、排気ガスが車に逆流、充満して中毒死となるらしい。かといって、零度以下の車の中で、ヒーターなしでどうやってひと晩過ごせる？

佐藤章は、車に戻って、運転席でラジオに手を伸ばした。帯広を出て以来、受信状態はよくなかった。一回切っていたのだ。スイッチを入れ直して地元のＡＭ局を探すと、ちょうど天気予報をやっている局があった。佐藤章は耳を傾けた。

ほどなく、十勝地方の交通情報となった。

アナウンサーが言っている。

「国道二百三十六号線も、中札内《なかさつない》と広尾とのあいだで、全面的に通行止めとなりました。北海道道も、十勝管内全域で、市街地部分以外のすべての路線が閉鎖となっています」

くそ、と佐藤章はひとり悪態をついた。よりによって、きょうがこれほどのひどい日になってしまうとは。

佐藤章はタバコを取り出して一本くわえ、シガーライターで火をつけた。

このままここにいても、除雪車が来ないことはわかった。この場に留まりたくなければ、車を放棄してでもどこかに移動しなければならない。吹雪が収まるまで道路が開かないとなれば、警察も追うことはできないのだ。車にこだわる必要はない。ひと晩とにかく安全に一夜を過ごせる場所があればよい。

佐藤章はナビを操作した。拡大設定にすると、近くにペンションがあるとわかった。

ペンション・グリーンルーフという宿があるのだ。ここから二百メートルほど先のようだ。その程度なら、なんとか這《は》ってでも行き着けるのではないか。こんな日だ。ペンションも、予約がないからと追い返したりはしまい。なんとか暖かい安全な場所で、吹雪をやり過ごすことができるだろう。

明日、吹雪が収まってからはどうしよう。立ち往生したこの車を取りに戻るか？　すぐに頭を振った。そんな面倒くさい真似はやってられない。ペンションの車を借りればよいだけのことだ。

佐藤章は、助手席に置いた旅行用のショルダーバッグを持ち上げると、もう一度外に出た。また風に身体《からだ》が吹き飛ばされそうになった。佐藤章はなんとか身体をひねって、雪の中に倒れることを免れた。

＊

鋳鉄《ちゅうてつ》製のストーブの中で、ナラの薪《まき》がはぜた。

火の粉が飛び、重ねられた薪の奥のほうで、炎が上がった。

坂口明美は、ストーブの真正面にあるテーブル席で、ずっと炎を見つめたままだ。薪ストーブには耐熱ガラスのスクリーンがついている。先ほどからペンションのオーナーは、頻繁にそのスクリーンを取り外して、新しい薪を補充していた。

このストーブはおそらくふだんも、レストランの主暖房としては使われていない。冬のあいだ、お客に炎を見せるためのストーブなのだろう。スチーム暖房よりは見た目もよいし、だいいち炎を見ているだけでも気持ちが少し暖かくなる。スチームにはない効果だ。もっとも、レストラン全体を暖めるには、このストーブは非力にすぎる。暖かく感じられるのは、ストーブの周辺だけだ。レストランの隅のほうでは、室温は十五度以下ではないだろうか。

薪ストーブの背後、赤レンガの壁の上には、ウサギのキャラクターが描かれた置き時計がある。針は午後三時三十分を示していた。

テーブルの向い側では、菅原信也がやはりストーブに顔を向けている。上着も脱いで、シャツ姿だ。この席にいる限り、シャツひとつでも十分なほどに暖かい。彼の上着は、隣の椅子《いす》の上に置かれていた。出刃包丁の入ったポーチはその上着の下だ。

菅原は面白くなさそうだった。いまごろ、明美の身体の上で激しく腰を使っているつもりだったろう。それが、このペンションのボイラーの故障のせいで、部屋にいることもできないのだ。部屋はいま零度を少し上回ったあたりの温度のはずである。どんなに強い性欲も萎《な》えるだろう。この種馬みたいな男であっても。

明美の視線に気づいたか、菅原が明美に目を向けた。

「まったく、早く直してもらわないと」

明美は意地悪な調子で言った。

「キャンセルしたらどうです？　わたしは、このまま休んでゆきますけど」

「もう国道は走れないよ。どこにも行きようがない」

「じゃあ、おとなしく直るのを待つしかないですね」

菅原は、肩をすぼめて言った。

「明美ちゃんは、カリカリきてる？」

「いいえ」と明美は答えた。「これがふつうですよ。そうだったでしょう」

「もっと優しかったよ。甘ったれだったし」

その声は、大きすぎた。すぐ隣のテーブル席には、さきほど到着したばかりの老夫婦がいる。彼らも、ボイラーが直るまでは、自分たちの部屋にいようもないのだ。老夫婦は、このレストランに入ってきたとき、先客の明美たちに会釈《えしやく》してきた。ひどい天気にあたってしまいました、と夫のほうが愛想よく言ったが、夫人のほうは明美たちを観《み》て一瞬とまどいの表情を見せた。かすかではあったが、明美にはそれが感じ取れた。夫人のほうは、菅原と明美が、あたりまえの夫婦やカップルではないと瞬時に見抜いたのだ。

菅原のいまの声量では、そのふたりの耳にも聞こえてしまう。夫人に気付かれているにせよ、自分たちのつきあいの細部を聞かせたくはなかった。だいたいいまの言葉だって、寝室で話すべき内容ではないか。パブリック・スペースで語ってよいことではない。

明美はまたストーブに目を向けた。

「まったく」と、また菅原が言った。「部屋は使えない。出るにも出られない。きょう客からカネを取ったら、バチが当たるよな。飯と酒ぐらい、サービスで出したってい
い」

明美の前には、ハーブティーのカップがある。すでに空だった。菅原はコーヒーを頼んでいたが、カップにはまだ半分ぐらい残っていた。老夫婦はいましがた、ふたりともココアを頼んで飲んでいた。

ストーブの左手、厨房《ちゅうぼう》につながるスイングドアから、エプロンをつけた女性が姿を見せた。オーナー夫人だ。顔見知りではなかったけれども、同じ町内だ。相手が明美を知っていることはありうる。明美は視線が合わぬように、顔をストーブに向けたままでいた。

夫人は、明美たちのグラスに水を注ぎ足した。

菅原が訊《き》いた。

「暖房、ほんとうに夕方までに直るの？」

夫人は恐縮したように言った。

「申し訳ありません。まだ業者さんが来ないんです。三時には来るということだったん

ですが」

そのとき、建物のどこかで電話の呼び出し音が鳴った。固定電話にかかってきているようだ。コールは二回でやんだ。それから、少し大きめの男の声。

「行けないって、そんな、商売になりませんよ」

オーナーの声のようだ。

夫人が、すぐに水差しを持って厨房に戻っていった。

三分後だ。オーナーがレストランに姿を見せた。

オーナーは、レストランの四人の客を見渡してから言った。

「ボイラーの件ですが、業者さんがきょうはどうしてもこれないそうです。吹雪のせいで、一軒行った先から帰ってこれないとか。まことに申し訳ないんですが、きょうはうちの開業以来の非常事態です。お客さまには、どうかひと晩、このレストランで過ごしていただけないでしょうか。このストーブの周りでなら、なんとかひと晩しのげます」

菅原が、子供っぽく鼻を鳴らすような調子で言った。

「何言ってるんだよ。駄目なら駄目で最初に言ってくれてたら」

オーナーは菅原に頭を下げた。

「ほんとうに申し訳ありません。宿泊料はいただきませんし、食事、飲みものはサービスさせていただきますので」

「あったり前だよ。食った後は、この床に寝ろって言うの？」

「客室のほうから、マットと毛布を運びます」

「雑魚寝《ざこね》かい」

「まことに申し訳ありません」

「早めに直らないって言ってくれたら、出ることもできたんだぞ」

「ご迷惑おかけしています」

オーナーは、また深々と菅原に頭を下げた。

横の席で、老夫婦のご亭主のほうが立ち上がった。

「いい土産話になるかな。十勝で、数十年に一度の猛吹雪に遭ったって」

オーナーが返した。

「暖房さえ壊れていなければ、吹雪も土産話だったんですが」

「なあに、死ぬわけじゃないんだ」

「できるだけ暖かくお休みになれるよう、ここを整えますので」

「明日には吹雪も収まるんでしょう？」

「昼にはたぶん」

ご亭主は正面側に向いた窓の方向に歩いて言った。

「久美子さん、もう表の道路も見えないね。看板がうっすらと見えるだけだ」

夫人も立ち上がって、窓に近づいていった。

菅原もいまいましげに立ち上がった。

「トイレも凍結しちゃうんじゃないか？」

オーナーが言った。

「大丈夫だと思います」

「トイレぐらい、きれいなのを使いたいからな」

菅原は、レストランの右手、ロビーの方向に歩いていった。

オーナーも厨房の奥へと戻った。

菅原の姿が消えると、明美は素早くテーブルの反対側に回った。いまがチャンスだ。明美は菅原の上着を取り上げ、ポケットを探った。彼の携帯電話。自分のあられもない写真が残っているあの携帯電話。あれを取り上げて、データをすべて消去しなければ。あの写真さえこの世から消えれば、この男との関係にもまたべつの対応があるのだ。

外ポケットにそれらしき感触があった。明美は手を突っ込んで取り出した。黒い携帯電話だった。

持ったまま立ち上がった。自分のバッグの中に入れておこう。

うしろから声がかかった。

「明美ちゃん」

振り返ると、菅原がいつものにやけ顔を見せている。

「駄目だよ。ひとの携帯いじったりしたら」

愉快そうだ。もうトイレは済ませたのか。それともこの事態を察して戻ってきたのか。

手を差し出してくる。しかたなく明美は、携帯電話を菅原に渡した。菅原は自分の携帯電話を受け取ると、ポーチを椅子《いす》の上から持ち上げて、中に収めた。

「何考えているのかわかるよ」と、菅原は言った。「つまらない心配だよ」

明美は応《こた》えずに椅子に腰を下ろした。きょうはミスを二度も犯してしまった。菅原を殺しそこねた。ならばせめて、と考えた携帯電話を奪うことにも失敗した。もうどちらのチャンスもないだろう。自分がこの関係から逃れるために使える手は、何があるだろう。

菅原は、ポーチを持ったまま、またロビーのほうへ歩いていった。

窓のそばで、初老の男が言った。

「たいへんだ。この吹雪の中を歩いてやってきたひとがいるよ」

明美は老夫婦のほうに視線を向けた。男は窓の外を見ている。表の国道二三六から、ひとがやってきたようだ。夫人のほうも、驚いた様子で外を注視していた。

菅原がレストランに戻ってきたときだ。エントランスでドアの開く音がした。

「すいません」と男の大声。

「はあい」と、オーナーが応えた。

明美はとくに関心もなしにロビーのほうに目を向けた。やがて、オーナーと一緒に若い男が入ってきた。長髪に雪を貼《は》りつかせている。ジャケットも雪で真っ白だった。歳《とし》は二十代後半だろうか。体格がよい。だぶだぶのパンツに、ケミカル・シューズ。黒っぽいショルダーバッグを肩からさげている。

オーナーが、レストラン内部を示してからその若い男に言った。

「暖房は、ここのストーブだけなんです。それでよければ」

「いいよ」と、男は荒く息を吐きながら言った。「死ぬかと思った」

「遭難死が出ても不思議ではない天気です」

「あったかいものを頼めるかい。ホットコーヒーとか」

「サービスです。お名前伺っていいですか」

「泊まり客じゃないのに？」

「お呼びするのに。あとでカードもお願いします」

「ヤマダアキラ」

「ヤマダ様ですね。どうぞストーブに近い席に」

オーナーが厨房のほうへ消えた。

男はレストラン内部をもう一度見渡してから、ストーブの左側の椅子に腰をおろした。

明美と視線が合った。男の目には緊張がある。険しい、とさえ見えた。命からがら吹雪の中をたどり着いたせいかもしれないが。

明美は菅原に目を向けた。菅原も、新しい客の出現に、なぜか少しナーバスになったように見える。若い男の放つ雰囲気を感じ取ったのかもしれなかった。

明美はふたりの男の視線を避けて、目の前の空のティーカップを見つめた。

わたしは次に何をすべきだろう。

＊

西田康男は、帯広に向かうという計画が間違いだと悟った。

国道の吹き溜《だ》まりがこれほどひどいとは。きょうの吹雪は、この地方の彼岸荒れとしては、初めて体験するものだ。話に聞く三本ナラの遭難事件のときの規模に近いものではないか。もしかすると、今回もこの地方の方々《ほうぼう》で、あの遭難に近いことが起きるのかもしれない。

道路上には、もう轍《わだち》さえもない。強風で轍が崩れ、埋まったとも考えられる。しかし少なくともこの十五分ぐらいは一台の通行もないと考えるべきなのかもしれない。つまりプロのドライバーさえも、通行は無理と判断するだけの吹雪ということだ。

それでも、と西田は自分の古いセダンを運転しながら思った。仮にもフルタイムの四輪駆動車だ。馬力は弱いが、十センチ程度の積雪なら、なんとか進んで行けるはず。問題は、雄来橋の前後だ。日高山脈から吹き下ろす風の通り道。あの雄来橋の前後には、真冬だとしばしば吹き溜まりができる。吹き溜まりの深さが四、五十センチになることもある。もしきょうもそんな吹き溜まりができていれば、帯広に行くことは不可能となる。

いまなら引き返せるが、どうする?

西田はちらりと助手席の足元に置いた旅行鞄《りょこうかばん》を見た。中に現金の束二千万円を押し込んでいる。事務所の金庫から取り出したあと、事務所を施錠してすぐ自宅に寄り、身の回りの品を手早く詰めたのだった。どうせ長いことのない身体《からだ》だ。自分としては、とにかく短期間、好き放題の日々を続けられたらよい。再就職するつもりもないし、親族一同と連絡を取り合う必要もない。持つべきものはろくになかった。ほんの数日分の着替えと、洗面道具だけ。足りないものは、買えばよいだけのことだ。スーツでも靴でも腕時計でも。思わず目覚まし時計を詰めようとした自分自身には笑ってしまったが。

だめだ、と西田は首を振った。せっかく大事を働いたのだ。ここで弱気になってはならない。ひたすら前を向いて走るしかない。引き返して志茂別の市街地を通れば、たぶん気力は萎《な》える。まだ取り返しがつくと考えてしまう。いまなら金庫に二千万円を戻して、明日からもあの事務所で働き続けるという人生を選んでしまいそうな気がする。自分は、自身の意思力をさほど信じてはいないのだ。

前方、左手から右手方向に吹く吹雪の向こうに、うすぼんやりと白い壁のようなものが見えてきた。三十メートルほどの距離だ。吹雪の日は眼が遠近を認識しにくくなるから、それが何かははっきりしない。新しい吹き溜まりか。それともただ吹雪の密度が濃くなっているだけか。

少し減速して進んでゆくと、吹き溜まりだとわかった。道路左手の防雪柵《ぼうせつさく》が途切れている。その部分だけ、道路上に直接吹雪が吹き込んでいた。左側の車線にはもう三十センチ以上の雪が積もっているようだ。右側、反対方向車線に向かって、積雪は薄くなっている。それでも道路端で十センチは十分にありそうだった。ここまで乗り越えてきた吹き溜まりのうちでも、最大のものだ。

西田はクラッチを踏み、ギアを二速に入れ直して反対車線に入った。道路の右側に寄って、その吹き溜まりを抜けてみるつもりだった。

慎重に道路右端を進むと、五メートルほどきたところで、ふいに浅い溝が現れた。轍だ。乱れている。吹き溜まりの途中で突然に右手へ曲がり、消えているのだ。

そこまで進むと、車体が少し軽くなった。雪の抵抗が減ったのだ。

ありがたいことに、右側車線にずっとその轍がある。この轍をなぞるように進んでゆけば、たぶん雄来橋も越えることができるだろう。

吹き溜まりをすっかり越えてから、西田は気になった。この轍をつけた車は、どこに消えた？　帯広方向から来たのだろうが、少なくとも吹き溜まりの向こう側まで走ってきていない。

西田は車を停めた。路外転落？

振り返ったが、轍が急に折れた部分まではもう見えなかった。

かまわずに行くか。何が起こっていようと、こんな日に走った者の自己責任だろう。おれが自分のこの先に待ち受けることについて、誰にも責任を取ってもらうつもりがないように、その誰かさんもその覚悟で走るべきだったぞ。

アクセルペダルを踏み込もうとしたが、できなかった。

西田は溜め息をつき、ジャケットのファスナーを引き上げてから手袋をはめた。様子を見るだけだ。何もしない。西田は車を降りた。

たちまち烈風に飛ばされそうになった。西田はよろけて思わずガードレールに手をついた。この風だ。少しでも車体が浮けば、車はたちまち煽《あお》られて横転するだろう。もしかして、消えた車もそうなったのか？

轍の上を、一歩一歩確実に重心を落とすように歩いた。五、六メートルほど歩くと、轍が大きく左に折れている場所に出た。その外のガードレールがゆがんでいる。

西田はガードレールに近づき、両手をついて路外に目を向けた。道路の外は斜面となっている。高さは三、四メートルあるだろうか。その斜面の下のほうに、白い小型の乗用車が転がっていた。正確には、いくらか下向き加減で、斜面に貼りついている。ボンネットが手前を向いていた。ガードレールを越えるとき、車の向きが完全に逆になったのだろう。車体の左側面が上を向いているが、助手席側のドアガラスは割れていた。前部も大破しているようだった。ひとの姿はない。脱出した？　いや、ひとの足跡は、周囲には見当たらない。中に閉じ込められているのだろう。

車は、ぐしゃりとつぶれているわけではなかった。中の人間は無事かもしれない。脱出できるようなら手を貸してやろう。もし怪我《けが》がひどいようなら、匿名《とくめい》で救急車を呼んでやるか。

西田は、ガードレールをまたぐと、斜面をゆっくりと下った。道路からすっかり降りると風が弱くなった。強風は頭上を通りすぎている。

斜面に腰をおろし、助手席のドアから中をのぞいた。ドライバーがいる。細面の中年男だ。身体に雪が積もっている。かろうじて胸から上だけが、雪をかぶってはいない。男は目をつぶっているが、胸が動いていた。生きている。

西田は大声で呼びかけた。

「大丈夫かい？　生きてるかい？」

運転手が目を開け、ゆっくり首をめぐらしてきた。意外そうな顔だ。見えているものが信じられないのかもしれない。

「大丈夫かい？　出られるかい？」

「だめだ」と男は言った。かすれた小さな声。声を出すこと自体が苦しそうだ。「足が、だめだ」

「怪我した？」

「折れたみたいだ。はさまってる。動けない」

「救急車はもう呼んだ？」

「電話もできない」

「呼ぼう。すぐ電話するよ」

「近所に、農家はないかな」

「どうして？」

「トラクターか何かで引っ張ってもらったほうが早い」

たしかにこんな日だ。救急車もここまで、早くとも一時間はかかるだろう。いや、もう来れないかもしれない。除雪車を先導にしなければ、救急車も走れない。

もっとも、この男が大怪我をしているのなら、とにかく救急処置をしてもらう必要はあるはずだ。一一九にもいま電話しておかねばならない。

西田は、雄来橋の手前にひとつペンションがあったのを思い出した。あそこがいちばん近い民家だ。除雪車も持っているのではないか。もっとも、その除雪車を誰が運転する？ この吹雪の中で、オーナーは快く引き受けてくれるだろうか。彼の顔を知っているが、いくらか気障《きざ》な印象のある三十代の男だ。公的機関にまかせようと断られるような気がする。

西田は言った。

「まず警察かな。警察なら、除雪車を調達できるかもしれない。自衛隊に応援を頼むとか」

「だめだ」と、男が首を振った。

「どうして？」

「免停中なんだ。警察には関わりたくない」

ばかばかしい理由だった。西田は言った。

「生命《いのち》のほうが大事だろう。それに、一一九にかけても、けっきょく同じことになるぞ。警察はくる」

相手は何も言わずに、また目をつぶった。唇が、苦しそうにきつく結ばれた。

「とにかく、近所まで行ってみる。トラクターを出してもらえると思うけど、一一九にも電話するよ」

「ああ」と、男は力のない声で答えた。

「あんたの名前は？」

「スズキシロウ」

「どこのスズキさんだ？」

何かあったときの連絡先を教えろ、という含みの問いだった。しかし男は答えずに、また目を西田に向けてきた。

「そのバッグ、取れるか？」

助手席のシートの上に、黒いナイロン・タフタのバッグが置いてある。西田は手を伸ばして引っ張った。持ち上げることができた。旅行道具の一式でも入っていそうな量であり、重さだった。

男が言った。

「大事な仕事道具だ。零度以下になると、バッテリーがなくなる。データが消える。あんた、持っていてくれないか」

何かの精密測定機器でも入れてあるということか。

「いいよ」

「暖かいところに置いてくれ。あんたの名前は？」

「西田」

「近所のひとかい？」

「近くの志茂別って町で働いてる」

「西田さん、よろしく頼む。そんなに長くは、頑張れない」

「わかってる。なんとか助けるよう手配するから」

男の顔が、奇妙なまでに柔和になった。泣きだすのか、と西田は一瞬思った。

男は言った。

「こんな吹雪の中、わざわざありがとよ」

「あたりまえのことだ」

西田は窓からバッグを引っ張り出すと、肩にかけて、斜面をまた登った。

道路上は、やはり猛吹雪だ。西田はガードレールで身体を支えながら、自分の車に戻った。

愚かな約束をしてしまった。自分はいま犯罪を犯して現場から逃げ出したところだ。なのに、救出の手配を約束してしまった。しかも相手は見ず知らずの男。何の関わりもないと、そのましらんぷりで立ち去ることも可能だったのに。

車に戻り、預かったバッグを肩からはずした。中のものが、ジャケットごしに腰にあたった。その感触は、きょうの自分にはまだ記憶のあるものの質感に似ていた。さほど重くはないが、レンガほどの大きさの、ごつりとした四角いものがいくつかだ。タオルか衣類にでもくるまれているかもしれないが。

西田はバッグを助手席に置き、運転席に身体を入れた。

とにかく、ペンション・グリーンルーフまで行こう。あそこまで、あと五百メートル程度のはず。あそこで事故が起こったことを話し、オーナーに除雪車を出してもらえないか頼むのだ。あとはオーナーにまかせて、帯広に向かえばよい。そこからは、事情を知ったオーナーの問題となる。自分が出て行くか、それとも救急車を待つかも。もっといえば、いまなら助かるひとを助けるか、見殺しにするかという判断も。

視界はいっそう悪くなっている。茂知《もち》川流域の風の通り道に入っているのだ。こうなると、雄来橋の北側もかなりの吹き溜まりがあるだろう。つまり自分も、あのスズキシロウという男と同じような事故に遭う可能性が高いということだ。

帯広まで行くのは、よすべきかもしれない。

あのペンションで、一泊するか？

いや、と西田は首を振った。

明日の午前八時半には、現金の盗難が発覚するのだ。ペンションに泊まっていたら、警察車が動き出した時点でアウトとなる。無理してでも、帯広に向かわねば。

前方の道路脇《どうろわき》に、薄明かりが見えてきた。ペンションの看板だろう。その右手に目を向けた。吹雪の向こう側に、黄色っぽい窓の明かりが見える。しかし建物の輪郭はわからなかった。本来なら、石造りふうのどっしりとした灰色の建物と、その緑の屋根が目に入ってくるのだが。

西田は、減速してハンドルを右手に切った。道からペンションのエントランスへ、通り道ができていた。五、六台の車が建物前の駐車場に並んでいる。どれも雪をかぶっていた。右端には、ホイールローダー型の小型の除雪車がある。西田は、もっともエントランスに近い位置に停まっているスポーツ・セダンの真後ろに、自分の古い乗用車を停めた。

8

駐在所のファクス・マシンが、紙を吐き出した。

川久保篤が手に取ると、広尾警察署交通課からのものだった。道路情報だ。

「開発局帯広開発建設部から連絡。

十五時三十分。

国道二三六は、中札内市街地南端、東三条線との交差点で閉鎖。

広尾市街地北側も閉鎖。

この間、完全通行止め。

国道三三六も、広尾市街地外から幕別町忠類《ちゅうるい》本町、浦幌《うらほろ》町まで通行止め。

国道三八は、南富良野から浦幌町まで通行止め。

同じく十五時三十分、帯広土木現業所から連絡。

管内の北海道道は現在全面的に除雪作業を中断」

川久保は、その通信を手に、壁の管内地図の前まで歩いた。要するに、いま道路は完全に使えなくなったということだ。土木現業所のほうが除雪作業を中断と連絡しているということは、作業自体が危険な天候だということなのだろう。

きょうはもう、市街地はともかく、郡部で何か起ころうと、警察も消防も何もできない。荒天が収まるのを待つだけだ。出動できるとしたら自衛隊ぐらいかもしれないが、この吹雪が激甚《げきじん》災害に指定されたり、知事による出動要請の対象となることはないだろう。

川久保はもう地図に通行不能部分を示すのをやめた。全面通行止めなのだ。図示は無意味になった。むしろ今後は、通行可能となった路線のほうを示していったほうがよいくらいだ。

デスクで警察電話が鳴った。

川久保はデスクに戻って受話器を取り上げた。

「志茂別駐在所」

相手は言った。

「帯広署の甲谷《かぶとや》と言います。マル暴担当なんですが」

中年男の声。ていねいな調子だが、その声をいつでも威圧のために転用できそうだった。いかにも組織犯罪対策チーム向きの声音だ。

「川久保巡査部長です」と川久保はあらためて階級を名乗った。

「さきほど、広尾署の山野さんって捜査員から電話をもらいました。きょう上がった仏さんの検案やっているとか」

「ええ。沢の中で見つかった女性の遺体です。自分も収容には立ち会いました」

「身元は特定されたんですね」

「どうやら、薬師泰子。うちの町の主婦です。所持品や状況から、ほぼ間違いないと思います。亭主からも、話を聞きました。去年十二月から町を離れていた。札幌に働きに出るといって、連絡がなくなった」

「所持品の中に、足立兼男って男の名刺があったとか」

「検死に立ち会ってるうちの刑事から、そう聞きました。十勝市民共済とかいう金融会社の名刺だったらしい」

「じつを言うと、そいつは暴力団員です。きょう、強盗殺人事件の被害者になった」

「それも聞きました。さきほどそちらの吉村さんからも少し。手配も回ってきています。同じ件ですね」

「そうです。押し入った二人組は、チャカで組長のかみさんを殺した。帯広署で追っています」

「そちらの事件と薬師泰子の件と、関係があることなんでしょうか。亭主の薬師宏和って男は、堅気に見えます。身元を洗ったわけじゃありませんが」

「亭主は、かみさんがいなくなった前後のことをどう言っていたんです？」

川久保は、さきほど聞いたばかりの話を思い起こしながら、その中身を要約した。

伝え終えると、甲谷が言った。

「五十嵐《いがらし》って名前も出てきたのか。亭主の話は、真実味があるな」

「五十嵐ってのも、徳丸組ですか」

「足立より出来の悪い野郎です。あんなのを抱えると、組長も苦労する」

「でも、どうして女は札幌に行かずに、こっちで仏さんになったんでしょうかね」

「検案結果次第では、足立と五十嵐を徹底的に締めてやりますがね」

甲谷の言葉が切れたので、川久保は訊《き》いた。

「お役に立てましたか？」

「あ、ええ」甲谷が、われに返ったような声で言った。「もちろんです。うちの事件、変な部分があるんだけれど、どこがどう変なのか整理がついていなかった。変な部分が、いま見えてきたような気がします」

「実行犯が特定できたとか」

「特定まではできませんが、関係は見えてきたような気がする」

「こういう天気だ。実行犯は、まだ帯広近辺でしょうね」

「おそらくね。どうも」

甲谷のほうから、電話は切れた。

川久保は、受話器を戻して、窓に顔を向けた。窓のガラス面にはすっかり雪が貼《は》りついており、外が見える状態ではなかった。ただ明かりが入ってくるだけだ。烈風のために、窓枠全体は小刻みに揺れ続けている。駐在所の背後では、断続的に猛烈な風の音。土管の中に圧力をかけて空気を吹き込んだときのような音。建物と建物の隙間《すきま》を、吹雪が抜けてゆくせいだろう。ときに何かが壊れたのではないかという音も混じった。ブリキがはがれるとか、金属製の機械なり道具なりが固いものにぶつかるような衝撃音。いまもし駐在所の目の前で交通事故があったとしても、すぐ飛び出してゆくことに躊躇《ちゅうちょ》してしまいそうな気がした。

窓を見ながら、甲谷の言葉を思い起こした。彼は、薬師泰子の死をめぐる事情を聞いたうえで言ったのだった。

「変な部分が見えてきたような気がします」

あれは、きょう起きたという帯広の事件のどの要素について言っていたのだろう。実行犯たちがわざわざ暴力団の組長宅を狙《ねら》ったという点か。その暴力団の大半が留守というタイミングのことか。犯人たちの大胆さか、それとも凶悪さか。

できることならば、と川久保は思った。きょう見つかった女性の遺体については、あの薬師の亭主が関わっていたという筋書きではないほうを望みたい。何もかも帯広のその暴力団に責任があるという結論のほうが、たぶん自分の寝覚めはよくなる。なんとかそのように決着がついてくれたらよいのだが。

＊

西田康男は、転がりこむようにそのペンションのエントランスに入った。

ドアを開けるとき、風圧でその木製のドアは重かった。内側から誰かが引っ張っているのではないかと感じたほどだった。いま身体《からだ》を内側に入れると、ドアはどんと西田の尻《しり》を叩《たた》いてきた。ドアは大きな音を立てて閉まった。風速はたぶん二十五メートルを越えているだろう。ひとが立っているには限界という強さだ。

身体から雪を叩き落としながら、西田は大声を出した。

「すいません、どなたか」

すぐに正面のカウンターの後ろに、男が現れた。オーナーだろう。白いアラン・スウエーターを着た三十代の男性。いかにもこの地方のペンション・オーナーらしい雰囲気がある。いくらか風体が都会的で、都会人が好みそうなカントリーライフを楽しんでいるという雰囲気。もっとも西田は耳にしたことがある。彼もこの地元の出身だ。近所の酪農家の息子ではなかったろうか。都会に出たあと、故郷に戻ってきて親の土地の一部でこのペンションを始めたとか。

西田はオーナーを見つめて言った。

「近くで、事故です。路外転落。中のひとが怪我《けが》をしている。助けてやってもらえませんか」

オーナーは顔に困惑を見せた。

「どのあたりです？」

「ここから五百メートル。いや、四百メートルくらいかな」

「この吹雪ですよ。もう車が動ける状態じゃない」

「わかります。だから、救急車も遅くなるでしょう」

「閉じ込められているんでしょう？」

「身動きできないようだった」

「うちには、助けるための道具もない。手当てもできない」

「車を引っ張り上げるだけでも」

「重機が必要だ」

「駐車場に」と、西田は背後に視線を向けて言った。「除雪車がありましたね。あれなら引っ張れる」

「百馬力もない小さなやつです。雪の中で、落っこちた車を引っ張るのは無理だ」オーナーは首を振った。「この吹雪ですからね。出て行くのも危ない。一一九に電話するのがいちばんですよ。うちの電話使ってください」

西田はあきらめた。駄目だ。この男には、救出は頼めない。たしかにいまやこれほどひどい吹雪となっては、屋外作業どころか歩くことも危険だ。

「電話、借ります」

オーナーはカウンターの背後へと歩いて、固定電話機を取り出した。

西田は、受話器を取り上げ、ひと呼吸してから一一九番を回した。

相手が出た。

「はい、中札内消防署です」

中年男性の声だ。このあたり、一一九番はみな中札内村の広域消防組合本部にかかるのだ。

西田は言った。

「志茂別で、交通事故です。車が路外転落して、運転者が怪我をしてます」

「あなたは？」

一瞬ためらってから、西田は言った。

「通りかかったんです」

「お名前を教えていただけます？」

「西田です」

「いま、どちらからの通報です？」

「近くのグリーンルーフっていうペンションです」

「電話番号を言ってもらえますか？」

相手には番号は通知されているはずだ。でも、一応はいたずら電話対策として、この質問があるのだろう。西田は、電話機に張り付けられている数字を読み上げた。

「事故の程度は、どんなものです？」

「路外転落。車は小破というところかな。運転者は、閉じ込められてます。足に怪我をしているようだった。ガラスが割れているので、吹雪が吹き込んでる」

「乗っているのはひとりだけ？」

「ええ」

「意識はあります？」

「あります」

「場所は、道路から見えますか？」

「いや。吹き溜《だ》まりができているところで、まったく見えません」

「目印になるようなものは？」

「何もないな。ペンションから四百か五百メートル。帯広方向から見て左側です」

「いま、そっちの道路状況はどうです？」

「吹雪。吹き溜まり。ひどいものです」

「じつは」ふいに応対している相手の口調が変わった。途方に暮れたような声となったのだ。「救急車が出払ってます。道路が通行止めで、戻ってこれないんです。少し時間がかかるかもしれません。現場で待っていてもらえますか」

「現場で？　こっちも用事があります。いや、待ってたら、こっちも遭難してしまう」

「わかりました。通報ありがとう」

受話器を戻して、西田はオーナーに礼を言った。

「吹雪のせいで、救急車はすぐ来れるかどうかわからないとか」

「そうでしょう」とオーナーは言った。「二重遭難になってしまう」

西田はもう一度、頭をさげてエントランスに向かった。

オーナーが、いくらか驚いたような声を出した。

「どこに行かれるんです？」

「帯広」と西田は答えた。「急いでるんで」

エントランスを出て、一歩庭に踏み出したとたんに、西田は転倒した。風に、突き飛ばされたのだ。西田は起き上がると、膝《ひざ》をつき、四つん這《ば》いで自分の車へと戻った。わずか五メートルほどの距離を移動するのに、必死にならねばならなかった。顔を風上側に向ければたちまち呼吸困難となり、目を開けることもできなかった。

なんとか運転席に入った。ワイパーを入れたが、もうフロントグラスの雪を掻《か》き落とすこともできなかった。貼りついた雪は、そのまま固く凍りついている。出発したときからずっと、ガラスにも温風を当てていたが、雪の貼りつく量に融解が追いついていない。ワイパーが役に立たなければ、走行は絶対に不可能だ。

果たして帯広に辿《たど》り着けるだろうか？

助手席に置いた黒いバッグのことを思い出した。あのスズキシロウと名乗った男から預かったもの。低温だとバッテリーが上がってデータが消えると、あの男は心配していた。外からの感触では、何か四角い固まりのようなものがいくつかあったようだが。

このバッグは、このペンションに預けてしまうか。

バッグを手元に引き寄せて膝の上に置いた。

またその感触が、ひとつのことを連想させた。きょうの自分の旅行鞄《りょこうかばん》の中にも入っているもの。

バッグを確かめたが、とくにロックされたり錠前がかけられたりはしていない。西田はもう一度上からぽんぽんと軽く叩いてみた。

まちがいない。自分が持っているものとよく似たものが、この中にもある。

ためらいつつ、ファスナーを開けてみた。ニットのスウェーターが中のものをくるんでいる。その中に手を入れ、てのひらが摑《つか》んだものを引っ張り出してみた。

想像どおりだ。札束。一万円の日本銀行券の束だ。ただし新しいものばかりではない。古い札をゴムでまとめたものもある。それが十以上あった。ざっと見て、二千数百万円。あるいはそれ以上。いましがた自分が事務所の金庫からいただいてきた以上のカネだ。

バッグの奥を探った。あとは着替え類とか洗面道具があるだけだ。ノートパソコンとか、あるいはほかの電子機器類は見当たらなかった。

これはどういうカネなのだろう。スズキと名乗った男は、警察への通報を嫌がった。免停中だからという、理由にもならない理由を口にした。もしやこれは、犯罪がらみのカネか。彼は犯罪者か？

西田は、事態を解釈しようと懸命になった。

スズキは、自分にこのバッグを預けた。データが消えるから、という理由を言ったが、それは嘘《うそ》だった。このカネを、救出にくる救急隊員や警察の目には触れさせたくなかったのだろう。ただの事故として処理されなくなる。犯罪に関係ありとして、身柄を拘束され、身元を洗われる。それを避けるために、バッグを自分に預けたということか。中身が大金と知られる可能性もあるのに。

彼は、西田の身元も訊いた。志茂別町で働く西田だと答えた。あの質問は、もしこのあとどんな事態になるにせよ、自分が生きている限りカネは回収する、という意味だったのかもしれない。

ネコババするつもりはなかった。彼が救出されたら、このカネは返してやらねばならないだろう。どんな方法を使うことになるかはわからないが。

西田は、いったん車を降りて、フロントグラスの氷をスクレーパーで掻き落とした。窓に少しだけ隙間《すきま》ができた。

とにかく自分は帯広に向かおう。

駐車場で車を後退させ、向きを変えてから、西田はそのペンション前を発進した。このあと、雄来橋を通る。あそこが鬼門だ。最難関かもしれない。あそこだけ通過できれば、たぶん帯広までは行き着けるはずだ。

そう思いながらも、それが予測というよりは単なる願望に過ぎないことは、西田自身もわかっていた。

国道二三六に出て、願望はあっさりと打ち砕かれた。ペンションから百メートルも進まぬうちに、また吹き溜まりに遭遇したのだ。もう乗り越えようと試みること自体が無謀だった。進むことはできない。

西田は吹き溜まりの手前でなんとか車の向きを変えた。こんな日だ。予約はしていないが、さっきのオーナーは自分を泊めてくれるだろう。部屋がなければ、廊下の隅でもいい。とにかくこの吹雪をしのげる空間さえあれば。

五分後、西田は再びペンション・グリーンルーフのエントランス前に立っていた。あのスズキのバッグは、車の中に残したままだ。自分の旅行鞄だけを肩から提げた。

中に入ると、オーナーが、おや、という顔でロビーに現れた。

西田は頼んだ。

「すいません。道路がもうふさがってます。泊めてもらえないでしょうか」

オーナーは言った。

「かまいませんが、暖房が壊れているんです。レストランのほうで雑魚寝《ざこね》でかまいませんか」

「どこでも」

オーナーに付いてレストランに入ると、ストーブの前のテーブル席で、先客たちが一斉に自分に顔を向けてきた。男女合わせて五人いる。

西田は、ストーブに向かって歩きながら、先客たちの全員に聞こえるように言った。

「飛び込みで失礼します。国道はもう、まったく通行不能なので」

全員がみな、西田に同情の表情を見せた。もちろんひとりひとりの顔をきちんと確かめたわけではない。全体の印象として、そう感じただけだが、その印象はたぶんそんなに間違ったものでもないだろう。

＊

帯広署二階の刑事部屋で、甲谷雄二警部補は紙コップのコーヒーに口をつけた。いま、一階の自動販売機で買ってきたものだ。

刑事部屋の中には三十人以上の捜査員がいる。同じフロアを共有する生活安全課の捜査員たちもいた。

帯広署は、北海道警察の組織上はBクラス規模の所轄《しょかつ》署ということになる。刑事担当部門が二課、生活安全部門が一課という体制の警察署だった。この三課が、ひとりの次長の指揮のもとにある。帯広市自体がそれほど犯罪の多い地方都市ではないので、いったん大事件が起これば、刑事の二課と生活安全課は事実上ひとつの組織として動員される。

甲谷が所属する組織犯罪対策班は、刑事一課の中の一チームにすぎなかった。大規模署ではないから、独立したセクションではないのだ。部下もふたりいるだけだ。

先ほどまで、各班、各チームは事件発生に反応して動いていた。いま、被害者側の事情聴取と現場検証、そして最初の聞き込みが終わった。初動捜査が一段落したことで、事件の全体像が明らかになっている。あらためて署内で情報を共有し、組織的な分担を明確にしなければならなかった。

いま、非番の捜査員たちにも招集がかかった。吹雪の中、かなり苦労して署にたどりついた捜査員たちもいる。これから合同の緊急会議となる。

捜査員のひとりが、会議室のドアの前で声を上げた。

「集まってください。始まります」

甲谷は、隣のデスクの新村に目で合図すると、紙コップを持ったまま会議室へと歩いた。

次長の指示で、最初に事件の概略を説明したのは、刑事一課の主任だった。

「徳丸組長宅強盗殺人事件」と、主任はこの事件を呼んだ。彼がホワイトボードの図面と、現場写真のスライドショーで説明した事件の経緯については、とくに新しい情報はなかった。現場で甲谷も把握したことだった。

被害金額についても、はっきりしたことはわからない。屋敷のオーナーである徳丸徹二と電話連絡がついたが、金庫にはせいぜい一千万円程度のカネしか入っていなかった、と答えたという。これは脱税発覚を心配しての発言とも考えられるので、鵜呑《うの》みにするわけにはゆかない。

被害者の徳丸浩美は、現在帯広市立病院で検死中。ただし、市立病院にはきょうの昼、もうひとつの変死体が運ばれてきており、検案結果が出るのは今夜遅くになるかもしれないという。

徳丸浩美の死因は、拳銃弾《けんじゅうだん》による銃傷と見られる。発射されたのは一発で、被害者の胸に当たっている。使用された拳銃は、セミオートマチック銃。九ミリ弾の薬莢《やっきょう》が見つかっている。

現場からは、実行犯の指紋と特定できるものはまだ出ていない。

そこまで説明したあと、主任は監視カメラが捉《とら》えていたふたりの強盗殺人犯の顔を映した。ひとりはメガネの中年男。これが主犯らしい。

もうひとりは、長髪の若い男。拳銃を持っていて、徳丸浩美を撃ったのはこちらのほうだ。

次長が、捜査員全員に訊《き》いた。

「この写真に心当たりは？」

誰も反応しなかった。

主任が下がった。次長は次に甲谷を指名してきた。

「甲谷、徳丸組をめぐっての情報を出してくれ」

甲谷は紙コップをテーブルの上に置いて立ち上がった。

ホワイトボードの前で、甲谷は言った。

「被害者の亭主、徳丸徹二は、徳丸組の組長で、前科二犯。やつは、もともとは二十年前に解散した帯広の不良土建、十誠《じゆっせい》組から出てきた男です。十誠組解散後に利権の一部を引き継いで徳丸組を旗揚げ、十五年前に、富田組の富田康治と舎弟の盃《さかずき》を交わした。それ以降は、徳丸組は指定暴力団稲積連合の傘《さん》下《か》に入りました。その関係で、函館の兼《けん》正《せい》会、札幌の只《ただ》野《の》組とは兄弟分ということになります。帯広競馬場周辺を中心に、JR根室本線の南側一帯をシマにしている。しのぎの中心は解体業、産廃処理業、ノミ屋、貸し金業。帯広競馬場内にも利権を持ってます。帯広の競馬関係者とはおおむね親しい。輓《ばん》曳《えい》競馬で八百長の噂《うわさ》が出るたびに名前が出てくるが、そっちで立件されたことはありません」

このあたりまでは、帯広署の捜査員なら常識として頭に入っている情報だ。

甲谷は続けた。

「構成員は十五人前後。企業舎弟の幹部たちはこの数字には入れていない。熱海で稲積連合の四代目襲名披露があるので、昨日から徳丸徹二以下主だった組員はみなそちらに出ばっている。事務所と自宅とを、三人が留守番していただけだ。実行犯は、たぶんこの情報を知っていて、きょう決行という計画を立てたのだろう」

刑事一課の主任が甲谷に訊いた。

「徳丸たちが帰ってくるのは？」

甲谷は答えた。

「明後日の予定。ただし、切り上げて帰ってくるかもしれない」

「内部犯行の線は？」

「いまのところ、薄いのではないかと思う。ただし、どこからきょう留守の情報が漏れていたのか、そもそも屋敷の金庫に大金があるのをなぜ知っていたのか、そこが問題になる。内部から漏れたという可能性はある。あるいは、徳丸自身の関係の中からだ。うちらが取り調べを担当できるなら、そっちの面からやってゆくつもりだ」

「盗難車の情報にあたったとか」

「ああ。徳丸組から通報があった直後に、三十八号線沿いのショッピング・センターで、セダンが一台盗まれてる。同じ駐車場で、おそらく犯行に使われた宅配便の軽トラが見つかった。また、その駐車場で当て逃げして西方向に逃げたセダンの情報がある」

「ということは、犯人は二台に分乗して逃げたのか？」

「三人以上いたとも考えられる。実行犯ふたり。運転手役ひとり」

さらにつけ加えた。

「これは偶然でしょうが、きょう志茂別町で女性の変死体が発見された。パチンコにはまって闇金《やみきん》に手を出してしまった主婦のようです。この主婦の所持品から、徳丸組の下《した》っ端《ぱ》の足立兼男という男の名刺が出てきた。きょう現場で縛られていた被害者です。足立は、闇金の取り立てをやってる男でした。強盗事件の捜査とはべつに、こっちの件も絞ってみる価値はありそうです」

次長の合図で、甲谷は席に戻った。

軽く上気したかのような顔の次長が、捜査員たちの前に立って言った。

「この猛吹雪だ。交通は全面的に遮断されている。時間経過から見て、実行犯たちはまだ管内を出ていない。さいわい、という言い方は語弊があるが、方面本部も統括官を出しようがない。捜査本部の設置は明日以降のことになる」

次長はいったん言葉を切り、いま一度捜査員たちの顔を見渡してから続けた。

「この件では、本部の手をわずらわせるまでもない。明日、吹雪が収まるまでにうちで解決する。実行犯を逮捕する。その意気込みで当たってもらいたい。吹雪は捜査の障害に見えるが、実行犯たちにとっても足かせだ。連中は管内にいる。全員が全力で追ってくれ。受け持ち範囲と捜査員の割り振りについては、それぞれの課長が指示する」

次長は、管内の旅館、ホテル、ラブホテル、終夜サウナ、ネットカフェなどをしらみつぶしに当たるよう指示した。帯広市の郊外は幹線道路が全面通行不能であるが、市街地のホテルを当たるだけなら、物理的には不可能ではないはずだと。

一課長が次長に訊いた。

「監視カメラの映像、公開しますか」

次長は答えた。

「ああ。凶悪犯だ。ひとり殺してる。次の被害防止のためにも、出す。静止映像だけでいい」

「もうひとつ、捜査員たちは、拳銃を携行してかまいませんか」

「必要だ」

「記者発表は」

「このあと、ここでやる」

次長が立ち上がった。捜査員たちも全員立ち上がった。

甲谷は、次長に追いついて言った。

「次長、お願いがあります」

次長が立ち止まって甲谷を見つめてきた。

甲谷は言った。

「わたしには、徳丸組の足立の取り調べをやらせてもらえませんか」

次長は首をかしげて言った。

「やつは被害者側なのに？」

「ええ。やつの側から迫れば、何かが見えてくるような気がするんです。実行犯の確保に直接結びつくかどうかわからないのですが、わたしなら、やつには突っ込んだ聴取ができます」

次長は言った。

「いいだろう。やれ」

「わたしと、新村とふたりで」

「かまわん」

次長はもう一度うなずくと、会議室を出て行った。

＊

増田直哉は、ペンションのロビー・カウンターで、電話を切った。

予約がキャンセルされたのだ。東京の会社員からだ。釧路にいるが、吹雪がひどいのでそちらには着けそうもない、ということだった。

かまいません、と直哉は応《こた》えていた。キャンセル料について質問されたが、こんな悪天候ですから結構ですと答えた。どっちみちボイラーが故障している。来てもらったところで、宿泊料を取れる状態ではなかった。相手はそれを知らないにせよ、吹っ掛けることもできまい。

直哉は、素早く計算した。

いまレストランにいるのは、六人の客だ。きょう予約なしにやってきた三十代の男、菅原と、その連れの女。予約があった函館の平田という老夫婦。先ほど車が立ち往生したと飛び込んできた長髪の若い男、山田アキラ。それに、顔だけ見覚えのある地元の中年男、西田。

さいわい調理場のプロパンガスは使えるのだし、業務用カレーのストックもある。客たちにはあれを食べてもらおう。もし吹雪があと丸一日続くことになっても、とにかく食料だけは十分あるのだ。正規の営業ができないのが残念ではあるのだが。

そのとき、エントランスから雪が吹き込んできた。直哉が顔を上げると、前屈みになって入ってきたのは、若いカップルだった。二十代の男と、まだティーン・エージャーと見える女。ふたりとも、からだじゅうに雪を貼り付けていた。というよりは、雪にまみれていた。吹雪の中を歩いてきたのだろうか。

男が近づいてきて言った。

「予約してません。トラックが吹き溜《だ》まりに突っ込んでしまって。泊めてもらえませんか。もし……」

若い男は、女の子を顔で示して言った。

「部屋が足りないなら、この子だけでもなんとか部屋に入れてやって欲しいんですが」

男の脇《わき》で、女の子が瞬《まばた》きした。男の言葉に驚いているという表情だ。男を見上げている。

直哉は言った。

「あいにく、部屋の暖房がきかないんです。みなさんには、朝までレストランで過ごしていただきたいんですが」

「それでもいいです。死ぬかと思った」

「トラックはどこなんです？」

「ここを通りすぎて、もう少し茂知川寄り。吹き溜まりの中に、乗用車が一台埋まってた」

「たぶんその車のひと、うちに避難してますよ」

「もうひとつ、路外転落してる小さな車も見た。志茂別寄りのほうで。そっちのひとも、ここに来てるのかな」

直哉は、西田が言っていた車のことだと気づいた。

「ここから四百メートルくらい戻ったところですか？」

「そう。こっちに向かって右手、斜面に転がってた」

「見つけたひとが、救急車を呼びました」

「助かったの？」

「いえ、まだ救急車は来ていない」

直哉は、女の子が寒そうに足踏みをしているので言った。

「レストランに薪《まき》ストーブがあります。あっちで暖まってください」

若い男も、女の子に言った。

「暖まるべ」

女の子が若い男に訊いた。

「誠さんは？」

「チェックイン手続き」

直哉は言った。

「お名前と住所だけ、書いてください。今夜は料金はいただきませんので」

「そうなの？」誠と呼ばれた若い男は、怪訝《けげん》そうな表情になった。「食事はできる？」

「簡単なものなら」

若い男は宿泊カードに簡単に記した。

山口誠ほか一名。

山口の住所は、札幌だった。

ロビーとレストランとのあいだのドアが開いて、西田という客が顔を見せた。心配そうだ。いまの山口の声が聞こえたのかもしれない。

西田が山口に訊《き》いた。

「路外転落の車だけど、白い小型車かな。助手席の窓が割れてた」

カードに山口と記入した若い男は言った。

「それですよ。もう雪にほとんど埋もれてた」

「埋もれてた?」

「そう。だから気になった。ひとがいたなら、あれじゃあ、助かっていないと思って」

西田が直哉に顔を向けてきた。かすかにとがめるような目の色、と感じた。直哉が意識しすぎたのかもしれないが、さっき西田は自分に、除雪車を出してくれと言ったのだった。出したところで、何かができたとも思えないのだが。

西田が直哉から視線をそらし、暗い声で言った。

「助けられる最後のタイミングだったんだ」

山口という若い男は、西田の顔をちらりと見てから、女の子をうながし、レストランに入っていった。

＊

川久保篤巡査部長は、壁の時計を見やりながら警察電話の受話器を取り上げた。

時計の針は午後四時を十分まわっていた。

「おれだ」と地域課長の伊藤の声だ。「交通課から、連絡があった。中札内消防本部に、路外転落の通報があったそうだ。事故ドライバー本人からの通報ではなく、通りがかった男から。ペンション・グリーンルーフってところの固定電話からの一一九番。事故現場は雄来橋南」

川久保は言った。

「管轄《かんかつ》内です。風の通り道で、危ないところですね」

「ドライバーは車の中に閉じ込められている。意識あり。消防本部では、救急車は向かえないと連絡してきたそうだ。道路は閉鎖。二台の救急車自体も、本部に戻ってこられない状態だとか」

「それだけの吹雪ですよ。そちらは？」

「同じようなものだ。国道は、遮断機が下りた。消防本部では、広尾署のほうで除雪車を出せないか、問い合わせてきた。車を引っ張り上げられたら、なんとか怪我人《けがにん》に応急処置もできるだろう」

「出せるんですか？」

「駄目だ。業者にあたったが、開発局が通行止めにした道路に、除雪車を出すわけにはゆかないって断られた。あたった業者全部にだ」

川久保は、伊藤の次の言葉を待った。それで彼は、この志茂別駐在所に何を指示してくるのだろう。

伊藤は言った。

「お前さんのところから現場《げんじょう》まで、三キロぐらいだろう。志茂別でなんとか対応できないか」

「四キロあります」と川久保は言った。「こっちの吹雪は、たぶん広尾よりもひどい状態ですよ」

「除雪車を手配して、行けないか」

「あたってみます。町の重機を持ってる業者に。現場、正確な位置は？」

川久保は受話器を耳に当てたまま、壁の地図の前に歩いた。さっきまで、通行止め箇所をピンで示していた町内地図。

伊藤が言った。

「国道二三六の雄来橋南、七百か八百メートル。ペンション・グリーンルーフの南、四百か五百というあたりらしい」

地図に、赤いラインがついている。さっき薬師宏和の話を聞きながら、国道や道道《どうどう》よりも先に通行可能となる、と聞いた道路がある。南北に走る国道二三六に、町道北十二号が接続しているのだ。ペンション・グリーンルーフの南百メートルほどの位置になる。転落事故現場は、そのT字型交差点から三百メートルか四百メートル南ということになるか。

伊藤が続けた。

「志茂別駐在所から見て右側の路外に転落。白い小型セダン。乗っているのは、ドライバーひとり。怪我をしている」

「目印になるものは何か」

「聞かなかった。ガードレールがあれば、そいつがへこんでるんじゃないか」

「転落はいつのことです？」

「通報は三時四十三分だったそうだ」

およそ三十分前ということになる。しかし、路外転落自体はもっと前かもしれない。怪我をしたというドライバーは、まだ生存しているだろうか。もうそれが心配される時刻だ。失血でもしていたら、この吹雪の中では急速に衰弱する。生死を分けるぎりぎりの時間だと言っていいだろう。

伊藤は言った。

「応援をやりたいが、ひとを動かせる状態じゃない。よろしく頼む」

ひとりで何ができる、と思いつつも、川久保は応えた。

「はい。除雪車の手配がつき次第、現場に向かいます。救出が難しい場合、あらためて指示を仰ぎます」

現場は、自分の管轄エリア内なのだ。応援があろうとなかろうと、とにかく行ってみるしかない。物理的に、行くことが可能であればだ。

電話を切って、川久保は風除室に向かった。いったん外の吹雪の様子を見るつもりだった。すでに戸外活動自体が困難というレベルだったが、臨場の指示があれば多少の無理は聞かなければならない。

ドアは風圧で重くなっていた。川久保は全体重をかけてドアを外に押し開いた。吹雪が爆風のように川久保を襲ってきた。風はドアノブを掴《つか》んでいた川久保から、ドアをもぎ取った。ドアは壊れんばかりの音を立てて閉まった。

もう道路の向こう側が見えなかった。川久保は風から顔をそむけ、ミニ・パトカーのほうに歩こうとしてみた。一歩足を踏み出した瞬間、足を取られた。よろめき、姿勢を直そうとして余計にバランスを崩した。川久保は風に押し倒されるように、その場に転がった。

だめだ、川久保は判断した。とても作業などできる状態ではない。歩くことさえ無理だ。もし事故車を引き揚げようとするなら、数人の男が互いをロープで結び合う必要があるだろう。

川久保は四つんばいになって建物の壁に手をかけ、なんとか立ち上がった。顔に間断なく強い刺激がある。頬を雪が激しく叩《たた》いている。

ドアを開けようとしたが、びくともしなかった。強風が意地悪くドアを押さえつけている。川久保はなんとか少しだけ隙間《すきま》を作り、その隙間に防寒靴の先を入れて、隙間をさらにこじあけた。

ねじこむように身体《からだ》を風除室の中に入れた。ドアはすぐに外から、川久保の身体をはね飛ばすほどの勢いで閉じた。

ふうと息をついてから風除室内側のガラス戸を開け、デスクに歩いた。

まず電話したのは、志茂別開発だ。二時間ほど前にも、路外転落した車を引き揚げてくれないかと頼んだ業者だ。

コール音が六回鳴るまで待ったが、誰も出なかった。あの事務所はもう完全に無人となっているのだ。

つぎにかけたのは、志茂別畜産だった。あの会社も町の指定除雪業者のひとつで、除雪車を持っている。今夜はあの薬師も泊まり込むと言っていた。ならば、これから除雪車を出すことも可能ではないか。

電話に出たのは、あの薬師の声だった。

「志茂別畜産」

川久保は言った。

「駐在所の川久保です。さきほどはご足労ありがとう」

「あ、いや、いいんですが、何か」

「路外転落の事故があった。救急車は動けないそうなんだ。あんたのところで、除雪車を出してもらえないかと思って。うしろを、わたしがミニ・パトで続くから」

「駐在さん」薬師は悲鳴のような声を上げた。「視界はもう十メートル以下ですよ。除雪車だって、路外転落する」

「そうだな」薬師の判断はもっともだ。「念のために訊いてみただけだ。どうも」

電話を切ってから、川久保は所轄に電話した。

「駄目でした」と川久保は、伊藤に言った。「除雪車も動いてもらえません。この吹雪が収まるまで、臨場は無理です」

「しかたがないな。二重遭難させるわけにはゆかん。わかった。次の指示を待て」

「はい」

電話を切ってから、川久保は路外転落事故を起こしたドライバーを想《おも》った。彼はいまどういう状態だろう。怪我の痛みや失血もさることながら、寒気がじんわりと生命を奪いつつあるのではないか。意識はまだあるのだろうか。

すまない、と川久保は窓に目を向けて首を振った。救出に出向くことができない。この大自然の猛威の前に、自分たちはあまりにも無力だ。

＊

坂口明美は、いま一度レストランの中を見渡した。

薪《まき》ストーブを囲むように、五つのテーブルが置かれている。さっきまではきれいに四つずつ二列に並んでいたテーブルだったが、その列が崩れたのだ。

その五つのテーブルに、八人の客がついている。ストーブに向かって左手には、函館の老夫婦。平田と自己紹介していた。夫人はご亭主のほうから、久美子と呼ばれている。

正面左寄りのテーブルには、自分と菅原信也。正面右寄りには、長髪に迷彩パンツの若い男がひとり。男はさっき増田に訊かれて、山田アキラと名乗っていた。ヒップホップ・ダンスでも踊りそうな雰囲気があるが、この手の青年はいま、大都会ならざらにいるのかもしれない。北海道の郡部ではあまり見当たらないだけなのだろう。

ストーブに向かって右手のテーブルには、若いカップル。男は短髪でブルーカラーふうだ。山口と言っていた。女の子は高校を卒業したばかりぐらいの歳《とし》だろうか。美幸と名乗った。二人は互いに少し距離を取っているようにも見える。つき合ってまだ日が浅いのだろうか。

その若いカップルのうしろのテーブルで、いくらか遠慮がちにココアを飲んでいるのは、年配のやせた男だ。西田、と言っていた。地元、志茂別町で働いている男のようだ。

ロビーに通じるドアを開けて、オーナーの増田が戻ってきた。両手に寝具を抱えている。彼は先ほどから何度も往復して、このレストランに寝具を運び込んでいた。今夜は客全員が、このレストランで雑魚寝《ざこね》だという。もしかすると、あの増田夫妻もここで眠るのかもしれない。ボイラーが壊れているとのことで、この空間以外に暖房のある場所はないのだ。菅原と二人きりにならずにすむのだ。明美には歓迎だった。

ストーブ左手奥のスイングドアが開いて、オーナー夫人の増田紀子が現れた。白いホウロウびきのポットをミトンで持っていた。紀子と一緒に、コーヒーの香りも漂ってきた。

紀子は言った。

「コーヒーがよいかた、おっしゃってください」

視線の隅で、アキラが反応したのがわかった。自分に、と言おうとしたようだ。

それより先に、目の前の菅原が言った。

「奥さん、ください」

アキラが、開きかけた口をつぐんで、菅原を睨《にら》んだ。

アキラの顔に気づいていない菅原は、無邪気な調子で夫人に言った。

「カフェ・ラテ。ロングで。なんてね」

夫人は首をかしげた。

「え？　ふつうのコーヒーなんですけど」

「冗談ですよ」菅原は夫人に微笑した。「スタバのつもり」

明美は、思い出した。携帯の出会い系サイトで知り合い、初めて帯広のショッピング・センターで菅原に会ったときも、菅原は自分にこの笑みを向けてきた。女の警戒を解き、粗暴な男ではないと感じさせる、営業用の微笑。菅原の目には、あのときと同様の光があった。つまり、獲物を値踏みする光だ。ということは菅原は、このペンション・オーナー夫人の増田紀子を次の標的にしようとし始めたということか。

明美は、首をめぐらしてオーナーの増田に目をやった。彼はいま、運んできた寝具を隅に重ねているところだった。

夫人が言った。

「ほかにコーヒーのかたは？」

平田夫妻のうち、ご亭主のほうが手を上げた。

「いただけますかね」

「はい」

増田紀子が菅原のカップに新しいコーヒーを足しているとき、山口が増田に声をかけた。

「明日、このあたり、道路は何時ぐらいから開きます？」

増田が振り返って言った。

「この吹雪がいつ収まるか。それ次第ですよ」

「よくあることなんですか？」

「これほどひどい彼岸荒れは、ぼくの子供のとき以来ですね」

「トラック、吹き溜《だ》まりの中に置いてきたし、あれは除雪の邪魔になるだろうな」

「天災だって、開発局もわかってます」

アキラが訊《き》いた。

「二三六に除雪が入るまで、みんなここに閉じ込められたまんまかい。抜け道かなんか使って、ボイラーの業者、こられないの？」

「もう少し吹雪が収まると、抜け道もないわけじゃないんですが。いま地図を持ってきます」

増田は一度レストランを出ていって、すぐに大判の紙を持って戻ってきた。この町の地図のようだ。増田はその地図を、窓側のテーブルのひとつに広げた。

山口がその地図の前に歩くと、ほかの男性客もみな彼についた。菅原も立ち上がった。

明美は彼がポーチを席に残してゆくのを期待したが、彼はポーチを抱えたままだ。

明美はしかたなく自分も菅原について、そのテーブルの前へと移動した。

増田が地図を示しながら話し始めた。

「これが国道二三六。吹き溜まりがいちばんひどくなるのが、この雄来橋の前後です。うちがここ。きょうの吹雪だと、このあたりだけじゃなく、たぶん十勝地方全域、同じようなものでしょう」

アキラが訊いた。

「抜け道ってのは？」

増田は、地図を示しながら言った。

「うちのすぐ南に、町道がつながってるんです。このあたり、風の方向の関係で、吹き溜まりは南北の道路にできる。東西に走ってる道路にはできません。それから、この二三六をはずれて一キロも東に行くと、やっぱり吹き溜まりはできなくなる。雪も少ないんです。だから、どんな大雪のときでも、たいがい町道のほうが先に開くんですよ。吹雪さえ収まったら、町道を使って、二三六の除雪を待たずに、忠類《ちゅうるい》本町とか豊頃《とよころ》方面に抜けることができます」

増田の指は、志茂別町市街地の東はずれから南へ、それから東へと滑った。

アキラの目は、真剣だった。

「その豊頃とかの方向に行くと、どこに出る？」

「三十八号線。乗ってしまえば、釧路に行きます。豊頃や釧路は、この吹雪でもそんなに雪は積もらないでしょう。たぶんこっちの道も早めに開きますよ」

「この町道が開くのは、何時くらいから？」

「ふつうの雪のときなら、七時すぎにはだいたい除雪車が入ってましたね。きょうはこの吹雪次第。もし朝までに収まるようなら、九時前には開くでしょう」

「その町道まで、どのくらいあるの？」

「百メートル弱」

「百メートル？　じゃあ、二三六が除雪されるまで、その道も使えないってことだ」

「百メートルぐらいなら、うちの除雪車でもなんとかなります。明日、もしお急ぎで釧路とか広尾方面に向かうんなら、道を開けますよ」

「おれの車、埋まってるしな」

「だとすると、やはり開発局の除雪車が来てからじゃないと」

アキラは、難しい顔で頭をかいた。

山口が言った。

「おれも、開発局の除雪待つしかないか。トラックは埋まっちゃったし、帯広方向に走るんだし」

菅原が明美に顔を向けて言った。

「ぼくらは、ゆっくりしてゆこうね。どっちみち、一刻を争ってるわけでもないんだし」

アキラが、また菅原をうしろから睨んだ。

菅原は、レストランのコーナーを指さして増田に言った。

「テレビ見ていいですかね。あれ、パソコンじゃないですよね」

隅の小さなキャビネットの上に、液晶のモニターがある。

増田が言った。

「テレビです」

菅原はそのテレビに近づいて、リモート・コントローラーで電源を入れた。

地図の前に集まっていた客たちは、こんどはテレビの前に移動した。明美はアキラが気になった。彼だけは、さきほどまでの席に戻って椅子《いす》に腰を下ろしたのだ。かすかに顔に緊張があった。

菅原はテレビの真正面に立って、チャンネルを次々と変えていった。女性が天気図の前に立っているチャンネルとなった。天気予報だ。

女性の気象予報士が、ちょうどお辞儀したところだった。ついで、地元局のスタジオらしい画面となった。いまの女性予報士よりはいくらかカジュアルなファッションの女性が登場した。

彼女が言っている。

「ここから十勝放送スタジオです。とうとうこの低気圧、超大型爆弾低気圧となってしまいました。道東はいまこの低気圧の暴風、暴雪圏内です。飛行機の便、JRをはじめ、公共交通機関は全面的にストップ、道路も多くが通行止めとなっています」

画面は、吹雪の市街地の映像となった。帯広市内のようだ。ヘッドライトとフォグランプをつけた自動車が、のろのろと広い街路を通行している。視界は百メートルくらいか。空が明るいので、いま現在の映像ではないようだ。

気象予報士が言っている。

「爆弾低気圧は、北海道の南をゆっくりと東に移動しています。午後三時には、低気圧の中心は襟裳《えりも》岬の南東にありましたが、明日の正午には根室の南に達する見込みです。このため道東では、この暴風、暴雪は明日のお昼すぎまでは続く見込みです。最大瞬間風速は三十二メートルを観測しています。低気圧が通過し終わるまで、交通には十分な注意が必要です」

画面には北海道の地図が重なった。主要幹線道と峠の通行止め区間が図示されている。

つまり十勝地方、根釧《こんせん》地方、網走・北見地方はすっかり、猛烈な吹雪の下にあるということだ。

明美は思った。

交通に注意と言うが、そもそも道は通行不能で、屋外活動自体もきわめて危険という水準の悪天候だ。たぶん明日までに、何人か遭難死するひとも出るのではないか。北海道で暮らし始めて二年目だが、猛吹雪のときには北海道のどこかで必ず遭難事件のニュースが流れる。きょうは、おそらく死者の数はひとりふたりではない。

画面が変わった。同じ地元局のスタジオだ。その中年男性キャスターの顔は明美にも親しい。

彼が脇《わき》から渡された原稿を受け取るところだった。

キャスターは原稿を一瞥《いちべつ》して顔を上げた。

「いま入ったニュースです。きょう午後一時ごろ、帯広市内の民家に二人組の強盗が侵入、居合わせた家族を縛った後、金庫から金品を奪って逃走しました。逃走する際、二人組は拳銃《けんじゆう》を発砲、銃弾を受けた徳丸浩美さん三十八歳が死亡しました。警察はいま非常警戒体制で、犯人たちを追っています」

画面がまた変わった。

色彩の薄れた、解像度の低い画面。防犯カメラがとらえた映像のようだ。画面の下にテロップが出た。

「被害者宅に侵入する際の犯人と見られる男たち」

ひとりはメガネをかけ、作業帽をかぶった中年男だった。カメラをまっすぐ見ているが、とらえどころのない、ありふれた顔だち。メガネも変装用の素ガラスかもしれない。顔をさらすことを気にしていないように見えた。

ついで、もうひとりが映った。これは別のカメラが記録した映像のようだ。かなり鮮明だった。斜め前を向いた若い男だ。長髪で、いまふうの顔だちの青年。顔にはあまり脂肪がついていない。

明美は戦慄《せんりつ》した。この顔。

戦慄したのは、明美だけではなかった。レストランの中、全体が凍りついた。空気が急速冷凍されたかのようだった。

この顔。長髪のこの男。このペンションの客のひとり。このレストランに現在いる人間のうちのひとり。

ほんとうにあいつ？

しかし明美は、振り返ることができなかった。そこにもしテレビに映ったものと同じ顔があったとしたら。

客の全員が、同じ想《おも》いのようだ。身体《からだ》を強張《こわば》らせて、身じろぎもしない。誰ひとり、振り返らない。

監視カメラの映像は消えた。ニュース・キャスターが、再びカメラを見据えて言った。

「繰り返します。きょう午後一時ごろ、帯広市内で、拳銃を持った二人組による強盗殺人事件が発生しました。警察が犯人を追っていますが、まだ捕まっていません。警察は、監視カメラの映像を公開、市民に注意と警戒を呼びかけています」

再び監視カメラの映像。いましがた流れたものと同じものがまた映し出された。帽子をかぶりメガネをかけた中年男と、長髪の若い男。明美は、息を殺してその映像を凝視した。まちがいない。この男はいまここにいる。吹雪に閉ざされたこのペンションにいる。このレストランの中にいる。たぶん明美の左後ろ、一、二メートルのあたりに。拳銃を持って。

画面はスタジオに切り替わった。キャスターが、うんざりという顔で言った。

「吹雪に加え、強盗にも注意と警戒が必要という、たいへんな三月となってしまいました。さて、ここからはまた札幌です」

その刹那《せつな》だ。すぐ近くでドオンと激しい音が響いた。ほとんど同時に金属音。

明美は悲鳴を上げた。いや、その場にいた者全員が、上げたことだろう。たったひとりを除いて。テレビの前の客たちは、いやおうなく振り返った。

明美も首をひねった。

あの山田アキラと名乗った青年が、増田紀子の頭に、拳銃を当てていた。紀子は、背中で腕をねじ上げられているようだ。紀子の足元にポットが転がり、木製の椅子がひっくりかえっている。

青年が、甲高い声で怒鳴った。

「騒ぐな！　隅に固まれ」

誰も、一瞬も躊躇《ちゅうちょ》しなかった。どっとテレビの前に走り、身を寄せ合った。平田夫妻がいちばん奥。その横に山口と美幸のカップル。美幸は山口の腕にしがみついていた。手前に西田と菅原と増田。明美は菅原と増田とのあいだに入って、おそるおそる身体の向きを変えた。

アキラが、増田紀子を楯《たて》にする格好で言った。

「お前たちが想像したとおりだ。動くな。言うことを聞けば、お前たちには何もしない。これで全員か？　ほかに誰かいないか？」

オーナーの増田が、両手を身体の脇に浮かせて言った。

「全員だ。ふだんは娘がいるけど、きょうは祖父《じい》さんのところだ」

「いないんだな」

「いない。これだけだ」

「全員、そこのテーブルの上に、携帯を置け」

増田紀子の顔は真っ青だ。恐怖にひきつっている。ぶるぶると身体を震わせていた。

「女」と、アキラが言った。視線は明美に据えられている。

わたしのことか？

左右に目をやってから、明美は声を出した。

「はい？」

蚊の鳴くような声となった。

アキラが言った。

「そこのテーブルに、籠《かご》があるだろ」

アキラの視線の先を見た。隅に近いテーブルの上に、箸《はし》や紙ナプキンの入った籐《とう》のバスケットがある。

アキラは言った。

「携帯を、ひとりずつ入れろ。おかしな真似《まね》をしたら撃つ。脅しじゃないぞ」

脅しでないことはわかる。明美はこれまで、これほどまでの激情を間近に感じたことはなかった。アキラはまるでそれ自体が溶鉱炉のように熱い。それ以上近寄れば、肉が灼《や》けて裂けそうな気がした。溶けた鉄が飛んできて、明美の身体に穴を空けそうにも感じられる。逆らえるものではない。言うとおりにするしかない。

明美は男に言った。

「わたしの携帯は、バッグの中なんですけど」

視線だけで、バッグのある椅子を示した。男はあごで、取れ、と命じた。明美は男の視線を避けつつ、いましがたまで自分が着いていた席に近づいてバッグを取り上げた。明美は男によく見えるように携帯電話を取り出すと、隅のテーブルのほうへと戻って、バスケットの中に携帯電話を入れた。

アキラが言った。

「マスター、お前だ」

オーナーの増田は、一瞬何か言いかけた。持っていない、とでも言おうとしたのかもしれない。しかし、首にストラップが見える。そのことに気づいたのだろう。増田はストラップを引っ張り出すと、明美に続いて携帯電話をバスケットの中に落とした。

つぎは菅原の番だった。菅原はズボンのポケットに手を入れて、銀色の携帯電話を取り出した。

明美はまばたきした。彼はあのポーチに携帯電話を入れたのではなかったか？　黒いお洒落《しゃれ》な最新型を。あのほかにもうひとつ持っていたのか。

菅原はその銀色の携帯電話をてのひらの上に置いて、これみよがしな様子でバスケットに入れると、すぐに隅に戻った。

次に、やせた西田がおそるおそるという顔で進み出てきた。防寒ジャケットを着たまま だ。そのジャケットのポケットに手を入れると、ブルーの携帯電話を取り出した。一瞬だけ、彼は自分の手の中の携帯電話をふしぎそうに見つめた。

「早く」と、アキラがうながした。西田はその携帯電話を、賭《か》け金でも積むようにゆっくりとバスケットの中に入れた。

ついで山口が歩み出て、携帯電話をほかの携帯電話の上に重ねた。

男が、美幸に怒鳴った。

「お前は？」

女の子が、当惑した顔で山口に目をやった。

「言うことを聞こう」と、山口がささやいた。

女の子は肩から提げたポシェットに手を伸ばし、携帯電話を取り出した。ピンクの携帯電話だ。山口がこれを受け取ってバスケットの中に入れた。

平田夫妻のうち、ご亭主のほうが火種でも運ぶような調子で携帯電話を持ち、テーブルのほうに歩み出てきた。

そのご亭主が戻ろうとしたとき、アキラが言った。

「かみさんの携帯は？」

ご亭主は振り返って言った。

「持っていない。わたしだけだ」

「ほんとか？」

夫人の久美子が、必死の声で言った。

「ほんとです。わたしは持ってない。うちのひとだけ。そのひとつだけです」

アキラは、拳銃を突きつけたまま増田紀子に訊《き》いた。

「あんたのは？」

夫人が、泣くような声で言った。

「厨房《ちゅうぼう》です。厨房の食器棚の前」

アキラが、増田に言った。

「三つ数える。そのあいだに持ってこい。遅れたら、かみさんを撃つ」

増田が言った。

「待ってくれ。そんな」

「ひとおつ」

増田は厨房に続くスイングドアのほうに駆けだしていった。

「ふたあつ」とアキラが言った。

スイングドアをはじき飛ばすように、増田が戻ってきた。赤いメタリック・カラーの携帯電話を手にしている。彼はテーブルにぶつかって止まると、その携帯電話をバスケットに入れた。恐怖と緊張のせいか、増田の顔は引きつっていた。

アキラが、客たちを見渡して確認した。

「全員だな。もうほかにないな」

みな無言だ。それですべてかどうか、誰かが隠していないか、お互い知るよしもないのだ。でも、と明美は思った。この場にもうひとつ、携帯電話があることを自分は知っている。

アキラが言った。

「マスター、その携帯、ストーブの中に放り込め」

増田は目を丸くしたが、逆らわなかった。バスケットを持ち上げると、すぐにストーブに近づいて前扉を開け、集まった携帯電話をバスケットごとストーブの中に放り込んだ。カシャカシャと、固いもの同士がぶつかる音が聞こえた。

増田がまたほかの客たちのもとに戻ると、アキラは言った。

「何もしない。安心しろ」

彼自身が、少し落ち着いてきたようだ。声が、いましがたほど甲高くなかった。

「吹雪が収まれば、出てゆく。お前らが余計なことをしない限り、おれも何もしない。だけど、馬鹿《ばか》な真似をやったら」

アキラは、夫人のこめかみに拳銃の銃口を当ててぎりぎりとねじった。夫人は小さく悲鳴を上げた。

「余計な死人が出るぞ。冗談で言ってるんじゃない。わかるな」

客たちは互いに顔を見合せた。増田や西田、それに平田は、アキラに視線を戻してうなずいた。

「わかったのか」と、アキラがまた怒鳴った。

菅原があわててうなずいた。

「わかった。わかった」

山口も二度うなずいた。

アキラは、増田紀子に訊いた。

「電話は、どこだ？」

夫人は答えた。

「フロントです。二階にも」

「回線は二本？」

「いえ、子機です」

「こい」

アキラは、夫人の腕を後ろ手にねじ上げたままあとじさりし、ロビーへと消えた。

残された者たちはまた互いに顔を見合わせた。全員、蒼白《そうはく》だった。

平田が小声で言った。

「電話回線を切るんだろう。携帯もない。外と連絡はできない」

増田が、ちらりと窓に目を向けて言った。

「どっちみち、吹雪が収まるまでは、警察も来ませんよ。あいつだって、逃げることもできない」

窓ガラスの外側にはもう、びっしりと雪が貼《は》りついている。外を見ることはできない。ただし外の明るさだけは見当がつく。もう空はかなり暗くなってきているのだ。窓全体の震えから、外ではなお吹雪が荒れ狂っているとわかる。

菅原が言った。

「吹雪が収まったときは、やつがぱくられるときってことだ」

山口が言った。

「いま、あいつも除雪の話を一緒に聞いていた。警察が来る前に逃げる手があると、知ったよ」

菅原が言った。

「逃げる前に、警察に来てもらわないとな」

そこに、アキラが戻ってきた。増田紀子に拳銃《けんじゅう》を突きつけたままだ。男たちは口をつぐんだ。

アキラは、誰にともなく言った。

「ロビーも寒くなってきたな。温度計、三度だってよ。狂ってないか」

温度計の狂いではない。屋外はいまマイナス二度か三度のはず。夜になれば、マイナス七、八度までは下がるのではないか。このペンションは、朝から暖房が壊れていたというから、室温はどんどん外気温に近づいているのだ。薪《まき》ストーブのあるレストランを除いては。たぶん今夜は、このレストランの中以外では、ひとは過ごすことができない。

アキラが言った。

「つぎは、お前たちの車のキーを出せ。全員だ」

ほかの客たちが、また男を見つめた。その要求が本気かどうか、それを確かめたかのような顔。

山口が言った。

「おれのトラックはこの先で埋まってる。キーはつけてきた」

アキラが目をむいた。

「つけたまま？　嘘《うそ》だろう。馬鹿野郎」

「ほんとうだ。こうして離れているあいだに、除雪車が来るかもしれない。キーをつけておかなきゃ、そこから先、除雪できなくなる。つけたままにしてきた」

アキラは、それも道理だと納得したようだ。

「ほかの連中は？」

平田が、ズボンのポケットから革製のキーホルダーを取り出した。数個のキーがついている。

平田はアキラの脇《わき》のテーブルにキーホルダーを置いて言った。

「車のキーだけじゃないんだ。溶かされては、うちにも帰れなくなる。ストーブには入れないでくれないか」

アキラは言った。

「預かっておくだけだ」

菅原も、自分のキーホルダーを持って歩いてきた。ポーチと同じ、フランスのバッグ・メーカーの製品だ。

ついで、西田。彼のキーホルダーには、車のキーしかついていなかった。

アキラが、増田に言った。

「お前のは？」

「フロントです」と増田は答えた。「取ってきます」

「車は一台だけか？」

「女房のもある」

「除雪車もあるだろ」

「ええ」

「全部持ってこい。スペアも」

明美も、自分のポーチから乗用車のキーを取り出して、テーブルの上に置いた。すぐに増田が戻ってきて、五、六個のキーホルダーをテーブルに置いた。

「あの四駆は誰のだ？」とアキラがみなに訊いた。

増田が答えた。

「ローバーは、うちのです」

「お前のか。ペンションってのは、いい商売なのか」

増田は首を振った。

「全然」

「外からロックできる部屋はあるか。あれば、お前たちはそっちにいていい」

増田は首を振った。

「どこも、内側から開きます」

「地下室はないのか」

「ありません」

「二階は？」

「うちのプライベート部分ですけど、きょうは暖房が壊れてるから」

ふいにテレビの音量が大きくなった。騒々しいコマーシャル・メッセージが入ったのだ。アキラは顔をしかめて言った。

「テレビ、消せ」

西田がリモコンを取り上げて、男の指示通りにした。

男はまた増田に言った。

「予備のストーブぐらいないのか。そいつを二階に持ってゆけばいいだろう」

「小型の灯油ストーブがひとつありますけど、二階は部屋が三つあります。ひとつしか暖められない」

「ひとつに固まればいいさ。非常時なんだ。客も文句は言わないだろう」

「凍えます」

「屋根も壁もあるんだ。死ぬことはない」

「九人、ひとつの部屋ですか」

「多すぎるか？　減らしてやろうか」

増田はそれ以上抗弁しなかった。

「ストーブを用意してきます。暖まるまで、十五分ぐらいはかかりますが」

「言っておくが、電話回線は切った。二階に子機があっても、使えない。ネットもつながってないぞ」

増田はうなずいてレストランを出て行った。

アキラは言った。

「腹が減ってきたな。何か食い物出ないか」

増田紀子が、首をひねって言った。

「わたしが、何か作ります。離してください」

アキラが、明美に目を向けて言った。

「お前、なんて名前だ？」

明美は驚いて言った。

「坂口ですが」

「坂口さん、あんたがここにいろ。こっちの奥さんが、飯作るから。ほかの誰かがおかしな真似《まね》をしたらお前を撃つ」

明美は、ほかの客たちの顔を見た。とくに菅原を。わたしはどうしたらいい？　助けてはもらえない？

菅原はすっと視線をそらした。

明美はアキラに振り返った。

「乱暴しないでください。おとなしくしてますから」

「ほかのやつが何もしなければ、なにもしないさ。こっちのテーブルに来い」

さっきまで若いカップルがいたテーブルだ。明美は覚悟を決めてそのテーブルに歩き、椅子《いす》に腰を下ろした。ほかの客とは、テーブルをはさんで向かい合う格好となった。

「そう、それでいい」

アキラは、増田紀子を離した。増田紀子は、客たちが固まっているテレビの前まで歩くと、両手で顔をおおってその場にうずくまった。泣きだしたようだ。恐怖が限界を越えていたのだろう。平田久美子が彼女のとなりにしゃがみこんで、肩に手をまわした。

アキラは言った。

「泣いてないで、飯だ。腹が減ってると、おれは切れやすくなる。わかるだろ」

平田が、ていねいな調子で言った。

「もうちょっと待ってやってください。みんな落ち着くまで」

「泣くことはないだろ。おれは鬼かよ」

言ってから、アキラは自分の言葉が必ずしも冗談には聞こえないことに気づいたようだ。

「たしかに、ジェントルマンじゃないけどよ」

「もう少しだけ」

「いいだろう。男たちは、テーブルをひとつふたつ、テレビのそばに動かせ。しばらくそっちに固まってるんだ」

男が拳銃をさっと振ったので、残った男たちがのそのそと動いた。

さきほどまで、客が占めていたテーブルや椅子の上には、上着やらバッグやらも置かれていた。男客たちは、アキラを警戒するように、慎重にその私物も移し始めた。

明美は、視線はほかの客たちに向けたまま、脇にいるアキラに小声で言った。

「ルイ・ヴィトンのポーチ。中に携帯」

そのとき、西田と目が合った。彼の耳にいまの言葉が聞こえたのかもしれない。しかし彼は何も言わずに、自分の古びた旅行バッグを持っていった。

菅原が、自分がいた席までやってきて、ポーチを持ち上げた。

アキラが、菅原に近づいてその左手をつかんだ。菅原は、飛び上がらんばかりに反応した。神経に電流でも流したときのように、彼の四肢がびくりと激しく動いたのだ。

アキラは菅原に拳銃を向けて言った。

「放せ」

菅原は、青ざめた表情のまま、ポーチから手を放した。

「携帯、もうないかとおれは確認したよな」

そう言いながら、アキラはポーチを開けて、中のものをテーブルの上にぶちまけた。

黒い携帯電話と、タオルが出てきた。

男は携帯電話を取り上げて、菅原にかざした。菅原は押し黙っている。

男はタオルを手に取ると、首をひねってからタオルの端を持ち上げた。タオルがくるくるとほどけて、テーブルの上に出刃包丁が落ちた。

アキラの目が吊《つ》り上がった。

「上等だ」男は言った。「携帯と刃物、隠したときたか」

菅原があわてて言った。

「誤解だ。まちがいだ。ちがう。ちがうって」

「来い」とアキラは拳銃を右手に振った。レストランの出入り口の方向だ。

「待ってくれ。誤解なんだ。ちがうんだ」

「だから、説明はあっちで聞くってことだ」

アキラの声は、これまでにないほど冷やかで鋭いものとなった。

アキラに脅されて、菅原は泣きだしそうな顔となって出入り口のほうへ歩きだした。途中、振り返りかけた。外に出る前になんとか弁解しようとしたようだ。しかしアキラは、銃口で背中を突いた。

そこに増田が戻ってきた。

「ストーブをつけてきました。まだ部屋は寒いけど」

言いながら、アキラと菅原の様子に異変を察したようだ。

「どうしたんです？」

アキラは答えた。

「話し合いだ」

「お客さんが何か？」

「約束を破った」

アキラは菅原を小突いてレストランを出ていった。その場にはいっそうの緊張が満ちた。テレビ・ニュースで強盗殺人犯がここにいると知ったときのことなど、いまこの瞬間の緊張に比べるなら、まだ春の晴天の日曜日のようにのどかだった。

明美は、そっと西田をうかがった。彼は、明美の言葉を聞いただろうか。明美の密告に気づいただろうか。

西田は明美に目を向けてこない。ただ、口を半開きにして、必死で恐怖と戦っているように見えた。

風の吹きこむ音が聞こえてきた。エントランスのドアが開けられたようだ。

続いて短い破裂音。

明美は、息が止まるかと思った。アキラが、菅原を撃った？　殺した？　そこまでやってしまったの？　しかも、こんなに早く。まだあのふたりが消えてから、十秒もたっていないのだ。アキラは、菅原に有無を言わせず、説明を聞くこともなく、躊躇《ちゅうちょ》なく撃ったということなのだろうか。

平田久美子が、ああ、と嗚咽《おえつ》をもらして、夫の胸に顔を埋めた。

9

川久保篤巡査部長は、どうしても路外転落の車の件が頭から離れなかった。きょう、自分が救出に向かうのは無理にしても、なんとかならないものだろうか。日中にもひとつ路外転落の通報を受けたが、あのときは現場近くの農家がトラクターを出して、ドライバーを救ってくれたのだ。救出されたドライバーはたぶん、その農家で今夜を過ごすことになっているはずである。

所轄《しょかつ》からの電話を思い出した。中札内消防本部への通報は、ペンション・グリーンルーフからかかってきたのではなかったか。通りかかった人物から、ということだったから、ペンションの客が発見して、ペンションの固定電話で通報したのではないか？

駐在所に代々引き継がれている電話番号簿を開き、グリーンルーフの固定電話の番号を見ながら一般電話のプッシュボタンを押した。

コール音がしなかった。ツーという音が聞こえるだけだ。

話し中ではない。使われていないという音声が流れるわけでもない。回線がそもそもつながらなかったような音だ。どんな事態が起きたのだろう？

吹雪で電話線が切れたか？　切れたとしたら、どちらのほうだ？　あの地区か。それとも志茂別駐在所のあるこのエリアか。

いったん切ってから、川久保は一一七を押した。すぐに音声とビープ音が聞こえてきた。

「ただいまから午後四時四十分二十秒をお知らせします」

この電話は切れていない。電話線が切れたとしたら、あのペンションのある一帯だ。雄来橋から、町道北十二号線付近にかけて。そういうことだろう。いったん電話線が切断されたとなると、回復は明日の昼以降か。ＮＴＴも、この吹雪の中に工事車両を出すわけにはゆかない。

川久保はデスクの上で溜《た》め息をついた。

たとえ電話線が不通となっても、いまは携帯電話があるからまだいい。問題は電気だ。停電となると、灯油を使う暖房器具の多くが使用不能となる。ヒーターも動かず、換気もできない状態となるのだ。電話の不通よりも影響は大きい。家の中にいれば凍死まではしないにせよ、涙も凍るようなつらい一晩となる。停電が起こらぬことを、ひたすら祈るしかない。

＊

ロビーに通じるドアが開いて、アキラが戻ってきた。

明美は息を詰めたままアキラを見つめた。

拳銃《けんじゅう》を右手に提げている。目の光りかたが、尋常ではなかった。狂熱と凶暴さとが、眼球の奥で燃え盛っている。

アキラは自分がいたテーブルまで歩いてくると、その場の面々を見渡して言った。

「もう携帯はないだろうな」

増田が訊《き》いた。

「いまのお客さん、どうなったんです？」

「知りたいのか？」

「ええ」

「玄関の外で、横になってる。ここには戻ってこない」

こんどは平田久美子がわっと叫んで、口を両手で覆《おお》った。

わたしは？　と明美は思った。泣く？　泣きたい？　パニックに陥る？

自分のひとことのせいで男が撃たれた。そこまで望んだわけではないが、菅原の携帯電話を菅原の手から奪い取るために、とっさに思いついたことだった。予想外の成り行きとなった。菅原はたぶん死ぬのだろう。その事実に、わたしは耐えられるか？　明美は少しのあいだ、自分の胸のうちを覗《のぞ》いてみたが、泣きたい気持ちなどどこにもなかった。

アキラが、いらだたしげに言った。

「わかったか？　おれは言ったことはやる。約束を破るやつは許さん。だけど、おれの言葉に従うなら、危害は加えない。明日、吹雪が収まったら、さよならする。お互い、そのときまで、これ以上の揉《も》めごと起こさずにやったほうがいいだろうが」

その言葉に反応を示した者はいなかった。増田紀子はうずくまったままだ。平田久美子はご亭主の胸に顔を埋めている。嗚咽をこらえているのかもしれない。若い美幸は、いまにも泣きだしそうな顔で、山口にぴたりと身体《からだ》をつけていた。山口のジャケットの裾《すそ》を握る手に力が入っている。

誰もひとことも発しないし、身じろぎもしない。みながいま視界の外で起こったことを想像し、その情景に戦慄《せんりつ》している。恐慌《きようこう》を来《きた》しているのだ。そして誰もが、次のことを懸念《けねん》しつつ、声に出せずにいる。まだ誰か殺されるのか？　死者はまだ増えるのか？

アキラ自身も、荒く息をついている。トレーナーの下で、胸が大きく隆起を繰り返していた。

やがて薪《まき》ストーブの内側で、薪の崩れる音がした。新しい薪を補充するタイミングのようだ。増田がストーブに近づいて前扉を開けた。明美の位置からは、中を見ることができた。さきほど投げ込まれた携帯電話は、もうかたちがなくなっていた。すべて溶解し、得体の知れない塊となって火床に落ちているようだ。増田はナラの薪を三本入れて、その位置を火かき棒で調整した。

西田が立ち上がった。

「何をするんだ？」とアキラが訊いた。

西田は答えた。

「さっきの男、倒れているんだろ？　毛布ぐらいかけてやっても、罰は当たるまい」

西田は、アキラの返事を待たずにレストランを横切っていった。奥のほうに、さきほど増田が運び込んだ寝具類が重なっている。

歩きながら、西田は増田に声をかけた。

「マスター、一枚もらっていいかな。汚れるかもしれないが」

増田は、虚を突かれたような声で言った。

「ああ、かまいません。一緒にゆきます」

ふたりは毛布を一枚持って、レストランを出ていった。

アキラが増田紀子に言った。

「飯はどうなるんだ？　ひと晩泣いているつもりか？」

平田久美子が平田から離れ、ハンカチで頬をぬぐうと、一歩前に出てきた。

「わたしが、代わりに作ります。いいですか」

「あんたが？」

「プロの料理ほどおいしくはないけど」

美幸が、山口に目をやってから言った。

「あたしも手伝う」

山口が目を丸くした。

美幸が言った。

「母さんの店、手伝ってたから、少しはできる」

明美もアキラに言った。

「わたしも手伝います。いいですか」

アキラは首を振った。

「お前はここにいろ。人質だ。ほかの連中がふざけたことをしたら、あんたを撃つ」

「ここに、ずっとですか」

「そうだ。文句があるか」

そこに西田と増田が戻ってきた。ふたりとも、きわめて醜悪なものを見てしまったという顔だ。不快感が露骨だった。

増田紀子が顔を上げ、夫に目を向けた。

増田は首を振った。

死んでいる、という意味なのだろう。それ以外の事態は考えられなかった。その想像どおりだったわけだ。これでアキラは、きょうふたりのひとを殺したということになる。自分の知る限り、まず強盗に押し入った家でひとり。そしていまひとり。彼はなるほど鬼ではないかもしれない。しかし、明美の基準で言えば、もはや人間でもない。

明美はほんの少しだけ、殺された菅原に同情した。ほんとうならあの男はきょうの午後、自分に殺されているはずだった。おのれの愚かさゆえに、きょう生命《いのち》を失うはずだったのだ。このわたしが冷静さを完全に欠いていたことがさいわいした。彼はなんとか生命拾いしたのだ。ほんとうはその時点で、わたしとちがう関係を結び直すこともできたのに、それをしなかった。その可能性を思いつきもしなかったのだろう。結果として、彼は生命を落とした。可哀相《かわいそう》。いまとなっては、ほんとうに可哀相だ、あんたは。同情はできないけれども、わたしはあんたを哀れむ。

アキラが、レストランのひどく重い空気にうんざりという調子で言った。

「早くしろ。女は飯。男たちは二階の部屋に閉じこもってろ」

増田が訊いた。

「男だけ二階？　男女で分けるんですか？」

「女は用事がある。男は目障《めざわ》りだ。気が立つ。平和のためには、二階にいて降りてくるな」

増田は不安げな目を増田紀子に向けた。

平田が、おずおずという調子であいだに入った。

「わたしたち夫婦は、一緒にさせてもらえないか。晩御飯を作ったら、わたしもかみさんも、二階に行きたい。残してはゆけない」

「おいおい」アキラは言った。「何きれいごとを言い出すんだ？　いまここで何があったかわかってるのか」

「だから、余計に」

「勝手にしろ」アキラは、事態を支配することが面倒になったようだ。溜め息をつきながら言った。「年寄りには、寒さはきついんだろう？　あんたもストーブの前にいていい」

「ありがとう」

「礼なんていらねえ」

明美はもう一度アキラに言った。

「やっぱり料理手伝いたいんですが、どうしてもここにいなきゃ駄目ですか。逃げません。料理以外、何もしません」

そのとき山口が言った。

「そのひとを離してやってくれないか。おれが人質になる。手でも足でも縛って、あんたの横に座らせておけばいい。何かあったら、おれを撃て」

美幸が山口の横でぽかりと口を開けた。

山口は、美幸に微笑を向けて言った。

「心配ない。あのひとの言うことを聞いていればいい」

アキラはあざ笑った。

「おいおい、ヒーロー志願か。おれはいつだってマジだぞ」

「わかってる」と山口は言った。「女のひとたちに乱暴するな。自由に動かせてやれ」

「立場わかってるのか？　おれに要求するのか？」

「お願いしてるだけだ」

「お願いには聞こえなかったぞ」

「お願いしたんだ。朝まで、ずっとこの調子で続けるつもりか？」

「貴様、ひとを撃って、どういうことかわかるか。こっちもささくれ立っているんだぞ」

「どうしてもというときは、おれを撃て」

アキラが拳銃を持ち上げて、山口の頭部に銃口を向けた。またその場の誰もが息を呑《の》んだ。

アキラは、たしかに自分でも高ぶりを抑えきれないのだろう。かすかに震える声で言った。

「お前のお願いなんて聞きたくない。要求も知らん。ひとつだけ約束してやる。誰かが逃げたり、外と連絡を取ろうとしたら即、お前を撃ってやるよ。それだけは確実にやってやる」

山口はとくに顔色を変えるでもなく、うなずいた。

アキラは続けた。

「こいつに弾が何発残っているかなんて考えるなよ。弾は九ミリ、マガジンは十五発入りだ。漫画のお巡《まわ》りが撃ちまくっても余裕のピストルだ。何かあったら、お前の頭に九ミリの太さのボルトが撃ち込まれる、と想像しておけ」

アキラは増田に顔を向けた。

「丈夫なロープ持ってこい。あるだろ？」

増田が訊いた。

「何に使うんです？」

アキラはあごをしゃくって山口を示した。

「こいつが人質ボランティアだってよ。手足をきつく縛って、椅子《いす》にくくりつけろ」

増田はまたレストランを出て行った。

山口に、美幸がいっそう強く寄り添った。山口はその肩を抱いて、軽く叩《たた》いた。

明美は山口の横顔を見つめて思った。たしかにこの場にいる男の中で、アキラが警戒しなければならないとしたら、山口だろう。彼なら拳銃《けんじゅう》はなくても、何かの隙《すき》にアキラに襲いかかって、叩きのめすことぐらいできそうだ。それだけの度胸と、多少の修羅場の経験ぐらいありそうに見える。だからいまアキラも、山口をなんとか無力にしておきたいのだ。その山口が、みずから縛られてもいいと申し出ている。悪くない提案のはずだ。山口がその申し出に条件をつけたって、アキラは文句を言うべきではない。

でも、と新しい不安が生まれた。山口が縛られた状態で、もしアキラが女たちに襲いかかったらどうなる？　そのときはもう誰の助けも期待できない。アキラの餌食《えじき》になっても、受け入れるしかない。もっとも男たちが二階に監禁されている場合でも、その可能性はあったのだが。

明美はひそかに決意した。もしアキラが増田紀子か美幸に手をかけようとしたら、平田久美子に手を上げるような真似《まね》をしたら、わたしが身代わりになろう。アキラが自分に欲情してくれるかどうかはわからないが、やつの気分をしばらく紛らしてやるくらいのことはできるだろう。それで彼の頭に昇った血が引いて、落ち着いてくれるなら、その役割に不満はない。どっちみちわたしは自分自身の浅はかさのために、このペンションに閉じ込められたのだ。言ってみれば、きれいごとなど言える身ではない。あの菅原と関係したついでに、犯罪者をひとり受け入れるぐらい、なんだというのだろう。わたしは菅原とセックスしたときに底値をつけたのだ。これ以上、価値が落ちるということはない。自分がそれを引き受けてやる。

「あのう」と、後ろから増田の声がした。「ロープ、これでいいかな」

増田が持ってきたのは、倉庫とか漁船で使っていそうな、白いナイロン・ロープだった。直径三十センチほどの輪になっている。

アキラは増田に言った。

「この男を縛れ。両手を後ろに回して。それから足首。そしてこの椅子にぐるぐる巻きにしろ」

山口が、冗談めかして言った。

「先にトイレに行くべきだったな」

「垂れ流せ」

「ちょっと格好つけたい子がいるんだけど」

アキラは、美幸のほうに顔を向けた。美幸は、頬を赤らめた。

明美は、やっと納得した。このカップルの関係がいまひとつわからなかったのだ。美幸のほうは、山口を信頼しきっているように見えるが、べたべたしている印象はない。歳《とし》は少し離れているようだし、言葉づかいも態度も、お互い少し他人行儀だ。一緒のトラックに乗ってきて、同じペンションに泊まろうとするのだから、性的関係があってもおかしくないはずなのに、全体には恋人未満という雰囲気だった。いまの様子でわかった。つきあい始めて、まだ間もないカップルなのだろう。まさかきょう知り合ったばかりではないだろうが。

アキラは言った。

「まだお子さまの仲かよ」

山口が自分で椅子を移動させて、その前に立った。増田が山口の後ろにまわって、両手を縛り始めた。山口はいっさい抵抗の素振りを見せなかった。

増田が山口の手足を縛り上げ、さらに椅子に腰掛けさせてから、背もたれにくくりつけた。山口は、アキラの席の左側、アキラに斜に向かい合う格好で、人質となった。

アキラは西田に顔を向けた。

「お前とマスターは、二階だ。行ったら、出てくるな」

西田がうなずいた。

増田がアキラに言った。

「晩御飯だけは、ここで食べてかまいませんか。みんなもう腹ぺこのはずです」

アキラは皮肉っぽく笑った。

「人殺しと仲良くディナーか。お前たち、飯が喉《のど》を通るのか？」

「食べないわけには」

明美は思った。なごやかな食事になるかどうかはともかく、自分たちは少しなら口に入れられるだろう。空腹感が消えれば、多少は恐怖も薄れるはずだ。

明美は立ち上がった。

「じゃあ、厨房《ちゅうぼう》を手伝ってきます」

増田紀子も、ハンカチで顔をぬぐいながら立ち上がって言った。

「わたしも、もう大丈夫です」

平田久美子が言った。

「四人でやりましょう」

ならば、と明美は思い直した。アキラをなだめ、落ち着かせて、今夜を平穏なものにするのはわたしだ。

明美はアキラに顔を向け、なんとか不自然すぎない程度の微笑を作った。

「何か飲み物でも？　コーヒーじゃなくても」

アキラが鼻で笑った。

「酔わせようたって無理だ。おれは眠らないからな」

明美はアキラの言葉を無視した。

「ビール？ それともワインがいいですか」

「ビール」とアキラは言った。「飯の前に、何かつまみはできるか」

「作ります」

「あんたが酌をしてくれるのか」

「わたしでよければ。みなさんには、乱暴しないでください」

「しないって、何度も約束してんじゃねえか」

明美が、ほかの三人の女性と厨房に入ろうとすると、アキラがうしろから声をかけた。

「包丁でなんとかしようなんて考えるなよ。刃物傷は、むごいものになる。これ以上、事態をひどくすることはないんだからな」

明美は厨房のスイングドアを抜けながら思った。

さっき、自分の殺人が未遂に終わったのはよかった。ありがたいことだった。このペンションのあの部屋が血まみれになった様子は、たしかに想像するだけでもおぞましい。

明美は、さっきまであれしか解決の方法がないと思い詰めていたことが信じられなかった。なぜあんな愚劣なことを考えたのだろう。それが合理的な結論だと思ったのだろう。どうかしていた。さっきまでの自分は自分ではなかったのだ。

＊

帯広警察署二階の取調べ室に、徳丸組の若い衆、足立兼男が入ってきた。

甲谷雄二警部補は、威圧的に足立を一瞥《いちべつ》してから、テーブルの向こう側を顎《あご》で示した。テーブル脇《わき》には、新村巡査が、両腕を抱えるように立っている。少し寒いのかもしれない。たしかにこの取調べ室のヒーターは低めに設定しすぎだ。金網入りの窓ガラスが、風に小刻みに震えていた。警察署全体が、換気口あたりから吹き込む風で、冷えているのだ。

足立が、よく理解できないというように言った。

「おれ、被害者ですよ。疑いがかかってるってことないですよね」

「ないさ」甲谷は、テーブルの手前側の椅子に腰を降ろした。「聞きたいのは、べつの件だ」

「きょうのことじゃなく？」

「座れ」

足立は不安そうな顔のまま、椅子に腰かけた。

「この吹雪ですよ。急ぎのことじゃないなら、べつの日でも。帰れなくなる」

「泊まる部屋ならいくらでもあるさ。心配するな」

「そんな。べつの件って、きょうの殺しよりも重大な件なんですか。うちは、組長の内儀《かみ》さんを殺されたんですよ。被害者だ。早く犯人を捕まえてくださいよ」

「浩美姐《ねえ》さんはいま、帯広市立病院の霊安室にいる。ところがここにもうひとつ死体があってな」

「は？」

甲谷は、足立の反応を注視しながら言った。

「変死体で見つかったんだ。所持品から、薬師泰子って女らしいとわかった。この名前、聞き覚えあるだろう？」

足立はまばたきした。何を言われたのか、わからなかったようだ。つぎの瞬間、瞳孔《どうこう》がすっと開いた。思い当たったようだ。

甲谷は、足立の答を待たずに言った。

「じっくり考えて答えろ。嘘《うそ》はわかる。嘘をつけば、お前は即逮捕だ。薬師泰子殺し容疑で」

「待ってください」足立は狼狽《ろうばい》して言った。「覚えてます。覚えてます。たしかです」

「どういう関係だ？」

「うちの。うちらの、金融会社のお得意でした」

「きれいな言い方をするな。お前らが高利でカモったたってことだな？」

「カネを貸したんです」

「お前との関係は？」

「その」足立は一回咳払《せきばら》いして言った。「その女を、事務所まで運びましたよ。一回」

甲谷は、新村に指示した。

「こいつの言うことを記録しろ」

新村は取調べ室のもうひとつの小さなデスクに向い、ノートを開いた。

甲谷は訊《き》いた。

「いつだ」

「去年です。去年の秋。いや、冬の初め」

「どこからどこに運んだんだ？」

足立は、帯広市の南寄りにある大型パチンコ店の名を答えた。

「事務所に電話があって、おれが迎えに行きました」

「事務所ってのは、十勝市民共済だな」

「そうです」

十勝市民共済は、徳丸組の若頭補佐、原口敏夫《はらぐちとしお》が実質的に仕切っている闇金《やみきん》だった。この一年ばかり、荒っぽい稼ぎかたをしていると署内には伝えられている。

甲谷は、新村にメモさせる意味もあって、繰り返した。

「お前は十勝市民共済の従業員として、薬師泰子と接触していた。女と会ったのは、パチンコ屋から事務所まで運んだときの二回。間違いないか？」

「あ、いや。カネの取り立てにも行ってます」

「取り立ては、女の自宅だな？　どこだ？」

「志茂別」

「何回？」

「二回」

「最後に会ったのは？」

足立が逆に訊いてきた。

「女は、いつ死んだんです？」

「お前はいつ殺した？」

足立は激しくかぶりを振った。

「殺してませんよ」

「じゃあ、どうして死んだんだ？」

「知りませんよ」

「最後に会ったのはいつか、言えよ」

「変死体って言ってましたね。どこで見つかったんです？」

「お前が最後に見た場所さ」

足立は甲谷を凝視している。甲谷がカマをかけているのか、それともほんとうに事実を調べ上げた上での質問なのか、見極めようとしているのだろう。

甲谷は言った。

「単純な野郎だな。あそこで殺したと白状したようなものだ」

「ちがいます。ちがいます。殺してません」

「最後に会ったのは、いつだ？　カネを受け取りに言ったら、待ってくれと言われた。逆上して、絞めたか？　殴ったか？」

「ちがいますって。ちがいます。それにあのときは、おれひとりじゃなかった」

「五十嵐は、お前が殺したってほのめかしてるぞ」

足立は、天地がひっくり返ったかという驚愕《きょうがく》の顔となった。

「嘘です。兄貴は嘘を言ってる！」

さっき志茂別駐在所の川久保巡査部長から聞いた名前だ。このタイミングで使うべき情報だった。十二月二十日、足立と一緒に薬師泰子を引き取りにきた徳丸組の組員の名。

五十嵐昌也は、地元帯広の農業高校でワルとして知られた男だ。旭川の少年鑑別所に入ったこともある。高校を中退して関東圏に行き、あちらの暴力団の下《した》っ端《ぱ》だった時期があるらしい。二十一歳のときに傷害罪で逮捕・起訴され、三年半の実刑判決。刑期を終えて刑務所を出た後、帯広に帰ってきて、徳丸組の構成員となった。粗暴で礼儀知らず。徳丸組でも手を焼いているとの噂《うわさ》を耳にしていた。ただし体格はいい。身長は百八十二センチで、体重は百キロある。用心棒としては使える。徳丸が熱海での稲積連合の襲名披露に五十嵐を連れていったのは、いかにもその用心棒っぽい風体のせいだろう。つまり五十嵐は、徳丸徹二の動くアクセサリーとしては使い道があるのだ。

その五十嵐の名を出したことは、効いたようだ。甲谷は言った。

「お前が言わないなら、こっちとしては、五十嵐の言葉を信じるしかない」

「兄貴はいつそう言ったんです？　いま組長について、熱海に行ってるのに」

「帰って来たら、やつにもこの部屋にきてもらう。問題はお前だ。お前が薬師泰子を殺したな？　去年の十二月二十日、志茂別の薬師の自宅に身柄引き取りに行って、そのあとどこでやったんだ？」

「ちがいます。ほんとに。おれは殺してない。五十嵐の兄貴が言ってるのは嘘だ」

「じゃあ、ほんとのことを言えよ」

足立の呼吸が荒くなった。目も飛び出しているようだ。恐怖のあまり、酸欠状態にでもなったのかもしれない。

「言うか？」

足立は口を開けてうなずいた。

甲谷は、新村に言った。

「お茶でも買ってきてくれ」

新村が、愉快そうに足立に一瞥をくれながら取調べ室を出ていった。

甲谷は腕時計を見た。午後五時四十分だった。

＊

グリーンルーフのレストランでは、全員の食事が終わろうとしていた。

坂口明美は、席から店の中を見渡した。自分とアキラと名乗った殺人犯は、ストーブに向かって右側のテーブルにいる。増田夫妻や客たちは、テレビに近い窓側に四人掛けのテーブルをふたつくっつけて、一緒に食事を取ったのだ。

アキラは、この場の面々に、会話を禁じた。いっさいしゃべるなと。なのでこの二十分間、このレストランにはひとの声はなかった。テレビはついていないし、ただ窓の外から吹雪の音、ストーブの中からは薪《まき》のはぜる音が聞こえてくるだけだった。

カレーライスと、マカロニ・サラダ、それにオニオン・スープ。ごく簡素な夕食。しかし、今夜ここにどんなに豪華な料理が並んだところで、それがおいしく感じられるはずもなかった。辛味のきいたカレーライスがメイン・ディッシュで十分だった。アキラの空腹を長引かせて怒りっぽくさせたくはなかったから、増田紀子が業務用レトルト・カレーを温めるだけでよいと提案し、女たちは同意した。マカロニ・サラダとスープだけを手作りしたのだった。

ボイラーが壊れたペンションで、この吹雪の夜を過ごすのだ。夜中にも身体《からだ》を暖めるものが必要になると想像できた。女たちは夜食用のサンドイッチを作り、さらにビーフとジャガイモのシチューを作った。その時刻から鍋《なべ》をストーブに載せておけば、零時ごろには食べごろになっているはずである。

ストーブからもっとも遠い席に、美幸と山口のカップルがいる。山口は椅子《いす》に縛りつけられたままだ。美幸がスプーンで、介護するように山口に食事を食べさせていた。彼らの皿だけは、まだ半分ほど料理が残っていた。

明美は、左隣にいるアキラを見つめた。彼も満腹になったせいか、それとも中瓶一本のビールのせいか、少し弛緩《しかん》しているようだ。食事前までのような、うっかり触れれば暴発しかねないような緊張はなかった。明美が食事のあいだ、できるだけ愛想よく給仕してやったせいもあるだろう。

アキラは、皿に残った最後のマカロニを呑《の》み込むと、真向かいにいる美幸に言った。

「その辛気《しんき》臭い食べ方、もうやめろ」

美幸がスプーンを運ぶ手を止めて言った。

「だけど、山口さん、食べられないから」

「手のロープ、ほどいてやれ。ひとりで食わせろ。その代わり、そのあいだ、お前がこっちにきてろ」

美幸を人質に加える、ということだろう。

山口が美幸にうなずいて言った。

「そうしろ。自分で食う。ほどいてくれ」

西田が椅子から立ち上がり、山口の手首に巻いたロープをほどいた。

山口は自由になった手首をさすって言った。

「壊死《えし》するかと思った」

美幸がのっそりと立ち上がり、アキラの左隣の椅子に腰を降ろして、両手を膝《ひざ》のあいだに入れた。アキラから、ひとひとりの身体分離れた位置だ。

増田紀子がアキラに訊いた。

「デザートはどうします？　リンゴを出しますか」

アキラが愉快そうに言った。

「本格的だな。コーヒーもくれ」

明美は、アキラに訊いた。

「ビールは？」

アキラは首を振った。

「下心はわかってる。もうコーヒーでいい」

「下心なんてないけど」

「あんたが飲め」

「わたしは、べつに」

「飲みなよ。ワインのほうがいいのか」

明美は少し考えた。たしかにいまの自分には、ワインが必要かもしれない。アキラをこれだけリラックスさせるために、胃が痛むほどの緊張を強《し》いられているのだ。

「ワイン、いただこうかな」

増田紀子が立ち上がって、厨房《ちゅうぼう》へ向かった。平田久美子も続いた。

山口誠は、手が自由になると、残っていた夕食をたちまち食べてしまった。

そのとき、室内の灯がすっと暗くなった。停電？

しかし完全に暗くならないうちに、明るさが戻った。

オーナーの増田が言った。

「こういう吹雪ですから、停電は覚悟したほうがいい。ロウソクを用意しておきます」

アキラは笑って言った。

「ロマンチックな夜になるな。ストーブの前で、キャンドル・ナイトだ」

明美は皮肉に思った。しかも殺人犯と一緒。十五メートルと離れていない位置には死体ひとつ。最高にロマンチックだ。こんなロマンチックな夜を経験した者は、あまりいないだろう。いまの言葉で想像がつくが、アキラもたぶん初めてだ。

山口がアキラに顔を向けて訊《き》いた。

「トイレに行ってきていいか」

彼がトイレに行くためには、椅子に縛りつけた身体を離さなければならない。

西田がアキラに、どうしたらよいか、という目を向けた。

アキラは言った。

「逃げようったって逃げられる吹雪じゃないけど、おかしな真似《まね》をすれば、この女の子が死ぬぞ」

「わかってる」と山口は言った。「おれも、ほかのひとたちも、理性的だよ」

アキラが西田に言った。

「椅子からはずしてやれ。足はそのままだ」

西田は山口の椅子のうしろに回って、ロープの結び目に手をかけた。山口は両足を縛られた状態で、うさぎ飛びのように身体を動かしてロビーの奥のトイレに向かった。

明美は山口の姿を見送りながら思った。

彼さえ冷静で正義漢ぶることなどなければ、あとの面々は殺されることはない。朝までの我慢、朝までの辛抱だった。もっとも自分は、夫からなぜこんな場にいることになったのか追及されることになる。自分にとってのほんとうの苦しみはそこから始まるのだった。離婚か。別居か。永劫《えいごう》の蔑《さげす》みと不信か。自分にとって、今夜を生き抜くことよりも、それ以降の人生のほうが厳しいものになるかもしれないのだ。

＊

川久保篤が天井灯を見ると、蛍光灯は一瞬完全に消えた。停電か、と覚悟したとき、すぐにグロウ・ランプが点滅を始め、蛍光灯は再び点灯した。

どうやら、停電することはもう確実だ。いまの一瞬の停電も、どこかの電線が切れたことを示している。すぐに別系統からの送電に切り替えられ、どうにか完全に消えずには済んだ。

でも、地区によってはこれで完全に停電となったところがあるかもしれない。駐在所には、残念ながら送電の系統図のようなものは配備されていない。どこの電線が切れたとき、どこの地区が停電するか、それを知るすべはなかった。

壁の時計を見た。午後の七時を回っている。もう町は、完全に休止した。いまこの時刻働いている者といったら、酪農家の一部ぐらいだろうか。彼らもそろそろ夜の作業を終える時刻だった。

川久保は窓に近寄ると、戸外の気温がわかる温度計を確かめた。マイナス四度だ。さすがに冷えてきている。それでもマイナス二十度にもなる一月の寒気とはちがう。停電となっても凍死者が何人も出るほどの寒さではなかった。問題はこの吹雪なのだ。ひとの社会的な活動をすべて止めてしまうほどの猛烈な吹雪。暴風であり、暴雪。

川久保はストーブのそばに戻って、かけたヤカンからポットにお湯を注ぎ足した。遭難や事故の件数が、四時すぎの通報電話一件だけのわけはないのだ。明日は忙しくなることだろう。

＊

足立兼男は言った。

「五十嵐の兄貴とおれとで、女を迎えに行ったときです。女が死んだとしたら、その晩です」

やっと足立は、薬師泰子の死について、事情を語りだした。

甲谷は脇《わき》のデスクの新村にうなずいた。メモ、大事なところを抜かすなよ。

新村がうなずいた。

甲谷は足立に言った。

「死んだとしたら、って言い方は、ずいぶんひとごとみたいに聞こえる。殺したのはその晩ってことだな」

「聞いてくださいって」足立は半分泣き声だ。「殺してません。おかしなことになって、おれもよくわからないんです」

足立の話では、こういうことだった。

薬師泰子はパチンコにはまっていたようで、合法の消費者金融では、もうブラックリスト入り。一切借り入れはできないという借金まみれの女だった。当然そうなると闇金《やみきん》から借りるしかない。多重債務者支援をうたい文句にする十勝市民共済に電話してきたときは、ほうぼうの業者に合計三百万円近い借金があったようだ。原口は事務所を訪れた薬師泰子をひと目見て、こいつは最後にはソープランドに売れると踏んだ。泰子の年齢は三十五歳だったが、二十五で通用する容貌《ようぼう》だった。原口は三百万の現金を貸すことにして多重債務を帳消しにし、相談料、手数料に利息分を先に引いて、合計四百万円の借用書を取った。

しかし、稼ぎのない主婦である。当然のことながら、十勝市民共済への返済はすぐに滞る。足立も五十嵐と一緒に二度、薬師の自宅に取り立てに行った。二回とも、わずかしか回収できなかった。トラック運転手である亭主とも当然話をしたが、彼も返せる当てはなかったのだ。

十二月のその日、足立と五十嵐昌也は、薬師泰子を志茂別まで迎えに行くよう、原口に指示された。札幌のソープランドに行くことを承諾した、とのことだった。迎えに行って、逃亡した場合の恐怖をひと晩味わわせてやってから、翌日札幌から迎えにくる業者に引き渡せとのことだった。原口はすでに泰子を、企業舎弟の経営するソープランド・チェーンに売ることで話をまとめていたのだ。

志茂別の泰子の自宅に行ってみると、亭主がさすがにおろおろして、なんとか自分が返すという。しかし女は、自分で責任を取るからといって、足立たちの車に乗り込んだ。じっさい、四百万ほどの額なら、半年ソープランドで働けば返済可能な額だ。割り切れば、女も亭主も我慢できるくらいの期間だった。足立は泰子を車に乗せるとき、彼女から携帯電話を取り上げた。

志茂別の泰子の自宅を出発すると、後部席に乗った五十嵐が、泰子をいたぶり始めた。その晩、五十嵐が泰子にどんな性的サービスをさせるつもりか、愉快そうに話し出した。ソープランドに行く前に、きちんと仕込んでやる、という意味のことを言った。泰子は泣きだした。

五十嵐はかまわずに、車の中でオーラル・セックスを強要した。足立がルームミラーを見ると、五十嵐は激しく怒って言った。

「前見て運転してろ、馬鹿《ばか》野郎」

五十嵐がズボンをおろす音が聞こえた。ちょうど雄来橋を通過するところだった。泰子は五十嵐に頭を押さえられていたが、ふいに嘔吐《おうと》の音が聞こえた。同時に車内に酸《す》っぱい匂《にお》いが満ちた。

五十嵐が怒鳴った。

「馬鹿野郎！　どこに吐きやがんだよ」

泰子が言った。

「おろして。おろしてください。お願い」

足立はルームミラーで五十嵐を見た。五十嵐は舌打ちして、停めろと言った。車は雄来橋を渡りきったところだった。足立は車を国道二三六の左側端に寄せて停め、後部ドアのロックをはずした。

泰子は車を降りると、上体を屈《かが》めて、またその場で吐いた。五十嵐も車から降りた。彼はズボンを足首までおろしていた。泰子の胃の内容物が、五十嵐のトランクスの中にぶちまけられていたようだ。五十嵐は気色悪そうにズボンを脱ぎだした。

そのとき、泰子が橋の方向へ駆け出した。

「逃げた！」と五十嵐が叫んだ。

足立はすぐに運転席から降りて、泰子を追った。橋の街灯の明かりの中に、少しのあいだ泰子の姿が浮かび上がっていた。右側の歩道上を、橋の向こう側へと駆けていた。ところが、足立が駆けだしたその数秒後に、泰子の身体《からだ》は消えた。

足立はまばたきしてなお橋の歩道を駆けた。

泰子は、見当たらなくなった。橋の上にはいない。街灯の明かりの中には、泰子の姿は見えなかった。

足立は泰子が消えたと見えるあたりで、欄干から下をのぞきこんで見た。水面があるようだったが、暗くてよくわからない。

五十嵐がそこに追いついた。

消えた、と足立は言った。川に飛び込んだようだ、と。

ふたりで橋の前後を探した。車に積んであったマグライトで、川の中や岸辺にも光を当ててみたがみつからない。二十分ほど探しているあいだ、数台の車が通過していった。たぶんそうとうに不審に思われただろうが、降りてきて何が起こったか理由を訊《たず》ねる者はなかった。

「隙《すき》を見て逃げやがったと、原口たちには言おう」と五十嵐が言った。「車の中で何があったか、絶対に言うなよ」

帯広に戻って原口に報告すると、原口は頭を抱えた。すでに札幌の業者からカネを受け取っているのだと。すぐに原口に連れられて、組長のもとにも報告に出向くことになった。

事務所で概略を説明すると、組長は青くなって怒った。女がもし死体で見つかったらどうなるかと。勝手に飛び下りた、飛び込んだという言い分が通用するかということだった。

女が逃げる前に何があった、と組長は五十嵐に訊いた。何も、と五十嵐は答えた。足立も同じことを訊かれた。何もと足立は答えた。

組長は、五十嵐のズボンが汚れていることに気づいた。ズボンを脱げ、と組長は五十嵐に命じた。そのとき事務所には、十人前後の組員がいた。

その組員たちの前で、五十嵐がしぶしぶとズボンを脱いだ。彼はトランクスを穿《は》いていなかった。停まったときに、吐物で汚れたトランクスを脱ぎ捨てたようだった。ズボンの内側もひどく汚れていた。

尻《ケツ》を出せ、と組長は五十嵐に言って、その尻に竹刀《しない》を何度も叩《たた》き込んだ。五十嵐は、最初は壁に両手をつけて耐えていたが、七発か八発目に気を失って倒れた。

「脳味噌《のうみそ》あるのか、お前は」と組長は吐き捨てた。「組が危なくなるんだ」

もし泰子が生きていたら、警察に駆け込むかもしれない。もし死んで死体が見つかれば、亭主が警察に行く。どっちにしても、組に対して捜査が入るのは確実だった。

足立は、泰子の携帯電話を取り上げていたことを思い出した。それを報告すると、原口が言った。

「そのうち、自分は札幌にいるってメールでも打っておきましょう」

足立は、組長から命じられた。明日、早朝に雄来橋近辺を探せ。死体が見つかったら、適当に始末しろと。

そのとおりにしたが、泰子の死体は見つからなかった。生きているのかもしれないが、念のためにと原口が、亭主宛《あて》にメールを打ったのだった。

それが足立の語った、薬師泰子を最後に見たときの事情だった。

「信じてください」と、足立が話を締めくくった。「ほんとうに、おれは指一本触ってないんです」

「いずれわかる」と甲谷は答えた。

甲谷は、川久保という駐在警官との話を思い出した。死体が発見されたのは、茂知《もち》川の川岸だ。雄来橋の下流ということになる。足立の話にも一片の真実はありそうだった。

問題は、その話どおりのことが起こったかだった。足立たちが、橋の上で薬師泰子を脅したのかもしれない。車の中で泰子に暴力行為を働いたのかもしれなかった。そのとき泰子が激しい抵抗を見せたため、足立や五十嵐たちが死に到《いた》らしめたのではないのか。泰子の借金と、彼女をソープランドに売った件が事実とするなら、殺意があっての事件ではないと想像はできるが。

もうひとつ、自分に取っていちばん気になる点はここなのだが。

甲谷は足立に訊《き》いた。

「五十嵐はその後、どうした？　熱海に行っているってことは、組長はお前よりも可愛がってるってことか？」

「いや」と足立は答えた。「原口の兄貴がとりなして、薬師泰子の件は、もし事件ってことになったら五十嵐が全責任ひっかぶるってことで、組を追われずにすみました。尻の怪我《けが》が直るまで、五十嵐の兄貴も、組長にはずいぶん恨みがましいことを言ってたんですけどね。組を離れてもいいって」

たしかに自分が徳丸組長なら、と甲谷は思った。あの単細胞の五十嵐でも、「使える場面がある」と判断する。抗争になったときの鉄砲玉として、あるいは組の恐ろしさの宣伝材料として、使える。そのように使うことが惜しくもなんともない組員だ。腹は立てても、いつかもとは取ると徳丸は考えたにちがいない。

でも五十嵐のほうはどうだろう。同じ組員たちの前で尻を出すのを命じられ、ヤキを入れられたのだ。単純な男だけに、屈辱感はまっすぐ徳丸への復讐心《ふくしゅうしん》へと昇華されていったのではないか。

甲谷は訊いた。

「五十嵐の、組員以外とのつきあいはどんなものだ？　帯広のよその組に親しい男なんていないか。でなけりゃ、札幌とか旭川に」

足立は質問に意外そうな顔を見せて言った。

「そういや、茨城だかに兄貴分みたいのがいるって言ってた。薬師泰子のことでヤキ入れられたときも、もし組を破門されたら、その兄貴分と組んでもっとでかいことやってやるって」

「その兄貴分の名前は知っているか？」

「いえ」

「どこの組員だ？」

「組員じゃないみたいです。だけど、福井刑務所で知り合ったとか。その兄貴分と千葉の船橋で、でかいヤマやって成功したことがあった、って言ってたことがありましたね」

「どんなヤマだと言ってた？」

「金持ちの家に押し込み。いや、話すときによっては、それが現金輸送車強盗だったり、サラ金の事務所強盗だったり、ときどき話はちがうんですけどね。おれは、駄ボラだと思って聞いていました」

「船橋で、でかいヤマか」

甲谷は、時計を見た。午後の七時四十分になっていた。

足立が言った。

「もう帰してもらえますね？」

甲谷は立ち上がりながら言った。

「猛吹雪だ。死ぬぞ。悪いことは言わない。泊まってけ」

「留置場はいやです」

「じゃあ、夜っぴて話をするか？　こんな天気なんで豚丼《ぶたどん》を取ることはできないけどよ、カップ・ラーメンなら、売るぐらいある」

足立が溜《た》め息をつきながら椅子《いす》から腰を上げた。

「小便、いいすね」

廊下で足立を見送ってから、甲谷は新村に言った。

「船橋の事件ってのを検索してくれ。きょうの件と似たような事件があるんじゃないかと思う。未解決のものが」

新村が訊いた。

「時期は、どの程度に絞りますか？」

「五十嵐が帯広に戻ってきたのは五年前だ。二十五ぐらいのとき。その前に福井刑務所にいたとなると、五年から七年前あたりの事件」

「どういう推理なんです？」

「きょうのタタキは、内部に手引きしたやつがいる。襲名披露で組の大半が不在。金庫には大金。それを知っていなければできる犯行じゃない。しかも暴力団組長の屋敷を襲っているんだ。ど素人《しろうと》じゃない。マル暴じゃないが、経験のあるやつだ」

「マル暴じゃないって言う理由は？」

「マル暴なら、無関係の組だろうと、組長の屋敷を襲えるものじゃない。発覚したときのリスクが大きすぎる」

「五十嵐が誰か知り合いに持ちかけた犯行ってことですね」

「たぶんな。五十嵐は組長を恨みに思ってる。誰かにやらせたかったんだ。完璧《かんぺき》に自分のアリバイがある日に」

「当時の福井刑務所の受刑者、法務省のほうから確認取る必要がありますね」

「今夜はもう無理だろうが」

「船橋の事件は、すぐに引っかかってくると思います」

「おれは、ラーメン作るか。温かいものが必要だ。お前は食うか」

「おれが作りますよ」

「いい。お前は事件のデータを検索してくれ」

甲谷は、刑事部屋の備品ロッカーに向かった。いつもあのロッカーには、差し入れのカップ・ラーメンが山と積んである。ただし、種類によって残り具合には差があった。おれの好きな種類のラーメンが残っていればいいのだが。

＊

レストランのテーブルは隅に寄せられ、ストーブの前、左側に五組の布団《ふとん》が敷かれた。その布団から少し離して、椅子が固めて置かれている。いわばその椅子が壁代わりだった。壁をあいだに、ストーブの前、右側のテーブルには、アキラと明美がいる。いまレストランの内部は、修学旅行の旅館の大部屋のような様相だ。

テーブルを片づけたり、布団を運んだりといった作業は、男たちがした。ロビーの奥の物置から、ナラ材の薪《まき》もたっぷりと運びこまれた。薪はストーブの脇《わき》の木製の箱からあふれ、その脇にも山を作っている。これだけあれば、ひと晩豪快に焚《た》き続けても、足りなくなることはないだろう。

布団にシーツを敷いたり、毛布をかけたりという作業は女たちがした。明美もほかの女たちと一緒に、この寝場所を作ったのだった。防寒ジャケットを着たアキラは、拳《けん》銃《じゅう》を腿《もも》の上で握って、作業を黙って見ていた。

「終わったな」と、アキラが確認した。

オーナーの増田が、レストランの内部を見渡してから言った。

「これでなんとか、朝まで凍えずにすむでしょう」

「お前と、そっちの親爺《おやじ》は、二階にいろよ」

「わかってます」

アキラは、山口に身体を向けた。彼はいま、再び両手を身体の前で縛られている。食事とトイレの後からずっと、この状態だ。これならかなり身体の自由がきく。

アキラは山口に言った。

「お前はまた椅子に縛るからな」

山口が言った。

「むしろ足を縛ったまま、布団の上に転がしてくれたほうがいい」

アキラは少し考える素振りを見せてから、増田に言った。

「こいつを転がして、ロープの端は、そこのテーブルに結んでおけ」

山口が言った。

「何もしない。約束は守る」

アキラが言った。

「目障《めざわ》りなんだ。お前は」

「じゃあ、おれも二階に行こうか」

美幸が、驚いた顔を見せて言った。

「だめ、山口さん」

アキラが山口に言った。

「その子が心配じゃないのか？」

「何かするつもりなのか？」

アキラの目がかすかに吊《つ》り上がった。

明美は割って入ってアキラに言った。

「せっかく落ち着いたのに、ここでまた騒ぎにするんですか。みんな、あんたの言うことには従う。ピリピリしないで」

アキラが明美の顔を見た。

「あんたがリラックスさせてくれるって言うのか？」

「そのつもりです。ほかのひとのことは放っておいて。何かあったら、わたしを撃てばいい。そう宣言しておけば、誰も今夜、馬鹿《ばか》なことはしない」

アキラは、またほかの客たちを見渡して言った。

「聞いたろ。馬鹿な真似《まね》さえしなければ、もう死体が出ることなく、明日の朝を迎えられる。平和でロマンチックな夜にしような」

増田と西田が山口に近づいた。山口はそばの布団の上に仰向けに寝た。増田たちは山口の足を縛ると、そのロープの一端を近くのテーブルの足にゆわえつけた。

美幸が、山口の脇にぺたりと座りこんで、山口の手に触れた。

アキラが言った。

「だめだ、姉ちゃん。縄に触るな。毛布をかけて、あんたは少し離れてろ」

美幸は山口とアキラの顔を交互に眺めてから、言われたとおり山口の身体に毛布をかけた。

山口が美幸に言った。

「あんたと同じ部屋で眠るってだけで、どきどきしてるんだ。おれって、けっこう幸せだぞ」

美幸が、半泣きのような顔で言った。

「痛いんでしょ。代わりたい」

「男はやせ我慢よ。格好つけさせろよ」

アキラが増田に言った。

「お前とそっちの親爺は、二階だ」

増田が西田のほうに顔を向けた。西田はうなずくと、防寒ジャケットの裾《すそ》を直しながら、ロビーの出入り口へと向かっていった。増田が、妻の紀子の顔を見つめてから、西田のあとに続いた。

平田久美子が、アキラにおずおずとした声で言った。

「あのう」

「なんだ」とアキラ。

「しゃべるなと言われたけど、じっとしていると胸が苦しくなるんです。気が紛れるよう、テレビを観《み》るのはだめ？」

「ニュースを観たら、心臓が破裂するぞ。あきらめろ」

彼女の亭主の平田が言った。

「何か、ＤＶＤを見せてもらうのもだめかな？　この緊張が、つらすぎるんだ」

紀子がテレビ台に近寄って、アキラに言った。

「他愛のないのがいろいろある。じっとしているのはほんとに怖い。ＤＶＤならいいでしょ」

「神経に障らないやつな」

紀子が、テレビ台の下からＤＶＤの入った箱をまるごと引っ張り出し、アキラの前に運んできた。

「あなたが選んでください。気に障らないものを」

紀子が、二十枚ほどのDVDをテーブルの上に広げた。

アキラはざっと眺め渡してから言った。

「気の紛れるものってなら、ほのぼの系のアニメなんていいんじゃないか。笑う心境でもないだろうしな」

紀子は手早くDVDをまとめると、テレビ台に近寄った。彼女がテレビとDVDデッキに電源を入れてかけたのは、国産のアニメーションだった。ふたりの子供が主人公の、子供向きのアニメ作品。

明美はその主題歌が流れてきたとき、気持の張りがふっとなごむのを感じた。この選択は正解かもしれない。これから先一時間半、もう繰り返し何度も観ているこのアニメの世界に没入できるのなら、この状況の恐怖にもなんとか耐えられる。

「あれかよ」とアキラは呆《あき》れたように言った。「いい歳《とし》の連中が」

明美はアキラに顔を向けて言った。

「もう少しビールは？」

アキラが、椅子を少しだけストーブのほうに近づけて言った。

「ココアくれないか。ちょっと寒くなってきた」

紀子が、わかりました、と言って厨房《ちゅうぼう》に入っていった。

＊

西田康男は、部屋に入って、予期していたほど寒くないことにほっとした。小型の灯油ストーブが、先程来、この六畳間をなんとか暖めていてくれたのだ。ベッドがひとつ、椅子がひとつあるだけの、簡素な部屋だ。泊まり客用とはべつの、プライベートな客間、ということなのだろう。見知らぬ男と過ごすためには、増田は自分たち夫婦の寝室は使いたくなかったというわけだ。

先に部屋に入った増田が言った。

「この部屋は、ときどき換気してやる必要があります。そのときは少し寒くなるけど、我慢してください」

西田は、ベッドに腰を降ろした。

「昔は、布団の縁にも霜がついたものさ。息が氷になってしまうんだ」

「知ってますよ。小さいころは、うちもそうだった」

「あれを体験してるんだったら、凍死を心配する必要はないな」

戸外で、ゴオッという音が響いた。これまでなかったほどの、大きな風の音だった。コンクリート造りのこのペンションの母屋《おもや》が揺れたようにさえ感じられた。いや、じっさい揺れたのだろう。吹雪はこれから深夜に向かっていっそう強くなってゆくようだった。

増田が、部屋の隅からスリッパを二足取りだしてきて、一足を西田に渡してきた。
「申し訳ないですけど、ここのプライベート部分では、スリッパを履いてください」
「いいよ」西田は了解してから、増田に訊《き》いた。「二階には、トイレはあるのかい?」
「ありますよ。ドアを出て、右手奥」
「借りるよ」

西田は部屋の外に出た。廊下は長さ六間ほどだ。左手に階段があって、その向こう側の廊下の左手にふたつ、ドアがついている。夫婦の寝室や子供部屋があのドアなのだろう。

廊下の向かい側に、ドアが三つ並んでいる。たぶん浴室とか、物入れだ。増田の言ったトイレのドアは、三つ並んだうちの右端だった。

西田はその場に立ったまま、階下の音に耳を澄ました。レストランとロビーとはドアで隔てられており、ロビーと階段室とのあいだにもドアがある。階段室の一角が、いわば内玄関ということになっていた。つまりレストランとこの二階部分とのあいだには、二枚のドアがある。ふつうの声が聞こえる造りではなかった。じっさい、レストランの音は何も聞えない。床に耳をつければべつだろうが。

西田は、廊下を右手に歩いて、トイレのドアを開けた。中は畳三枚分ほどの広い洗面所となっており、右手に温水式のシャワー便器がある。

西田はトイレに身体《からだ》を入れて、ドアをロックした。すぐに耳を集成材のドアに当てたが、音はしない。増田はあの部屋から動いていないようだ。

増田にも、知られてはならない。さっきあの男が撃たれたのは、同じ人質であるはずのあの人妻らしき女がちくったせいだ。あの男のポーチの中に携帯電話があると。おかげで男は殺され、女は犯人にとり入って親しげに一緒に酒を飲む立場を確保した。この場では、人質にも気を許してはならないのだ。

西田は便座に腰を降ろすと、防寒ジャケットの内ポケットから、自分の携帯電話を取りだした。さっきあの殺人犯に言われて出したものは、同僚の忘れ物だ。届けることになって持っていたことを、忘れていたのだった。自分のポケットからあの携帯が出てきたとき、一瞬どういうことであったか戸惑ったが。

もう一度耳を澄まし、吹雪の音以外何も聞えないことを確認した。それでも用心するにこしたことはないが。西田は着信履歴からひとつの番号を選んで、オンボタンを押した。

コール音一回で相手は出た。

「志茂別駐在所」

「川久保さん」と西田は、声をごくひそめて言った。「西田です。大きな声は出せない。黙って聞いてください」

「どうしたんです？」と、川久保が怪訝《けげん》そうに言った。「何か？」

「いまペンション・グリーンルーフにいます。帯広の強盗がここにいる。テレビに出た、若い男です。ピストルを持っていて、ここでもひとり殺しました。吹雪なんで閉じ込められている。いるのはいま八人。それと殺人犯。電話しないでください。これで切ります」

言うだけ言って、西田はオフボタンを押した。いまの言葉で、必要な情報は伝えられたろうか。グリーンルーフの状態がどんなものか、間違いなく理解してもらえたろうか。

西田は携帯電話の電源を切ると、トイレの中を見渡した。この電話は、自分が持っていれば見つかる可能性があった。見つかった場合、自分はいま内玄関に横たわっているあの男のように、有無を言わせずに殺されてしまうことだろう。

棚の上に、トイレット・ペーパーが置かれている。西田は立ち上がり、携帯電話をそのうしろに隠した。

＊

川久保は、衝撃から立ち直るとすぐに、いまの西田の言葉をデスクのメモ用紙に書き留めた。

ペンション・グリーンルーフ。帯広の強盗。若い男。拳銃《けんじゅう》を持っている。ペンションでもひとり殺した。電話はしないで欲しい。

切迫した声だった。誰かに聞かれることを恐れているかのように、ささやくように語られた言葉。嘘《うそ》とは思えない。きょう事故車の救出を頼みにいったときのやりとりを思い起こしても、西田はわざわざこんな冗談を言ってくるような男には見えなかった。

ペンション・グリーンルーフ。

路外転落の事故の通報が、中札内《なかさつない》消防本部に入ったのは、グリーンルーフからだった。広尾署からその連絡を受けて、川久保がグリーンルーフに電話してみると、固定電話の回線はつながらなかった。あれはもしかすると、電話線が切られたという意味なのだろうか。

川久保は壁の町内地図に近寄った。数時間前まで、この地図には通行止め箇所をピンで示していた。しかしいまは、全域が通行止め。示すこと自体が無意味になっている。

ペンション・グリーンルーフは、吹き溜《だ》まりができやすいという雄来橋の南にある。あの三本ナラ伝説の現場は、この雄来橋のほぼ真西にあった。つまりそこは、日高山脈から吹き降ろしてくる風の通り道になっている場所だ。きょう国道二三六を通行していた車が吹き溜まりで通行不能となった場合、グリーンルーフは、駆け込むには好都合の宿である。というか、雄来橋南側一キロあたりまではほかに民家はない。グリーンルーフに駆け込むことが、唯一《ゆいいつ》凍死から逃れる途《みち》だ。

そこに、志茂別開発の西田がいる。そして、拳銃を持った若い殺人犯。ペンションでもひとを殺した。西田は、殺された者の名を出さなかった。ということは、西田の知らない誰かということになる。ペンションのオーナー家族の誰かでもないようだ。そうであれば、西田はそのように伝えたことだろう。

いまペンションにいるのは、殺人犯のほかに八人。オーナー夫妻のほかに、客が六人か。オーナー夫妻には子供はいなかったろうか。もしいたとすると、客が五人で、子供はひとり。それが、殺人犯と共に吹雪で孤立したペンションにいる。

とんでもないことになった。

川久保は、警察電話の受話器を取った。広尾署の上司に、とにかくいまの一件を伝え、対策を取ってもらわねばならない。刑事課の捜査員たちが現場に急行するのは不可能だが、とにかく吹雪が収まるまでに、現場に向かう態勢を整えてもらわねばならなかった。

「はい」と、地域課長の伊藤の声がかえった。

「署活系無線が使えないので」と川久保は弁解してから言った。「例の帯広の拳銃強盗、志茂別駐在所管内にいるようです。いま通報がありました。ペンション・グリーンルーフ。国道三三六に面しています。茂知川にかかる雄来橋南三百メートルくらいのところです」

「ちょっと待て」と、伊藤はあわてた声を出した。「強盗殺人犯が、そこにいるって？」

「はい。居合わせた志茂別の町民から電話通報がありました。殺人犯は、ペンションでもひとり殺したとのことです。若い男だそうです。殺人犯のほかに八人、ペンションにはいるとのことです」

「確実か。確認したか」

「電話はしないでくれ、とのことでした。殺人犯の目を盗んで通報をくれたようです。ちなみに、グリーンルーフの固定電話は不通です」

「重大情報だ。なんとか確認しろ。近くまで行けないか？」

「残念ながら猛吹雪で、道は埋まっています。近づけません」

「ペンションのオーナーも、携帯ぐらい持っているだろう？　番号を調べられないか」

「警察から電話をしてよいものでしょうか。犯人はおそらく気が立っています。携帯電話に電話したら、とんでもない事態になりそうですが」

「重大な情報だぞ。軽々な判断はできない。通報者にもう一度電話しろ」

「通報者を危険にさらすことになります」

「嘘かもしれない。確認しろ。いいな。こっちも方面本部と連絡を取る」

川久保が黙ったままでいると、伊藤は言った。

「いいな」

川久保は言った。

「通報者の声は、極度に緊張したものでした。殺される危険があったのだと思います。もう一度電話することは、わたしにはできません」

「通報者の電話番号を教えろ」

「電話は通報者を危険にさらします」

「わかっている。念のためだ。早く」

やむなく川久保は答えた。

「わかりました。いったん切ります」

伊藤に西田の携帯電話の番号を伝えてから、川久保はもう一度地図に近寄った。

ペンション・グリーンルーフからもっとも近い民家は、国道沿いではなく、国道につながる町道の北十二号沿いにあった。酪農家だろう。直線距離で、ペンションから六百メートルほどか。地図には、その農家は、増田、と記されている。グリーンルーフの裏手にあたる家だから、もしかするとオーナーの増田の生家なのかもしれない。

川久保はデスクに戻って電話帳を開き、酪農家の増田の家の番号を確かめた。かけようと警察電話の受話器を取り上げると、いきなりノイズだ。どうした？　プッシュボタンを押したが、まったく反応がなかった。押しても、音がしない。局につながっていないということだ。

この地方一帯、電話線も切れたか？

川久保は携帯電話を取りだして、増田の固定電話の番号を入力した。やはり不通だ。相手の番号そのものに達しない。

電話は使えない。この吹雪の中で復旧工事が行われるはずはないから、明日の昼過ぎまで、この地方一帯、電話は不通のままだろう。

川久保は、広尾署の対応を想像した。強盗殺人犯が拳銃を持って、八人の一般市民のいるあのペンションに立て籠《こ》もっているとなれば、明日、数十人規模の警察官を動員して包囲、投降を呼びかけることになるか。釧路方面本部や帯広署との共同行動ということになるだろう。

管轄《かんかつ》地域の駐在警官として、自分がなすべきことは何だろう。所轄や方面本部に、できるだけ詳細な情報を提供することぐらいか。

川久保は落ち着かない気分で、窓に寄った。ガタガタと震える窓の向こうでは、吹雪はいっそう激しく荒れ狂っていた。電話線が切れるのも当然だ。つぎは確実に電線が切れるだろう。

蛍光灯がまた一瞬消えて、ふたたび点灯した。

10

甲谷雄二は、自分のデスクで新村が揃《そろ》えてくれたデータを見た。千葉県警から送ってもらった記録のプリントアウトだ。いくつかの候補の概略から、甲谷はおそらく関係するものはこれと当たりをつけ、詳しいデータを新村に再検索させたのだ。

それは船橋市で六年前の四月に起こった強盗事件だった。

パチンコ店チェーンの社長の家が二人組の強盗に襲われ、現金およそ三千万円が奪われた。その日は夫人とお手伝いさんが不在だった。社長はひとりだけで家にいて、ちょうど出勤するところだったという。犯人たちは宅配便の業者を装《よそお》って侵入、社長に刃物を突きつけて金庫を開けさせ、現金だけを奪って逃げた。遺留品や証拠品が少なく捜査は難航、いまだ解決をみていないという。

共通点はふたつだ。内部事情を知った者による犯行であること。宅配便を装っていること。

しかし、大きな相違点もある。きょうの事件では、拳銃《けんじゅう》が使われた、ひとがひとり殺された。

ふたり組のうちのひとりが共通ということだろうか。相棒が違っていたために、事件は違う様相を見せたのかもしれない。五十嵐がもし船橋の事件の共犯だとしたなら、きょうの事件では主犯格の男はべつの相棒を使ったのだ。事件の様相の差は、その相棒の違いだとは考えられないか。

甲谷は、デスクの電話から、千葉県警船橋警察署に電話をかけた。殺人事件ではなかったのだ。たぶんこの事件では、捜査本部は設置されなかっただろう。ただでさえあちらの県警は多忙なはずだから。

船橋署の交換に名乗って告げると、かけ直すと言われた。電話を切って待つと、すぐにコールバックがあった。刑事課につなぐという。電話に出た捜査員に、きょう帯広で強盗殺人事件があったことを話し、六年前の事件の担当捜査員と連絡を取れないか問うた。ちょっと待ってください、と言われて十五秒後に、年配の男の声が出た。

「大崎といいます。あの事件を担当しました。何かわたしでお手伝いできることがあれば」

大崎は当直勤務だったのだろう。甲谷は大崎に、きょうの事件の概要をあらためて語ったうえで、パチンコ店チェーン社長宅強盗事件との類似性が気になっているのだと伝えた。その後の捜査で、捜査線上に浮かんだ人物などはいないのかと。

「いないわけじゃありません」と大崎は言った。「何人か浮上した。監視カメラに映っていた画像から、容疑をかけた男もいた。ただ、アリバイを崩すことができなかった」

「なんていう男か、教えてもらうことはできますか」

　大崎は言った。

「茨城の取手に住む男でね。免許を持たない不動産のブローカーで、一度詐欺罪《さぎざい》で実刑判決を受けてる。パチンコ屋の店員と接点があった。任意で署に呼んだけれど、逮捕はできなかった」

「感触としては？」

「かなり濃い灰色」

「名前を教えてもらえます？」

「笹原という男だ。笹原史郎、だったな」

　大崎はどう表記するかもつけ加えた。

「詐欺罪で入ってた刑務所はどこかわかりますか？」

「福井だったはずだ。監視カメラの画像、送りましょうか。もともと不鮮明なんだけど」

「宅配の制服制帽に、メガネなんでしょうね」

「ずばりですよ。本人を知っていなければ、笹原とは特定しようのない画像なんだけど」

「不鮮明なら、ファクスよりデータのほうがありがたいですが」

「帯広署宛《あて》に送ります。三十分待ってください」

「どうも」

電話を切ってから、甲谷はデスクの上の紙コップに手を伸ばし、残っていたコーヒーをすべて喉《のど》に流し込んだ。

手口の似た事件の参考人が、徳丸組の五十嵐と接点があるようだ。五十嵐は茨城にいた時期があり、また福井刑務所にも収監されている。

捜査員の勘で言うなら、これは疑ってかかれるだけの状況証拠だ。大崎が送ってくれるという、監視カメラの画像が楽しみだった。

新村が刑事部屋に入ってきた。

「足立は、もう帰せ、ってごねてますよ。日をまたいでの取り調べになったら、違法だろうって」

甲谷は笑った。

「いっぱしの口をきいてるな。お前の質問で、どこか矛盾点は出てきたか？」

「いや、とくに。やつは十二月二十日の件では、大筋で嘘《うそ》は言っていないようです。やつ、帰しますか？」

「いま、船橋の事件の監視カメラ画像がくる。それを見せる」

「画像が残ってたんですか」

「ああ。参考人は、五十嵐ともつながる。福井刑務所が一緒なんだ」

新村は微笑した。

「もしかして、当たり？」

「だとしても、そいつはたぶん丸腰の主犯だ。問題は、拳銃を持った若い男のほうだ」

甲谷のデスクで、電話が鳴った。

船橋署の大崎か、と甲谷は受話器に手を伸ばした。言い忘れた情報でもあったか。

交換手が、釧路方面本部刑事部から、と告げた。坪内《つぼうち》捜査課長が、帯広の強盗殺人担当の捜査員にと。

甲谷は名乗った。

「帯広署刑事課、甲谷です」

坪内が言った。

「広尾署から連絡があった。帯広の強盗殺人犯が、志茂別町のペンション・グリーンルーフにいる。若い男だ。人質になっている客から通報があった。ペンションでも、拳銃でひとり殺したそうだ」

甲谷は衝撃で、少しのあいだ言葉が出なかった。

坪内が続けた。

「十勝管内も、いま爆弾低気圧の中だろう。本部も動きようがない。今夜、連絡を待て」

「通報の中身は、確実ですか？」

「確認が取れない。志茂別一帯は、固定電話も不通だ。広尾署からの連絡では、通報を受けた駐在は、確認すること自体が人質を危険にさらすかもしれないと言っていたとか。慎重に対処する。勝手に動くなよ。この電話、署長にまわしてくれ」

「はい」

甲谷は、保留ボタンを押して電話を交換に戻した。

新村が言った。

「聞こえました。志茂別ですか」

「十勝国道を、札幌方面に逃げたと思ったのにな。意外だ」

そのとき甲谷は、思わず小さな声をもらしていた。

「若い男？　ふたりじゃないのか。拳銃を持ったほうということは、笹原じゃない」

「笹原って？」

「船橋の事件の参考人だ。笹原史郎はどこだ？　どっちに逃げたんだ？　市内のホテルに潜伏か？」

新村は黙っている。彼に質問したわけではなかった。答えなくてもいい。承知している。

甲谷は立ち上がった。

「志茂別の近くまで行ってみよう」

「無理です」と、新村は窓を指さした。「市内の帯広ホテルに向かった連中も、帰れないっていうのに」

刑事部屋の窓ガラスはすべて、吹きつけた雪のために真っ白だ。充塡剤《じゅうてんざい》でも、厚く塗布したかのようだ。しかも窓枠はガタガタと激しく揺れていた。建物のどこかの隙間《すきま》を抜けてゆく大気が、ゴオッと激しい音を立てている。

たしかにいま外に出て行けば遭難だ。しかしそれは、強盗殺人犯も身動きできないということだった。

被害者をこれ以上増やしたくない。

甲谷はあらためて、志茂別駐在所の川久保巡査部長のことを思い出した。彼が通報を受けたのだろう。確認は人質を危険にさらす、と進言したというのも、もっともなことだ。

あの駐在警官もいま、この事態をなんとかしようと気を揉《も》んでいるにちがいない。彼には、何か打つべき手はあるのだろうか。

＊

そのアニメーションが終わった。

クレジットに合わせて主題歌が流れ出したとき、アキラが立ち上がった。拳銃を右手に下げている。

「くそ」アキラはいらだたしげだ。「退屈は変わらねえな」

ほかの人質たちが、そっとアキラのほうに顔を向けた。アキラが次に何を始めるか、心配なのだ。平田久美子は、アニメを観《み》ているあいだもさほど緊張を解いたようでもなかった。ふたたび、頬を強張《こわば》らせている。

明美は自分も立ち上がって、アキラの腕を取った。

「落ち着いて。あんたが立ち上がると、みんなびびってしまう」

アキラが、半分呆《あき》れたような顔で明美を見つめてきた。

「あんたは怖くないのか？」

「怖がってたって始まらない」と明美は陽気な調子で言った。「ポジティブ・シンキングなたちだから。ワインのせいかな」

「ただ鈍いだけじゃないのか？」

「そうかも。ね、落ち着いて」

アキラが、ふといいことを思いついたという顔になった。

「あっちで落ち着くか。客室は空いてるんだろう」

意味はひとつだ。明美は言った。

「死ぬほど寒い。その気になれないと思う。ここでは？」

言ってみただけだ。自分もここで、アキラに組み敷かれるつもりはなかった。ただ、こういう会話が続いている限りは、アキラももう一度誰かを撃つようなことにはならないだろう。会話がもし危ない方向に入りこんでしまった場合はそのときだ。

アキラはちらりとほかの客たちを見て言った。

「おれは、ひと殺しかもしれないけど、変態じゃないんだ」

「わたしもノーマル。好きだけど」

アキラは言った。

「この二階に、暖房の効いた部屋があったな」

「二人、男がいる」

「降ろすさ」

「全員をここに降ろして、あんたは部屋にこもってしまうの？」

「連中、何もできるはずがない」

明美は小声で言った。

「じゃあ、二階に連れてって。落ち着かせてあげる。頭に昇った血を下げてあげる」

アキラの目の光がいっそう野卑なものになった。

「そうしてもらおう」

「行きましょう」明美はほかの客たちに身体《からだ》を向けて言った。「ちょっと二階に行ってくる。心配しないで」

全員が驚いた顔を見せたが、止める者はなかった。

いま誰もが明美のことを、はしたない女と思ったことだろう。事実そうなのだから、自分はあえて抗弁しない。ひとひとり、死なせてしまった責任がある。自分はここで、汚れ役を引き受ける。

＊

突然開いたドアに、西田は心臓が止まる想《おも》いだった。椅子《いす》から落ちるほどの衝撃だった。ベッドの上では、増田も驚愕《きょうがく》した顔で上体を起こした。

入ってきたのは、坂口明美とアキラだった。アキラは拳銃《けんじゅう》を明美の背に突きつけている。

明美が西田たちに言った。

「下に行っていろって。ここでこのひとが、少し休む」

西田は思わず訊《き》いた。

「あんたは？」

「人質」

そう答えた明美の顔には、さほど脅えも見えなかった。

殺人犯とふたりきりになって、何が起こるのかを承知しているのか？　承知のうえで、ここにきたのか？　もっとも、拒んだところでアキラがそれを認めるとは思えないが、また明美の顔も、これから起きるにちがいない事態を拒絶しているようではなかった。

アキラが明美のうしろで言った。

「聞こえたろ。降りておとなしくしていろ」

増田がベッドを降りて、西田に顔を向けてくる。西田は、言われたとおりにしましょうとうなずいた。

ドアを抜けるとき、明美が西田たちに言った。

「このひと、少し休めば落ち着けると思う。心配しないでください。絶対に何も心配しないで」

アキラが言った。

「わかるだろ。このひとは、みんなのためにボランティアやってくれてるんだ。このひとの好意を無駄にするなよ」

西田は増田をうながして、部屋の外に出た。

部屋のドアは内側からカチリと閉じられた。

無言のまま階段を降りて、ロビーへ出たところで、西田は増田に言った。

「あのひとが女性の最初の犠牲者か？」

増田が言った。

「ぼくらを守ってくれているんだと思う。ああいうことを、自分が引き受けるってことで」

「ほんとにボランティアなのか。どうしてまた、そんなことをやる気になるんだろう？」

「ひとがひとり殺された。これ以上死人が出るよりは、ってことでしょう」

増田の口調は、何かそう信じるに足る根拠がある、と言っているようにも感じられた。

西田は、レストランの入り口ドアの前まで歩きながら言った。

「これが終わったら、お礼をしなきゃあな。たぶん志茂別のひとだね？」

「顔に覚えがある。町のひとでしょう」

レストランのドアを開けると、中にいた客たちが一斉に西田たちに顔を向けてきた。

増田が言った。

「あのひとが、あいつを落ち着かせてくれるようだ。まかせておこう」

全員がすっと増田から視線をそらした。

平田久美子が、ＤＶＤのケースをひとつ取り上げて言った。

「次はこれはどうかしら。ここに出てくるおばあさんが好きなの」

紀子がケースを受け取って、新しくセットした。

西田は時計を見た。

午後の八時四十分だ。あのとき駐在警察官に電話をしておいたのは正解だった。このあとはもう二度とそのタイミングはないかもしれないのだ。

＊

甲谷雄二は、船橋警察署から送られてきたデータを見た。監視カメラに写っていたという男の顔だ。三枚あり、そのうち二枚がなんとか顔が判別できそうな写り具合だ。メガネをかけた中年男。作業帽をかぶっている。これが笹原史郎なのだろう。

もう一枚は、右手方向に動いている人間の姿だ。パンツにジャケット、ニットキャップふうの帽子。動きが速いせいか、ぶれている。甲谷は目をこらして、それが五十嵐かどうかを見極めようとしたが、難しかった。それが男かどうかという点さえ、断定できない。

しかし、とりあえずこれを足立兼男に突きつけて、きょうの強盗殺人犯と同一人物かどうかを確認させる必要がある。じっさいの人物を知っている人間には、不鮮明な監視カメラの画像からも、多くの情報が読み取れるのだ。

甲谷は三枚のプリントアウトを手にすると、取調べ室に入った。

足立が防寒着の襟《えり》をかき合わせ、椅子の上で身を縮めている。テーブルの上では、カップ・ラーメンの容器がふたつ空になっていた。脇《わき》のデスクでは、新村巡査がノートを前に座っていた。

甲谷は、足立の前に立つと、プリントアウトをテーブルの上に置いた。

「こいつに見覚えはないか？」

足立は一枚を手に取って、ぽかりと口を開けた。

「きょうの男でしょ？」

「間違いないか？」

「うちの監視カメラのじゃないんですか？」

「同じ男か？」

足立はふしぎそうに顔を向けてきた。

「そうでしょう?」

「六年前の写真だ。よその事件だ」

「そうなんですか。この男に間違いないと思いますよ」

「もうひとり写ってる男がいる」

足立は、いちばん下のプリントアウトを手にすると、目を細めて見つめてから言った。

「五十嵐の兄貴に似てないですかね」

「おれに訊くな。似てるのか、似てないのか?」

「似てますよ。だけど言い切るのは無理です。なんとなくパッと見の印象ですけどね」

新村が、甲谷にちらりと視線を向けてきた。ずばりでしたね、と言っている顔だ。

甲谷は、プリントアウトを足立から取り上げると、足立の向かい側の椅子に腰をおろして訊いた。

「また薬師泰子って仏さんの話になるが、けっきょくのところ、五十嵐がやった、ってことでいいんだったか?」

足立は目を丸くした。

「兄貴がやったなんて言いましたか?」

「このままじゃ、お前も共同正犯ってことになる。いやだろ? 正直に言え。あれは五十嵐がやったことで、自分はやってないってことを証明しろ。おれを納得させろ」

「何があれば、やってないって証拠になるんですか？」

「徳丸や原口がお前に出した指示。でなけりゃ、徳丸にお前たちが報告したときのこと。記録に残してないか」

「役人とはちがいますよ。いちいち出張命令も報告も書かない。何があったか、聞いていた兄貴分たちは何人もいますけど」

「じゃあ、お前が薬師泰子から取り上げたっていう携帯電話はどこにある？　発着信記録にお前の名がなけりゃいいけどな」

「携帯電話でいいんですか？」

「処分してないのか？」

「とってありますよ。もし死んだことがはっきりすれば、処分しろって組長に言われていたんですけど」

「どこにある？」

「組長の屋敷の、泊まり込み用の部屋。おれのロッカーがあります。そこのバッグの中」

新村が横から言った。

「そのバッグなら、任意で提出させてますよ。武道場に、証拠は集められてます」

足立が新村に顔を向けて、抗議するような調子で言った。

「おれ、提出しましたか？」

新村が言った。

「現場にあったお前の所持品については、任意提出の了解を取ったぞ」

「あの部屋にあったもののつもりでしたよ」

「現場は組長の屋敷だ。お前たちの部屋も含まれる」

足立は不服そうに口をつぐんだ。

甲谷は新村に指示した。

「バッグ全部持ってきてくれ」

「はい」

新村は立ち上がって部屋を出ていった。

足立が言った。

「こういう場合、挙証責任ってのは、警察のほうにあるんじゃないんですか」

甲谷は微笑した。このところ、こういう法律用語を使うチンピラが増えてきた。暴力団ごとに、警察と闘うための法律講習会でも実施しているのではないかと思えるほどだ。

「どこでそんな言葉覚えた？」

「常識ですよ」

「安心しろ。捜査も手続きも、法律の範囲内でやってるから」

そこに新村が戻ってきた。ビニール袋に入ったスポーツバッグを左手に提げている。右手には、白い作業用の手袋。

甲谷は手袋をはめてから、バッグの中を探り、ピンクの女物携帯電話を取りだした。ディズニーのキャラクターのストラップがついている。女子高校生が使うような携帯電話にも見える。

「これが薬師泰子のものか」

「そうです」

甲谷はその携帯電話に、規格の合う充電器をつないだ。電源ボタンを押すと、十秒ほどで起動画面が現れた。

待ち受けの画像は、やはりアニメのキャラクターだ。目の大きな小動物。

着信履歴を見た。十二月の二十日からさかのぼって十二月初旬までのものだ。ほとんどが「十勝共済」と表示された携帯電話の番号だ。十勝市民共済の原口のものだろう。これは容易に確認がつく。

十一月まで見て、べつの名前が出てきた。菅原。これは誰だ？

甲谷は足立兼男に訊いた。

「菅原って誰だ？」

「は？」と足立は首を傾《かし》げた。

とぼけたとは見えなかった。ほんとうに知らないのだろう。

発信履歴を見ると、十二月の十八日に、菅原という人物に五度電話している。これが亭主でもなく、金融業者でもないとしたら。

甲谷は、メールの発信記録を見てみた。十八日に、やはり菅原宛《あて》に発信していた。

メールの文面を読んだ。

「最後に一度だけ会ってください」

男か。それもどうやら、かなり親密な相手だったと想像できる。メールの発信履歴、着信履歴をじっくり読めば、おそらく薬師泰子の秘められた私生活がわかるにちがいない。

それにしても「最後に」とは、どういう意味だ？　売られて志茂別を離れることを、最後と表現したのだろうか。それとも。

受信記録を見てみたが、十八日のメールに対するこの菅原からの返信メールは見当たらなかった。薬師泰子の「最後の願い」を、菅原という男は無視したようだ。

甲谷は、足立に顔を向けて言った。

「こういう吹雪だし、せっかくだ。うちに泊まってゆけや」

足立はまた泣きそうな顔になった。

「やっぱりおれ、パクられたんですか。殺してませんよ。容疑はなんです？　逮捕状はあるんですか」

「とりあえず、窃盗容疑だ。現行犯。変死体で見つかった他人の携帯電話を持っていて、その所持について合理性のある説明ができなかった」

足立は、ああ、と情けない声を出して、両手で頭を抱え込んだ。

＊

部屋の明かりが消えた。

天井灯の常夜灯だけをつけていたのだが、その明かりも消えて、部屋は闇《やみ》となったのだ。完全に停電となったのだろう。

「くそっ」と、アキラがうしろで言った。「そのままにしてろ。明かりなんていらない」

坂口明美はいま、アキラに命じられるままに服を脱いで、うしろから彼を受け入れていた。ベッドの上に両膝《りょうひざ》をつき、上体を折り曲げていたのだ。アキラはカーゴパンツとブリーフをおろし、抽送《ちゅうそう》を続けていた。行為はまだ終わっていない。でもアキラの息づかいと、その速度から、彼がもう絶頂に達しようとしているのがわかる。あと少しだろう。明美は目をつぶり、頭の中からこの現実を追い払った。あとほんのわずかの辛抱なのだ。

暗闇の中で、アキラの行為がひときわ激しいものになった。搗《つ》きたての餅《もち》を叩《たた》くような音が連続した。明美がいままで体験した中でも、もっとも卑猥《ひわい》であからさまな、その行為の付属音だった。まさか階下に聞こえることはないと思うが。それでも明美は歯を食いしばって、それを恥辱と感じないように努めた。わたしはいまただのスポンジでしかない。感情も人間性もない、ただの弾力のある無機物にすぎない。どんなに好き放題にかたちを変えられようと、恥辱には感じようもない。そんな存在なのだ。

次の瞬間、アキラは身体《からだ》を静止させた。長い吐息が、明美の背中を這《は》った。すぐに離れてくれるかと思ったが、アキラはその部分を密着させたままだ。動かない。

アキラが達してからどのくらいたったときか、明美はふと室温が下がったことを意識した。何が起こった？　窓でも開いたの？

耳を澄ますと、いましがたまで聞こえていたファンの音がなかった。

ストーブも消えた？

不完全燃焼を防止するため、自動的に消火される機構なのかもしれなかった。

アキラが身体を離して言った。

「火が消えたぞ。暖房なしかよ」

明美は膝をついて上体を倒した姿勢から身体を崩し、ベッドに横になった。

アキラが、ベッドのシーツの端を引っ張り、もそもそと動いている。

明美は呼吸が整うのを待ってから、上体を起こし、ティッシュ・ペーパーを探した。行為の始まる前に、ベッドサイドのテーブルの上にあることを確かめていた。

カチッと音がして、部屋に小さな明かりが灯《とも》った。アキラがライターをつけたのだ。顔だけ、闇の中に浮かび上がっていた。

「ここにいたら、凍えてしまう。階下に戻るぞ」

「待ってください。服を着ないと」

「早くしろ」

ライターの明かりが消えた。明美は再び闇となった部屋の中で、手さぐりで自分の服を探し、なんとか着込んだ。階下も停電しているはずだ。多少乱れていても、誰も気がつかないだろう。いや、気づいても知らん顔をしてくれるだろう。

またライターがついた。

アキラが、ドアの前で言った。

「行くぞ。先に出ろ」

アキラがドアを開けると、廊下はいくらか明るかった。明美は廊下に出て、明るさの理由がわかった。緑色の非常灯がついていたのだ。

ここは宿泊施設だし、プライベート部分にも、オーナーは非常灯を設置したのだろう。火災の場合でも、たぶん人間が避難するのに十分な程度の時間は、この明かりが点灯したままのはずだ。

「ありがたいな」とアキラがライターを消して言った。「階段ですっころばずにすむ」

トイレに行かせてもらってから、明美はアキラと共にロビーまで戻った。ここにも非常灯がついている。つまずくことなくレストランへ戻るには、十分な明るさだった。

レストランのドアを、アキラの先に立って開けた。レストランの中は、薪《まき》ストーブの火の明かりと、方々に立てられたキャンドル、それに出入り口の非常灯のおかげで、そこそこの明るさがあった。ストーブの前にいたほかの客やオーナー夫妻が、さっと視線を向けてきた。明美はうつむくことなく、ストーブの火を見つめたまま奥へと進んだ。客たちのほうが視線をそらした。空気から、明美を嫌悪《けんお》してのこととは感じられなかった。ただ、ばつが悪いのだろう。

さっきまでアキラと一緒に着いていたテーブルの上にも、キャンドルを立てた小皿が置かれていた。明美は自分の専用席となった椅子《いす》に腰をかけた。

アキラが客たちひとりひとりを用心深く見渡した。この場から消えた者がいないか、数えたのかもしれない。

アキラは、布団《ふとん》の上に仰向けに寝ている山口に声をかけた。

「立ち上がって、くるりと回ってみろ」

山口が言った。

「縄はそのままだよ」

「言うとおりにしろよ」

山口は美幸の手を借りて立ち上がり、言われたとおりにその場で一回転して見せた。縄は解かれていない。

「いいだろ」アキラは自分の椅子に腰をおろした。

平田久美子が立ち上がり、明美に顔を向けてきた。

「二階、寒くなかった？　シチューできたけど、少し食べる？」

思いがけない言葉に、明美はとまどいつつ応《こた》えた。

「あ、ぜひ」

アキラがオーナーの増田に訊《き》いた。

「非常灯ってのは、どのくらいの時間点《つ》いてるんだ？」

増田がアキラに顔を向けて答えた。

「停電してから、だいたい三十分」

「非常灯が消えたら、あとは静かに眠ってくれな」

平田久美子が、ストーブにかけた鍋《なべ》からシチューをスープカップによそって、明美の前に運んでくれた。ふいにまぶたに熱いものがあふれた。明美は目をつぶり、顔をカップに近づけて、自分の表情を隠した。

レストランの窓の木製サッシが、小刻みに震えている。ストーブの奥からときおり、風の吸い込み音が聞こえてきた。停電の前、明かりの下ではこれほど強く意識できなかった音だ。さっきまではＤＶＤの音があったせいかもしれない。停電がこのままひと晩じゅう続くならば、吹雪の音はいっそう強く意識されてくるのだろう。

明美は横を向いて、壁の時計を確かめた。午後九時を十五分まわっている。爆弾低気圧が過ぎ去ってしまうのは明日のお昼ぐらいということだった。あと十五時間ばかり、吹雪は収まらないということだ。十五時間。明美にはその十五時間が、ほとんど永遠とも思えるほどに長いものと感じられた。そのあいだに、自分はあとふたつか三つの人生も生きられるのではないか。きょうはもう十分にいくつもの人生を生きたけれども。

ストーブの中で、風の音がひときわ強くなった。ガラスのスクリーンごしに、炎が深く奥に吸い込まれていったのが見えた。

＊

川久保篤は、駐在所の奥の居間に、なんとか新しい秩序を作り終えた。

停電は、おそらく明日になるまで続く。ということは、ファンのついた灯油ストーブの復活はあきらめるしかないのだ。川久保は電池式の卓上型懐中電灯を使って、なんとか奥の物入れから簡易型の灯油ストーブを取り出し、タンクに灯油を満たして、使える状態にした。

もちろんこの灯油ストーブだけでは、せいぜい六畳間程度の広さの部屋を暖められるだけだ。駐在所も居室部分も同じように暖めておくことはできない。川久保は、明日までは居間だけを暖房し、夜も居間のカウチの上で眠ると決めたのだ。駐在所側との出入り口を締め切り、制服を脱がず、さらに防寒着を着こんだままで眠る。掛け布団と毛布も、すでにカウチの上に重ねておいた。十一時ぐらいになったところで、眠ることにしよう。

灯油ストーブの上には、水をいっぱいまで入れたヤカンを置いた。就寝の直前には、身体を温めることができるよう、辛味のきいたカップ・ラーメンでも食べるのがよいかもしれない。

グリーンルーフの状況が案じられた。孤立した真っ暗なペンションの中に、拳銃《けんじゅう》を持った強盗殺人犯がいる。すでに殺人犯はペンションでもひとりを殺したという。切れやすいか、ひとを殺すことに何の痛痒《つうよう》も感じない男ということだ。まさか快楽殺人者の傾向があるとは思いたくないが、そうである可能性だって否定できないのだ。

川久保は、灯油ストーブの炎の様子をガラスごしに見つめながら祈った。どうか、これ以上の事件には発展しないことを。これ以上の被害者が出ないことを。一刻も早く方面本部が適切かつ有効な対応を取ることを。

11

目を覚まして、川久保篤は異変に気づいた。

テレビの脇《わき》の目覚まし時計は、午前六時四十分を示している。いつも目覚める時刻だった。遮光カーテンの隙間《すきま》から、すでに光が洩《も》れていた。

川久保はカウチの上で身体《からだ》を起こしながら、その朝の異変の正体を探した。何かがちがうのだ。何かが、川久保の予測とちがう。

音か？　風の音がしない？

川久保は毛布と掛け布団《ぶとん》をはねのけると、窓辺に近寄ってカーテンをさっと開けた。

断熱性の高い三重のガラス窓は、内側に氷もつかない。外側のガラスの表面に雪が貼《は》りついてはいるが、隙間から外を見ることができた。

風が弱くなっている。

少なくとも、昨夜のような猛烈な風は吹いていない。やや強めの風、という程度だ。しかも風に雪は混じっていなかった。空は晴れている。駐在所脇のミズナラの木は多少揺れてはいるものの、根元から折れそうなほどの強風にさらされているようではない。

テレビをつけようとしてみたが、電源が入らなかった。停電は相変わらずだった。まだ電力会社は、復旧のための作業班を送り出せないということか。もしかすると、この風はいま収まったばかりか、あるいは局地的に止《や》んだというだけのことかもしれない。

川久保は、居室部分から駐在所に出て靴を履き、風除室の内側の戸を開けた。昨夜、この風除室の外側のドアは、ガタガタと揺れ続けていた。ときには、壊れるかと思えるような衝撃音もたてた。いま、ドアはごく小さく震えているだけだ。

ロックをはずし、ドアをなんとか押し開けると、足元に雪が崩れてきた。ドアのすぐ外側に、五十センチあまりも積もっていたのだ。

駐在所の表に立って、国道を眺めた。まだ除雪車は入っていない。雪は三十センチほども積もっているようである。もちろん路面全体に均一に積もっているわけではなかった。風が抜けるような場所では、吹き溜《だ》まりができている。吹き溜まり部分は、五、六十センチ以上もの高さだろうか。

風は間歇《かんけつ》的だ。吹いても、その強さは十五メートル以下だろう。風に向かって歩くことは難しいが、転倒してしまうほどでもない。高速道路を走る車なら、流されるかもしれないという強さ。

川久保は長靴で雪の中に道を作った。湿った重い雪だ。しかも強風のせいで結晶は崩れているから、積雪の密度は濃い。雪は重く締まって積もっていた。

駐車スペースに回った。ミニ・パトカーは、完全に埋もれていた。掘り出すのに、三十分やそこいらはかかりそうだ。国道の除雪はまだだが、それでもパトカーだけはいつでも動かせるようにしておく必要がある。

川久保はいったん駐在所に戻った。重労働の前に、熱いコーヒーとカップ・ラーメン程度は胃に流しこんでおかねばならない。

＊

西田は、もう三十分以上も前に目を覚ましていたが、布団の中でじっとしていた。もう建物は強風に揺れていない。どうやら吹雪のピークは過ぎたようだ。爆弾低気圧の尻尾《しっぽ》のあたりが、いまこの地方を通りすぎようとしているのか。もちろん完全に風が収まったわけではない。ときおり、建物全体が揺れる。しかしその間隔は、少しずつ延びていた。緩慢に、低気圧は勢いを衰えさせている。

西田は、昨夜増田が周辺の除雪体制について言っていた言葉を思い出した。このグリーンルーフから南に百メートルほどの町道北十二号線には、国道よりも先に除雪が入るのではなかったか。つまり町道まで百メートルを除雪するなら、警察が来る前にアキラはここを脱出できる。

アキラの立ち上がる気配がした。西田は毛布の下で首をまわし、目を少しだけ開けた。アキラが窓に寄って、カーテンの隙間から外を眺めているところだった。右手に拳銃《けんじゅう》を持っている。

アキラが振り返って怒鳴るように言った。

「ようし、みんな起きろ」

客たちはみな、はね起きた。さっと人質たちの顔を見たが、寝ぼけ眼《まなこ》は見当たらない。西田同様、みなすでに目覚めていたのかもしれない。

アキラが窓のそばで続けた。

「吹雪が少し収まってる。男たちは、車を掘り出せ。オーナー、あんたも除雪車を動かせ」

西田は毛布をよけて、のっそりと立ち上がった。オーナーの増田は、肩を揉《も》みながらストーブに近づき、前扉を開けた。

増田紀子がテレビの前に歩いてリモコン・スイッチを操作したが、電源は入らなかった。停電は続いているようだ。

男の人質たちは、防寒着をしっかりと着込んで、レストランの出入り口へと向かった。

アキラが増田に言った。

「ローバー借りるぞ。掘り出すのは、あのローバーだけでいい」

増田は無表情にうなずいた。

＊

帯広警察署の刑事部屋の隅のカウチで、甲谷雄二は起き上がった。自宅に帰ることもできない吹雪だったのだ。でも、いまはかなり収まっているようだった。

カウチの正面にあるテレビをつけた。ローカル・ニュースを探すと、北海道の地方局がちょうど概況を伝え始めた。

「この爆弾低気圧による猛吹雪で、道東一帯の道路、交通網は完全に機能を停止しました。国道三十八号線の十勝清水付近では、吹き溜まりに阻《はば》まれて立ち往生した車が五十台以上連なっています。ドライバーたちは車を道路上に残したまま、近所の民家や道の駅に避難してこの一夜を過ごしました。

国道二百四十一号も、士幌《しほろ》町で三十台以上の車が雪に埋まっています。さらに、十勝地方、根釧《こんせん》地方全体では、合計で二百台以上の自動車が立ち往生している模様です。昨夜来、救援を求める電話が各地方の警察にかかってきていますが、道路がまだ除雪されていないため、救出できない状態です。

北海道開発局は、十勝地方の北部と、根釧地方の北部側に集中的に除雪車を投入、逐次国道を開通させる予定です。北海道土木現業所も、開発局と同じく、十勝地方、根釧地方の北部から除雪を進めてゆく予定にしています。この猛吹雪は、弟子屈《てしかが》や阿寒湖畔が四日間交通途絶となった平成十七年四月の爆弾低気圧を上回る規模となった模様です」

そこに新村が現れた。コーヒーカップをふたつ手にしている。

彼はひとつを甲谷に渡しながら言った。

「やっと少し、吹雪が落ち着きました」

甲谷は言った。

「昼まで荒れるってことだったけど」

「早めに十勝を通過してくれたようですね。国道二三六は、除雪はあとまわしだそうです。志茂別まで行けるようになるのは、八時過ぎだとか」

「強盗殺人犯が立てこもってるんだぞ。なんとか除雪車一台まわしてもらえないのかな」

「帯広周辺で、百台以上の車が立ち往生です。たぶん遭難者も出ています。交通課は、人命救助を優先させたいそうです」

「殺人犯逮捕のほうが緊急性が高いと思うが」

「方面本部が、十勝機動警察隊を送るとか。広尾署も、国道二三六が除雪されるときには、検問の態勢に入るそうです」

「南のほうは、道は開いてるのか？」

「大樹《たいき》町とか豊頃《とよころ》町のあたりは、さほど積雪はなかったようです」

甲谷がコーヒーカップに口を近づけたとき、刑事部屋に駆け込んできた職員があった。定年間近の巡査部長だ。

彼にメモを手渡された。

「いま入った通報です」

メモにはこう記されていた。

「別府町二番の交差点近く、歩道に乗り上げた車の中に男性の死体らしきもの。血に染まっている」

そして通報者の氏名、住所。

甲谷は確認した。

「いたずらじゃないな？」

「大丈夫です」

「一一〇通報じゃなかったのか？」

「ええ。その近くの帯広刑務所の職員なんです。自分の家の前を除雪していて、車に気づいた。遭難車かと思って近づくと、死体らしきものがあったそうです。署の番号を知っていたので、直接こっちに電話したとのことでした」

甲谷は壁の帯広市内の地図に駆けた。場所は、帯広の南はずれ、住宅も少なくなるあたりだ。国道二三六に入りやすい場所だった。

新村が、甲谷を見つめてきた。

「笹原が殺されたんでしょうか」

「仲間割れか。考えられるな」

「これで三人ですか」

「もっとかもしれん。ペンションが気になる」

甲谷は携帯電話を取りだした。いま何よりの気掛りはあちらの件だ。

すぐに相手が出た。

「志茂別駐在所」

「帯広署の甲谷です。もうひとつ、死体が見つかった。帯広の南、二三六の近くで」

「遭難？」

「いや。血を流しているとのことです。おそらく、昨日の事件の被疑者がやった」

「計三人ってことですね」

「把握できる限りでは。そっち、吹雪はどうなってます？」

「だいぶ収まりました。風は吹いてるけど、雪は降ってない。除雪はまだ」

「ペンションまで向かえない？」

「車は動けません」

「うちも動けない。機動警察隊が急行することになった。だけど、一時間以上はかかる」

「被疑者《マルヒ》も、しばらくは動けない。だけど、もうじき町道は開き始めます。広尾署は、二三六で検問することになってますが」

「この状態だと、被疑者はペンションでさらに何か始めるかもしれない。それが心配です」

「わかります。除雪が入り次第、わたしも現場に向かいます」

「十分に気をつけてください。被疑者は、三人殺していると考えられるんです。簡単な相手じゃない」

「了解です」

電話を切って、甲谷は新村に言った。

「きょうは、拳銃携行になる。気を引き締めてゆくぞ」

新村が、硬い表情でうなずいた。

＊

ようやくレンジローバーが雪の中から姿を現した。

吹き溜まった雪にすっかり埋もれていたのだが、男三人でスコップを使ってなんとか掘り出したのだ。オーナーの増田は、小型の除雪車を使って、ペンションの駐車場から国道二三六までを除雪している。国道にはまだ除雪車が入っていないが、入り次第いつでもローバーは出発できる。すでにローバーは暖気運転にかかっている。

拳銃を手に、アキラが西田たちの作業を玄関の庇《ひさし》の下で見守っていた。足元に、黒いバッグを置いている。

山口がローバーに乗り、リバースさせて、除雪されたばかりの駐車スペースに出した。アキラは玄関先から出てくると、黒いバッグをローバーの助手席に入れた。

西田は、そのバッグの大きさやふくらみ具合に、自分が昨日預かったバッグを連想した。ふたつのバッグをつなぐ連関も、ようやくわかった。遭難した男は、アキラの片割れ。ふたりは奪ったカネを山分けしたのだ。そのうちのひとつが、自分の車に入れてあるあのバッグだ。

アキラは、増田に言った。

「そろそろ、町道が開くんだよな。そこまで百メートルだったか？」

増田が答えた。

「そのくらいです」

「除雪してくれ。おれがうしろについてゆく」

「まだ町道が開いているかどうかわからない」

「そのときは、町道もあんたに除雪してもらうさ。一キロも東に走れば、吹き溜まりもたいしてなくなるんだろう？」

増田は硬くうなずいて、除雪車に戻っていった。

*

厨房《ちゅうぼう》の中で、坂口明美はオーナー夫人の増田紀子とふたりきりになった。平田久美子と美幸が、料理を持って厨房を出ていったのだ。

洗い物をしながら、紀子が明美に言った。

「ありがとう。あなたひとりが」

紀子は明美の顔を見ずに、シンクに目を向けていた。

明美は、皿を拭《ふ》きながら言った。

「いいんです。あんなことは、ひとりで十分だったから」

「あの男が出ていったら、きっと警察がくる。あなたは、吹雪で道がふさがったので、ひとりでうちにやってきた。ひと晩泊めてくださいって。そうだったよね」

明美は、紀子の言葉の意味を考えた。それって、わたしが菅原信也とここで待ち合わせていたわけじゃないって証言するという意味だろうか。

どう反応すべきなのかわからなかった。黙ったままでいると、また紀子が言った。

「きょうのお客は、ほとんどがそんなひとばかり。吹雪のせいで、偶然ここに泊まることになった。あなたも、山口くんも美幸ちゃんも、西田さんも。あの死んだひとも。平田さんご夫妻だけが予約していたけど」

紀子の言葉の意味はわかった。彼女は自分をかばってくれている。くだらない男と不倫していた人妻。でも相手は殺された。そのうえ自分の携帯電話も菅原のものも、ストーブの中で溶けてしまった。裸の写真も、やりとりしたメールの記録も、もはやこの世の中には存在しない。菅原との待ち合わせを知っていた増田夫妻だけが知らぬと言ってくれたら、たしかに不倫の痕跡《こんせき》はなくなるのだ。

明美は小さく言った。

「ありがとう」

「つらいことを引き受けてくれて、わたしたちのほうこそ、頭を下げなくちゃね」

「忘れられると思う」明美は紀子を正面から見つめ、あらためて名乗った。「志茂別の坂口明美。本町に住んでる」

「顔は知っていたわ。泣かないで」

「ありがとう」と明美はもう一度言って、エプロンで頬をぬぐった。

＊

除雪車が、ペンションの駐車場から国道に出て、ブロアで雪を吹き飛ばし始めた。アキラがローバーに乗って、その五メートルほど後ろにつけた。

百メートルという距離。しかもあの除雪車は小さく、雪は湿っていて重い。町道の北十二号まで除雪するのに、どうしても二十分程度はかかるだろう。ブロアで同じところを数回往復しなければ、たとえ四輪駆動のローバーでも走行可能な状態にはなりそうもない。

西田康男は時計を見た。七時五分前だ。

七時には、町道の除雪が始まる。北十二号にも、ほどなく除雪車が入るだろう。つまり、もしアキラが釧路方面に逃げるつもりなら、逃走は容易だ。東へ、そして南へと積雪の少ない道路を選んでゆけば、やがて国道三三六号に出る。浦幌《うらほろ》のあたりで国道三十八号に合流。あとは釧路まで、さほどの積雪はないはずだ。車はこの時間でも通行可能だろう。道警は、あちらでも検問をするつもりだろうか。

いや、と西田は考えた。警察は犯人が雪の少ない町道や村道をたどって東方向に逃げるとは、夢にも思わないのではないか。犯人も吹雪のせいで道を自由には選べないと判断し、二三六だけで検問を実施するのではないか。

このままなら、彼は逃げきる。

いま山口も平田も、レストランに入った。女性たちが、朝食を作ってくれたようだ。ちょっとした合宿気分を味わえるかもしれない。玄関の外には、毛布をかけられた死体がひとつ横になっているが、とりあえずアキラが駐車場を出ていった以上、恐怖の時間は終わったのだ。除雪車を運転する増田にだけは、まだ少し恐怖の時間が継続するが。

西田はペンションに飛び込むと、二階に駆け上がった。電話をしなければならない。殺人犯が出ていった、と、あの駐在警察官に。

トイレに入って、棚の奥から携帯電話を取りだした。電源を入れ、発信履歴から、志茂別駐在所の駐在警官の電話番号。発信したとたんに、川久保の声が返った。

「川久保です」

西田は、ここでも声を少しひそめて言った。

「いま、殺人犯がペンションを出た。グリーンのレンジローバーです。北十二号から、東に逃げるつもりのようです。もう警察は近くまで来ている？」

「ええ」という返事。「ひとりだけですか？　人質は連れていない？」

「ひとりだけですが、ペンションのオーナーに国道を除雪させています。その後ろについてる」

「出たのは、何分前です？」

「いまです。一、二分前。十二号に出るまで、あと二十分ぐらいはかかると思う。警察は間に合いますよね」

「たぶん。ペンションで、ほかに被害は出ていませんか？」

「いません。昨日殺されたひとりだけ。だけど、恐ろしい男だ。逃げているあいだに、またやるんじゃないだろうか。ひとつ訊《き》いてもいいですか」

「なんです？」

「あの若いピストルを持った男は、現金を奪ったんですよね」

「そうです」

「いくら？」

「一千万ぐらいと聞きましたよ。どうしてです」

「いや、いわくありげな鞄《かばん》を持っていたから」

「その一千万が入っていたんでしょう。ローバーのナンバーはわかります？」

西田は、覚えておいたローバーのナンバーを教えた。

「ありがとうございます。西田さんも、まだ気をつけてください」

「ええ。そのつもりです」

「もし殺人犯が、人質を取って逃げた場合は、もう一度電話をください。殺人犯だけなら、連絡は無用です」

「わかりました」

携帯電話を切ったところで、西田は計算した。自分はあの強盗たちの片割れから、鞄を預かっている。二千数百万の現金が入っていた。ところが、いま川久保の話だと被害金額は一千万円とのことだ。アキラの鞄にも、かなりの額のカネが入っていたはずだから、じっさいの被害金額はもっと多いことになる。

被害者は、ほんとうの被害金額を知らない？　まさか。そんなことがあるはずはない。でも、ではなぜ警察はそれを把握していない？

被害者が、ほんとうの被害額を警察に言うわけにはゆかないのか？　脱税したか、盗んだか、正直に申告できないカネ。となると、もしアキラが捕まった場合、彼の持っていた額がじっさいの被害金額だとみなされることになるのではないか。

ということは、自分が預かったカネは、世の中に存在しないことになるか？　存在しないカネである以上、それが誰の手にわたったかも、誰も詮索《せんさく》しないというわけだ。

いや、と西田は考え直した。アキラが供述すれば、被害金額はわかる。押収された額の残りは、相棒が持っていると判断されるだろう。その相棒はたぶんもう死んだはずだが、彼の車からも残りのカネは発見されないのだ。警察はとうぜんそのカネの行方を追う。となると、あの事故車を発見して通報した自分が訊かれることになる。あんたは、カネの入ったバッグを知らないか、と。

知らぬ、で通用するだろうか。

自分の前に、すでに誰かがあの遭難車を見つけていたようだ、と証言するのはどうだろう。運転席で、怪我《けが》をした男がそう言っていたと。その第一発見者にバッグを預けて助けを呼んでくれと頼んだが、どうなっているだろうか、と。

それに、と西田はさらに思った。

自分は遭難車を発見しグリーンルーフの電話を借りて、救急車を呼んでもいるのだ。ひとを助けようと苦労しながら、カネをネコババするなどと、警察だって想像しにくいのではないか。第一発見者が別にいる、という証言は信用してもらえるのではないか。

西田は、昨夜あの死体に毛布をかけたときのおぞましさを思い起こした。アキラは凶悪犯だ。帯広でひとり、このペンションでもひとり殺した。やつがあっさり逮捕されるところは想像したくない。またアキラのあの様子を見ても、拳銃《けんじゅう》があるのにおとなしく手錠をかけられる男ではないだろう。警官たちと撃ち合って死ぬことになるのではないか。つまり、奪ったカネがじっさいいくらであったか、供述しないうちにだ。そうなれば、あのカネはほんとうに「存在しないカネ」となる。自由に使えるカネとなる。

もう一度時計を見た。七時ちょうどになっていた。

西田は決意した。自分は逃げるのをやめるべきだ。あの会社は早期退職してやるが、それはきょうではなくてもいい。というか、きょうはまずい。きょう自分は、ほかの従業員がこないうちに、事務所に戻って、あの金庫の中に二千万円のカネを戻しておかねばならない。窃盗犯になってはならないのだ。いま手元にある二千数百万を自分のものにするためには、きょう事務所が開く前に、自分が事務所にたどりついてなければならない。

西田は、携帯電話を防寒着のジャケットに突っ込んでトイレを出た。

＊

川久保篤は、すぐに広尾署の伊藤に電話した。

「帯広の強盗殺人の被疑者が、例のペンションを出ました。ペンションに居合わせた客からの通報です。グリーンのレンジローバー。被疑者は、人質は取っていないようです。ひとりだけ。ペンションのオーナーが連れ去られるかもしれませんが、その場合はもう一報あります。志茂別町の北十二号という町道を使って、東方向に逃げるのだと推測できます。検問を、適当な場所で」

川久保は、車のナンバーを伝えた。

伊藤が言った。

「うちは国道二三六をやることになってる。刑事と警備の両課が準備中だ。まだ除雪が入っていないから、車を動かしようもない」

「いや、犯人は国道は使わないんです。そっちに逃げては行かない」

「十勝機動警察隊が、八時三十分に出動することになってる。広域の検問は、あっちが受け持つんだ」

「八時半では間に合わない」

「吹雪は通過しきってはいないんだぞ。被疑者だって、動けない。走れないだろうが」

「除雪は、同時に一斉に始まるわけじゃありません。それまでに犯人はかなりの距離を移動してしまいます。検問が始まれば、どこかに潜む。またひとを殺すかもしれない」

「こういう天気だ。いまは小康状態かもしれんが、どうしようもない。情報は、方面本部に上げておく」

電話は向こうから切れた。

川久保は、悪態をつきたい気持をこらえた。管轄《かんかつ》下で、殺人事件が発生した。自分は昨夜のうちにその通報を受けていながら、身動きができなかった。いままた、組織は殺人犯の動きの素早さに対応できない。このままではみすみす逃亡を許す。

ひとりでやるしかない。自分はこの町の駐在警察官だ。この町で起こった犯罪については、最初に対応する責任を持つ。組織が間に合わないというなら、ひとりでもやらねばならなかった。犯罪発生現場のペンションは、自分の管轄地域内にあるのだ。

川久保は薬師宏和に電話した。

コール音が六度鳴った。電源を入れていないか。それとも除雪作業中で、コール音が聞こえないか。

七度目のコール音が鳴りかけたところで、薬師が出た。川久保は訊いた。

「町道の除雪は始まったのか?」

「ええ」と薬師が答えた。「おれもやってる最中です。もうじき北十二号に入ります」

「何分ぐらいで、国道まで除雪できる?」

「あと十五分あれば」

「ローバーとすれちがうかもしれない。気をつけてくれ。殺人犯が乗ってる」

「殺人犯?」

「グリーンルーフにいるんだ。北十二号を使って逃げる気だ」

「昨日の、帯広のニュースの件ですか」

「そうだ。あの二人組のうちのひとりだ」

「ああ。出くわしても、やり過ごしますよ。いいですね」

「それでいい。何もするな」

電話を切ると、川久保は薬師の勤務先である志茂別畜産に電話をかけた。

年配の男の声がした。社長だろうか。

川久保は、緊急事態だと告げ、国道の除雪を頼んだ。町道南一号につながる部分まで、百メートルほどの距離。この区間だけ除雪してもらえれば、北十二号まで十分足らずで行けるだろう。

「わかりました」相手は言った。「すぐに一台やります」

川久保はロッカーに近づくと、防寒ジャケットをいったん脱いで、配備されている防刃《ぼうじん》ベストを着込んだ。特殊繊維を使った受傷防止用の装備だが、防弾性はない。しかし、もし相手と格闘にでもなった場合には、多少の気休めにはなる。

川久保は、自分がこの事態でなすべきことを整理した。その殺人犯の逃走を防ぐこと。また、そいつが再び人質を取ったり殺したりせぬよう、行動の自由を奪うことだ。身柄確保はその次の問題である。追求目標ではない。つまり自分がやるべきは、道をふさぐか、相手を車の中に閉じ込めるだけでよい。身柄確保は、方面本部や所轄にまかせてもよいのだ。

ただし、相手が逃走をはかるようなら、それは絶対に阻止する。拳銃を使うことになってもだ。

川久保はホルスターのカバーを開けて、拳銃の感触を確かめた。

相手は、おそらくすでに三人殺している。帯広の暴力団組長宅でひとり、帯広の南でひとり、志茂別のペンションでひとり。きわめて危険な凶悪犯だ。道をふさぎ、投降を呼びかけたところで素直に聞くはずもない。邪魔者は川久保ひとりとわかれば、まず確実に撃ってくる。問答無用で、ぶっ放してくるだろう。

警察官は、拳銃の使用にあたっては、まず拳銃の使用を相手に予告し、それから発砲という手順を取る。川久保が警察学校に入学したころは、じっさいに相手に向けて撃つ前には、威嚇《いかく》射撃が必要と教わった。現在は、威嚇射撃は必要ないとされている。川久保は拳銃使用規則の例外規定を思い出した。

「ただし事態が急迫であって予告するいとまのないとき又は予告することにより相手の違法行為を誘発するおそれがあると認めるときは、この限りではない」

今回は、この急迫と誘発の懸念《けねん》のふたつの条件を満たす。相手が拳銃を持っていることさえ確認できれば、十分に予告なしの発砲の根拠となる。

もう一度防寒ジャケットを着込んで、川久保は駐在所を出た。ミニ・パトカーはいま暖気運転中だ。いつでも発進できる。

国道の左手、南方向に黄色い除雪車が見えた。志茂別畜産の除雪車だろう。ブロアではなく、排雪板をつけたホイールローダーのようだ。ものすごい勢いで国道をこの駐在所方向に走ってくる。

時計を見た。七時十分。間に合うだろうか。

川久保はミニ・パトカーの運転席に身体《からだ》を入れた。

＊

西田は、自分ひとりでスコップを使い、自分の古いセダンを雪の中から掘り出した。

時計を見ると、七時十八分になっていた。

八時には、誰かが事務所にやってくる。こんな日の除雪を契約している事業所もある。運転者たちもいつもより少し出勤は早いはずだ。

なんとか八時前に。できることならば、十五分前には、事務所についていなければならない。もし間に合わなければ、女事務員の横井が金庫を開けて、現金の盗難を発見してしまう。そうなってはおしまいだ。自分は逮捕され、せっかく手にした二千数百万円を使うこともできないまま、刑務所に送られるのだ。

国道から駐車場に、増田の運転する除雪車が入ってきた。町道北十二号までの除雪が終わり、アキラはひとりだけで去っていったということなのだろう。

西田は、自分のセダンを慎重にリバースで駐車場へと出した。

増田が除雪車を降りて、ふしぎそうな顔をした。どこに行くのですか、と訊《き》いているようだ。

西田は運転席のドア・ウィンドウを降ろして増田に言った。

「事務所を開けなきゃならないので、町に行きます。北十二号から町の東側の町道を使えば、なんとかたどりつけるでしょう」

増田は納得した顔になった。

「気をつけて。まだあいつがいるかもしれない」

西田はうなずいてウィンドウを上げた。

＊

川久保が北十二号に入った瞬間だ。前方に四輪駆動車が見えた。除雪が入ったばかりのこの町道を走ってくる。いま一キロメートルばかり先か。いや、もう九百メートルにまで近づいた。

道の左右は、夏にはビートか穀類の畑になるはずである。いまは真っ平らの雪原だ。国道の向こう側には防風林が見えるが、この町道の左右には、ろくに木立もなかった。

川久保は、ミニ・パトカーの赤色警告灯を点灯させると、道を斜めにふさぐように止めた。

四輪駆動車は、少し速度をゆるめたようだ。

川久保は、防寒着の裾《すそ》を持ち上げて、ホルスターのボタンをはずし、素手で拳銃を取りだした。

ためらうな、と川久保は自分に言い聞かせた。三人殺している相手だ。ためらうな。拳銃を取りだした以上、使うことにほんのわずかの躊躇《ちゅうちょ》もあってはならない。

川久保は、署活系無線機のマイクを取りだすと、短く伝えた。

「志茂別町北十二号線。被疑者の乗るローバー発見。停止を命じます。応援を待ちます」

マイクを戻して、運転席から路上に降り立った。弱まったとはいえ、風はまだ少し吹いている。道の左右の雪原の上を、雪を舞い上げながら、風が吹き渡っていた。西からの風。つまり真正面からだ。四輪駆動車はその風を背にうけて、疾走してくるように見えた。

やつはこのミニ・パトカーの前で停まるだろうか。強行突破しようとするか。それとも、ペンションに戻ろうとするだろうか。最後の場合は追いかけて車のタイヤを撃ち、無理にでもローバーを停めねばならないが。

＊

増田直哉は玄関口で防寒ジャケットの雪を払い落とし、レストランに入った。

平田久美子が、また布団《ふとん》の上に横になっていた。気の張りがゆるんで、どっと疲れが出てきたのかもしれない。横でご亭主の平田邦幸が横座りして、久美子の手を握っていた。

山口誠が、ストーブに薪《まき》をくべている。火やストーブの扱いには慣れた様子だった。いや、この青年は、北国の生活の基本的なスキルはたいがい身につけているようだ。もしかすると、自力で小屋をひとつ建てられるほどの男かもしれない。

美幸は、テーブル・セッティングの最中だった。惨劇のあとの朝にも拘《かか》わらず、彼女の表情にはかすかに幸福感がうかがえる。ちらちらとストーブのそばの山口に視線を向けていた。

坂口明美が、大きなガラスのサラダ・ボウルを持って厨房《ちゅうぼう》から出てきた。彼女の顔には、少しやつれが見えた。目の下に隈《くま》ができている。また泣いていたのかもしれない。

「あいつは出て行きました」と増田は客たちに言った。「もう心配ありません」

厨房に入ると、コンロの前で紀子がフライパンで炒《いた》めものをしている。

「行った」と、紀子に近寄りながら増田は言った。「悪魔は去ってしまった」

「お疲れさまでした」と紀子がフライパンに視線を落としたまま言った。「コーヒー淹《い》れます」

「ね」

「え？」紀子が増田に顔を向けた。

増田は妻に言った。

「お義母《かあ》さん、うちにきてくれるかな。こんなに厳しい気候のとこだけど」

紀子が驚きを見せて言った。

「いいの？」

「うちは、そういう場所だ。部屋もあるんだし」

そう、うちはこんな場所だ。吹雪の夜にドアをノックする者があれば、必ずドアを開く。ノックした者の身元を問うたりはしない。昨夜のような惨劇は、もう二度と起こらないはず。ならば今後もそんなものの予兆に脅えて、ドアを閉ざすようなことはしない。

紀子の頰がほころんだ。紀子はフライパンとしゃもじから手を離すと、さっと一歩増田に近づいてきて頰にキスした。

＊

四輪駆動車は、地吹雪の町道の先百メートルほどのところで徐行に入った。

ここに警察車が停まっていて、その横に警察官が立っていると、はっきり確認できたのだろう。その警察官が、右手に拳銃《けんじゅう》を握っていることも想像できているはずだ。

川久保はごくりと唾《つば》を呑み込んだ。

次に殺人犯はどう動くか。ここで、投降を呼びかけても、この向かい風だ。相手の耳には聞こえまい。このまま対峙《たいじ》して、応援の到着を待つか。どうであれ、こちらから先に動く必要はない。彼をここで足止めできれば、自分の責務としては十分なのだ。

しかし、その四輪駆動車はまた速度を上げ始めた。

強行突破する気か？

この町道の幅員《ふくいん》は六メートルほどだ。いま警察車を斜めに停めたから、左右の隙間《すきま》を抜けて行くのは難しい。無理に抜けようとするなら、警察車と接触する。

そうする気か？

四輪駆動車は速度を増して突進してくる。こちらは軽自動車。あちらのレンジローバーは、四千cc級エンジンを積んだアルミ・ボディの大型車だ。ぶつかれば、飛ばされるのは警察車のほうだった。川久保は思わずその場から五歩退いた。

両足を開いて除雪されたばかりの路面に立ち、腰を落として、川久保は両手で拳銃を構えた。支給されている制式拳銃はS&WM37エアウェイトというタイプだ。装弾数は五。銃身は二インチだから、少し距離があれば命中させることは難しくなる。相手の運動を止めるためには、できるだけ引きつけて撃つ必要がある。しかし、それは同時に自分をも危険にさらすということだった。

四輪駆動車は減速しない。

待てよ、と、川久保は思い出した。もしローバーにエアバッグが装着されていたとしたら、衝突した瞬間、そのエアバッグが急膨張しないだろうか。運転者を怪我《けが》から守るが、それは運転席の視界をふさぐということでもある。よしんば警察車をはねとばすことができたとしても、直後の運転は不能となるのではないか。

ぶつかってこい、と川久保は胸のうちで怒鳴った。パトカーを吹っ飛ばしてみろ。

それでも川久保は、さらに五歩下がって、拳銃を構え直した。

四輪駆動車は、警察車のわずか十メートルばかりのところで急停車した。被疑者もエアバッグのことを思い出したのかもしれない。

降りてくるか？

川久保は身を緊張させた。

運転席に、ちょうど真正面からの朝の光を浴びて、若い男の姿が見える。

男は、運転席を降りると、ドアを楯《たて》とする格好で発砲した。破裂音と同時に、小さく硝煙が散った。弾ははずれた。相手は、距離のある射撃はさほど得意でもないようだ。ならば、年に一回は警察学校で訓練を受ける自分のほうが、腕は上だ。少なくともやつの百倍の弾数、自分は撃ってきた。川久保は自分がふいに落ち着いたのを意識した。

川久保は引き金を引いた。ローバーの運転席のガラスに、ひび割れができた。

相手は二発目を放った。またはずれだ。ミニ・パトカーのフロントグラスが割れた。

川久保は構えをわずかに修正して、もう一度撃った。こんどは、ローバーのドアで衝撃音があった。もう一発。ドアのうしろにいた男が、雪の路面に崩れ落ちた。

命中した。

川久保は構えを解かずに、相手の次の反応を待った。倒れた姿勢から撃ってくるか。四輪駆動車のボディのうしろに逃げるか。それとももう動かなくなるか。

川久保は十秒以上も、そのままの姿勢を保った。ドアの下に見える男は、ほとんど動かない。身を多少よじった程度か。致命傷とも思えないが、少なくとも動きは封じたようだ。

川久保は、身をかがめ、警察車のボディの下ごしに、その男の様子を見た。男は頭を向こうに、仰向けに倒れている。拳銃は、男の左側の雪面にあった。男の手から離れている。右手から、三十センチばかりの位置だ。

川久保は警察車の後方から左手にまわり、慎重に男に近づいた。男の背中の下の雪に、血の色が鮮やかだった。

拳銃を突きつけたまま、川久保はさらに男に近づいて、さっと拳銃を蹴飛《けと》ばした。拳銃は、雪面をすっと五メートル近くも滑った。男は反応しなかった。

顔を見た。目を閉じている。意識はないようだ。呼吸しているかどうかもわからない。即死したとは思えないが、でもすぐにも手当てしなければ、失血でこのまま死んでしまうかもしれない。

川久保は拳銃をホルスターに収めると、倒れた男の脇《わき》に膝《ひざ》をつき、両手に手錠をかけた。男はぐったりしたままだ。

川久保は、一応は規則どおりに言った。

「公務執行妨害と発砲罪。現行犯逮捕だ」

時計を見た。七時二十二分だった。

川久保はもう一度、署活系無線のマイクを取って報告した。

「帯広強盗殺人の被疑者、確保しました。怪我をしています。志茂別北十二号。救急車を呼んでください」

立ち上がると、道の先からべつの車が走ってくるのが見えた。

その運転者も、こちらの様子に気づいたようだ。少し徐行気味となった。

川久保は、左手を真横に伸ばして、その車に停止を指示した。ローバーのうしろ二十メートルばかりのところで、その車は停まった。くたびれたセダンだ。

降りてきたのは、西田康男だった。

彼であれば、近づくなとは言えない。訊きたいこともある。

川久保はローバーの後方まで歩いて、西田康男が近づくのを待った。

西田が、倒れた男に視線を向けたまま、びくびくした様子で歩いてきた。

「撃ったのかい？」

「ああ」川久保はちらりと倒れた男に目をやって答えた。「死ぬかもしれない。ペンションにいたのは、この男でまちがいないかい」

西田は腰を引き気味に男の顔を見て言った。

「そうだ。こいつだ。アキラと名乗っていた。客をひとり、撃って殺した」

「ペンションでは、ほかに被害は？」

「ない。ひとり死んだだけ」

西田が顔を上げて言った。

「通れないか。事務所を開けなくちゃならない。きょうは、除雪依頼がどっとくるはずなんだ」

「たぶんあんたにも、事情聴取が行くと思う」

「協力するよ。とにかく事務所を放っておくわけにはゆかない。わたしがいちばんで行って開けなきゃならないんだ」

「通れるかな」

ローバーの脇は、通過できそうだった。川久保は警察車まで戻って動かし、西田のセダンが通れるだけの隙間を作った。

もう一度道路上に立つと、西田が自分のセダンをそろそろと現場の脇まで進めてきた。警察車の横まできて、西田はウィンドウを下げて黙礼した。

川久保は西田に向かって言った。

「通報、ありがとう。あんたも、危なかったんだろうに」

西田は言った。

「殺されなくてよかったよ。じゃあ、わたしはとりあえず町に」

川久保が敬礼すると、西田はウィンドウを上げて、そのくたびれたセダンを加速していった。

そのとき一瞬だけ、訝《いぶか》しいものを感じた。自分でもその正体はわからなかった。少しだけ奇妙という感じがするが、それが何についてのものかもわからない。

ま、事件の全容がわかれば、その奇妙さの正体もわかるだろうが。いま気にしなければならないことではないはずだ。

西田のセダンが交差点を右に曲がって、南下していった。彼を見送ると、身体《からだ》がぶるりと震えた。すっかり冷えている。激しい緊張が解けたせいで、震えたのかもしれない。

川久保は、いまは風が完全に収まっていることに気づいた。もう、道の両側の雪原にも、地吹雪はない。木々も揺れてはおらず、電線も唸《うな》ってはいなかった。爆弾低気圧は、どうやら予報よりも早くこの地方を通過したのだ。

川久保は、警察車に近寄り、両手をルーフの端に置いてもたれかかった。そのまま倒れこみたいところだったが、かろうじてこらえた。

警察車の中で、車載の方面本部系無線機から声が聞こえる。

「川久保巡査部長、そばにいたら応答してください。いますか。どうなっていますか」

川久保はドアを開けて、マイクに手を伸ばした。

自分は、ここにいる。

解説

香山二三郎

佐々木譲のプロデビューは短篇「鉄騎兵、跳んだ」で第五五回オール讀物新人賞を受賞した一九七九年。以後、八〇年代前半は主にヤングアダルト系の青春小説を軸に多彩な作品を発表していったが、リアルタイムで佐々木作品を読み続けてきた筆者の当時の印象は、多彩な作風の持ち主であるということともうひとつ、郷里の北海道に強い愛着を持っている人なんだなということだった。

初期の長篇でいえば、たとえば『死の色の封印』は札幌《さっぽろ》郊外にある古い洋館をめぐるホラーサスペンスで、『白い殺戮者《さつりくしゃ》』は道北を舞台にした怪物もののモダンホラー、『犬どもの栄光』（集英社文庫）は道央の倶知安《くっちゃん》から始まる男女の逃走活劇であった。考えてみれば日本推理作家協会賞を始め、数々の賞を受賞した代表作のひとつ『エトロフ発緊急電』（新潮文庫他）もかつては北海道だった択捉島《エトロフ》を舞台にした諜報《ちょうほう》活劇だったし、警官一家三代の軌跡を描いた『このミステリーがすごい！　２００８年版』（宝島社）の国内編第一位作品『警官の血』でも北海道は重要な舞台背景のひとつに使われていた。

してみるとデビュー以来三〇年余、多彩な佐々木作品の要所要所に北海道が配されてきたことがおわかりになろう。

佐々木譲は今日、警察小説の第一人者として知られるが、実はその口火となった〝北海道警察〟シリーズのきっかけは道警に関する取材だった。著者いわく、『笑う警官』の少し前に『ユニット』(文春文庫：筆者註)という作品を発表しました。この作品に北海道警の刑事を重要なキャラクターとして登場させる必要がありました。そこで書き始める前に警察組織のことや、道警の刑事というのはどのようなものなのか、間違えたことを書かないようにきちんと関係者に取材しようと思ったのです。(中略)そこで耳にしたのが稲葉警部の件でした」(『本当におもしろい警察小説ベスト100』洋泉社)。一九九〇年代から二〇〇〇年代にかけて、佐々木譲は同じ北海道ものでも『五稜郭《ごりようかく》残党伝』(集英社文庫)等の〝蝦夷地《えぞち》三部作〟や『武揚伝』(中公文庫)等の〝幕末三部作〟のような時代小説系に活躍の場を移しつつあったが、この取材をきっかけに警察もので再ブレイクしていくことになる。しかも北海道の現在を背景に道警の様々な側面を複数のシリーズで描き出していったのだ。

『暴雪圏』もそうしたシリーズのひとつに属している。

本書は「小説新潮」二〇〇八年一月号から一〇月号、同年一二月号、〇九年一月号まで連載されたのち、二〇〇九年二月、新潮社から刊行された。北海道警察釧路《くしろ》方面広尾《ひろお》署・志茂別《しもべつ》駐在所に勤務する川久保篤《かわくぼあつし》巡査部長の活躍を描くシリーズの第二弾であり、初の長篇作品に当たる。内容は独立した話なので、シリーズ第一弾『制服捜査』を未読でも差し支えないが、複数ある著者の警察小説シリーズの中でこのシリーズがどんな位置にあるのか、あらかじめ知っておいたほうがわかりやすいかも。

●北海道警察シリーズ
『笑う警官』（『うたう警官』改題　二〇〇四）ハルキ文庫
『警察庁から来た男』（二〇〇六）ハルキ文庫
『警官の紋章』（二〇〇八）ハルキ文庫
『巡査の休日』（二〇〇九）ハルキ文庫
『密売人』（二〇一一）角川春樹事務所

●川久保篤巡査部長シリーズ
『制服捜査』（二〇〇六）新潮文庫
『暴雪圏』（二〇〇九）本書

●休職刑事・仙道孝司《せんどうたかし》シリーズ
『廃墟《はいきょ》に乞《こ》う』（二〇〇九）文藝春秋　第一四二回直木賞受賞作
●安城家シリーズ
『警官の血』（二〇〇七）新潮文庫
『警官の条件』（二〇一一）新潮社

これらのシリーズについて、著者は「私の中の位置づけとしては、『笑う警官』の佐《さ》伯《えき》シリーズは地方公務員小説、『制服捜査』の川久保篤シリーズは保安官小説、そして『廃墟に乞う』の仙道はプライベート・アイ小説です」（「本の話」文藝春秋　二〇〇九年七月号）と述べている。同じ警察小説でもずいぶんスタイルが異なるものだが、幅広い作風を誇る著者にとっては当然というべきか。〝北海道警察〟シリーズは個人と組織との相克を浮き彫りにするオーソドックスな社会派系だったが、それ以外にもいろいろなアプローチが可能だと確信していたに違いない。同じ社会派系でも『警官の血』は戦後史と並行して三代にわたる警官一家の足跡を活写した歴史小説風味（続篇の『警官の条件』は孫世代の刑事の苦闘を描いた現代もので、前作で自分が退職に追いやった〝悪徳刑事〟と再び相まみえる。父と子の絆《きずな》をとらえたシリアスな捜査小説だ）、また同じ警官小説系でも『廃墟に乞う』は道警捜査一課の休職中の刑事という設定を活《い》かしたネオハードボイルド系の私立探偵小説風味といったあんばい。

　では本書の「保安官小説」とはいったいどういう意味なのか。それについて言及する前に、まずストーリーをざっと紹介しておこう。

　川久保が単身赴任して二度目の冬が終わろうとしていた三月末、この季節北海道東部を襲う暴風雪、通称「彼岸荒れ」に志茂別も見舞われようとしていた。風が強まりつつある昼過ぎ、彼は住人から近くの橋の川べりに死体らしいものが見えるという通報を受ける。強風の中、現場に赴いた彼は死後三ヶ月はたっていそうな女性の変死体を発見、その処置に追われる。同じ頃、駐在所の近所の志茂別開発に勤める西田康男は自分が胃がんではないかと恐れていたが、会社の金庫に眠る大金を見て、余命を楽しむためそれを持ち逃げする誘惑に駆られていた。また同じ頃、三〇前の専業主婦・坂口明美は出会い系サイトで知り合った男につきまとわれ、最後の逢瀬《おうせ》に出かけようとしていた。さらに地元暴力団・徳丸組の組長宅では組長の留守中に襲撃事件が発生、抵抗した夫人が射殺されていた。そして組長宅を襲ったふたり組の男も別々に逃走を図るものの、彼岸荒れの猛威にさらされようとしていた……。

　川久保シリーズは警察小説、保安官小説であるはずなのに、街はのっけから暴風雪に襲われる。作風的にいえば自然災害パニックものの乗りなわけで、読者の中には肩透かしを食った気になる向きもあるかもしれない。だが志茂別という町はもともと犯罪件数が少ないところで（その辺の事情については前作『制服捜査』で掘り下げられている）、毎度毎度、彼を犯罪捜査に巻き込むにはちょっと無理がある。その点彼岸荒れは現象それ自体が大きな事件であり、さらなる事件を引き起こす要因にもなりかねない。著者にとってこれほど都合のいい素材はないわけで、それを最大限に活かすべく三人称多視点の群像ドラマに仕立て上げているのだ。むろん著者が単なる群像ドラマに留めるはずはなく、描き出されるのはどれもワケありそうな人たちばかり。そこにクロスジャンルの手法も重ねて、小さな犯罪、大掛かりな犯罪、男女の愛憎、家族の崩壊等々、様々なジャンル小説の饗宴《きょうえん》を繰り広げて見せるのである。

そもそも川久保たちを苦しませる彼岸荒れについても、著者はその恐怖をただ物理的に表すのみならず、半世紀前に起きた小学生集団遭難事件という伝奇的な物語として読者に浸透させる技巧を駆使している。そう、彼岸荒れの折には日頃からは思いも寄らない悲劇も起こり得るという不吉な予兆にもなっているわけで、改めてストーリーテラーとしての著者の手練《てだ》れぶりに感嘆せざるを得ないだろう。

さて保安官小説としての本書であるが、そもそも保安官とは何かというと、住民の選挙によって選ばれるアメリカの治安職のひとつのこと。警察とどう違うのかといえば、歴史的には保安官のほうが古く、警察はその補佐的な役目だったそうだが、治安職という点では今日大きな違いはないようだ。ただアメリカという国は自治意識が強く、州や郡、市町村ごとに複数の治安職が存在する。全米を視野に入れた連邦政府の法執行機関からして、ＦＢＩ（連邦捜査局）、ＤＥＡ（麻薬取締局）、ＡＴＦ（アルコール、タバコ、火器及び爆発物取締局）等複数の組織があるのに、各地域、州、郡、市町村ごとに別々の警察や保安官（英語でいうとさらにシェリフ、マーシャル、コンスタブルに分かれる）が存在する。日本人には何ともわかりにくい複雑な形態であるが、要は保安官というのは住民によって選ばれた、町の治安を独自に守る役目を担《にな》った人を指すわけだ。でも、川久保はあくまで道警のおまわりさん、独立した権限なんて端《はな》から持ち合わせてなさそうだ。

その点著者は、駐在所の制服警官というキャラクターは派手ではないけど、「だからこそ逆に、濃密に描き出せるものがあるような気がする」という。「一番大きいのは、管轄《かんかつ》地域を一人でまかされている川久保が、事件に直面したその時に、個人として何を考え、何を決断するのかという問題」であると。「警察組織の中でみれば川久保は何かと制約の多い立場なんだけれども、事件が発生してから最初の数時間は、唯一《ゆいいつ》の警察官としてすべての捜査ができるし、またしなければならない。それは、チームで動いている都会の警察官とは、ちょっと性格の違う責任でしょう。（中略）現場のもっとも凝縮されたリアルさに向き合っているという意味では、彼は特別な存在なんです」（引用は

いずれも「波」新潮社　二〇〇九年三月号）

この言葉にまだしっくりこない人でも、ラストシーンを読めば、納得がいくに違いない。なるほど川久保は志茂別の保安官にほかならないのだと。

物語の後半、舞台はあるひとつの場所に収れんしていき、前半とは異なるサスペンス劇の様相を呈する。群像ドラマの典型、グランドホテル方式のノワール版ともいうべき演出であるが、そこから『制服捜査』とはまた違った志茂別の深層が浮かび上がってくることになる。志茂別という舞台について著者は、アメリカのホラー小説の巨匠スティーヴン・キングの作品に出てくるニューイングランドの架空の田舎町キャッスル・ロックを引き合いに、「この地方のどこにでもありそうな町なのですが、一皮めくればそこにはたくさんの暗い秘密があって、ふとした拍子にそれが顔を覗《のぞ》かせる。志茂別を造形するにあたっては、そんな奥行きのある『場』を作ってみたいという思いがありました」（前出「波」）と興味深いことを述べている。

十勝地方の地図を見ると、志茂別は国道二三六号線沿いの街――中札内《なかさつない》、更別《さらべつ》周辺がモデルと思われるが、そのすぐ北にはかつて全国的に知られた旧国鉄広尾線の駅があった。その名も「幸福《こうふく》」駅。地名の起源は近くの川の名前で、そのサツナイが、やがて福井県からの入植者によって拓《ひら》かれた村の名前となり、「幸震」の字が当てられた。だが、「震《ない》」が難読のためコウシンと音読で呼ばれるようになり、やがて震に代えて福井の福を村名にとり入れることになった。残念ながら住民皆が幸福になれるという意味合いの命名ではなかったようだが、さて志茂別と川久保巡査部長には果たしてどんな未来が待ち受けているのだろうか。

（二〇一一年十月、コラムニスト）

この作品は二〇〇九年二月新潮社より刊行された。

石田衣良著

4TEEN【フォーティーン】

直木賞受賞

ぼくらはきっと空だって飛べる! 月島の街で成長する14歳の中学生4人組の、爽快でちょっと切ない青春ストーリー。直木賞受賞作。

石田衣良著

眠れぬ真珠

島清恋愛文学賞受賞

人生の後半に訪れた恋が、孤高の魂を持つ咲世子を少女に変える。恋人は17歳年下。情熱と抒情に彩られた、著者最高の恋愛小説。

小野不由美著

屍鬼（一〜五）

「村は死によって包囲されている」。一人、また一人、相次ぐ葬送。殺人か、疫病か、それとも……。超弩級の恐怖が音もなく忍び寄る。

小野不由美著

魔性の子

—十二国記—

孤立する少年の周りで相次ぐ事故は、何かの前ぶれなのか。更なる惨劇の果てに明かされるものとは——「十二国記」への戦慄の序章。

恩田陸著

夜のピクニック

吉川英治文学新人賞・本屋大賞受賞

小さな賭けを胸に秘め、貴子は高校生活最後のイベント歩行祭にのぞむ。誰にも言えない秘密を清算するために。永遠普遍の青春小説。

恩田陸著

私と踊って

孤独だけど、独りじゃないわ——稀代の舞踏家をモチーフにした表題作ほかミステリ、SF、ホラーなど味わい異なる珠玉の十九編。

小池真理子著

欲　望

愛した美しい青年は性的不能者だった。決してかなえられない肉欲、そして究極のエクスタシー。あまりにも切なく、凄絶な恋の物語。

小池真理子著

望みは何と訊かれたら

殺意と愛情がせめぎあう極限状況で生れた男女の根源的な関係。学生運動の時代を背景に愛と性の深淵に迫る、著者最高の恋愛小説。

今野敏著

リ　オ
―警視庁強行犯係・樋口顕―

捜査本部は間違っている！　火曜日の連続殺人を捜査する樋口警部補。彼の直感がそう告げた。刑事たちの真実を描く本格警察小説。

今野敏著

朱　夏
―警視庁強行犯係・樋口顕―

妻が失踪した。樋口警部補は、所轄の氏家とともに非公式の捜査を始める。鍛えられた男たちの眼に映った誘拐容疑者、だが彼は――。

今野敏著

隠蔽捜査
吉川英治文学新人賞受賞

東大卒、警視長、竜崎伸也。ただのキャリアではない。彼は信じる正義のため、警察組織という迷宮に挑む。ミステリ史に輝く長篇。

今野敏著

果　断
―隠蔽捜査２―
山本周五郎賞・日本推理作家協会賞受賞

本庁から大森署署長へと左遷されたキャリア、竜崎伸也。着任早々、彼は拳銃犯立てこもり事件に直面する。これが本物の警察小説だ！

近藤史恵著　サクリファイス
大藪春彦賞受賞

自転車ロードレースチームに所属する、白石誓。欧州遠征中、彼の目の前で悲劇は起きた！　青春小説×サスペンス、奇跡の二重奏。

東山彰良著　ブラックライダー（上・下）

「奴は家畜か、救世主か」。文明崩壊後の米大陸を舞台に描かれる暗黒西部劇×新世紀黙示録。小説界を揺るがした直木賞作家の出世作。

東川篤哉著　かがやき荘西荻探偵局

謎解きときどきぐだぐだ酒宴（男不要!!）。西荻窪のシェアハウスで暮らす金欠アラサー女子三人組の推理が心地よいミステリー。

長崎尚志著　闇の伴走者
―醍醐真司の博覧推理ファイル―

女性探偵と凄腕かつ偏屈な編集者が追いかけるのは、未発表漫画と連続失踪事件の謎。高橋留美子氏絶賛、驚天動地の漫画ミステリ。

白川道著　終着駅

〈死神〉と恐れられたアウトロー、視力を失いながら健気に生きる娘。命を賭けた恋が始まる。『天国への階段』を越えた純愛巨編！

松岡圭祐著　ミッキーマウスの憂鬱

秘密のベールに包まれた巨大テーマパーク。その〈裏舞台〉で働く新人バイトの三日間を描く、史上初ディズニーランド青春成長小説。

真保裕一著
ホワイトアウト
吉川英治文学新人賞受賞

吹雪が荒れ狂う厳寒期の巨大ダムを、武装グループが占拠した。敢然と立ち向かう孤独なヒーロー！ 冒険サスペンス小説の最高峰。

長江俊和著
出版禁止

女はなぜ〝心中〟から生還したのか。封印された謎の「ルポ」とは。おぞましい展開と、息を呑むどんでん返し。戦慄のミステリー。

長江俊和著
掲載禁止

人が死ぬところを見たくありませんか……。大ベストセラー『出版禁止』の著者が放つ、謎と仕掛けの5連発。歪み度最凶の作品集！

津原泰水著
ブラバン

一九八〇。吹奏楽部に入った僕は、音楽の喜び、忘れえぬ男女と出会った。二十五年後、再結成話が持ち上がって。胸を熱くする青春組曲。

知念実希人著
螺旋の手術室

手術室での不可解な死。次々と殺される教授選の候補者たち。「完全犯罪」に潜む医師の苦悩を描く、慟哭の医療ミステリー。

知念実希人著
ひとつむぎの手

命を縫う。患者の人生を紡ぐ。それが使命。〈心臓外科〉の医師・平良祐介は、多忙な日々に大切なものを見失いかけていた……。

乃南アサ著
凍える牙
女刑事音道貴子
直木賞受賞

凶悪な獣の牙——。警視庁機動捜査隊員・音道貴子が連続殺人事件に挑む。女性刑事の孤独な闘いが圧倒的共感を集めた超ベストセラー。

乃南アサ著
花散る頃の殺人
女刑事音道貴子

32歳、バツイチの独身、趣味はバイク。かっこいいけど悩みも多い女性刑事・貴子さんの短編集。滝沢刑事と著者の架空対談付き！

帚木蓬生著
三たびの海峡
吉川英治文学新人賞受賞

三たびに亙って〝海峡〟を越えた男の生涯と、日韓近代史の深部に埋もれていた悲劇を誠実に重ねて描く。山本賞作家の長編小説。

帚木蓬生著
ヒトラーの防具
（上・下）

日本からナチスドイツへ贈られていた剣道の防具。この意外な贈り物の陰には、戦争に運命を弄ばれた男の驚くべき人生があった！

麻耶雄嵩著
あぶない叔父さん

高校生の優斗となんでも屋の叔父さんが、奇妙な殺人事件の謎を解く。あぶない名探偵が明かす驚愕の真相は？　本格ミステリの神髄。

松嶋智左著
女副署長

全ての署員が容疑対象！　所轄署内で警部補の刺殺体、副署長の捜査を阻む壁とは。元女性白バイ隊員の著者が警察官の矜持を描く！

矢樹純著

妻は忘れない

私はいずれ、夫に殺されるかもしれない。配偶者、息子、姉。家族が抱える秘密が白日のもとにさらされるとき。オリジナル・ミステリ集。

本城雅人著

傍流の記者

組織の中で権力と闘え!! 大手新聞社社会部を舞台に、鎬を削る黄金世代同期六人の男たちの熱い闘いを描く、痛快無比な企業小説。

古野まほろ著

新任巡査（上・下）

上原頼音《ライト》、22歳。職業、今日から警察官。新任巡査の目を通して警察組織と、組織で働く人間の哀感を描いた究極のお仕事ミステリ。

古野まほろ著

新任刑事（上・下）

時効完成目前の警察官殺しの女を、若き新任刑事が追う。強行刑事のリアルを知悉した元刑事の著者にのみ描ける本格警察ミステリ。

誉田哲也著

ドンナビアンカ

外食企業役員と店長が誘拐された。捜査線上に浮かんだのは中国人女性。所轄を生きる女刑事・魚住久江が事件の真実と人生を追う！

望月諒子著

蟻の棲み家

売春をしていた二人の女性が殺された。三人目の殺害予告をした犯人からは、「身代金」が要求され……木部美智子の謎解きが始まる。

宮部みゆき著　火車

山本周五郎賞受賞

休職中の刑事、本間は遠縁の男性に頼まれ、失踪した婚約者の行方を捜すことに。だが女性の意外な正体が次第に明らかとなり……。

宮部みゆき著　模倣犯

芸術選奨受賞（一～五）

邪悪な欲望のままに「女性狩り」を繰り返し、マスコミを愚弄して勝ち誇る怪物の正体は？著者の代表作にして現代ミステリの金字塔！

宮部みゆき著　本所深川ふしぎ草紙

吉川英治文学新人賞受賞

深川七不思議を題材に、下町の人情の機微とささやかな日々の哀歓をミステリー仕立てで描く七編。宮部みゆきワールド時代小説篇。

森見登美彦著　太陽の塔

日本ファンタジーノベル大賞受賞

巨大な妄想力以外、何も持たぬフラレ大学生が京都の街を無闇に駆け巡る。失恋に枕を濡らした全ての男たちに捧ぐ、爆笑青春巨篇！

森見登美彦著　きつねのはなし

古道具屋から品物を託された青年が訪れた奇妙な屋敷。彼はそこで魔に魅入られたのか。美しく怖しくて愛おしい、漆黒の京都奇譚集。

山本文緒著　アカペラ

祖父のため健気に生きる中学生。二十年ぶりに故郷に帰ったダメ男。共に暮らす中年の姉弟の絆。奇妙で温かい関係を描く三つの物語。

新潮文庫最新刊

瀬戸内寂聴著
老いも病も受け入れよう
92歳のとき、急に襲ってきた骨折とガン。この困難を乗り越え、ふたたび筆を執った寂聴さんが、すべての人たちに贈る人生の叡智。

新井素子著
この橋をわたって
人間が知らない猫の使命とは？　いたずらカラスがしゃべった？　裁判長は熊のぬいぐるみ？　ちょっと不思議で心温まる8つの物語。

近衛龍春著
家康の女軍師
商家の女番頭から、家康の腹心になった実在の傑物がいた！　関ヶ原から大坂の陣まで影武者・軍師として参陣した驚くべき生涯！

片岡　翔著
あなたの右手は蜂蜜の香り
あの日、幼い私を守った銃弾が、子熊《あなた》からお母さんを奪った。必ずあなたを檻から助け出す、どんなことをしてでも。究極の愛の物語。

町田そのこ著
コンビニ兄弟2
—テンダネス門司港こがね村店—
地味な祖母に起きた大変化。平穏を崩す美少女の存在。親友と決別した少女の第一歩。北九州の小さなコンビニで恋物語が巻き起こる。

萩原麻里著
巫女島の殺人
—呪殺島秘録—
巫女が十八を迎える特別な年だから、この島で、また誰かが死にます——隠蔽された過去と新たな殺人予告に挑む民俗学ミステリー！

暴《ぼう》雪《せつ》圏《けん》

新潮文庫　さ－24－14

平成二十三年十二月一日発行
令和四年二月五日四刷

著者　佐《さ》々《さ》木《き》譲《じょう》
発行者　佐藤隆信
発行所　株式会社　新潮社
郵便番号　一六二―八七一一
東京都新宿区矢来町七一
電話　編集部（〇三）三二六六―五四四〇
　　　読者係（〇三）三二六六―五一一一
http://www.shinchosha.co.jp

価格はカバーに表示してあります。

乱丁・落丁本は、ご面倒ですが小社読者係宛ご送付ください。送料小社負担にてお取替えいたします。

印刷・大日本印刷株式会社　製本・株式会社植木製本所

ISBN978-4-10-122324-7 C0193